LA TANTE MARQUISE

Simonetta Agnello Hornby est née dans une famille de l'aristocratie sicilienne. Avocate, installée à Londres depuis longtemps, elle dirige un cabinet spécialisé dans la défense d'enfants victimes de violences. *L'Amandière*, son premier roman, a été en quelques semaines vendu dans le monde entier et s'est maintenu en tête des meilleures ventes en Italie pendant plusieurs mois.

Simonetta Agnello Hornby

LA TANTE MARQUISE

ROMAN

*Traduit de l'italien
par Fanchita Gonzalez Batlle*

Liana Levi

TEXTE INTÉGRAL

TITRE ORIGINAL
La zia marchesa
ÉDITEUR ORIGINAL
Giangiacomo Feltrinelli Editore
Première édition dans *I Naratori*, septembre 2004
© Giangiacomo Feltrinelli Editore, Milano, 2004

ISBN 2-02-086704-4
(ISBN 2-86746-391-2, 1re publication)

© Éditions Liana Levi, 2005, pour la traduction française

Aux jeunes Hornby,
déjà nés et à venir,
et à leur arrière-grand-mère

« N'attends rien qui ne vienne de toi. »
Luigi Pirandello
(dans le livre d'or de la baronne Maria Giudice)

PREMIÈRE PARTIE

1

Décembre 1898. À la Montagnazza, Amalia Cuffaro,
nourrice de Costanza Safamita, bavarde avec sa nièce
Pinuzza Belice tout en lui tressant les cheveux

Amalia avait fini de faire avaler à Pinuzza sa bouillie
de pain sec et de lait de chèvre. Elle souleva un coin de
la serviette nouée autour de son cou, lui frotta la
bouche et le menton, puis secoua énergiquement la serviette (Pinuzza bavait, et elle recrachait souvent la
nourriture, même celle dont elle était friande), et enfin,
de l'index, elle fit tomber par terre le pain que Pinuzza
avait craché sur son épaule. Les fourmis étaient aux
aguets : la colonie la plus nombreuse s'était installée
dans la pierre creuse sur laquelle était posée la cruche
d'eau ; elles la quittaient, en rangs serrés, pour cette
manne qui tombait tous les matins. Amalia songea avec
découragement qu'elle jetait beaucoup de pain et de lait
dans cette maison où seule la faim ne manquait jamais ;
c'étaient des fourmis mauvaises, de race guerrière,
avec un gros corps et une tête rougeâtre, de celles qui
piquent, effrontées au point de grimper sur la chaise où
Pinuzza était attachée. Elles se promenaient sur elle et
lui laissaient la peau couverte de petits points rouges.
Amalia en avait trouvé jusque dans la bouche de la
pauvre petite qui ne pouvait pas se défendre, et elle
avait dû lui en enlever entre les dents, de ces sales bes-
tioles.

Encore agile malgré son âge, Amalia se planta
au milieu de la grotte, les jambes écartées, prête à

reprendre la lutte incessante et acharnée contre les fourmis ; elle se pencha en avant et passa le bras entre ses
jambes pour attraper l'ourlet de sa jupe ; en se redres-
sant, elle le tira vers le devant et l'enfila dans sa ceinture, transformant ainsi son vêtement en pantalon bouf-
fant à l'orientale. Puis elle prit les courtes feuilles de
palmier qui servaient de balai et s'accroupit en veillant
à ce que sa jupe ne touche pas le sol et qu'aucun de ces
affreux insectes ne lui monte dessus. Elle balayait avec
soin et bousculait les rangs de fourmis qui convergeaient de tous les coins de la grotte vers la chaise de
Pinuzza.

Elle poussa le petit tas de saletés grouillant de fourmis affolées sur le minuscule espace devant l'entrée et,
pour finir, d'un dernier coup de balai, elle le fit tomber
dans le ravin : poussière, miettes et fourmis.

Après la mort prématurée de sa maîtresse, Amalia
avait refusé d'aller rejoindre son fils Giovannino en
Amérique et était retournée dans sa famille. Son frère
cadet, Carmine Belice, l'avait accueillie par devoir, et à
contrecœur. En effet, depuis la mort de ses beaux-
parents et le départ de Giovannino, Amalia avait gaspillé ses gages, et même ce que les Safamita lui avaient
offert en supplément, et elle était revenue aussi pauvre
qu'elle était partie quarante ans plus tôt pour épouser
Diego Cuffaro. Il n'y avait pas de place pour elle chez
les Belice (deux masures où ils s'entassaient à huit,
plus les poules, la chèvre et l'âne), et son frère l'avait
installée dans cette grotte avec Pinuzza, à la Montagnazza, où il n'y avait pas de loyer à payer ; en outre,
comme il l'expliquait aux curieux et aux mauvaises
langues, un médecin lui avait laissé entendre que l'air
frais et le soleil feraient du bien à sa fille.

Sur cette côte de Sicile serpentait une arête de marne
blanche, haute de près de trois cents mètres, qui s'étendait sur une dizaine de kilomètres et dont les flancs

présentaient un grand nombre d'anfractuosités et de grottes naturelles. Tantôt elle s'avançait en promontoire dans la mer, tantôt elle s'incurvait en créant de petites plages et des criques. Dans l'une de ces dernières se trouvait Riporto, le village de pêcheurs où vivaient Carmine Belice et sa famille, le plus proche de Sarentini. Depuis des temps immémoriaux les populations locales s'étaient réfugiées dans les cavernes de la Montagnazza – c'est ainsi que les gens du coin appelaient ce lieu –, les agrandissant et en creusant de nouvelles pour échapper aux razzias des pirates barbaresques et des corsaires turcs. Pour les atteindre, il fallait en connaître l'accès : en fait, seuls les renégats parvenaient à s'y rendre et à arracher des cavernes les chrétiens destinés à l'esclavage turc. Puis les attaques ennemies s'étaient espacées et, depuis le milieu du XVIIIe siècle, il n'y avait plus eu d'incursions barbaresques.

La misère croissante avait repeuplé les grottes, désormais habitées par des fugitifs de toutes sortes et des jeunes réfractaires qui haïssaient le service militaire imposé par le gouvernement unitaire ; aux « étages inférieurs », les plus accessibles, s'était établie une petite colonie d'indigents, de malades, de marginaux et de gens de passage. Ils avaient creusé des escaliers très raides et traîtres que la pluie émoussait ou détruisait carrément avec une régularité implacable en les transformant en dangereux toboggans. À certains endroits, les ouvertures des grottes avaient été agrandies pour les rendre symétriques, et on y accédait par des passages extrêmement étroits, à pic sur le précipice. De la mer, cette partie de la Montagnazza apparaissait de jour aux navigateurs comme la façade blanche et ondulée d'un bâtiment très allongé ; le soir, après le coucher du soleil, lorsque brûlaient les lampes à huile, comme un gros ver luisant. Le reste de la falaise tournait vers le sud et s'avançait à pic dans la mer. Indompté, il donnait asile aux oiseaux de mer et, au printemps et à l'automne, servait de halte aux oiseaux migrateurs. Battu par le vent et les pluies en hiver, aveuglant et presque incandescent sous le soleil en été, il était toujours superbe. Il rappelait à Amalia une immense portion tremblante et lisse de caillé de brebis, tout juste démoulé par le berger.

La tante et la nièce habitaient une de ces grottes, la seule du troisième rang, immédiatement au-dessous du plateau. La monotonie de leurs journées était interrompue par la visite hebdomadaire de Carmine Belice ou des frères de Pinuzza qui apportaient des vivres et du bois. C'était une vie rude, mais Amalia était heureuse d'avoir échappé à la masure de son frère, où elle n'arrivait plus à s'adapter après avoir vécu tant d'années chez des nobles. Amalia aimait la solitude et la nature, et sur la Montagnazza elle était comblée ; et Pinuzza était une compagnie permanente, agréable aussi. Amalia avait même réussi à gagner un peu d'argent en raccommodant le linge des femmes d'en bas, qui montait et descendait dans un panier attaché à une corde, et elle pouvait se permettre son seul luxe : la Revalenza Arabica, une poudre reconstituante à laquelle elle attribuait toutes les vertus.

Quant à Pinuzza, la Montagnazza représentait pour elle une amélioration par comparaison avec Riporto. Elle avait été descendue dans la grotte par son père et ses trois frères, enveloppée dans une couverture pliée en forme de berceau et attachée au bout d'une grosse corde que deux de ses frères s'étaient enroulée autour de la taille et qu'ils lâchaient peu à peu. Pendant ce temps, le troisième descendait avec Pinuzza le long des parois, en s'agrippant aux clous enfoncés ici et là dans la pierre, pour diriger le mouvement et éviter que les saillies aiguës ne blessent sa sœur. Pinuzza était ainsi passée de l'emprisonnement de la cabane, humide et presque dépourvue de lumière, à celui de la grotte. Là, les soins de sa tante, l'air salubre et la chaleur du soleil lui avaient redonné des forces.

Pinuzza attendait le rituel quotidien de la coiffure. Elle avait quatorze ans ; malgré son infirmité, elle nourrissait des espoirs et des désirs comme n'importe quelle autre jeune fille et elle éprouvait d'avance le plaisir de se sentir pimpante. Amalia nettoya encore une fois sa bouche baveuse avec un chiffon humide, puis elle souleva la chaise et la déposa avec précaution devant l'entrée de la grotte.

Pinuzza avait devant elle la mer et le ciel, rien d'autre. Le soleil d'hiver était agréablement chaud. « Aujourd'hui je t'épouille et je refais ta tresse », dit la tante, et sa nièce sourit. Amalia prit un grand peigne en os au manche incrusté de nacre et se mit à enlever les poux avec le côté des petites dents. Ce corps menu et déformé qui souffrait n'avait qu'une seule beauté : l'épaisse chevelure noire et luisante. Amalia dénouait les cheveux de sa nièce avec des doigts agiles, légers et sûrs, comme si les mèches de la grosse tresse étaient des fuseaux de dentellière. C'était pour toutes deux un moment d'intimité. Amalia retournait à ses plus beaux souvenirs et devenait loquace ; Pinuzza l'écoutait ravie.

« Quand la marquise était petite, elle ne voulait pas se coiffer. Des heures il fallait pour la convaincre. Elle n'avait pas tort, parce que ses cheveux étaient très emmêlés, pas comme les tiens, qui sont lisses et dociles. Je ne pouvais la coiffer convenablement que lorsque je la faisais asseoir à la fenêtre et qu'elle avait la mer devant elle, au loin.

– Pourquoi ? demanda Pinuzza.

– Elle avait des cheveux spéciaux. Ils n'étaient pas de bonne qualité, malgré le sang de barons : ils étaient durs comme du crin et frisés comme du tricot défait, plus je les lissais et plus ils se crêpaient, ils ne pouvaient pas rester en place et s'échappaient même de ses tresses. Mais la couleur... une merveille ! Petite, elle avait des cheveux comme de l'or, un soleil de midi ; avec les années, ils ont changé de couleur, de plus en plus foncés, comme les grumeaux de soufre dans les pierres ; et quand elle est devenue une femme, ils sont devenus d'un rouge sombre de soleil couchant, avec des reflets cuivrés. Quand elle avait la tête au soleil, il sortait de ses tresses des lueurs comme celles des braises dans les fers à repasser.

– Ils devaient être bien beaux, et elle devait avoir beaucoup d'amoureux, soupira Pinuzza.

– Eh bien non, elle ne plaisait pas, elle était trop différente des autres. Les gens s'arrêtaient dans la rue pour la regarder quand elle passait en voiture, et ils croisaient les doigts contre le mauvais œil : on n'aime pas ceux qui sont différents, je ne comprends pas pourquoi, mais c'est comme ça. »

Amalia s'interrompit, les mèches luisantes tendues sur ses doigts, le regard perdu à l'horizon.

« Mais elle, elle aimait ses cheveux ou pas ? »

Amalia se remit à tresser, lentement. « Je ne sais pas. Je l'ai aimée comme ma fille et je l'ai servie jusqu'au bout, mais il y a beaucoup de choses d'elle que je ne connais pas : le fait est qu'elle était différente de tous les autres, des Safamita, des autres nobles, des gens comme nous... » Amalia s'apercevait qu'elle perdait le fil et qu'elle se parlait à elle-même.

« Mais ça lui plaisait d'être différente des autres ? insista Pinuzza.

– Les nobles sont différents des autres de toute façon, et ça ne peut que leur faire plaisir. Pour commencer, ils ne connaissent pas la misère et la faim et font ce qu'ils veulent, ensuite... Elle aimait être riche, ça oui... Mais d'avoir un aspect différent ne lui a apporté que des malheurs et des souffrances, les gens

18

la prenaient pour une créature du diable, une fois on lui a même jeté des pierres.

– Et comment elle se sentait à l'intérieur quand on lui jetait des pierres ? »

Amalia avait parlé sans réfléchir. Sa belle-sœur lui avait raconté qu'un jour Pinuzza, encore toute petite, avait été laissée devant la porte à prendre l'air. Elle l'avait retrouvée en sang : les enfants du voisinage l'avaient prise pour cible. Depuis lors, Pinuzza n'avait plus vu la lumière du soleil.

Amalia répondit en peu de mots : « Elle se sentait mal à l'intérieur, mais elle leur a pardonné : c'étaient des enfants ignorants, et elle avait un grand cœur. Un cœur d'or comme ses cheveux, mais ça non plus, les autres ne voulaient pas le savoir.

– Moi, je leur aurais fait donner des coups de bâton, sur la plante des pieds, jusqu'à ce qu'ils ne puissent plus marcher, ça leur aurait appris ! » Pinuzza s'était agitée et avait élevé la voix. « À moi aussi on m'a jeté des pierres, comme aux chiens, sauf que je ne pouvais pas me cacher et je les maudis aujourd'hui comme en ce temps-là. »

Amalia se hâta de terminer la tresse et la lui posa sur l'épaule en la faisant retomber sur la poitrine, afin que sa nièce puisse la regarder, luisante et nette.

Tout en la tâtant avec satisfaction, Pinuzza demanda à l'improviste : « Et sa mère, qu'est-ce qu'elle en disait ?

– De quoi ? » Amalia n'aimait pas parler de la baronne Safamita.

« Des cheveux de sa fille, et de sa différence.

– Rien, qu'est-ce qu'elle avait à dire ? C'était sa fille.

– Finalement, ta marquise était spéciale pour sa mère aussi, quand elle est née et qu'elle l'a vue si différente ?

– Bien sûr. Mais rentrons maintenant, il fait chaud au soleil », répondit précipitamment Amalia.

Pinuzza se reposait sur sa paillasse dans une niche du mur de la grotte. Amalia ressortit. Il était midi. Elle resta debout à regarder la mer, plate comme la main, brillante. Il n'y avait pas une barque à cette heure-là, un silence absolu régnait. Le souvenir de la naissance de Costanza Safamita lui revint avec une douloureuse netteté.

2

La première rencontre entre la nourrice
et Costanza Safamita

Blottie dans un coin de la grande pièce, presque cachée par un paravent, Amalia observait le va-et-vient des femmes et l'activité des accoucheuses, à la fois fascinée par l'opulence de la chambre de la baronne et horrifiée par le travail de la parturiente.

Comme la baronne Safamita en était à son septième mois de grossesse, donna Titta Cuffaro, la belle-mère d'Amalia, avait conduit celle-ci au palais des barons pour prendre les accords nécessaires à son installation, en attendant la naissance de l'enfant qu'elle devait allaiter. Assise à la table de la petite pièce où travaillaient les filles de cuisine, Amalia avait été captivée par leur bavardage pendant qu'elles écossaient une montagne de petits pois tardifs entassés sur le comptoir de marbre. Lina, l'aide-cuisinière, se partageait entre les fourneaux et le comptoir, où elle choisissait debout les pois les plus petits et les plus doux destinés à la table du jeune baron, que Monsu', le chef, allait accommoder à sa façon. Les autres, les gros, durs et farineux, seraient cuits à l'étouffée avec un peu d'échalote et d'ail revenus dans l'huile d'olive, pour la domesticité. Amalia en avait l'eau à la bouche ; on lui avait offert les cosses : sa belle-mère allait être bien contente de ce cadeau. Elle attendait donc tranquillement de rentrer chez elle, en pensant à Giovannino, son fils, et à la bonne soupe qu'elles lui prépareraient le soir.

Mais son destin était autre : don Filippo, le majordome, la fit appeler. Donna Titta l'attendait avec Giovannino. Don Filippo, laconique, l'informa qu'elle prenait son service immédiatement, le moment des adieux était venu. Tout s'était passé comme dans un rêve. L'atmosphère ouatée de cette maison singulière émoussait les sentiments et arrondissait les angles : Giovannino avait pris son sein et s'était endormi en tétant. Nora, la femme de chambre personnelle de la baronne, les avait rejoints avec un ordre du jeune baron : afin d'assurer à son épouse en couches que l'alimentation de l'enfant à venir était garantie, il voulait que la nourrice soit conduite à l'étage noble, auprès de la baronne. Les adieux furent rapides : Giovannino continua de dormir dans les bras de sa grand-mère ; Amalia était devenue une domestique des Safamita et resterait à leur service aussi longtemps qu'il plairait à ses maîtres, tandis que Giovannino n'appartenait plus désormais qu'aux Cuffaro.

Nora la précédait dans l'escalier de service, à travers pièces, corridors et salons. L'or des meubles, le scintillement des lustres de cristal, les voûtes peintes, l'épaisseur des tapis, la somptuosité des tentures l'étourdissaient et Amalia avait du mal à suivre les pas lestes de Nora.

« Nous arrivons à la chambre de madame la baronne.

– Et le jeune baron, où est-ce qu'il dort ? demanda Amalia avec curiosité.

– Les nobles ont chacun leur chambre, celle de la femme et celle du mari, ensuite, entre eux, ils font ce qu'ils veulent. » Nora se retourna avec un regard sévère : « Je te donne un conseil d'amie : chez les Safamita, on ne pose pas de questions. Ne l'oublie pas si tu veux rester.»

Amalia se tut et n'oublia pas. Elles parcoururent en silence le corridor large comme une galerie, meublé de chaises et de crédences. Nora s'arrêta devant une grande porte. Elle y colla l'oreille, puis elle frappa légèrement et l'ouvrit sans attendre de réponse, tout en faisant signe à Amalia d'entrer.

Amalia se revoyait à dix-huit ans à peine, seule et inquiète, s'avancer à petits pas dans la chambre : elle était aussi vaste qu'une sacristie, avec des meubles sombres et imposants. La table de la future mère avait été placée devant les balcons pour profiter de la lumière poudreuse et rougeâtre du jour finissant ; elle n'avait d'yeux que pour cette grande table entourée de femmes, qui formaient un bouclier autour de la baronne. L'accoucheuse était penchée sur elle, les autres étaient toutes affairées. Puis l'accoucheuse se redressa et se tourna vers Amalia : elle l'arrêta d'un geste de la main. Amalia obéit et resta sur place, au milieu de la chambre. Un hurlement. Puis des voix. Elle sentait sur elle le regard réprobateur de deux femmes de chambre : elle aurait voulu entrer sous terre, disparaître et se retrouver chez elle avec son fils, même la pensée de son mari ne lui était pas désagréable. Elle leva les yeux : elle se trouvait juste sous le lustre aux bras de bronze étirés vers le haut, menaçant comme une araignée pattes en l'air. Elle murmura une formule contre le mauvais sort, elle se sentait défaillir. Pina Pissuta, l'accoucheuse, s'était détachée du groupe de femmes et venait vers elle. Toujours aussi autoritaire, elle lui intima l'ordre de rester à l'écart, en lui indiquant le coin qui lui était assigné : on l'appellerait en temps utile.

Elle était restée là des heures, reléguée dans ce recoin, presque oubliée. Tout étourdie, elle avait oublié à son tour sa maison et son fils, elle ne s'apercevait pas que le lait coulait de ses seins et mouillait son corsage, qui se tachait de deux grandes auréoles humides. L'autre accoucheuse la ramena à la réalité. «Lave-la bien», lui dit-elle précipitamment en lui tendant la nouveau-née enveloppée dans un lange, et elle retourna à la table où Pina avait des difficultés avec l'accouchée. Auprès d'elle avait été préparée une table à langer avec plusieurs bassines émaillées, serviettes, linges, épingles, langes, petite chemise, robe, bonnet, gants, veste, bavoir, petits souliers, et le panier contenant les objets de première nécessité.

Dans la pénombre, Amalia enlevait doucement les caillots collés à la peau de l'enfant avec des tampons de coton d'abord trempés dans l'eau tiède accompagnée d'un peu d'eau de rose, puis bien essorés; elle lavait les petites mains et essayait d'enlever avec précaution le mucus gluant qui couvrait encore ses cheveux.

Elle s'appliquait tellement à verser de l'eau tiède sur sa tête – qui tenait exactement dans le creux de sa main – d'un mouvement doux et solennel, comme sur les fonts baptismaux, qu'elle n'avait remarqué ni la baronne Scravaglio qui s'était approchée, ni les candélabres éblouissants que celle-ci avait fait apporter. Elle regardait intensément l'enfant à laquelle elle allait consacrer les deux prochaines années de sa vie, et peut-être beaucoup d'autres encore; il lui venait des vagues de tendresse telles les premières contractions légères de l'accouchement et un amour très fort grandissait en elle pour ce petit bout de femme. À la lumière des bougies elle découvrait la riche couleur rousse des cheveux à mesure qu'elle les essuyait avec un linge de mousseline. Elle lui souleva la tête et s'exclama en regardant les autres: «Cette petite baronne est très spéciale. Elle a les cheveux couleur de soleil. Bienheureux celui qui l'épousera, regardez cette chair pleine et ferme. Elle est toute longue cette nourrissonne, la prématurée la plus grande du monde ! » Elle l'enveloppa dans un châle et la serra contre sa poitrine.

Amalia se rappelait encore les paroles qu'elle avait eu la témérité d'adresser au jeune baron lorsqu'il s'était planté devant elles jambes écartées : « Cellence, vous voulez votre fille ? » Elle avait oublié qu'on ne laisse pas les nouveau-nés dans les bras des hommes, seules les femmes les touchent, et pourtant il l'avait prise dans ses bras, sa fille rousse, il la serrait et la regardait comme un amoureux. Amalia essuya une larme – le souvenir de Costanza dans les bras de son père la remuait toujours.

3

La naissance de Costanza Safamita dans le palais de Sarentini le 22 mai 1859

Dans sa chambre, la baronne gisait sur une table de salle à manger apprêtée comme un autel, tendue de couvertures de laine, de toile cirée et de draps du coton le plus fin bordés de broderies serrées : ses jambes soulevées reposaient sur des coussins, pudiquement couvertes d'un drap. L'après-midi les domestiques l'avaient transportée d'urgence de la petite salle à manger, quand la baronne avait perdu les eaux pendant qu'elle déjeunait avec sa tante et belle-sœur la baronne Carolina Arrassa dello Scravaglio.

La chambre bourdonnait. Les femmes de service réconfortaient la baronne épuisée, abandonnée sur les coussins entassés derrière son dos et sa tête : elle semblait prête à s'assoupir. Les voix s'éteignirent comme par enchantement.

Pina, l'accoucheuse de la famille, assistée de sa nièce et apprentie Filomena Battaria et de Celestina Vite, également accoucheuse, était à l'œuvre au bout de la table. Trois femmes de chambre, immobiles comme des statues, tenaient les lampes à huile, pendant que les autres s'affairaient à exécuter en silence les ordres de Pina. Amalia, la nourrice de l'enfant qui allait naître, avait été reléguée dans un coin de la pièce et restait là, immobile, sur un tabouret, elle faisait partie du trousseau de la nouveau-née.

La baronne était en plein travail. Pina examinait la dilatation à la lumière de la lampe adroitement dirigée par sa nièce : elle apercevait le crâne de l'enfant. Elle posa la main droite sur le ventre tiède de la parturiente : les douleurs se succédaient mais elle ne se plaignait pas. Pina poussa un soupir. La baronne souffrait : un malheureux vagin dilaté. C'était le destin de certaines femmes de n'être pas faites pour avoir des enfants, cela arrivait aussi chez les riches. Les hommes Safamita le savaient mais ne leur laissaient pas de répit, après la mort du premier-né ils s'acharnaient à vouloir des héritiers. Stefano lui était né sept ans plus tôt – un véritable miracle –, mais ensuite des fausses couches fréquentes et douloureuses s'étaient succédé. Pina avait fait ce qu'elle n'aurait pas dû. Deux ans auparavant, elle avait osé suggérer au jeune baron de renoncer à avoir des enfants, ils avaient déjà un fils : beaucoup de maris veillaient à les éviter pour la santé de leur épouse, et pourtant ils avaient des satisfactions, et comment ! Ce discours n'avait pas plu au jeune baron mais, peut-être parce qu'elle avait bien choisi son moment, il n'avait pas semblé offensé. Il avait répondu sèchement que certaines demi-mesures convenaient à des femmes comme Pina, mais pas à sa baronne. Puis, cette unique fois, il était allé jusqu'au bout.

Les dernières douleurs de l'expulsion arrivaient :

blême et moite, la baronne cherchait à se redresser en s'aidant de deux femmes, les bras agrippés aux leurs, les ongles presque enfoncés dans leur chair, elle gémissait, mais elle restait pliée en avant pour voir. Une dernière poussée, encore un effort, puis un cri rauque, profond : la tête était sortie. Pina se redressa vite, comme si elle voulait reprendre des forces avant le dernier combat, elle avait l'air d'un furet. Elle se pencha de nouveau, repoussa du coude la mèche qui lui tombait sur le front et se remit à travailler avec une concentration absolue : elle était considérée à juste titre comme la meilleure accoucheuse de la région. Elle tenait la tête entre ses mains ; au rythme des poussées de la mère, elle aidait l'enfant à terminer sa métamorphose de fœtus en nouveau-né ; voilà, elle était sortie, Pina l'avait tout entière entre les bras, parfaite.

« Une fille est née à la baronne ! » cria-t-elle pour se faire entendre dans l'antichambre où, avec leur sœur et les nonnes, attendaient les deux barons. Elle secoua la nouveau-née pour lui ouvrir les poumons et celle-ci hurla. Elle paraissait en parfaite santé. Elle la donna à Celestina pour qu'elle lui coupe et lui noue le cordon ombilical, lui perce les oreilles et la vérifie entièrement, et elle retourna s'occuper de la baronne qui pleurait étendue sur sa table.

« Je ne veux pas de fille, ce devait être un garçon, non, non, non… »

Celestina s'était approchée d'elle avec l'enfant dans les bras, enveloppée d'un lange. La baronne lui lança un regard fatigué et torve, elle la repoussa du bras et se couvrit les yeux. Elle sanglotait. Elle ne veut même pas expulser le placenta, elle paraît plus éplorée cette fois-ci que lorsqu'ils arrivaient mort-nés, pensait Pina. Les nobles sont fondus, mais je ne me serais jamais attendue à ça. Une petitoune vivante et saine est née, mais sa mère pleure et ne veut pas d'elle. Aucune des femmes n'osait plus réconforter la baronne ; silencieuses et consternées, elles observaient les accoucheuses affairées et disparaissaient l'une après l'autre sous divers prétextes : remplir les brocs d'eau chaude, emporter les draps sales à la buanderie, annoncer à la domesticité l'heureuse nouvelle et commencer à cancaner.

La baronne Scravaglio entra, laissant la femme de chambre avec les nonnes. Sa nièce et belle-sœur répétait machinalement : « Non, non, je ne veux pas d'une fille », en haussant le ton chaque fois que ses forces le lui permettaient.

« Caterina, le fils tu l'as déjà. C'est bien d'avoir une fille, les filles vous reviennent toujours », lui dit la baronne Scravaglio. Comme Caterina ne l'écoutait pas et lui avait tourné le dos avec agacement, elle s'approcha de la nourrice, très occupée par la nouveau-née. Belle, elle ne l'est sûrement pas, se dit-elle, on dirait un singe albinos, la peau tachetée, pleine de poils sur les épaules et même sur la figure, chevelue… Une horreur.

On ne distinguait pas la couleur de ses cheveux dans la pénombre. Elle ordonna qu'on lui apporte d'autres bougies. Deux domestiques accoururent, portant chacune un chandelier à cinq branches. Droite et hautaine, elle tournicotait au-dessus de la nourrice, le regard chargé de dégoût devant la chevelure de l'enfant : elle était rouge feu. La nourrice s'en rendit compte. Elle murmura à la baronne quelques compliments embarrassés, mais ensuite, oubliant sa condition, elle s'exclama : « Qu'est-ce que vous regardez, laissez-nous toutes les deux tranquilles ! »

La baronne Scravaglio s'éloigna ; puis elle s'arrêta à un bout de la table : déconcertée, elle regardait l'accouchée. Celle-ci hurlait : elle refusait même de suivre les conseils des sages-femmes, au point que Pina dut la contraindre à expulser le placenta à force de massages et de pressions énergiques sur le ventre. Dans cette maison, depuis que Mimì s'est marié avec sa nièce, ils sont tous devenus fous, y compris la nourrice ! se dit la baronne Scravaglio, et elle tourna les talons pour retourner dans l'antichambre sans dire au revoir à personne.

Les petites religieuses envoyées exprès par donna Assunta Safamita pour implorer la protection de la Vierge sur la mère et l'enfant qui allait naître étaient restées seules dans l'antichambre. Gauches et mal à l'aise, elles étaient assises toutes droites dans les fauteuils, visiblement affolées. Leur pudeur virginale bouleversée par le mystère de la naissance, elles étaient exposées en outre à un langage violent, inconnu, dont elles ressentaient la contamination. La baronne Scravaglio leur jeta à peine un coup d'œil en se hâtant de traverser l'antichambre en direction du salon vert où s'étaient réfugiés ses frères, loin de la scène de l'accouchement.

«Elle est rousse et paraît en bonne santé, annonçat-elle. Mais qui avait les cheveux roux chez les Safamita ?»

Guglielmo, le plus âgé, demanda : «Comment va ma fille ?»

Domenico répétait, comme s'il se parlait à lui-même : «Cette fois-ci elle souffre beaucoup, ma Caterina.» Il se pencha en avant sur son fauteuil et se prit la tête entre les mains.

«Je ne m'attendais sûrement pas à une rousse, il n'y a jamais eu de roux chez les Safamita», ajouta sa sœur. Debout au milieu du salon elle exigeait une réponse.

«Tu as toujours été une crétine, Carolina, et une ignorante : sur un tableau du palais de Palerme, il y a une aïeule rousse, dit froidement Guglielmo en se levant. Je vais voir ce qui arrive à Caterina et faire la connaissance de ma première petite-fille.»

Costanza tétait, accrochée voracement au sein de sa nourrice. Son grand-père Guglielmo Safamita, baron di Muralisci, la regardait, plongé dans ses pensées. Il effleura sa petite main et se dirigea vers sa fille. Caterina reposait, épuisée, dans le grand lit à baldaquin. «Tu veux la voir?» lui demanda-t-il tendrement. L'accouchée ouvrit les yeux: «Non, non, ce devait être un garçon.» Elle se remit à pleurer et son père quitta la pièce.

Domenico Safamita alla droit à l'enfant qui ne continuait de téter que pour le confort. Il resta sans bouger, planté les jambes écartées, les mains croisées dans le dos. Les femmes qui s'affairaient encore dans la pièce s'arrêtèrent pour regarder, protégées par la pénombre. La nourrice avait écarté la nouveau-née de son sein qu'elle avait laissé découvert, gonflé et blanc, le mamelon sombre et enflé. Sans pudeur, elle tendait l'enfant au jeune baron en la soulevant dans ses bras ronds, nus jusqu'au coude. Le baron la reçut dans ses grandes mains d'homme. Il la regardait pensivement en la tenant à bout de bras comme un petit animal, les yeux fixés sur sa frimousse camuse. Il l'appuya sur son bras droit, la serra fort contre sa poitrine et s'approcha à pas lents de sa femme: «Amour de ma vie, quelle belle fille tu m'as faite. Regarde-la.» Et il s'assit au bord du lit, en baissant le bras pour mieux lui montrer la petite.

La baronne tourna la tête de l'autre côté avec un mouvement de colère. «C'est une fille, je n'en veux pas, ce devait être un garçon, murmura-t-elle.

– Retourne-toi.» Le baron avait pris le ton impérieux, froid et distant des Safamita. «Regarde-la, cette fille que tu as faite est la mienne, tu comprends? C'est ma fille. Je l'aime et tu dois l'aimer aussi. Tu as compris?» Il parlait à voix basse pour ne pas être entendu des femmes collées contre les murs, craintives et embarrassées, mais tout oreilles.

Lentement le jeune baron souleva l'enfant en se penchant un peu sur elle. Ses longues moustaches et sa barbe effleurèrent la petite fille en la cachant aux regards des autres pendant qu'il lui couvrait les joues de petits baisers. Il la coucha près de sa mère sous le drap de soie. Il se redressa et les observa, côte à côte. Il s'inclina enfin pour embrasser sa femme : les lèvres sèches de Caterina étaient serrées, elles ne s'entrouvraient pas, et il dut forcer pour entrer sa langue. Ils s'embrassèrent avec passion. Les domestiques étaient habituées à ce spectacle, mais pas les autres femmes. Celestina et la nourrice regardaient, gênées : eux, indifférents, continuèrent de s'embrasser.

La petite semblait poussée vers le bord du lit. À cet instant même le baron revenait dans la pièce et son arrivée interrompit tout.

4

Au château de Sarentini,
donna Assunta Safamita prie
avec ses femmes mystiques

Du château médiéval de Sarentini il restait bien peu de chose tant il avait été reconstruit au cours des siècles ; c'était un grand bâtiment qu'on appelait encore pompeusement « château ».

Recouvert de crépi à peine rosé et entouré de jardins plantés d'arbres, il trônait, presque anodin, comme la cerise pâle sur une glace recouverte de pâte d'amande verte, en équilibre sur les pentes où était né au XVIIe siècle le village de Sarentini.

Même ainsi il dominait et inspirait le respect au village en dessous. Il avait été construit sur la colline la plus haute de celles qui descendaient en pente douce vers la côte, divisant les terres fertiles du Sarentinese en deux vallées. L'une descendait en ondulant pour s'aplanir ensuite et finir à la mer, à peine creusée par le lit du Tinto désormais presque à sec : on reconnaissait son ancien cours aux roseaux luxuriants qui poussaient dans son lit pierreux tel un petit serpent vert assoiffé. L'autre vallée, plus grande, plus sombre et plus généreuse, s'élargissait en champs de blé, fermée par les montagnes de l'arrière-pays.

Donna Assunta Safamita s'était recluse dans le petit salon, entourée de ses femmes, dès qu'elle avait appris que Caterina était en travail.

Elle avait refusé de se rendre auprès d'elle à cause d'un dégoût et d'une pudeur assez semblables à ceux des jeunes religieuses, et participait à l'événement à distance, en récitant des chapelets et des prières propitiatoires. Donna Assunta était dans son fauteuil ; les autres, tassées sur leurs chaises dures, formaient cercle, chacune avec le chapelet qu'elle égrenait, pénétrées et impatientes, répétaient des litanies, des oraisons jaculatoires et même des comptines dédiées à des saints vrais et faux.

Les dévotions chorales de ce genre occupaient les journées de ces femmes résignées à être vieilles filles et des veuves d'un certain âge, elles étaient source de réconfort et de sérénité. À mesure que les heures passaient elles prenaient cependant un ton anxieux et presque hystérique. Elles chuchotaient tout bas, par peur des réprimandes de donna Assunta, force « pauvrette », « comme elle souffre », « toujours pas de nouvelles », « espérons pour elle qu'il vivra », « les enfants sont des souffrances ».

Donna Assunta, en dépit de ses cinquante ans passés, demeurait tenace et autoritaire : elle entonna le Pater noster – d'une voix fatiguée mais ferme – suivie de près par le marmottement de ses compagnes mystiques et obéissantes. Seul le frémissement des rubans blancs empesés de son bonnet sur ses épaules et sa poitrine robuste trahissait son émotion : elle tournait de temps en temps les yeux vers la porte dans l'espoir que quelqu'un lui annonce la seule nouvelle vraiment bonne, la naissance d'un autre mâle. Elle aussi était inquiète – depuis toujours – à propos de ce mariage, interdit par l'Église et, à son avis, mal assorti, mais elle devait reconnaître qu'il s'était révélé heureux et l'aurait été davantage encore s'il n'avait été assombri par la difficulté de Caterina à mener à bien ses nombreuses grossesses. *Que ton nom soit sanctifié.* Elle pensait au sort malheureux de sa nièce. Fille unique, elle avait passé son enfance au château sans la compagnie d'autres enfants et avec le souci constant de sa mère malade. *Que ta volonté soit faite.* Resté veuf, Guglielmo n'avait pas voulu se remarier et, attaché maladivement à Caterina, avait refusé de l'envoyer avec ses cousines au pensionnat religieux de Palerme. Sa nièce avait vécu solitaire, instruite par mademoiselle Besser, une étrangère protestante – deux bonnes raisons pour éveiller les soupçons d'Assunta – jusqu'à ce que naisse sa passion pour son oncle. Elle fit tant et si bien que Domenico dit adieu à sa vie de célibataire, à ses voyages et à ses relations de Palerme pour rester à Sarentini, ensorcelé par Caterina. Elle avait toujours été bizarre, cette nièce taciturne qui préférait la solitude, la lecture et la musique à la compagnie des autres femmes. Enfant, elle était obsédée par les tortues, et son père permettait qu'elles infestent la terrasse en maîtresses des lieux. Après son mariage, elle était toujours seule dans le palais et supportait mal les visites : elle semblait ne se satisfaire que de la présence de son mari, puis de Stefano, le seul enfant qui ait survécu. Elle s'était révélée une épouse obéissante, une bonne maîtresse de maison et une mère irréprochable ; Assunta voyait pourtant que quelque chose n'allait pas, il y avait chez Caterina un je-ne-sais-quoi d'impénétrable, d'obscur, de presque tragique. *Ne nous soumets pas à la tentation mais délivre-nous du mal.*

« Amen », conclurent les autres, et elles reprirent les Ave Maria.

5

*Une conversation toute en sous-entendus
entre frères Safamita*

La nuit était avancée et il faisait frais dans le salon vert. Carolina était finalement partie se coucher après avoir déclaré sur un ton mélodramatique qu'il lui revenait désormais, en tant que sœur aînée et femme mariée, de remplacer sa très chère belle-sœur Maria Stella : elle allait donc être retenue par ses soins à l'accouchée. Les frères restèrent seuls avec un soulagement évident. Ni l'un ni l'autre ne supportaient Carolina et cela les unissait. Épuisés par les émotions de la journée, ils fumaient en silence, perdus dans leurs pensées.

Domenico Safamita avait froid. Il eut envie d'une petite flambée. Il réveilla Gaspare, assoupi sur un tabouret derrière la porte, qui trottina pour aller réveiller d'autres domestiques. Empestant la sueur tiède du premier sommeil, la livrée en désordre, la chemise enfilée en hâte pendouillant sur le pantalon, deux domestiques s'activaient agenouillés devant la cheminée sous le regard ennuyé et indifférent des maîtres.

Domenico alluma un autre cigare, s'étira dans son fauteuil et leva la tête.

Éclairée par les chandeliers, la fumée montait dans la pièce et pâlissait avant d'être avalée dans l'obscurité de la haute voûte peinte.

Guglielmo, les yeux baissés, regardait nonchalamment les flammes. En respirant lentement et profondément, il inhalait le parfum des branches d'olivier qui crépitaient dans l'âtre.

«Cela m'ennuie que Carolina dorme encore chez moi demain, dit Domenico. Tu pourrais la prendre au château?

– Mais elle reste ici pour être avec Caterina.»

Guglielmo n'appréciait pas l'idée d'avoir chez lui son insupportable sœur dont on disait en outre qu'elle était devenue cleptomane.

«Caterina ne veut pas d'elle, expliqua Domenico.

– Rien n'a disparu?

– À ma connaissance, elle n'a rien volé. J'ai ordonné à sa femme de chambre de la surveiller.

– Elle n'est pas une voleuse, il s'agit d'une maladie. Bien entendu, je la prends au château, c'est ma sœur.» Puis il ajouta: «Et aussi la tienne.

– Je sais, mais Caterina a besoin de tranquillité. Carolina parle beaucoup, et souvent à tort et à travers. Aujourd'hui elle m'a raconté une histoire compliquée, je crains qu'elle n'ait pris des affaires chez des amies et qu'elle n'ait des ennuis, quelqu'un lui en veut peut-être et la fait chanter, ou la menace, je ne sais pas… en tout cas, elle a peur.

– Elle m'a parlé plus d'une fois de ces soupçons.» Guglielmo regarda de nouveau la cheminée. Domenico secoua ses cendres dans les braises; il contemplait les flammes, longues. Rouges.

«Qui c'était? demanda-t-il à brûle-pourpoint en dialecte.

– Celle-ci est vivante.» Guglielmo ne quitta pas les flammes du regard un seul instant.

«Tu y es pour quelque chose? poursuivit l'autre.

– Oui et non, répondit le baron imperturbable.

– Qu'est-ce que cela signifie?» La voix de Domenico venait à présent du fond de ses tripes.

«Ce que cela signifie. Caterina fait comme elle l'entend et comme elle croit devoir faire : je ne suis que son père, pas son mari. Toi, tu peux la commander. Elle t'écoute toujours.» Ils étaient de nouveau rivaux.

«Il faut l'éloigner, dit Domenico.

– Je m'en suis déjà occupé, répliqua Guglielmo en le regardant droit dans les yeux.

– Quand ?

– C'est quelqu'un à moi.» Le baron tenait à sa réserve.

«Tu le savais ?» Domenico mordillait nerveusement son cigare.

«Je n'en étais pas sûr.

– Et maintenant ? Tu en es sûr ?

– Je l'ai vue, et toi aussi.» Le regard de Guglielmo était dur et enflammé.

«Elle est rousse, dit Domenico.

– En effet», répondit son frère. Il prit la boîte de cigares, en offrit un à Domenico, qui grommela un refus entre ses dents, et s'en alluma un.

«Et nos sœurs ? demanda Domenico à l'improviste.

– Que veux-tu qu'elles fassent, ces idiotes ? Assunta sera heureuse que tu lui demandes d'être la marraine, ce qui est son rôle à la place de maman, paix à son âme. Quant aux autres, elles ne comptent pas. Tu sais que Carolina veut un prêt ?» conclut Guglielmo en se levant et en changeant soudain de sujet. À cinquante-sept ans c'était encore un bel homme, élégant et vif, avec une épaisse chevelure et une barbe à peine grisonnante. Il regarda son frère cadet et s'émut de son effroi évident. Profond.

Oubliant les rivalités anciennes et actuelles, les éternels conflits que suscitait en lui la seule présence de Domenico, allié et adversaire, mari et amant de sa fille unique, il eut pitié de lui. À côté de la cheminée était accroché un portrait de leur père, Stefano Safamita : à l'arrière-plan du tableau figurait la villa La Camusa, la résidence d'été de la famille, juste à l'extérieur du village où il n'avait plus voulu remettre les pieds après la mort de sa femme. Un passé triste remontait à la surface : Guglielmo fit le tour du salon, puis, avec gêne et réticence, il s'approcha du fauteuil de son frère et laissa sa main noueuse se poser sur son épaule, geste rare de solidarité chez les Safamita, peu portés sur les effusions et extrêmement réservés.

« Si Caterina ne veut rien savoir de cette petite, nous devons veiller sur elle tous les deux, toi le père et moi le grand-père. Elle a du sang Safamita dans les veines et elle doit être riche, comme son frère Stefano. Je vais dormir : toi aussi, Mimì », dit-il enfin en employant ce diminutif oublié. Et il sortit sans un autre regard.

En voiture, pendant le bref trajet jusqu'au château, le baron demanda à Gaetano s'il avait exécuté ses ordres.

« Oui, Cellence, répondit le domestique de confiance, j'ai fait prévenir le directeur de la Corbotta : il viendra demain soir, et j'ai avisé don Antonino de faire appeler le peintre Ciappa.

– Bien », fit Guglielmo satisfait. Puis il ajouta : « Elle me plaît, ma petite-fille Costanza, rousse comme la fille du bienheureux Giuseppe : c'est un bon signe, Tano. Une fille était aussi nécessaire que le pain chez les Safamita. »

Cette nuit-là le baron eut un sommeil paisible et sans rêves. Son frère, en revanche, resta éveillé. À l'aube, il entra dans la chambre de sa femme : il la trouva dormant sereinement sur le dos, ses cheveux châtains en auréole sur l'oreiller. Il s'étendit auprès d'elle sur le dessus-de-lit de dentelle, tout habillé, et l'examina pour la énième fois : visage petit, lèvres fines, nez légèrement aquilin des Safamita, peau lisse et douce… il l'aimait telle qu'elle était : l'enfant ardente qui l'avait choisi pour époux à l'âge de huit ans. Il la désirait. Il prit entre ses doigts une de ses boucles qu'il tortilla en faisant bien attention à ne pas la réveiller. Puis il posa la tête sur l'oreiller et sombra dans un sommeil profond.

Tôt le lendemain matin les domestiques entrèrent dans le salon vert pour faire le ménage. Dans la cheminée brûlaient encore des morceaux de bois tourné et doré, du rembourrage de crin, des lambeaux de damas : le jeune baron, dans une de ses crises de colère, avait cassé un petit fauteuil. Cette fois, peut-être pour fêter à sa façon la naissance de sa fille Costanza, il avait décidé aussi de le brûler, plutôt que de laisser au majordome le soin de le faire réparer.

L'après-midi, dans l'office, les femmes de service lavaient les légumes pour la soupe du dîner et elles profitèrent de l'absence de domestiques masculins pour parler librement et longtemps de l'incident. Elles conclurent que le jeune baron avait fracassé le fauteuil par dépit d'avoir eu une fille.

6

Sarentini parle après la naissance
de Costanza Safamita
et oublie la mort du roi, mais pas le passé

Les commérages et les racontars commencèrent le soir même, destinés à se répandre dans tout le village jusqu'à ce que la famille les fasse taire, bien que temporairement, à l'occasion du baptême de Costanza, avec sa munificence désormais légendaire. La nouvelle de la naissance de la fille du jeune baron Safamita à Sarentini avait couru en un clin d'œil, confirmant, comme s'il en était encore besoin, que le bouche à oreille surpasse toujours les moyens orthodoxes de communication. Le crieur public, accompagné du roulement de son tambour, qui eut la tâche d'informer la population de la mort du monarque, Ferdinando II le non-aimé, dans son palais lointain de Caserta, et de l'ascension au trône de Francesco II, suscita peu d'intérêt et le peuple n'éprouva aucune douleur ; les curieux, au contraire, ne le laissaient pas tranquille : ils lui demandaient à voix basse des nouvelles de la famille Safamita, que celui-ci prodiguait avec la dignité conforme à son office.

On cancana encore plus que nécessaire. D'ailleurs, il y avait de quoi cancaner sur cette famille palermitaine arrogante qui avait atterri à Sarentini au début du siècle grâce au mariage du baron Stefano Muralisci avec Caterina Lattuca – une héritière bourgeoise. Les Safamita s'étaient montrés avides et hautains, ils avaient renforcé les équipes de gardes privés, employé des régisseurs et des surveillants impitoyables, reconstruit les fermes et leurs cours en les fortifiant presque, et s'étaient comportés comme s'ils étaient les souverains de leurs terres et même du village. Installés dans le château des princes Arcuneri, les barons de Sarentini, propriétaires absentéistes depuis des générations et désormais appauvris, l'avaient agrandi sans regarder à la dépense. Ils auraient tous pu y vivre à l'aise, mais le jeune baron avait voulu se faire construire une demeure grandiose pour y emmener sa nièce, épousée peu après avoir arraché à l'évêque une dispense, puisque les mariages consanguins étaient interdits. On savait que c'était elle qui s'était éprise de son oncle et l'avait séduit. Mais l'argent ne rachète pas les péchés et tous, riches et pauvres, doivent les payer un jour ou l'autre : cette horrible fille rousse, comme il n'y en avait jamais eu de mémoire de Sarentinais, témoignait à présent de sa honte. Mais il y avait pire : sa mère l'avait refusée. On disait qu'à sa naissance elle s'était conduite comme une folle et ne l'avait même pas prise dans ses bras. Les petites religieuses du Carmel avaient beaucoup à raconter à ce propos. Sous prétexte d'acheter des confiseries et des biscuits, les gens se présentaient au tour du couvent pour entendre de la sœur converse affectée à la vente, à travers la plaque de zinc percée de trous, ce qu'avaient raconté les sœurs innocentes convoquées chez les Safamita pour les prières de l'accouchement. La sœur disait avec son intonation habituelle, douce et paisible, que les jeunes sœurs tremblaient encore au souvenir des hurlements obscènes de la baronne, visiblement habitée par le diable pendant ses couches, et de son désespoir après la naissance, comme si son propre sang lui faisait horreur.

Les étrangers à la famille n'étaient pas les seuls à commenter les traits de la nouveau-née et l'accueil que sa mère lui avait réservé. La baronne Scravaglio elle-même parlait de l'inconduite de sa belle-sœur. Caterina Safamita était « marquée » par le mal et il fallait trouver un exorciste, ou recourir aux vieilles méthodes efficaces de sorcellerie pour la sauver, ainsi que tous les Safamita.

Les habitants de Sarentini n'épargnèrent pas le jeune baron : il était hautain, entêté à dépasser son frère en luxe et en richesse, et dévoré par sa passion malsaine pour sa nièce. Le châtiment de Dieu était descendu sur lui en faisant mourir tous les enfants conçus par sa nièce sauf un – là-dessus aussi il y aurait eu beaucoup à dire, mais il valait mieux pas –, et il lui arrivait à présent une fille aux cheveux roux et aux yeux bovins, à la figure jaunâtre pleine de grosses taches de rousseur.

On omit opportunément le fait que très peu de personnes l'avaient vue, et que Costanza était une petite fille normale aux cheveux roux et à la peau claire. La laideur de Costanza Safamita fut bientôt consacrée : elle devint la pierre de touche dans les conversations et se transmit aux générations suivantes.

Pilu russu, malu pilu. Cheveux roux, cheveux de malheur. Les anciens en savaient long.

7

Amalia se souvient de son mariage et de la conception de son fils grâce aux interventions de sa belle-mère et de san Giovanni Decollato

Le bateau à vapeur glissait placidement sur la mer qui n'était plus agitée, mais pas encore limpide et monochrome. Tel un taffetas chiffonné elle était ridée de petites vagues écumeuses. Loin d'avoir retrouvé son bleu lumineux habituel, elle était divisée en larges bandes horizontales bleues, vertes, grises, les plus lointaines presque violettes : les derniers effets d'une tempête. Le bateau y creusait son sillon en les traversant en direction de la haute mer, la proue pointée sur l'horizon, son long sillage blanchâtre en forme d'éventail. La fumée noire de sa cheminée se dressait toute droite et pâlissait en se mêlant au ciel sombre. À distance respectueuse, deux bateaux de pêche, leur voile à mi-mât, avançaient avec précaution dans son sillage en traînant derrière eux leur chalut. Le ciel était un amas de nuages, non plus entassés et d'un gris uniforme, mais rangés en larges couches épaisses de diverses nuances de gris, depuis le gris clair léger et presque brillant jusqu'au gris foncé et oppressant, prêt à se transformer de nouveau en pluie battante.

L'air était piquant. Amalia et Pinuzza restaient dehors pour fuir la puanteur pénétrante de la grotte saturée d'une humidité qui suintait de la pierre blanche et poreuse, descendait en grosses larmes le long des murs et gouttait du plafond.

Immobiles sur leurs chaises, les épaules et les jambes bien couvertes – elles s'étaient mis dessus tout ce qu'elles possédaient –, elles respiraient à pleins poumons la brise fraîche, les yeux fixés sur la mer. Au plus fort de la tempête, Pinuzza était restée muette, épouvantée par les coups de tonnerre, blottie dans l'alcôve qui servait de siège, de table et de lit. À présent, en plein air, elle ne cessait de poser des questions.

« Où il va, ce grand bateau ?

– Dans une île lointaine.

– Comment tu le sais ?

– Don Paolo me le disait.

– Et de là il va ensuite à Nouyork ?

– Je ne sais pas.

– Mais ça te plairait d'aller voir Giovannino à Nouyork ?

– Bien sûr que ça me plairait.

– Et pourquoi tu n'y vas pas ?

– Parce que je suis ici avec toi.

– Ça n'a rien à voir, c'est ton fils, et il te veut : si tu en as envie, tu dois y aller et moi je retourne au village.

– Je ne l'ai pas vu depuis qu'il avait dix-huit ans.

– Et pourquoi il est parti ?

– Pour travailler, c'est le destin des pauvres comme nous.

– Mais pourquoi tu n'es pas allée avec lui ?

– Pour ne pas laisser la marquise.

– Tu l'aimais plus que ton fils.

– C'est différent, je les aimais tous les deux.

– Mais elle, elle n'était pas de ton sang comme Giovannino, et tu es restée avec elle… » Pinuzza laissa sa phrase en suspens et se tut.

Le bateau, devenu aussi petit qu'un fétu de chaume noir, était sur le point de disparaître et de plonger, léger, au-delà de la ligne d'horizon, en chute libre mais sûre dans une autre mer, immense, celle qui menait aux terres lointaines où vivait Giovannino ; ainsi songeait Amalia, qui avait de la peine à croire ce que lui disait don Paolo, que le monde était rond comme un œuf de colombe. Pour elle, la mer était une fontaine à vasques sur laquelle les feuilles flottaient et glissaient de l'une à l'autre à l'infini.

« Quand tu es arrivée chez la marquise, on t'a ensorcelée ! reprit Pinuzza.

– Rentrons, il est tard et tu prends froid. » Le ton d'Amalia était doux, mais autoritaire. Le bateau avait disparu. Les pêcheurs retournaient vers la terre. Amalia retira la couverture de ses jambes, la posa avec soin sur sa chaise et souleva Pinuzza.

Ce soir-là, serrées dans les bras l'une de l'autre pour se réchauffer – les couvertures étaient trempées d'humidité –, elles eurent du mal à s'endormir. Pinuzza tremblait, recroquevillée, son dos rond pesait sur le sein et le ventre de sa tante comme un gigantesque fœtus ; elle finit par s'endormir. Dans son demi-sommeil Amalia eut des visions et des cauchemars.

Elle avait vécu jusqu'à son mariage dans une masure accrochée à la pente de la colline sur laquelle se dressait le château. Le baron Stefano Safamita avait offert l'habitation au père d'Amalia, au service de la famille Lattuca et bon boulanger, quand celui-ci, rendu aveugle par le glaucome, avait été renvoyé par son patron. Elle, la dernière-née et la préférée, lui servait de guide. Ils semblaient ne pas se quitter : ils s'aimaient beaucoup. C'était une vie pauvre, mais pas malheureuse. Amalia et sa sœur aînée étaient condamnées à ne pas trouver de mari parce qu'il n'y avait pas d'argent pour les trousseaux des filles, mais cela ne tracassait pas Amalia : elle se sentait bien dans sa famille.

Or, elle se maria à quatorze ans à peine. Donna Titta Cuffaro la voulut pour son fils unique, Diego : elle n'attendait ni dot, ni trousseau. Sa belle-mère se présenta, menaçante : « Je la veux avec seulement ce qu'elle a sur le dos ! » Amalia comprenait que donna Titta l'avait choisie parce que aucune famille moins pauvre n'aurait jamais donné sa fille si jeune pour épouse à un homme comme Diego, tout tordu, boiteux, faible de corps et d'esprit.

Les Cuffaro avaient connu des jours meilleurs. Leur débit de vin était fréquenté autrefois par les soldats anglais, qui buvaient beaucoup et payaient comptant. Don Diego Cuffaro, le beau-père de donna Titta, convaincu que l'occupation des Anglais était destinée à durer et se croyant malin, avait conclu un accord avec un employé d'octroi pour l'achat du vin à prix fixe sur une longue période, en passant par-dessus les intermédiaires habituels.

La malchance voulut qu'après la défaite des Français, l'armée anglaise – au nombre de dix-sept mille hommes, chiffre qui, comme chacun sait, porte malheur – abandonna la Sicile pour ne plus y revenir. Le prix du moût avait considérablement baissé. Le contrat provoqua la ruine de la famille. Les Cuffaro engagèrent des négociations pour le modifier, mais ce fut impossible, et pas à cause de l'employé d'octroi ; ce dernier les aurait volontiers aidés, sauf qu'il n'était pas libre de le faire : il devait rendre des comptes à « d'autres » qui les auraient tués tous les deux pour l'exemple.

Amalia se rappelait la consternation de la famille à chaque vendange, les tonneaux de vin qu'ils étaient contraints d'acheter. Il ne restait plus de place dans l'arrière-boutique, les tonneaux occupaient l'habitation, déjà pleine de vin de l'année précédente, qui ne faisait même pas du bon vinaigre. Ils auraient été étranglés par les dettes s'ils n'avaient arrondi leurs revenus en servant de lieu d'échange pour des messages délicats et des marchandises de contrebande. Belle-mère et belle-fille s'occupaient de cette activité pendant que les hommes, assis dehors, montaient la garde. Amalia, innocente, ne savait pas encore qu'elle était destinée à être une source de bénéfices pour les Cuffaro qui allaient la placer comme nourrice dans une famille riche et l'y maintenir le plus longtemps possible ; son trousseau de fonction et son salaire seraient utilisés pour une dernière tentative de se libérer du contrat sur le vin. Ce n'était pas tout. Les Cuffaro craignaient, à juste titre, que Diego ne soit pas capable de l'engrosser et ils avaient déjà imaginé un stratagème infâme.

Le mariage n'avait pas été consommé pendant la nuit de noces, et ce n'était pas faute de bonne volonté de la part des époux. Les draps qu'Amalia dut étendre devant la porte le lendemain étaient barbouillés du sang des vieilles poules tuées pour faire le bouillon du repas de mariage : cette sorcière de belle-mère avait pensé à tout. Un frisson de dégoût fit sursauter Amalia. Au moment décisif – quand l'affaire doit se conclure –, Diego n'y arrivait pas et roulait sur le flanc en grognant, découragé, couvert de sueur et vaincu, sur la couverture qui servait à la fois de drap et de matelas. Donna Titta, qui se faisait tout raconter par son fils, suggéra qu'ils essaient l'après-midi, quand Diego avait davantage de forces. Amalia en était venue à exécrer ces étreintes de l'après-midi dictées par sa belle-mère. Cette impudente se postait derrière le rideau qui séparait l'angle de leur paillasse du reste de la pièce qu'ils partageaient avec l'ânesse et elle pilotait son fils en criant : « Vas-y, Diego, vas-y, compte jusqu'à dix, vas-y, vas-y, tu es dedans, attention Diego », elle allait jusqu'à écarter le rideau et passer la tête pour vérifier qu'il exécutait ses ordres.

Au bout de deux ans de mariage, ayant compris les

allusions que ses beaux-parents laissaient échapper, Amalia sut qu'ils avaient un plan diabolique : au cas où Diego continuerait à ne pas pouvoir s'accoupler, don Carmelo le remplacerait. Amalia se souvenait du malaise que lui causaient les regards de son beau-père, ses attouchements visqueux de plus en plus insistants et répugnants. Effrayé et incapable de la protéger, Diego – un nigaud qui l'aimait – en souffrait en silence : sa mère voyait tout et se tourmentait, mais elle ne disait rien à son mari.

Dans une ultime tentative désespérée, donna Titta avait eu recours à san Giovanni Battista, auquel elle avait adressé une puissante demande d'exorcisme. Elle l'avait raconté plusieurs fois à Amalia en se vantant d'avoir été l'artisan de la naissance de Giovannino et pour confirmer que l'enfant lui appartenait doublement. Surmontant sa peur, donna Titta était allée de nuit exécuter les ordres de la sorcière : la demande à san Giovanni Decollato devait être prononcée par le suppliant seul, en secret, dans le noir, à voix haute, dans une caverne à l'extérieur du village, puant l'odeur âcre des excréments des chauves-souris, où ne pouvaient se complaire que les esprits désespérés qui erraient là.

Amalia la voyait devant ses yeux tant le récit de sa belle-mère était détaillé : là-bas, dans la vaste caverne, entourée des chauves-souris qui voltigeaient autour d'elle en lui frôlant les épaules et qui ensuite, rendues déchaînées par l'odeur des cheveux humains, lui tombaient sur la tête pour les lui attraper et les lui arracher avec leurs pattes crochues. Donna Titta, protégée par son châle bien serré sous le menton, assourdie par leurs cris aigus, apeurée mais non vaincue, avec la force que la foi et l'amour maternel réveillent chez les chrétiens, restait plantée toute droite et répétait d'une voix ferme les strophes de la conjuration.

Et c'est ainsi que, grâce à sa mère, Diego réussit

enfin et qu'en octobre 1858 naquit Giovannino : san Giovanni Decollato méritait bien que ce petit porte son nom plutôt que celui de son grand-père. Amalia avait dix-sept ans. Donna Titta assuma le rôle de mère dès que Giovannino sortit de son ventre et l'informa avec brutalité qu'ils l'avaient destinée à être nourrice. Amalia l'implora de ne pas lui enlever Giovannino. Mais Diego avait pris leur parti, comme si elle ne comptait plus, et elle dut s'avouer vaincue. « C'est un Cuffaro, il me revient de droit et je l'élève comme ça me plaît », lui dit sa belle-mère, la victoire inscrite sur le visage. L'accoucheuse était encore avec eux, à moitié soûle à cause du vin qu'on lui avait offert, et elle-même blêmit devant tant de méchanceté. Donna Titta lui servit désormais de mère, pendant que les autres travaux retombaient sur Amalia, à la maison et au magasin. Giovannino, innocent, devenait beau et fort. Dès que sa belle-mère le lui donnait pour la tétée, de grosses larmes tombaient sur son sein, coulaient vers le mamelon et se glissaient entre les lèvres de l'enfant : il avait été nourri de lait et de larmes, Giovannino.

C'était presque le matin et l'aube rose pénétrait par les crevasses. Amalia n'avait plus froid. Serrée contre Pinuzza, elle pleurait toutes les larmes de son corps ; puis elle tomba dans un demi-sommeil.

8

*Le baptême de Costanza Safamita
et l'insatiable curiosité de don Paolo*

Les ordres des frères Safamita avaient été clairs : ne pas lésiner sur les dépenses, ce devait être un baptême mémorable pour les invités et pour tout le village. Ce fut le cas : on en parla longuement dans la province et jusqu'à Palerme, et pas seulement à cause de son faste et de l'abondance de nourriture.

On raconta que la seule à ne pas en profiter avait été, malheureusement, la baronne : elle n'avait jamais quitté ses appartements depuis son accouchement et refusait les visites.

Triste et silencieuse, Caterina Safamita restait étendue sur son lit dans la pénombre, le coussin de pierre sur le ventre pour l'aplatir, les seins encore bandés pour empêcher la montée de lait – les rideaux laissaient passer juste assez de lumière pour que les femmes de chambre assurent leur service. Même la compagnie de son Stefano adoré lui était pénible. Quant à Costanza, qu'elle voyait matin et soir en présence de son mari et sur sa requête, le rejet était total : depuis sa naissance elle n'avait jamais été dans les bras de sa mère.

Ses belles-sœurs Carolina Scravaglio et donna Assunta en profitèrent pour prendre les rênes des préparatifs. Pour des raisons personnelles – désir d'en remontrer à son arrogante nièce et belle-sœur chez Carolina, gratitude d'avoir été choisie pour marraine dans le cas d'Assunta –, elles se jetèrent avec enthousiasme dans cette tâche inespérée qui constituait en outre une occasion agréable de renouer leur lien. Pendant ces journées, les sœurs évoquaient souvent leur enfance heureuse au château et riaient ensemble de petites choses comme au bon vieux temps.

Cette sérénité active eut un effet bénéfique sur l'étrange manie de la baronne Scravaglio. Elle ne vola pas, à part l'occasion fâcheuse où don Filippo dut demander l'intervention de Rosa, domestique particulièrement appréciée de la baronne, pour la persuader de se laisser retirer des cheveux les six petites cuillères en argent qu'elle s'était bizarrement plantées en éventail dans le chignon, comme un peigne de nourrice, convaincue que les autres ne pouvaient pas les voir puisqu'elle ne les voyait pas.

La veille du baptême, donna Assunta avait organisé le transport de douze grands pots de jasmin des serres du château. Cela aussi constitua pour les Sarentinais un événement imprévu et on ne peut plus agréable, un vrai délice pour les sens, augurant de ce qui se passerait le lendemain.

Tôt le matin les deux grilles principales du château s'ouvrirent toutes grandes comme d'un même mouvement : des larges allées des jardins descendait en lente procession vers la demeure du jeune baron un convoi de carrioles multicolores, chargées chacune d'une seule grande urne de jasmin, attachée et emballée comme si elle était en verre et non en terre cuite. Les plantes avaient toutes la taille d'un homme, luxuriantes et lui-santes, en pleine floraison, les longues branches enrou-lées sur elles-mêmes, on se serait déjà cru en été. Les vases avaient été arrosés à profusion pour que la terre reste ferme ; les jasmins reconnaissants exhalaient en rafales un parfum léger, sucré et frais, qui devenait plus intense à mesure que les racines suçaient l'eau. Les car-rioles avançaient avec précaution, conscientes de leur charge et de leur effet : ce parfum intense chassait la puanteur du fumier et des saletés de la rue, envahissait les ruelles qui croisaient la voie carrossable, descendait dans les cours, montait sur les terrasses, pénétrait dans les maisons par les interstices des fenêtres, sous les portes, tel un brouillard suave, invisible et enivrant.

Femmes, vieillards et enfants apparaissaient aux bal-cons et aux fenêtres, des groupes de passants se garaient sous les porches pour laisser passer les carrioles ou se collaient contre les murs comme des statues de saints. Les mulets avançaient majestueusement avec leur har-nachement de fête ; les conducteurs, portant l'uniforme vert des Safamita, fiers de leur importance, ralentis-

saient le pas. Les gardes du Palazzo Safamita les attendaient en rang devant la porte et à l'intérieur, prêts à
décharger les carrioles.

« Ça sent joliment bon, dit quelqu'un plaqué contre le
mur du bâtiment.

– C'est le parfum du pouvoir, dit une voix à l'intérieur.

– Ça n'est pas pour nous, nous devons nous contenter de le sentir de loin », ajouta don Paolo, le cocher, et
il disparut.

Costanza Safamita fut baptisée dans le palais.
L'armoire-autel avait quitté sa place habituelle dans le
salon rouge où elle séjournait sereinement incognito,
haute, imposante et sévère dans sa coquille de bois
marqueté. Elle trônait à présent battants grands ouverts
dans le salon de réception. Elle avait été entièrement
astiquée, jusqu'aux dorures et aux petits angelots de
l'intérieur rafraîchis par le doreur convoqué tout exprès
de Palerme. Enfin laissée à sa fonction d'autel, elle
révélait sa beauté de façon presque indécente : argent,
émaux, miroirs, bois précieux, pierres dures, sculp-
tures, tout attirait l'œil vers le crucifix ancien en or
massif – un Christ alangui et délicat, presque féminin,
sur un fond d'émaux bleu ciel, vert pâle, roses, que le
jeune baron avait acquis en terre de France.

Le parfum des jasmins, disposés en demi-cercle
autour de l'autel, saturait le salon.

N'assistèrent au baptême que les parents Safamita,
les deux femmes de chambre de la baronne et la nourrice. Gaspare, valet de chambre personnel du jeune
baron, servit la messe. Le père Sedita, l'ancien prêtre
de la famille, avait affronté le voyage depuis le monastère de Grottavacante, où il s'était retiré dans sa
vieillesse, pour célébrer le baptême, assisté du père
Puma. La cérémonie fut intime et brève par respect

pour la baronne affaiblie et encore souffrante. Cachée par les dentelles de sa robe de baptême, Costanza s'était assoupie dans les bras fiers de sa nourrice ; celle-ci aussi se faisait remarquer avec la fraîcheur de ses dix-huit ans, son chignon où étaient plantés ses épingles et ses grands peignes de cuivre ciselé – en auréole comme un éventail ouvert –, parée des bijoux d'or et de corail de sa charge.

Le comte Vasciterre, Antonio Safamita, cousin germain du jeune baron et chef de famille, était venu exprès de Palerme avec sa femme Illuminata pour être le parrain en compagnie de donna Assunta. Au moment de la cérémonie, Costanza fut mise dans les bras de sa marraine, ce qui ne lui plut pas. Elle se mit à brailler en se tortillant, sa peau très blanche se couvrait de plaques rouges, elle se contorsionnait dans ses langes comme un petit poisson empêtré dans un filet. Elle ne se calma que lorsqu'on la rendit à sa nourrice.

Caterina Safamita, au bras de son mari, était visiblement souffrante. Elle manqua un instant s'évanouir, et elle se retira dans sa chambre aussitôt après la cérémonie. Les Safamita s'attardèrent peu après avoir pris des rafraîchissements avec le personnel. Précédés du baron, ils se rendirent à l'église pour la messe d'action de grâces dans leurs belles voitures d'été, laissant la mère et la fille au palais.

La coutume des Safamita voulait que participent à leurs fêtes et leurs célébrations les employés, leurs familles et les gens du peuple qui avaient affaire à eux : autrement dit, tout Sarentini.

Cette pratique héritée de la féodalité, et disparue dans la majorité de l'aristocratie, était conservée avec un orgueil chatouilleux par Guglielmo et Domenico Safamita. À cette occasion encore, ils avaient fait savoir par les voies indirectes habituelles que la messe d'action de grâces serait célébrée à l'église paroissiale et que les Sarentinais qui souhaitaient y assister seraient les bienvenus.

Les cloches appelaient à la messe. Les habitants se dirigeaient vers l'église et remplissaient la place. Le baron et son petit-fils Stefano se tenaient debout devant l'entrée principale. On les aurait dit père et fils : même regard distant, même carnation pâle, même port digne. Stefano imitait intuitivement son grand-père avec naturel et ne manifestait ni l'impatience ni l'ennui qu'on aurait pu attendre d'un enfant de sept ans. Ils restèrent debout sur le parvis jusqu'à la fin pour recevoir les invités, les familiers et les habitants du village en remerciant avec la même courtoisie contenue ceux qui venaient les féliciter, soit par une poignée de main, soit par un signe de tête, selon leur classe, et en se comportant – comme le rapportèrent les cancans – non seulement avec l'assurance et la crânerie des plus grands propriétaires terriens de la région, ce qu'ils étaient du reste, mais carrément comme si l'église appartenait aux Safamita. Cela non plus n'était pas loin de la vérité, dans la mesure où leurs aïeux Lattuca l'avaient fait construire et où la famille Safamita payait les frais de son entretien.

L'archiprêtre officiait, assisté du père Puma, sous le regard las et bienveillant du père Sedita, affalé dans le fauteuil apporté pour lui sur ordre du jeune baron. Invités et villageois se pressaient dans la nef centrale et les collatéraux. L'organiste était accompagné d'un violoniste palermitain venu pour l'occasion ; les religieuses du couvent de Portulano chantèrent comme des anges.

Pendant la messe, le personnel du château avait préparé sur la place de quoi recevoir l'entière congrégation et toute autre personne désirant y participer. Sous les lauriers-roses en fleurs adossés au garde-fou à pic sur la crête, au pied de laquelle s'ouvrait le vaste panorama de l'intérieur des terres, il y avait quatre belles charrettes peintes chargées de toutes les victuailles imaginables. Les mulets et les cochers étaient en grande tenue. Les domestiques du château, immobiles près des charrettes, tenaient des plateaux d'argent aux armes de la famille chargés de galettes, de gâteaux aux amandes, de dragées roses, de nougats, de glaces aux couleurs claires et rosées. À peine le baron apparut-il sur le parvis que la rangée des serviteurs en livrée se mit en mouvement à l'unisson et pénétra dans la foule pour proposer les rafraîchissements. Ils circulaient sur la place comme dans un salon du château, s'arrêtaient devant chacun, pauvre, va-nu-pieds ou noble, en proposant des friandises. D'autres domestiques portaient des plateaux chargés de limonade, de grenadine, d'eau à l'anis, de petits verres de vin doux fort en alcool. C'était le miracle des pains et des poissons : plus on mangeait et buvait, plus il arrivait de biscuits et de boissons sur les plateaux d'argent. Les Safamita et leurs invités acceptèrent les vœux de tous et reprirent place dans les voitures pour retourner au château. Les Sarentinais présents à la messe et à la réception sur la place en furent plus que satisfaits.

Le baron avait organisé au château la fête du baptême proprement dite, à laquelle furent conviés les quelques notables locaux et un groupe compact de parents et amis arrivés de la région ou de Palerme. On déjeuna sur la terrasse et les deux chefs cuisiniers des frères Safamita se surpassèrent dans l'abondance et la qualité de leurs plats. La belle journée – pas trop chaude, lumineuse, sereine – permit aux invités de se promener dans les jardins du château et de les admirer. Les Safamita aimaient la botanique : outre les plantes traditionnelles il y en avait de rares, luxuriantes et bien entretenues. La voiture du baron arriva dans l'après-midi et s'avança lentement dans les allées du jardin pour s'arrêter à la rotonde, près du bassin de marbre. La nourrice et Costanza en descendirent. Elles furent vite entourées par les invités, curieux de voir l'étrange petite fille.

Les Safamita se comportaient en maîtres de maison, s'entretenant à tour de rôle avec tous, à l'écart les uns des autres. Le baron était ravi, comme si c'était lui qui avait eu une fille. Il se montrait même bavard, lui qui n'ouvrait pas la bouche dans les salons. Domenico Safamita, en revanche, semblait pensif : peut-être était-il préoccupé par la santé de sa femme, mais il s'illuminait quand il parlait de l'enfant.

Le comte et la comtesse Vasciterre étaient assis avec donna Assunta comme il convenait : les moins riches des cousins, ils étaient traités en hôtes d'honneur. Le comte fit venir Stefano, qui s'apprêtait à partir pour l'internat à Palerme. « Tu t'appelles Safamita, et tu ne dois pas l'oublier, exactement comme tu l'as fait ce matin à l'église. Nous respectons les gens du peuple et nous attendons d'eux qu'ils nous respectent », lui dit-il aimablement sous le regard satisfait de donna Assunta. Puis il se mit à lui raconter de vieilles histoires de la famille en exaltant sa loyauté aux souverains. Certains représentants de la bourgeoisie de la province, intrigués et un peu embarrassés, l'écoutaient, debout, après avoir décliné l'invitation de donna Assunta à s'asseoir sur les chaises disponibles. Plus distants, de petits groupes de nobles étaient tout ouïe, sûrement pas pour connaître l'histoire des Safamita, mais pour recueillir quelques éléments utiles aux commérages et aux critiques. Antonio Safamita, qu'en réalité tout le monde aimait bien – ou peut-être précisément pour cette raison –, n'était pas épargné par les bavardages.

« Avant tout, rappelle-toi que tu as du sang très ancien, et que tu es sicilien. Nous sommes fidèles à notre sainte mère l'Église et aux souverains. Nous sommes siciliens et nous le resterons, le royaume des

Deux-Siciles doit continuer et il continuera.» Puis Antonio Safamita, avec un sourire ironique, ajouta à l'intention des autres : «Oui, messieurs, il continuera, quoi qu'en disent aujourd'hui certains qui ont oublié la signification du mot "loyauté".» Stefano écoutait en silence, dissimulant son ennui comme un adulte : c'étaient les mêmes avertissements que ceux de son grand-père.

«Nous avons toujours servi notre sainte mère l'Église, comme en témoignent les preuves de reconnaissance reçues au cours des siècles. Nous les Safamita, nous ne pensons pas à l'argent, rappelle-toi que tu as une âme chrétienne !» Le comte fit un clin d'œil destiné au père Puma et reçut en réponse une grimace qui pouvait passer pour un demi-sourire.

Le baron Francesco Orata, cousin du comte Alessandro Pertusi di Trasi, beau-frère des Safamita, chuchota à son voisin : «Il n'a pas le courage de dire qu'ils battent leur coulpe pour cette petite fonction dans la Sainte Inquisition qui se transmettait de père en fils et a donné de quoi manger à des générations de Safamita. Plutôt que de l'amour sacré, ils tiraient cet argent du tribunal du Saint-Office !

– Appelle-la Sainte si tu veux », répondit Baldo Bentivoglio, autonomiste connu et devenu, disait-on, *carbonaro*[1]. «Les Bourbons soutenaient la Sainte Inquisition», et il appuyait sur le mot «Sainte», «pour continuer de fournir un emploi à des milliers d'inutiles.

– Je n'en suis pas convaincu, intervint le comte Gioacchino Acere. Il faut lutter contre les hérésies, elle nous serait utile, de nos jours ! »

Et Orata : «Utile, utile… peut-être, mais c'était une absurdité historique, elle devait être abolie.

---

1. «Charbonnier» : membre d'un mouvement politique secret, libéral et républicain. [*NdE*]

– Il y a cent ans le monde était différent», coupa Acere.

Pendant que Bentivoglio s'éloignait, Orata ajouta tout bas : « Baldo se croit très fort à cause de certaines amitiés. Il ne sait même pas se conduire en noble. »

Les autres acquiescèrent à peine, pour ne pas se ranger du côté de l'audacieux Orata – qui pouvait dire d'où soufflerait le vent à l'avenir ? Bentivoglio était un aristocrate riche et ambitieux – tout en souhaitant l'encourager à parler. Orata les satisfit : « Noble, noble… nous savons qui son père, le prince de Piscitelli, a épousé pour se débarrasser de ses dettes : une bourgeoise de village ! On naît noble, on ne le devient pas : il faudra attendre les prochaines générations pour retrouver les quatre quartiers de noblesse. »

Cette déclaration fut accueillie par des signes de tête énergiques, des regards supérieurs et des petits rires : ils étaient conscients de leur propre ascendance.

Don Paolo éprouvait la nostalgie de sa Palerme et des fêtes des nobles, fréquentées assidûment par Domenico Safamita dans sa jeunesse, que lui et les autres cochers s'amusaient à observer en cachette. Posté derrière une fenêtre du deuxième étage, il regardait les invités et cherchait à deviner, d'après leurs expressions et leurs gestes, leurs conversations ; toujours les mêmes.

Les invités s'étaient divisés en groupes sans s'en rendre compte, comme faisaient d'instinct les animaux de basse-cour. Mais de façon réfléchie : en fonction de leur classe sociale, leur patrimoine et leur origine. L'allure des nobles avait une élégance innée : les hommes avançaient lentement avec une indolence étudiée, s'inclinaient devant les dames tantôt imperceptiblement, tantôt avec un baisemain ostentatoire, selon le message à transmettre ; ils utilisaient entre eux le langage des gestes et de l'attitude : bien droits et les bras croisés quand ils étaient d'accord, les mains dans les poches quand ils se sentaient à l'aise et détendus, se caressant la barbe et la moustache quand ils voulaient faire comprendre qu'ils réfléchissaient, le tout selon une étiquette rigide qui faisait naturellement partie de leur vie de tous les jours. Les femmes, couvertes de bijoux, avaient des mouvements aussi fluides et légers que leur bavardage incessant.

Les Palermitains, dédaignant la compagnie des provinciaux, restaient entre eux, hommes et femmes se mêlaient assez peu. Ils reprenaient les rites des salons : critiques voilées sur les maîtres de maison, plus explicites sur les autres, outre les ragots habituels dont ils se repaissaient et qui constituaient leur pain quotidien.

Vues d'en haut, les crinolines de couleurs pâles et printanières rappelaient à don Paolo les méduses qui, parfois, quand la mer est d'huile, affleurent à la surface et flottent autour du bateau en se balançant sous les caresses des vagues, belles et langoureuses, prêtes à frapper, comme celles au contact mortel.

Les bourgeois bavardaient entre eux, raides dans leurs habits de fête, divisés rigoureusement en groupes familiaux et par sexe, le regard attentif et l'oreille tendue, prêts à tout saisir et tout se rappeler – de la beauté des jardins aux titres et à l'élégance des personnes présentes – en cette occasion rare où les Safamita les recevaient en égaux. Les femmes étaient gauches et paradaient, surtout les plus âgées. Les jeunes, élevées au collège avec l'aristocratie, affichaient une désinvolture forcée qui laissait deviner un je-ne-sais-quoi de villageois et de pudique qui plaisait beaucoup à don Paolo. Les premiers changements sociaux se reflétaient dans la splendeur des bijoux des bourgeoises, presque dignes des nobles, et dans les regards que quelques nobles déchus et chasseurs de dot adressaient aux riches héritières. Les visages graves des hommes et leurs mouvements de mains indiquaient qu'une fois passées l'euphorie du déjeuner et la satiété fatiguée de la digestion, les sujets étaient devenus sérieux.

Don Paolo scrutait la terrasse, il voyait nettement le motif en zigzag du sol aux carreaux verts et blancs. Des domestiques emportaient des assiettes et des verres sales ; d'autres, debout derrière les tables dressées aux deux extrémités de la terrasse, s'apprêtaient encore à servir. Il reconnut la silhouette corpulente du père Puma. Caché par les troncs de glycines sous la marquise, près de la table des rafraîchissements, lui aussi observait les invités.

Il n'a rien d'un prêtre, pensait don Paolo qui, tout comme son maître, n'avait aucune estime pour le père Puma, ni pour le clergé en général.

Le père Puma avait repéré cette cachette au moment de s'en aller, il avait saisi cette occasion de regarder en face le jeune baron et de déverser sur lui, sans être vu, le mépris et la rancœur qu'il était contraint de cacher sous un respect et une déférence feints. Plein de haine, il ruminait les offenses et les torts subis, il en salivait, et il recourait de temps en temps à une gorgée de vin pour calmer sa fièvre.

Pourquoi me traiter ainsi devant tout le monde, aujourd'hui ? Il était bien content que je célèbre le baptême de Stefano, mais celui de cette fille rousse et poilue, non, le père Puma n'en est pas digne, il a voulu m'humilier en public pour des fautes qui ne sont pas les miennes, comme si j'avais quelque chose à voir avec cette petite, laide en plus. Les gens parlent, ils tirent des conclusions. Il veut me détruire, il me veut esclave enchaîné, il sait que je dois tout supporter, je ne peux pas me passer d'eux. Il mériterait que je le maudisse, que je lui jette un mauvais sort, à lui et à cette fille, mais c'est la fille de sa mère et je ne peux pas, je ne peux pas…

C'est sa faute si je ne suis pas archiprêtre. Depuis qu'il est revenu à Sarentini il n'a fait que m'entraver, me contredire, se moquer de moi. Les nobles s'amusent comme ça, à s'acharner sur ceux qui ne peuvent pas réagir parce qu'ils dépendent d'eux. Il me salue à peine, il m'humilie. Il me remercie du bout des lèvres et seulement quand il ne peut pas l'éviter ; à sa table il me relègue à la plus mauvaise place ; il me refuse toute possibilité d'approcher la baronne. L'amour, parlons-en ! Il l'a épousée pour sa dot. Cette pauvrette n'a fait que souffrir, elle n'ose même pas en parler en confession tant elle a peur de lui. C'est pour elle, seulement pour elle que je supporte les railleries de cet homme, pour pouvoir la voir, lui rappeler que je suis là, le père Puma, pour elle et Stefano, moi qui ai donné mon sang pour les Safamita et qui ne me lasse pas de prier pour eux ; moi qui ne demande qu'à aider cette malheureuse.

Rouge de colère, et du dernier verre de vin bu d'un trait, le père Puma se sentait exploser. Il s'en alla en négligeant de saluer les maîtres de maison, son premier affront aux Safamita, qui, lui aussi, passa inaperçu.

Don Paolo s'appuya au volet, ses jambes donnaient des signes de fatigue et il voyait flou, mais il ne voulait pas manquer le spectacle.

Le soleil allait se coucher. De longues ombres se profilaient sur la terrasse. Les invités continuaient de se déplacer lentement, allant d'un groupe à l'autre, se divisant et se réunissant comme autant d'escargots échappés d'un panier qui rampent, d'abord timides et hésitants, puis, avec une lente détermination, grimpent les uns sur les autres pour former un tas et se dispersent aussitôt comme par enchantement : les premiers à s'éloigner laissent une trace brillante et gluante sur laquelle rampent à leur tour les autres, un à un, dociles. Peu à peu, les invités convergeaient vers le garde-fou de la terrasse en baissant la voix : nobles et bourgeois,

coude à coude, contemplaient le coucher de soleil. Le
ciel était bleu, à peine coloré de longues stries fines et
rosées à l'horizon. De derrière les arbres la lune poin-
tait, presque transparente. La mer étincelait au loin, en
attente : le soleil, gonflé en une boule de feu, y tombait
à présent, silencieux, dans une splendeur amarante qui
envahissait l'horizon. L'odeur sucrée et lourde des
belles-de-nuit inondait la terrasse.

Don Paolo poussa un soupir et retourna aux écuries.

9

Les trois premières années de Costanza Safamita

Jusqu'à trois ans, on peut dire que la vie de Costanza
Safamita fut pareille à celle des autres petites filles de
sa classe. À l'automne 1860 elle avait eu un petit frère,
Giacomo. Partout où se déplaçait la famille, elle habitait dans ses appartements, près de ceux de ses frères,
aussi bien en ville que l'été dans les maisons de campagne.

Trois personnes s'occupaient d'elle : sa nourrice,
demeurée à son service après son sevrage, Maddalena,
sa femme de chambre, et Madame, la préceptrice :
celle-ci, âgée à présent, était restée chez les Safamita
après le départ de Stefano pour l'internat. Elle avait été
cantatrice et apprenait à la baronne des airs d'opéra et
des morceaux nouveaux. Elle s'était prise d'affection
pour la fillette et demanda de pouvoir lui enseigner le
français, qui devint ainsi la deuxième langue de Costanza après le sicilien.

À la suite de la naissance de sa fille, Caterina Safamita s'était remise progressivement de sa mélancolie,
mais elle continuait à ne manifester aucun intérêt pour
cette enfant non désirée. Elle n'aimait pas jouer avec

elle ni même la tenir dans ses bras ; quand la nourrice la lui apportait dans sa chambre, elle attendait avec impatience le moment de la voir repartir.

Son mari et les employés de maison pensaient que c'était passager. Mais non. Caterina vivait d'instincts et aurait voulu se réjouir de cette maternité : elle s'était presque convaincue que son mari avait raison, que l'amour pour Costanza lui viendrait. Du moins elle se le souhaitait.

Stefano s'était résigné aux nombreuses grossesses interrompues de sa mère et n'espérait plus avoir d'autres frères et sœurs. Il accueillit Costanza avec enthousiasme et s'y attacha énormément : il s'asseyait près de la nourrice pour regarder sa petite sœur, l'endormait en la berçant, lui chantait des comptines. Il manifesta une indifférence pour les rôles respectifs de l'homme et de la femme, ainsi qu'une attitude rebelle et anticonformiste précoce en voulant apprendre à la langer et l'habiller – bref, à s'occuper d'elle –, activités considérées comme efféminées et source de consternation dans la domesticité, mais qui ne troublèrent pas son père ni son grand-père. Ceux-ci, certains que Stefano prouverait bientôt sa virilité, ne se souciaient pas de l'opinion des autres et soupçonnaient l'intérêt de Stefano pour sa sœur de venir du fait qu'il appréciait lui aussi les formes de sa nourrice. Caterina Safamita, en revanche, était jalouse : elle essaya d'abord d'éloigner Stefano de sa sœur, puis elle décida de le seconder et le rejoignait dans les appartements de Costanza, pour être près de lui. Grâce à Stefano, Costanza connut sa mère et éprouva pour elle une affection tenace. Mais sa mère ne l'aimait pas. Sa seule vue lui provoquait des pensées angoissantes et insupportables, et quand Stefano partit pour l'internat elle recommença à l'ignorer.

À seize mois Costanza marchait et commençait à parler. Elle avait accueilli la naissance de Giacomo avec joie et curiosité. Elle ne comprenait pas pourquoi sa maman n'était plus disponible et percevait son hostilité. Quand elle la voyait avec Giacomo elle cherchait à s'approcher d'elle, mais sa mère ordonnait à sa nourrice de l'éloigner. Costanza se désespérait.

Sa nourrice ne savait que faire : il n'y avait personne pour faire entrer un peu de bon sens dans la tête de la baronne. Elle décida d'emmener plus souvent la fillette dans les communs, loin de sa mère et de son frère. Costanza connut là des employés de maison, des ouvriers et des artisans, des barbiers, des experts agricoles, des boutiquiers et des employés municipaux, tous dépendant d'une façon ou d'une autre des Safamita pour leur subsistance. Ils tenaient à maintenir le rapport ancien de familiarité et de vassalité avec le propriétaire terrien – presque un droit – et à connaître ses enfants, leurs futurs maîtres. Dans le cas de Costanza ils étaient poussés aussi par la curiosité : on parlait beaucoup autour d'eux de cette fille du jeune baron, la rousse, et ils faisaient librement des commentaires sur son aspect, sans se soucier qu'elle puisse les entendre.

Costanza était une enfant en bonne santé, grande et maigre. Elle avait un long cou fin et un tout petit visage, la peau claire, transparente, pleine de taches de rousseur, un petit nez rond, de grands yeux de couleurs différentes – l'un noisette et l'autre d'un noisette tacheté de bleu-gris – frangés de longs brins de paille dorée, et une crinière de boucles serrées, denses, intraitables, rouge feu, qui s'échappaient des tresses, des nœuds de ruban, des barrettes, des pinces et lui faisaient une auréole autour du visage dont elles rehaussaient la pâleur. Elle ne ressemblait à personne, elle aurait pu appartenir à un autre monde, à une autre race.

Don Paolo, cocher personnel du jeune baron depuis plus de vingt ans – son père et son grand-père l'avaient été avant lui et il savait tout des Safamita –, racontait que par le passé il y avait eu des roux dans la famille. Le bienheureux Giuseppe Safamita – un saint homme capturé par les barbaresques puis sauvé par l'archiconfrérie pour la Rédemption des Chrétiens de Palerme – avait eu lui aussi une fille rousse, morte jeune. Don Paolo l'avait vue en peinture sur un tableau du palais de Palerme.

Cela avait suffi à faire taire les mauvaises langues parmi les domestiques, mais pas les commentaires féroces et explicites des autres. Certains allaient plus loin : ils se moquaient de l'enfant et de sa famille, sûrs que sa nourrice ne le raconterait pas aux maîtres. Amalia était certaine que Costanza comprenait qu'ils la tournaient en dérision et que c'était pour cette raison qu'elle refusait de dire bonjour à ces hommes ; elle se cachait la figure dans les mains, leur faisait signe de s'en aller et refusait qu'ils la touchent.

Un jour, pendant que Costanza jouait avec son grand-père sur la terrasse du château, Amalia finit par faire part de ses soucis au baron. Il la harcela alors de questions et voulut qu'elle lui explique en détail ce qui s'était passé. Il lui ordonna de lui raconter tout ce que disaient les gens ; il protégerait sa petite-fille. Il tint parole : Amalia lui communiquait avec précision ce qui se disait et qui étaient les coupables ; au moment opportun ils étaient éloignés ou carrément renvoyés, sans pitié ni explications. Personne n'eut jamais à en connaître le véritable motif.

10

Pepi Tignuso va en voiture. Les événements antérieurs à la naissance de Giacomo Safamita

C'étaient les premiers jours de mai 1860. Domenico Safamita se préparait pour la nuit quand on frappa soudain à sa porte avec insistance. Don Filippo poussa le battant en heurtant Gaspare. Il haletait : «Que votre Cellence m'excuse, monsieur le baron la demande au château : le régisseur de Malivinnitti arrive.» Gaspare tendait déjà au jeune baron la veste que celui-ci venait à peine d'ôter et en moins de deux ils étaient en voiture.

Domenico trouva son frère dans l'entrée, appuyé contre une porte ; Pepi Tignuso était debout lui aussi, dans le coin opposé diagonalement : il essuyait la sueur de son front avec un mouchoir roulé en boule. Domenico salua d'un vague haussement de sourcils et bougonna : «Excusez mon retard.

— Pepi vient d'arriver de Malivinnitti, expliqua son frère, on lui apporte de l'eau.» Puis, s'adressant au régisseur, il ajouta : «Je veux que le jeune baron entende. Il doit savoir, j'ai donné Malivinnitti en dot à sa fille.

— Cellence soit bénie, bredouilla Pepi en avalant d'un trait le verre d'eau que lui offrait Gaetano. Il me fallait de l'eau fraîche, j'ai passé la journée à cheval.

— Dites», ordonna le baron.

Pepi Tignuso était un régisseur astucieux et fiable : avant de commencer à parler il suivit le domestique des yeux en attendant qu'il s'en aille. «Votre Cellence sait que je vous suis dévoué. J'ai tout fait pour les Safamita, pour vous faire respecter, et vous le savez.

— Qu'est-ce qui se passe ?

— Rien encore, mais ce qui doit arriver est très grave, c'est terrible. Je suis régisseur, et quand votre Cellence n'est pas à Malivinnitti je fais comme vous m'avez appris, pour vous contenter. Cette fois je ne sais pas quoi faire, votre Cellence doit me commander.»

Domenico Safamita s'était appuyé contre la porte d'entrée, une lueur dans les yeux, prêt à intervenir sur un signe de son frère aîné : les hiérarchies familiales devaient être respectées ostensiblement devant les subalternes. Pepi avait le même âge que lui – ils avaient joué ensemble à Malivinnitti lorsqu'ils étaient enfants –, et pourtant il avait l'air d'un vieillard ; Domenico ne l'avait jamais vu aussi inquiet. Ses cheveux lisses et aplatis par l'usage constant du béret tombaient en mèches sur son front en sueur, séparé en deux par une ligne horizontale : la peau de la partie supérieure était blanche et tendre ; le reste du visage, y compris les paupières lourdes, était brûlé par le soleil : il était couleur terre cuite, ridé, dur comme le cuir, couvert d'un mélange de poussière et de sueur. Il empestait. Il avait du mal à tenir sur ses jambes torses, mais il restait debout.

« Votre Cellence sait que je garde les oreilles et les yeux ouverts sur tout, pour vous servir. Elle ne doit pas me demander de noms, ce sont des hommes de confiance. Un bateau de révolutionnaires armés est en train d'arriver du Continent. Ils sont spéciaux, ces gens-là, ils réveilleraient les pierres : ils parlent avec qui ils veulent, les jeunes oublient leur devoir et les suivent. Je sais qu'ils s'adressent d'abord aux pauvres, aux journaliers, aux paysans, en somme ils viennent faire la révolution par chez nous. On me dit qu'ils cherchent des endroits à la campagne où manger, dormir et le reste. Ils lorgnent Malivinnitti : il y a beaucoup à prendre chez nous. » En buvant un autre verre d'eau à petites gorgées, Pepi observait les Safamita : ils étaient impénétrables.

« Je connais Malivinnitti comme personne, j'y suis né, je connais chaque paysan par son nom, chaque journalier, et je sais tout sur eux. On me respecte. Des étrangers à Malivinnitti, il n'y en a jamais eu depuis qu'on y est nous, les Tignuso, toujours à votre service. Mais ceux-là c'est des scommuniés, et ils veulent venir chez nous. J'ai fait le tour du blé : du vert il y en a peu. Le russello est plus haut que ma jument, prêt pour la moisson. Il faut le surveiller : il brûle tout de suite.

Nous devons penser à la moisson et il nous faut des journaliers. Si ceux qui me parlent ont raison – et ils sont trop à me parler, votre Cellence doit me croire –, les paysans et les journaliers se mettront avec cette racaille et ne m'écouteront pas : à Malivinnitti, cette année, la moisson ne se fera pas.

« Votre Cellence sait que, le mois passé, y a eu des émeutes ici et là, pas seulement à Palerme, dans les campagnes aussi. C'est comme quand la terre gronde avant de trembler : ce bateau nous l'apporte chez nous, le tremblement de terre, la révolution. Cette fois ils viennent du dehors pour dire le seul mot que tout le monde comprend, les villageois et les paysans. "Liberté", "autonomie", "constitution", ils ne les comprennent pas. En descendant du bateau ils commencent par dire : "De la terre. Il y a de la terre pour vous autres, venez avec nous." Nos pauvres, dès qu'ils entendent "terre", ils les suivent sans penser à rien d'autre. Parole d'honneur de Pepi Tignuso, j'ai honte de le dire, mais je n'ai pas de pouvoir contre cette sale race de révolutionnaires. Des journaliers pour la moisson à Malivinnitti, je n'en trouve pas, ni vivants ni morts.

– Expliquez-vous mieux.

– Ils veulent venir à Malivinnitti pour voler et détruire. Je ne peux pas maintenir l'ordre, sauf si votre Cellence m'envoie tous ses gardes. Il faut y réfléchir.

– Nous réfléchissons, Pepi.

– Ceux-là veulent faire la révolution et Malivinnitti n'est pas le bon endroit. Ils veulent des renseignements, des hommes à armer ; ils se contentent de pain, d'eau, de paille et d'un bout de fromage et ils s'en vont ailleurs. Si nous ne le leur donnons pas, ils le prennent sans dire merci et ils détruisent tout. Votre Cellence peut dire : "Pepi, attendons, le bateau est encore en mer." Mais si ça n'est pas pour cette fois ça sera la prochaine, les gens sont dégoûtés des Bourbons. » Pepi regardait fixement le baron et il se mit à parler avec une lenteur forcée. « Il y a deux autres moyens. L'un est de faire savoir que s'ils demandent de l'aide nous les écouterons et nous déciderons. Espérons que ça calmera leurs manœuvres. Mais je ne sais pas si nous pouvons nous sauver des autres : des bandes armées de désespérés qui traînent dans les campagnes, elles n'appartiennent à personne, elles n'attendent qu'une révolte pour nous tomber dessus. Avec ceux-là on ne peut pas discuter.

« L'autre est différent. Si ce que je sais est vrai, nous devons faire des provisions de blé, d'eau, et informer tout de suite qui de droit. Annonçons que les Safamita ne veulent pas mettre d'obstacles, mais pas non plus prendre parti. C'est seulement comme ça que je peux m'assurer que ces bandits révolutionnaires ne se mettent pas à coucher et manger dans la maison de votre Cellence à Malivinnitti, et même au château.

– C'est si grave ? demanda le baron.

– Parfaitement, c'est comme ça. J'ai parlé avec les régisseurs d'autres maîtres. La révolution les arrange. Moi je suis à votre service et je vous aime beaucoup. Je connais les régisseurs des autres propriétés familiales, nous pouvons nous rassembler. Personne ne doit toucher à Malivinnitti, ça appartient à mademoiselle la baronne. » Pepi avait fini. Il adressa un regard entendu aux deux frères et s'appuya contre une colonne de marbre en baissant les yeux pour leur permettre de communiquer en silence sans être vus.

Le baron regarda son frère : ce dernier baissa lentement les paupières.

« Pepi, faites votre devoir. Je vous le demande, pas un mot sur notre position politique. Le roi est encore là », dit Guglielmo Safamita.

Le régisseur s'était redressé. « Cellence, à vos ordres et merci pour votre confiance.

– À une condition, Pepi, ajouta Domenico. Je veux emmener ma fille à la moisson cette année, et tout doit être en ordre.

– Que votre Cellence se rassure, je ferai mon possible. »

Ils restèrent tous trois silencieux, ils sentaient le poids de leur décision. Pepi regarda autour de lui ; c'était la première fois qu'il mettait les pieds à l'étage noble du château : le baron le recevait toujours à l'administration, comme tous les autres. La salle était vaste et dépouillée : elle était dominée au centre par la grande table rectangulaire surmontée de deux chandeliers à cinq branches et d'un énorme plateau d'argent. Il y avait dans les coins des bustes de marbre blanc représentant des hommes pensifs, posés sur des petites colonnes de marbre vert : on aurait dit une chapelle ardente, il ne manquait que le mort.

« Vos Cellences doivent m'excuser, mais je dois retourner tout de suite à Malivinnitti : j'ai beaucoup à faire et je n'ai pas dormi depuis hier. Je suis très fatigué, je peux demander si elles me permettent de me mettre dans une voiture pendant deux ou trois heures pour dormir un peu ?

– Demandez-le à Gaetano. »

Avec un « Cellence soit bénie », Pepi Tignuso prit congé. Les deux Safamita restèrent abasourdis, non seulement par tout ce qu'ils venaient d'apprendre, mais aussi par l'audace de la dernière requête.

Il arriva ce que Pepi Tignuso avait prévu et pis encore. Le 11 mai 1860, Giuseppe Garibaldi débarqua à Marsala avec quelques centaines de volontaires. Garibaldi se proclama dictateur pour gouverner au nom du roi du Piémont et promit de la terre à ceux qui ne possédaient rien et à ceux qui prendraient les armes avec lui. Grâce à une guérilla brillante il réussit à vaincre l'armée des Bourbons et mit fin à leur règne en Sicile.

Il y eut des épisodes d'une violence extrême, les propriétés de ceux qui étaient des partisans connus des Bourbons furent pillées et leurs biens brûlés. Les Safamita, en comparaison, subirent relativement peu de dommages et leurs palais demeurèrent intacts.

Domenico emmena sa famille à Malivinnitti à la mi-juin, quand les révolutionnaires étaient déjà passés, et avec l'excuse de la grossesse avancée de son épouse il ne visita pas ses autres maisons de campagne. Les Safamita s'étaient retranchés dans un silence digne, mais ils exprimèrent leur gratitude de façon tangible à Pepi, qui entretemps avait acquis une réputation de patriote et celle, bien plus remarquable, de mafioso important. «Ce soir-là au château, dit Domenico à sa femme, je pensais moins aux Bourbons qu'à nous. La demande d'une voiture n'est qu'un commencement. Nous ne sommes plus de vrais maîtres, nous ne le resterons qu'aussi longtemps qu'il leur conviendra et il n'y a rien à faire.»

Giacomo naquit à l'automne 1860, un enfant sain et robuste. À son baptême – célébré par le père Puma – n'assistèrent que les parents proches. Sa naissance passa presque inaperçue pour les Sarentinais, absorbés par les affaires politiques et sociales et par le plébiscite du 21 octobre qui sanctionna l'annexion de la Sicile au royaume du Piémont, mettant fin aux espoirs d'autonomie des insulaires.

11

Caterina Safamita se révolte contre son propre sang

Maria, la nourrice de Giacomo, et Amalia passaient leurs journées avec les enfants, qui avaient respectivement deux et trois ans et s'entendaient bien. Costanza adorait son petit frère. Caterina Safamita restait avec eux une partie de l'après-midi où elle se consacrait exclusivement à Giacomo. Costanza cherchait les caresses et l'approbation de sa mère qui la rejetait délibérément. La baronne ordonnait aux femmes de la distraire avec d'autres jeux. Celles-ci obéissaient les yeux baissés et faisaient de leur mieux, en vain. Costanza revenait vers sa mère, s'agrippait à ses jupes, lui saisissait les mains et les lui couvrait de petits baisers, lui offrait des sucreries et des jouets. Bref, elle la réclamait. Celle-ci essayait de la chasser, mais elle n'y réussissait pas. Costanza l'appelait, lui tendait les bras : quand tout se révélait inutile, elle éclatait en sanglots et restait toute droite à côté de sa mère. Sa nourrice n'était pas en mesure de la consoler.

La simple présence de sa fille suffisait à rendre Caterina Safamita irascible et quasiment neurasthénique. Le sentiment de culpabilité et la honte qui l'assaillaient ensuite étaient balayés par le ressentiment qui bouillait de nouveau dès qu'elle la revoyait. Quand Costanza l'empêchait de profiter en paix de Giacomo, elle passait à la manière forte, indifférente à la présence des femmes ; elle s'adressait à elle grossièrement, l'envoyait promener, la repoussait brutalement. Devant la famille elle se contrôlait.

C'était un après-midi d'octobre 1862. Les nourrices et les enfants étaient dans la salle de jeux. La baronne les rejoignit. Après avoir donné un baiser rapide à Costanza, elle prit Giacomo des bras de sa nourrice à qui elle demanda de s'en aller. Assise dans un fauteuil, elle le bécotait partout et lui chantonnait une comptine. Costanza tendait les bras elle aussi pour être prise sur les genoux. Elle appelait doucement sa mère, lui adressait des petits sourires, s'accrochait à sa robe, en embrassait les pans, elle essayait tout pour obtenir ce qu'elle voulait. La baronne ordonna à Amalia de l'en débarrasser.

Avec peine, elle obtint de Costanza qu'elle s'assoie à la petite table de travail des enfants et prépare les fleurs de papier de soie des guirlandes qui devaient décorer la pièce pour la fête des Morts. La petite était habile de ses mains. Elle pliait les pétales, les fixait avec un point de colle et les entortillait sur la tige de papier crépon. Elle en arracha une belle rose. «C'est un cadeau pour maman», et elle courut comme un éclair vers sa mère. Amalia ne réussit pas à la retenir.

Toute fière, Costanza tendit à sa mère sa rose de papier : elle piétinait en attendant les félicitations qu'elle savait mériter. Sa mère la regardait. Et Costanza regardait sa mère. Les yeux opaques de Caterina et ceux, scrutateurs, de Costanza se fixaient. Mais ils ne se regardaient pas. Les uns demandaient et les autres ne donnaient pas.

La main de Caterina sembla se détacher et descendre d'une hauteur vertigineuse. Le pouce et l'index serrèrent les pétales de la fleur et les attirèrent vers le creux de la main en les écrasant, inexorables. Caterina jeta un œil sur la fleur, puis sur Giacomo assoupi ; enfin son regard se tourna vers la fenêtre et ne la quitta plus.

Elle libéra son autre main et roula le papier en boule comme si c'était de la pâte à pain, paume contre paume, avec un mouvement circulaire. Une odeur trouble se dégageait de la chaleur humide de la colle. La fleur de Costanza était un pauvre grumeau rose et vert. Les brillants scintillaient, les mains se touchaient à peine. Leur mouvement était lent, lent, comme si Caterina avait été en transe. Costanza et Amalia étaient hypnotisées, comme Caterina l'était par le ciel, le ciel aussi lumineux et sans nuages que celui de Malivinnitti. Malivinnitti.

«Va-t'en avec Amalia», dit sa mère, très pâle ; elle baissa les yeux sur ce qui restait de la fleur et le laissa glisser à terre. «Va-t'en, va-t'en, répétait-elle, va-t'en, va-t'en», d'une voix de plus en plus forte et en repoussant la fillette. Costanza s'accrocha à ses vêtements :

«Maman non, non, maman pourquoi tu as fait ça?»
répétait-elle sans lâcher prise.

Caterina Safamita se leva brusquement. Elle appuya
Giacomo contre son bras gauche et le mit à califour-
chon sur sa hanche en le tenant fermement. De l'autre
main elle poussa Costanza pour l'éloigner. À force de
la bousculer elle la força à lâcher sa jupe. Costanza se
débattait, les mains tendues pour attraper de nouveau sa
mère. Giacomo, épouvanté, se mit à pleurer et cela rendit Caterina folle de rage.

Elle saisit Costanza juste à l'attache du bras, en refermant la main comme un étau, les doigts serrés sous l'ais-
selle, et la souleva du sol. Costanza hurlait sans retenue ;
maigre comme elle était, elle ressemblait à une poupée
de paille jetée d'un côté à l'autre. Les secousses devin-
rent frénétiques.

Tout en veillant à ne pas laisser glisser Giacomo,
Caterina s'inclina, plia légèrement les jambes et lança
Costanza contre le mur. La fillette s'effondra.

«Arrête, tu es folle ! Tu es en train de me la tuer, malheureuse !» hurla sa nourrice et elle se jeta près de Costanza. Le sang coulait abondamment sur l'œil gauche
et descendait jusqu'à la lèvre. «Maman, maman,
maman», bredouillait Costanza entre ses larmes, et elle
la cherchait partout dans la pièce. Caterina Safamita
s'était enfuie.

La tête dans le giron de sa nourrice, Costanza sanglotait. Amalia tamponnait sa blessure, la couvrait de baisers, lui caressait les cheveux devenus une masse cré-
pue humide de sueur, la massait, lui chuchotait des
mots pleins d'amour. Mais Costanza voulait sa mère et
rien que sa mère. Sa voix faiblissait, elle se noyait dans
les larmes. Quand elle n'en put plus, Costanza perdit
connaissance et resta dans cette position, moitié par
terre et moitié dans les bras de sa nourrice consternée.

12

Pinuzza interroge sa tante Amalia
sur les circonstances de son renvoi

« Mais si tu étais la nourrice de la marquise, pourquoi tu es venue ici à la Montagnazza avec moi ? » Pinuzza se léchait les lèvres après avoir mangé une figue mûre et sucrée.

« Comment elles te viennent en tête, ces questions ?
— Réponds !
— La marquise est morte et son frère, le baron Giacomo, m'a dit de m'en aller. C'était le maître.
— Tu t'y attendais ?
— Non, pas cette fois-là.
— Et une autre fois tu t'y attendais, à ce qu'ils te renvoient ?
— Oui, il y a très longtemps.
— Et comment ça s'est passé ?
— Ça n'est pas pour les enfants, je te le raconterai quand tu seras grande. » Amalia lui essuya la bouche et la coucha. Puis elle nettoya les assiettes avec un chiffon à peine trempé dans l'eau qui restait au fond de la cruche.

Les nourrices nettoyèrent la blessure avec des linges humides. Elle n'était pas profonde, mais elle allait laisser une cicatrice sur le front de Costanza. Elles la couvrirent de toiles d'araignée et la bandèrent soigneusement. Quant aux bleus, elles y posèrent des compresses de camomille. Puis elles firent dîner les enfants et les préparèrent pour la nuit. Ce soir-là ses parents ne se montrèrent pas.

Amalia coucha Costanza dans son propre lit, moins pour réconforter l'enfant qu'elle-même. Elle était extrêmement angoissée : elle avait insulté sa maîtresse et avait peur que, pour se venger, celle-ci ne la renvoie en l'accusant d'avoir blessé Costanza. Elle ne put fermer l'œil une grande partie de la nuit : elle caressait la petite, la couvrait de baisers légers pour ne pas la réveiller, entrelaçait leurs doigts et la regardait à la faible lueur de la lune qui entrait par la fenêtre.

Quand la fatigue sembla prendre le dessus, les visions et les cauchemars arrivèrent, un plus insistant que les autres : le jeune baron et la baronne, devenus géants, sombres et solennels, lui apparaissaient au pied du lit. Ils portaient d'amples manteaux rouge sang, avaient la main droite levée, l'index pointé sur elle. Ils parlaient en italien, à l'unisson, comme les choristes de l'église : « Tu es coupable des trois pires fautes que peut commettre une nourrice. »

La voix profonde du jeune baron énumérait les accusations, la baronne avait serré le poing droit et accompagnait les paroles de son mari en scandant les fautes avec ses doigts, d'abord le pouce, puis l'index, et enfin le majeur, tous pointés sur elle. À chaque mouvement des doigts, ses bagues brillaient comme les éclairs d'une épée prête à lui couper la tête. La baronne était horrible : elle avait des yeux méchants et un demi-sourire cruel sur ses lèvres fermées qui défigurait son visage blême.

« Tu n'as pas su apprendre à Costanza que c'est juste si sa mère passe plus de temps avec son fils ; elle, c'est une fille. C'est la première faute, disait le jeune baron, mais tu en as commis une deuxième, impardonnable : tu as traité notre fille comme ton égale. Tu oses l'aimer comme si elle t'appartenait.

« La troisième est grave, très grave. Tu te sens aussi l'égale des barons Safamita, mais ce n'est pas vrai, pas même de nos jours. Tu es allée jusqu'à élever la voix devant ta maîtresse quand elle a puni sa fille à juste titre. Tu es une nourrice, ici, et tu dois respecter tes maîtres. Je pourrais te faire arrêter. Mais je te renvoie chez tes beaux-parents. Je veux que tu rendes le trousseau et les bijoux de nourrice. Quant à Costanza, tu ne la reverras jamais tant que tu vivras.» L'image de ses maîtres s'atténuait, la pièce se mettait à tourbillonner, elle s'allongeait en forme de caverne étroite et obscure qui s'enroulait sur elle-même comme un serpent, puis elle se redressait et se fichait en terre : elle était devenue un puits sans fond. Amalia et les meubles étaient précipités tout en bas dans cet enfer et se heurtaient aux murs de plus en plus étroits.

Le lendemain matin elle se réveilla dans un bain de sueur avec Costanza dans les bras. Toutes deux étaient trempées.

La journée sembla se dérouler comme si rien ne s'était passé. Le temps était lourd, comme avant les cataclysmes. Une vieille brodeuse qui rapportait de l'ouvrage demanda imprudemment : «Qu'est-ce qui est arrivé à la pitchoune ?» et elle reçut aussitôt de don Filippo la réponse de rigueur : «Il n'est rien arrivé ; qu'est-ce qui devait arriver ?» Personne d'autre n'exprima d'intérêt pour la blessure de Costanza, et les maîtres restèrent à l'étage noble.

Au début de l'après-midi Amalia coucha Costanza. Elle s'installa dans le fauteuil à bascule après avoir ôté ses épingles et ses peignes de cuivre et ferma les yeux. Elle s'était presque assoupie quand Gaetano frappa à la porte. Ordre du baron : Costanza et ses femmes de maison étaient attendues au château, la voiture était prête. Amalia eut à peine le temps de relever ses cheveux n'importe comment, de jeter un châle sur ses épaules et d'habiller Costanza encore à moitié endormie. Elle appela Maddalena et toutes trois descendirent aux écuries.

La voiture personnelle du baron les attendait avec son capiton cramoisi, ses coussins brodés et sa pendulette en forme de sphère. Don Vito, le cocher, était à son poste. D'un coup de fouet il fit démarrer les deux chevaux. Amalia se serrait dans son châle comme si elle pouvait ainsi cacher son cœur, qui, elle en était sûre, s'entendait de loin tant il sautait comme un crapaud emprisonné. Elle avait la gorge sèche. La peur la dévorait.

Elle fit son entrée dans le cabinet du baron. Les frères Safamita l'attendaient debout au centre de la pièce, raides comme des statues. Ils ne lui adressèrent pas la parole. Elle murmura : « Cellence soit bénie », et déposa Costanza. La fillette courut vers eux. Son père s'inclina pour l'embrasser et dénoua le bonnet de dentelle qui contenait mal le bandage.

Accroupis, les deux frères défirent les bandes et observèrent la blessure dans un silence qui n'était qu'un signe de honte. Amalia se sentait de trop, presque intruse.

« Maman m'a jetée contre le mur et m'a fait saigner, et je pleurais », dit Costanza la main sur le bras de son père.

Domenico se leva avec sa fille dans les bras et s'approcha du balcon à pas très lents. Il s'arrêta au centre de la porte vitrée. Le bras droit autour du cou de son père, la tête sur son épaule, Costanza le regardait de ses yeux profonds, comme si de cet abandon confiant naissait une affection mutuelle régénératrice. Ses cheveux libérés du bandage étaient un casque d'or rouge. Les contours de leurs corps embrassés se détachaient sur le bleu intense du ciel. Ils restèrent ainsi un long moment.

Le jeune baron revint et tendit Costanza à Amalia avec délicatesse. « Emmenez la petite à Maddalena et revenez seule. »

Elle était debout devant les barons assis dans deux grands fauteuils, les yeux fixés sur elle. Le château et ses pièces sombres l'avaient toujours mise mal à l'aise. Le cabinet était peu accueillant, bourré d'animaux empaillés, de statues de bronze et de meubles massifs. Sur les murs, entre les étagères de livres, il y avait des portraits lugubres d'ancêtres.

Les deux hommes la regardaient, muets. Elle vacillait sur ses pieds, de plus en plus apeurée, comme une accusée : le baron avait à présent les cheveux gris et la barbe plus fournie que son frère. à part cela, et malgré leur différence d'âge, ils se ressemblaient comme deux gouttes d'eau : les nez proéminents et aquilins étaient identiques, ainsi que les grandes mains aux veines saillantes, les petits yeux en amande et l'attitude sévère.

Finalement le jeune baron lui adressa la parole : « J'ai vu la blessure de Costanza. La baronne me dit que c'est de sa faute. Costanza le confirme. Vous avez quelque chose à ajouter ?

– Cellence, non, marmotta Amalia.

– Il faut éviter à tout prix que cela se reproduise, dit le baron.

– Que suggérez-vous, Amalia ? » Le jeune baron la regardait, angoissé, comme s'il parlait à une égale.

Cette familiarité désarmée eut pour effet d'étourdir complètement Amalia. Ils devaient protéger Costanza et ils lui demandaient conseil, à elle, sa nourrice. Elle éprouvait une curieuse sensation, comme si elle s'était dédoublée et que la véritable Amalia, après avoir voltigé vers la voûte décorée de fresques, la regardait de là-haut en attendant sa réponse. Elle s'entendit dire : « Madame la baronne vient à l'étage au-dessus voir Giacomo, je pourrais peut-être garder la petite dans l'autre pièce.

– Pensez-y, Amalia : quand elle entend la voix de sa mère, Costanza veut la voir et court vers elle. Nous savons que ma femme ne doit pas être avec elle. Pour le moment elle représente un danger. » Le jeune baron planta son regard dans le sien et répéta : « Un danger, Amalia, vous me comprenez ?

– Oui, Cellence, oui.

– Quels sont les appartements les plus éloignés de ceux de Giacomo ?

– Ceux du service au rez-de-chaussée, répondit Amalia d'un seul trait.

– Bien, dorénavant je vous permets d'y emmener ma fille. J'en parlerai à don Filippo, il trouvera comment installer ses jouets et tout ce qui lui faut. La sécurité de ma fille dépend de vous. » Il ajouta d'une voix plus forte : « De vous et de moi.

– Tenez, Amalia. » Le baron lui tendit un petit sac plein de pièces.

Elle le prit, confuse. Elle oublia de le remercier en lui baisant la main et demanda avec fougue : « Et qui a parlé de ces changements à madame la baronne ? Et si elle ne permet pas ?

– Ne soyez pas impertinente, Amalia, la réprimanda le jeune baron en reprenant son ton autoritaire, le maître chez les Safamita c'est moi, et c'est moi qui décide. Je permets à ma femme de commander dans les limites que je lui impose, et elle doit me remercier. »

Il eut droit à un regard torve et sévère de son frère. Le jeune baron l'ignora et ajouta : « Je parle aussi au nom du baron ici présent : au château il y aura des arrangements identiques, don Calogero vous les expliquera plus tard. Vous pouvez aller. »

Elle franchissait le seuil du cabinet lorsqu'il ajouta : « Amalia, naturellement, pas un mot à personne. »

13

*Les frères Safamita convoitent un instant
la nourrice Amalia*

Maddalena et Costanza jetaient des miettes de pain dans l'eau trouble du bassin à poissons rouges. La nourrice les rejoignit et se pencha pour prendre Costanza dans ses bras. Toutes trois prirent l'allée qui descendait aux écuries, ignorant que les maîtres les observaient, sortis trop tard dans le jardin pour dire encore au revoir à Costanza.

Guglielmo et Domenico Safamita s'arrêtèrent près du bassin et suivirent les femmes des yeux. Le jardin apparaissait dans toute sa splendeur : les plantes grasses encore gonflées d'eau, les roses en pleine floraison, les arbres fournis et les vases et les bordures fleuris. La nourrice ondulait souplement, elle tenait la main de Costanza qui trottinait à côté d'elle. Maddalena, petite et robuste, les suivait à distance d'un pas nonchalant, visiblement mécontente de quitter la fraîcheur du jardin. Elle traînait les pieds sur le gravier en tournant la tête à droite et à gauche : tantôt elle s'arrêtait devant une fontaine en forme de coquille, tantôt elle touchait une statue, tantôt elle caressait les feuilles charnues et luisantes d'un ficus, tantôt elle se penchait pour sentir les fleurs de laurier-rose.

La nourrice avançait, plongée dans ses pensées. Elle avait lâché la main de Costanza, qui avait ralenti le pas et était restée en arrière. Quand Amalia s'en aperçut elle s'arrêta, se retourna et lui fit un grand sourire. Costanza se hâta de la rejoindre et elles poursuivirent leur chemin main dans la main. De temps en temps elles se souriaient.

Les frères Safamita la regardaient. Ce sourire était épanoui et lumineux. La nourrice marchait à présent avec une vivacité renouvelée, comme si une sensation confortable de bien-être l'avait envahie, qui se manifestait dans sa démarche majestueuse, et à laquelle elle s'abandonnait, certaine d'être à l'abri des regards indiscrets.

Elle roulait des hanches et sa jupe de coton suivait la bordure de fougères qui envahissaient le sentier ; les bords et le gros nœud vaporeux de son grand tablier de nourrice, blanc, orné de broderies et de dentelles, se soulevaient sur sa robe bleue à un rythme marqué par le balancement des gouttes de corail de ses boucles d'oreilles et par le tremblement de son chignon soyeux et à demi défait qui glissait presque jusqu'à lui couvrir la nuque. Légèrement inclinée au-dessus de Costanza, elle lui disait quelque chose. Elles rirent ensemble et disparurent au tournant de l'allée.

«Belle femme, la nourrice... qui sait qui en profite, remarqua le baron.

– Vraiment, ajouta son frère cadet avec un regard d'approbation qu'il n'avait pas souvent. Ni toi ni moi, n'y songe même pas.

– Ça va de soi.» Un sourire malicieux apparut sur leur visage fatigué, le premier de cette terrible journée.

14

La nouvelle vie de Costanza Safamita à la blanchisserie

Don Filippo, majordome du jeune baron, prit des dispositions spéciales pour accueillir Costanza dans les communs. Les domestiques exécutèrent ses ordres avec zèle sans se plaindre ni poser de questions. La blanchisserie, attenante à l'office et non loin de l'escalier de service, était assez grande pour qu'on y ménage un espace commode et vaste, isolé par un paravent, près de la terrasse où on étendait le linge. C'était le secteur réservé à Costanza : une installation modeste mais agréable, embellie de gravures étrangères représentant des scènes de chasse et d'un vieux tapis. La nourrice en fut satisfaite et Costanza commença aussitôt à y passer tous ses après-midi.

Pour le reste de la journée, Costanza et Giacomo conservaient leurs anciennes habitudes. Ils dormaient dans leurs chambres respectives au deuxième étage et prenaient leurs repas seuls dans leur salle de séjour ; accompagnés de leurs nourrices, ils descendaient à l'étage noble pour saluer leurs parents, matin et soir ; après la « conversation » en français avec Madame – vu leur âge, ils se bornaient à jouer avec la vieille dame autrichienne –, ils faisaient au milieu de la matinée leur promenade quotidienne au château, où ils retrouvaient leur grand-père et leur tante Assunta. Après le déjeuner, ils attendaient que leurs parents finissent leur repas parce que ces derniers désiraient quelquefois les voir en prenant le café. Ensuite les Safamita se retiraient chacun chez soi pour la sieste.

Souvent, à cette heure-là, le jeune baron, qui n'aimait pas dormir pendant la journée, se faisait amener Costanza dans le fumoir. Il prit alors l'habitude de lui parler en français comme il le faisait avec sa femme dans l'intimité.

L'après-midi des enfants était consacré aux jeux et à la visite de leur maman dans leurs chambres. Mais Costanza restait désormais à la blanchisserie jusqu'à l'heure du dîner, séparée de Giacomo et de sa mère. Son petit frère lui manquait, mais elle acceptait docilement ce qui lui était imposé. En revanche, elle fut très chagrinée de l'absence de sa mère et elle la réclamait souvent. Costanza avait peu d'occasions de la voir et leurs rares rencontres étaient rapides, toujours en présence de sa nourrice ou de son père.

Giacomo ne se rendait pas compte de ce qui était arrivé : du jour au lendemain il s'était retrouvé sans sa compagne de jeux. En grandissant, quand Costanza lui racontait ce qui se passait à la blanchisserie et dans les cuisines, où il n'avait pas la permission d'aller, il n'arrivait pas à comprendre pourquoi il en était exclu. Son père ne cachait pas une prédilection marquée pour Costanza ; Giacomo la percevait comme une rivale et réagissait par des violences et des vexations délibérées. Costanza le supportait avec patience et le secondait dans ses jeux, ce qui augmentait sa colère et sa frustration.

Chez les Safamita vivaient et travaillaient environ vingt-cinq personnes, entre domestiques, personnel des cuisines, portiers, cochers et vieux serviteurs dévoués qui dans leur vieillesse n'avaient nulle part où aller, ou préféraient simplement finir leurs jours dans cette maison qu'ils considéraient comme la leur, en se rendant utiles autant qu'ils le pouvaient. D'autres employés dépendaient directement de Domenico et n'habitaient pas sur place : c'étaient ceux de l'administration et les gardes privés. Ces derniers avaient l'usage exclusif de leur local, où ils prenaient aussi leurs repas, à côté de la loge du portier. Leur devoir consistait à protéger la famille et ses biens.

Les divisions entre domestiques étaient rigides, en fonction de leurs différents rôles, de même que la séparation entre hommes et femmes. Le chef cuisinier et don Filippo mangeaient ensemble dans la pièce des armoires. Ils étaient servis par Lina, aide-cuisinière, dont on disait qu'elle était la maîtresse jalouse du chef et avait choisi ce rôle de serveuse pour écouter leurs conversations. Les hommes mangeaient à la cuisine, servis par les femmes. Celles-ci étaient reléguées à l'office pour les repas, avec les nourrices.

À la différence de la vie des maîtres, solitaire dans l'ensemble, il y avait au rez-de-chaussée des allées et venues continuelles et une activité grouillante bien contrôlée, dans une atmosphère qu'on aurait pu qualifier de sereine et parfois même de gaie. Dorlotée par tous, Costanza était particulièrement bien accueillie dans les pièces où travaillaient les femmes. Celles-ci lui permettaient parfois de les aider. Au début, les domestiques s'étaient senties mal à l'aise en présence d'une maîtresse, même enfant ; puis, comme cela arrive toujours, elles s'habituèrent à elle et s'y attachèrent encore davantage. Quand la famille se rendait à Palerme ou dans les maisons de campagne, où il n'était pas possible de lui créer un espace dans les communs, Costanza recherchait presque naturellement la compagnie des domestiques.

Privée des directives et de l'exemple maternels, Costanza se modelait d'instinct sur sa nourrice, elle copiait son langage, ses gestes, et adoptait ses goûts. Amalia s'était trouvé une nouvelle fonction au sein de la famille Safamita, parmi celles qui convenaient aux nourrices retraitées : le raccommodage. Chez les Belice il avait été son pain quotidien, les guenilles qui habillaient parents et enfants tenaient grâce aux raccommodages et non plus par la trame du tissu. C'était donc un retour nostalgique aux activités de sa jeunesse, et ce fut bientôt son passe-temps favori.

Tous les après-midi la nourrice et Costanza plaçaient leurs chaises devant la fenêtre de la terrasse et se préparaient aux travaux d'aiguille. Elles discutaient de ce qu'il y avait à faire, en choisissant parmi le linge accumulé dans le panier : serviettes de toilette, serviettes de table, torchons, chaussettes, mouchoirs, gants blancs pour servir à table, uniformes. Elles n'étaient jamais à court de besogne, ce qui leur donnait une sensation réconfortante de sécurité. De plus, au contraire de la broderie, le raccommodage ne réclamait pas une grande attention et elles pouvaient donc bavarder et se distraire en écoutant les autres. Costanza apprenait avec application à faire de menus travaux adaptés à son âge et devint par la suite une raccommodeuse très habile. Cela resta d'ailleurs son travail préféré. Elle aimait chanter, et souvent, pendant qu'elles travaillaient, elle chantonnait tout bas une ritournelle. Sa nourrice murmurait avec elle.

Autant qu'Amalia, deux vieilles femmes retraitées et hôtes permanents des Safamita furent pour Costanza des figures bienveillantes. Maria avait été la femme de chambre de la grand-mère maternelle de Costanza – la baronne Maria Stella, disparue très jeune –, qui, comme elle aimait à raconter, lui avait recommandé en mourant de veiller sur sa fille. Son mari, Gaetano, frère du régisseur de Malivinnitti, était mort jeune des suites d'un coup de pied de mulet. Habituée à la vie au château, elle ne s'était pas trouvée bien chez ses beaux-parents : elle avait préféré laisser ses enfants à Malivinnitti et retourner chez les Safamita. Outre son âge, sa parenté avec Pepi Tignuso avait valu à Maria le respect des maîtres et de ses pairs. Elle était particulièrement peinée par le comportement de la baronne, et avait une explication pour ce qui était arrivé, mais elle la gardait pour elle. Dans l'espoir qu'avec le temps la mère apprendrait à aimer sa fille, elle s'était chargée de la mission de maintenir en vie l'affection de Costanza pour la baronne et de l'alimenter. Quand Costanza avait trop envie de la voir, Maria réussissait à la distraire en lui racontant des histoires sur l'enfance de sa mère : Costanza ne se calmait que de cette façon ; grâce à Maria elle connut mieux sa mère, et finalement l'aima encore davantage.

Annuzza la Chandelle avait été la couturière de la baronne Maria Stella et c'était une grande conteuse. Contrairement à ce que suggérait son sobriquet, elle n'avait jamais travaillé la cire. Elle cousait depuis l'âge de six ans et avait acquis la conformation de ceux qui restent longtemps assis, travaillent penchés et marchent peu : elle était grasse, avec des hanches larges et des fesses aplaties, et se déplaçait à petits pas, le dos courbé. Sa belle-mère, reconnaissante du silence résigné d'Annuzza sur les penchants de son mari Peppi 'u Ciraru – fabricant de chandelles de son état –, l'avait laissée libre de continuer à coudre, en se chargeant des travaux domestiques. Peppi était mort au bout de quelques années de mariage ; Annuzza, au lieu de rester dans une famille dont elle sentait qu'elle ne faisait pas partie, était retournée au Palazzo Safamita. Là, elle cousait pour les employés de maison : uniformes, tabliers, maniques, serviettes et autre linge de maison. Elle acceptait d'être traitée en femme mariée et se comportait comme telle, avec discrétion.

Dénuée de malice et de rancœur, elle était restée une jeune fille malgré son âge : innocente, romantique et pleine d'imagination chaste. Annuzza cousait et racontait sans jamais se lasser. Elle consolait Costanza avec ses histoires, qu'elle adaptait ou fabriquait sur mesure selon les circonstances, et elle inventa même pour elle une héroïne, la princesse Escargot. Source inépuisable de contes merveilleux, c'était vers elle que Costanza se tournait pour entrer dans un monde où la souffrance, la patience, la générosité et l'intelligence étaient récompensées par l'amour, le mariage, la justice et le bonheur.

Reléguée à la blanchisserie, Costanza s'était retrouvée dans un univers entièrement féminin et oral où elle se sentait aimée et protégée ; elle n'était pas à l'aise en présence des hommes, à l'exception de ceux qui lui étaient les plus proches : son père, ses frères et son grand-père. Très timide et on ne peut plus sauvage, elle ne parvenait pas à dire un mot devant ses oncles et ses cousins adultes et se troublait quand elle croisait les hommes qui travaillaient au palais. Sa nourrice attribuait cette peur au souvenir peut-être inconscient de la méchanceté de ceux qui s'étaient moqués d'elle à cause de son aspect. Avec le temps, Costanza s'habitua à la présence de don Filippo et de quelques autres employés, surtout âgés. Don Paolo et Gaspare firent finalement partie de son cercle restreint. Ils lui racontaient des histoires vraies sur de beaux pays lointains et des villes étrangères.

L'été suivant, au retour d'internat de Stefano, le jeune baron voulut que Costanza passe davantage de temps avec ses frères. Il en avait parlé à sa femme. Caterina jura de se contrôler : son unique désir était d'être une bonne mère et une bonne épouse, et elle avait l'espoir de réussir à aimer sa fille.

Son mari l'observait et décida de lui donner l'occasion de se racheter. Le mariage n'avait pas entamé son attitude d'oncle protecteur et indulgent. Le désir de posséder sa femme s'était aiguisé, précisément parce que la possession totale de Caterina était impossible : c'était le secret de leur passion et de sa tolérance.

Domenico Safamita s'employa à encourager Costanza à fréquenter la salle de jeux et l'étage noble avec ses frères. La petite le suivait, mais à l'évidence elle était anxieuse et mal à l'aise : elle considérait désormais la blanchisserie comme son petit royaume et y retournait dès qu'elle pouvait, pour raccommoder avec Amalia et bavarder avec les gens de maison.

15

La princesse Escargot :
Annuzza invente pour Costanza Safamita
la merveilleuse histoire des escargots
et de la fille du berger

« Il était une fois un berger qui habitait dans une pauvre maison avec sa femme et ses sept fils. Sa femme voulait une fille, mais il ne lui en venait pas. Un jour, tandis qu'elle cueillait des câpres, une mauvaise épine lui entra dans le doigt et fit gonfler sa main. Elle ne réussissait pas à l'enlever. Elle s'assit sur une pierre en pleurant. "Qui m'ôtera cette mauvaise épine ? Ah, si j'avais une fille, elle me l'enlèverait très vite !" qu'elle soupirait.

« Une voix lui dit : "Moi je peux t'enlever l'épine et te donner cette fille si tu fais ce que je te dis." La bergère regarda autour d'elle, il n'y avait pas âme qui vive. La voix venait d'un escargot gros comme une pierre, sa coquille était rouge foncé, avec des raies jaunes et brillantes comme de l'or. "Mais avant, tu dois me promettre de me donner la fille qui te naîtra." La bergère répondit : "Je le promets." L'escargot lui glissa sur la main en bavant : la douleur disparaissait et d'épine il n'y en avait plus.

« Au bout de neuf mois la bergère eut une fille. Un matin elle vit l'escargot devant chez elle, accroché à une plante à épines. Il lui rappela : "Je suis venu chercher la fille que tu me dois." Elle hurla : "Va-t'en avant que je t'écrase !" et il s'en alla.

« La fille avait la peau blanche comme le lait et des cheveux châtains, que c'était une merveille : au soleil ils devenaient roux, avec des reflets dorés comme la coquille de l'escargot. Les bergers étaient heureux.

« Un jour, pendant qu'elle la coiffait, la bergère s'aperçut qu'il lui poussait sur la tête deux petites cornes, pareilles que celles des escargots. Elle cherchait à les lui couvrir avec ses cheveux, mais elles sortaient toutes droites entre les boucles. Alors elle lui mit un bonnet qu'elle portait jour et nuit.

« La fille grandissait et devenait belle et appétissante, elle était en âge de prendre un mari. "Qui va épouser une fille avec des cornes ? Et qui va se marier avec mes sept fils pour avoir une belle-sœur comme ça ? Celle-là, elle me reste à la maison, une bouche de plus à nourrir !" La bergère se désespérait et la frappait. Elle parla à son mari et décida de l'abandonner dans les bois.

« L'été approchait et le berger devait conduire ses brebis dans les pâturages sur la montagne. Il emmena sa fille. Ils arrivèrent dans un bois de noisetiers et s'arrêtèrent pour dormir dans une grotte. Le matin elle s'éveilla et ne vit ni père ni brebis. Elle le chercha tout le jour, et le soir elle s'endormit en pleurant. Pendant la nuit, chut, chut, plein d'escargots sortirent et la couvrirent de bave, qui se transforma en coquille : la pauvre était devenue un escargot. Ils l'emmenèrent dans leur royaume sous terre, où régnait le gros escargot ; là, on la révérait comme une princesse.

« Au bout d'un moment elle commença à avoir la nostalgie de sa mère. Elle était méchante, sa mère, mais c'était toujours sa mère. Elle voulait beaucoup la voir, et elle avait de la peine. Le grand escargot lui permit de retourner chez elle, à condition de ne jamais enlever son mouchoir de la tête et de ne dire à personne qu'elle avait des cornes.

« Ses parents la reçurent mal ; ils la mirent au travail et ils la battaient. Un jour, le berger dit à sa femme : "Vois si elle a encore ses cornes, des fois qu'elles auraient séché, alors on pourrait la marier." Mais la fille refusait de se faire tâter la tête par sa mère. Ils la chassèrent et la pauvrette, éplorée, retourna dans le bois. Elle se coucha dans la grotte en souhaitant se réveiller escargot, mais non. Le lendemain elle se mit à chercher dans les arbres, elle espérait trouver l'escargot. à la place, elle rencontra un prince très beau ; il s'était perdu. Il lui demanda à manger. Elle l'emmena dans la grotte et lui dit de l'attendre. Et cherche que je te cherche, elle ne trouvait rien à manger. Elle était désespérée, qu'est-ce que le prince allait dire ? De sous une pierre, lentement, lentement, l'escargot sortit en rampant. "Tu ne dois pas t'inquiéter, tu n'es pas seule : je suis là et je pense à toi. Quand tu

87

voudras manger, arrache une de tes cornes." Elle lui obéit et une table apparut toute prête, avec tout ce que tu peux imaginer. Le prince mangea avec plaisir et ils bavardèrent. Quand il avait faim elle s'arrachait une corne et le repas se montrait. Ça lui faisait très mal, mais il le fallait. Les cornes repoussaient ensuite comme par magie.

« Le prince l'emmena dans son palais et dit à sa mère que c'était la meilleure cuisinière du monde : il était tombé amoureux d'elle. Ils parlaient ensemble tout le jour et la reine était jalouse. Elle s'en prenait à la pauvre petite et la tourmentait beaucoup. Celle-ci pleurait, mais elle ne disait rien au prince. Finalement la reine combina pour son fils un mariage avec une princesse très très riche, mais lui ne voulait pas en entendre parler.

« Un jour, le prince lui dit qu'il la voulait pour femme, toute pauvre et cuisinière qu'elle était, mais qu'il voulait d'abord la voir dans toute sa beauté : elle devait enlever son mouchoir et lui montrer ses cheveux. Elle ne pouvait pas désobéir à l'escargot et lui dit non. Le prince n'était pas habitué qu'on le contrarie et il s'offensa. Il allait à la chasse et quand il revenait il ne la regardait même pas. Il parlait tout doux tout doux avec la princesse qu'il devait épouser, devant la pauvrette, que c'était une torture pour elle. "Jamais il ne m'aimera de nouveau, mon prince ! Je souffre trop, rien que de le voir : il ne me veut plus." Pendant ce temps la reine préparait le mariage de son fils et elle la tourmentait encore plus.

« La veille des noces, le prince l'appela et lui dit qu'il n'arrivait pas à se l'ôter de la tête : il était prêt à l'enlever, mais d'abord il voulait voir ses cheveux. Elle l'aimait beaucoup, et elle défit son mouchoir.

« Elle avait de très beaux cheveux, châtains frisés avec des mèches rousses et or. Le prince voulut les caresser.

Dès qu'il les toucha, elle se couvrit de bave et disparut : elle était redevenue escargot. Lui, désespéré, retourna dans le bois et envoya promener son mariage. Il trouva la grotte où il l'avait connue et s'endormit en pleurant. La nuit, elle lui apparut en rêve et lui promit : "Je reviendrai près de toi si tu te laisses embrasser sur la bouche par la première créature de Dieu que tu verras."

« Quand le prince se réveilla, il vit un escargot à ses pieds. Il sortait très lentement ses cornes et son pied humide ; il montait sur ses bottes, grimpait sur son pantalon, il arriva sur sa chemise et puis lui rampa sur le cou. Le prince était dégoûté, la bave lui brûlait la peau, qu'on aurait dit une ortie, mais il pensait à son amoureuse et ne remuait ni pied ni patte. L'escargot lui arrivait sur le menton et il glissait sur sa bouche. Le prince ne le chassait pas. L'escargot gluant s'installa sur ses lèvres. Ça brûlait beaucoup, et le prince s'évanouit.

« Il se réveilla avec son amoureuse près de lui. Elle était très belle ; deux petites cornes sortaient de ses boucles. Ils s'embrassèrent beaucoup et elle lui raconta son histoire. Pour elle, son vrai père était l'escargot : si le prince l'aimait, il devait accepter ses cornes et pardonner aux bergers. Il dit oui. Alors apparut devant eux un roi avec une couronne grosse comme ça. C'était l'escargot : une sorcière lui avait jeté un sort qui ne serait rompu que si une fillette l'aimait comme un père et n'avait pas honte de ses cornes.

« Le jour du mariage, les cornes lui tombèrent de la tête, mais tous les chrétiens, qui l'aimaient beaucoup, continuèrent de l'appeler la princesse Escargot. »

16

Les vacances des Safamita à Malivinnitti

En été les Safamita commençaient leurs vacances à Malivinnitti par le battage, en juin. Les sœurs et le père Sedita étaient des hôtes fréquents, et la famille demeurait là plus longtemps que nécessaire, par plaisir. Puis ils se rendaient dans d'autres maisons de campagne : les propriétés exigeaient leur présence.

Malivinnitti était une grande propriété de l'arrière-pays exclusivement cultivée en blé : la plus vaste des possessions des Safamita. La ferme, à mi-hauteur d'une colline, était entourée de hauts murs et dominait les autres éminences. Pendant une grande partie de l'année la propriété semblait abandonnée des hommes et des animaux. Mais ce n'était pas vrai. Malivinnitti était surveillé par des régisseurs. Les Tignuso le traversaient de long en large, montés sur leurs juments. Armés de fusils et de pistolets, ils se postaient dans des cachettes secrètes pour surveiller les terres pendant que les femmes, à la ferme, travaillaient à tour de rôle près des fenêtres de la loge, où elles habitaient, avec un œil sur la ferme et sur les champs. Malivinnitti ne se réveillait qu'en périodes de travaux saisonniers – labourage, semailles et moissons – durant lesquelles des douzaines d'ouvriers agricoles s'y rendaient péniblement des villages limitrophes pour gagner leur pain ; eux aussi étaient sous la coupe des Tignuso.

Dans la cour vivaient les bêtes et les paysans. Au début du XIXe siècle, le baron Safamita avait fait construire la maison de maître contre un mur de la cour de ferme, avec une autre cour intérieure de mêmes dimensions. L'habitation, au premier étage, était disposée sur les quatre côtés et comptait de nombreuses chambres, comme dans un monastère. La maison, simple et dépourvue de confort, était la résidence d'été préférée de trois générations de Safamita, qui pourtant en possédaient d'autres bien plus luxueuses.

Leurs amis ne comprenaient pas : les champs de blé arrivaient jusqu'aux murs et l'unique agrément consistait en une douzaine de caroubiers immenses plantés plus bas, sous la terrasse. Dans cet endroit aéré étaient disposés des tables et des sièges pour profiter de la fraîcheur à l'ombre de ces grandes voûtes majestueuses ; le paysage était monotone et typique des grandes propriétés : une succession de collines à blé, rangée après rangée, jusqu'à l'infini. Pas un arbre, pas une maison, pas une route. « La terre et le ciel, il n'y a rien d'autre à Malivinnitti. Mais qu'est-ce qu'ils lui trouvent donc ? » se demandaient-ils.

Quand le soleil se levait, les ombres humides de la nuit se retiraient des pentes désertes en y laissant des traits bleus ; les blés revivifiés bruissaient et les oiseaux voletaient au-dessus en quête de nourriture. Le ciel acquérait de la profondeur et devenait d'un bleu intense. Puis il blanchissait, incandescent. Le soleil au zénith dominait et foudroyait tout, inexorable. Les oiseaux, fatigués et aveuglés par la lumière étincelante, se réfugiaient derrière les pierres ; les herbes et les plantes au bord des sentiers retenaient leurs parfums et abaissaient leurs feuilles sèches. Les ombres assoiffées du soir – longues, nettes, rouges – réveillaient les insectes, les oiseaux et les odeurs champêtres. Le soleil se couchait derrière les collines dans une fantasmagorie de rouge, jaune, amarante, violet. Puis le calme. Le noir absolu tombait sur Malivinnitti. Les premières lucioles apparaissaient faiblement.

Jour et nuit la campagne gisait immobile, mais pas inféconde : dans ce silence mêlé aux stridulations des cigales, le blé des moissons grossissait, grain à grain, et s'enrichissait d'amidon. La terre mangée par le soleil répétait le rite de la fertilité, année après année. Depuis des millénaires. Terre, blé et ciel. Les biens. La famille. Voilà ce que voyaient les Safamita à Malivinnitti. C'était leur façon de célébrer la vie et leur lien tenace avec la terre.

Les petits Safamita avaient une autre raison d'aimer les vacances à Malivinnitti : la compagnie de leurs cousins. À Malivinnitti les enfants se sentaient libres, même s'ils n'étaient jamais seuls. Ils s'ébattaient sur les terres, s'aventuraient jusqu'à l'abreuvoir, jouaient dans les champs de blé et suivaient les travaux des moissons accompagnés par l'un des Tignuso et sous protection discrète des gardes. À la ferme il y avait beaucoup d'autres choses à faire. Seuls ou avec les enfants des paysans, ils passaient les heures chaudes à ramasser des pierres friables de différentes couleurs pour les écraser en poudre impalpable, rouge, blanche, grise, jaune, vert clair, à modeler l'argile détrempée, à égrener les épis encore verts pour grignoter les grains humides et douceâtres, à tresser des petites corbeilles de jonc : les jeux pauvres de toujours.

Les garçons jouaient avec les petits-fils de Pepi et les fils des paysans, qui étaient réticents au début puis y prenaient goût, fiers de leur familiarité avec les petits maîtres et de l'habileté qu'ils pouvaient leur démontrer en crevant les yeux des chatons, en torturant les chiots, en coupant les ailes des oiseaux et la queue des lézards.

Caterina Safamita se sentait bien à Malivinnitti. Le soir, sur la terrasse, elle jouait aux cartes et bavardait avec petits et grands ; elle chantait avec les autres femmes et invitait Costanza, qui avait une voix très juste, à se joindre à elles. Celle-ci s'en réjouissait.

Son père faisait tous les jours une tournée des terres avec Pepi. Il revenait quelquefois pensif de ces chevauchées et restait à l'écart du groupe. Costanza s'en rendait compte et cherchait à le rasséréner. Le soir, après le dîner, il observait de la terrasse la caravane fatiguée des ânes et des mulets chargés de cruches d'eau qui revenaient de leur dernier voyage à l'abreuvoir. Il paraissait préoccupé. Costanza s'approchait de lui. Son père lui posait la main sur l'épaule et la serrait. Elle sentait sa tristesse et cela la rongeait. Un jour elle en parla avec Stefano : il lui dit de ne pas y penser, c'étaient des affaires d'hommes.

Un matin, sa nourrice et Maria étaient assises sur les marches du grenier et surveillaient les enfants. Amalia faisait l'ourlet d'un mouchoir. Maria enlevait le bâti de ceux qui étaient déjà terminés.

« Je n'aime pas Malivinnitti, murmurait la nourrice, les enfants s'amusent, mais je ne comprends pas les maîtres… pourquoi ils l'aiment tant ?

– Pourquoi, pourquoi… je le sais, moi, le pourquoi, dit Maria sans lever les yeux de son ouvrage, il y a toujours une explication : c'est ici que la chose a commencé, il y a une vingtaine d'années. J'étais ici, assise à l'endroit même où nous sommes, et je surveillais la jeune baronne et ses cousins Scravaglio et Limuna : ils s'amusaient dans le blé, comme nos enfants à nous. Rien n'a changé. La jeune baronne était déjà orpheline de mère. Son cousin Stefano Scravaglio avait jeté son dévolu sur elle, comme Vincenzo Limuna sur Costanza : la dot d'une Safamita plaît beaucoup. Mais la jeune baronne ne les trouvait pas amusants, les jeux de son cousin : il tirait sur sa jupe, il sautait sur elle, bref, il la provoquait tout le temps. Je ne pouvais rien dire. Un jour le jeune baron est venu dans le grenier et s'est arrêté. Elle avait grimpé tout en haut et son cousin la faisait bisquer.

« "Au secours, mon oncle, Stefano ne veut pas me laisser tranquille !" elle a crié, et sans laisser au jeune baron le temps de lui répondre, elle a sauté et elle lui est tombée dessus ; il a eu à peine le temps de l'attraper sous les bras. Et j'ai vu ce que j'ai vu. Elle avait des yeux de femme. Ces yeux-là visaient son oncle. Je ne le voyais pas de face, mais il la serrait, il ne la posait pas par terre. J'ai tourné la tête.

« Il a dit : "Fais attention, Caterina, joue à des jeux plus calmes", et il est parti sans même dire au revoir. Caterina est venue s'asseoir à côté de moi et n'a pas ouvert la bouche.

« Des années plus tard, je les voyais sortir de la ferme tôt le matin, bien tranquilles, ils se glissaient sous un grand caroubier, de ceux que leurs branches touchent par terre, et ils ne sortaient plus de là. C'est pour ça que le jeune baron et la baronne viennent à Malivinnitti, et qu'ils y restent : pour se rappeler quand ils sont tombés amoureux. »

17

À Palerme les gens sont différents
et Costanza Safamita ne les comprend pas

Domenico Safamita avait trente-sept ans quand il épousa sa nièce. On pensait dans sa famille qu'il resterait célibataire. Ce mariage laissait ses sœurs perplexes, et pas seulement à cause de la parenté entre mari et femme. Domenico, qui était un homme du monde, avait voyagé et appréciait les arts et la musique ; il épousait une nièce de quinze ans, grandie en province. Ses sœurs ne mesuraient pas encore l'influence de la préceptrice de leur nièce, mademoiselle Annie Besser. Caterina avait appris grâce à elle à connaître et aimer la littérature française et la musique ; elle était devenue une excellente pianiste et jouait des partitions d'airs de Mozart, Donizetti, Bellini et Rossini que mademoiselle

Besser avait apportées à Sarentini. La préceptrice les lui avait laissées en cadeau après les fiançailles, quand le baron, embarrassé, lui avait annoncé qu'il n'avait plus besoin d'elle : elle comprenait que c'était Caterina qui l'avait exigé.

Après leur mariage, Domenico et Caterina restèrent à Sarentini, dans le palais construit par lui, bien plus commode que celui de Palerme où ils ne passaient ensemble que quelques semaines au printemps. Chaque automne Caterina retournait au château pendant que son mari allait à Palerme ou voyageait. C'était une pratique qui n'avait rien d'insolite, tolérée par les épouses du moment qu'elle ne menaçait pas la stabilité du couple. Le jeune baron eut d'autres aventures, y compris avec des femmes de son rang, menées avec discrétion et à l'insu de sa femme.

Stefano fut envoyé dans un internat de Palerme en 1860 ; alors les choses changèrent. Caterina accompagnait son mari pour de brèves visites à Palerme en laissant les jeunes enfants à Sarentini, et quand Giacomo fut grand, toute la famille se transportait à Palerme pour les mois d'hiver.

Le voyage de Sarentini à Palerme était pour Costanza une aventure passionnante et effrayante à la fois : on partait en voiture, en organisant le parcours avec soin par crainte des brigands, dont les rangs s'étaient grossis des réfractaires qui, depuis l'unité italienne, parcouraient les montagnes. Il fallait parfois se déplacer à dos de mulet ou, dans les passages les plus inaccessibles, en litière. Le convoi était flanqué de gardes ; d'autres le précédaient pour reconnaître le parcours. C'était rassurant pour Costanza de les repérer aux sommets des montagnes, imposants dans leurs manteaux verts, la pointe du fusil en l'air, sur leurs grands chevaux brun jaune. Ils lui apparaissaient de loin comme des anges guerriers et protecteurs.

Costanza continuait à prendre ses leçons – italien, français, arithmétique, musique et chant –, mais les journées prenaient un rythme différent et souvent imprévu, dicté par l'exigence de cultiver les rapports sociaux. Elle s'était accoutumée à la monotonie apparente de Sarentini, regrettait le rituel confortable des après-midi tranquilles de broderie avec sa nourrice : elle avait besoin de certitudes. Elle goûtait d'avance les séances laborieuses, près de la fenêtre, accompagnées du murmure d'un refrain commencé par l'une et repris par l'autre. Elle s'y sentait libre de se plonger dans ses pensées, ou de parler sans crainte de se tromper ni de contrarier les autres. Elle posait le petit tambour sur ses genoux et tendait la toile dessus, puis elle encastrait le cercle de bois pour maintenir la pièce en place et tirait sur les bords pour que la tension soit uniforme ; elle préparait son aiguillée et enfilait son aiguille. Elle piquait dessus et tirait le fil en dessous, gardant la bonne tension, puis elle piquait par en dessous à tâtons. Elle tirait de nouveau le fil, piquait de nouveau dans la toile en pressant dessus avec son dé, et en suivant le trait du motif : toujours les mêmes gestes. Point à point la toile s'embellissait lentement et chaque point donnait à Costanza un plaisir subtil. Lorsque arrivait le « bon » moment pour abandonner sa broderie, elle arrêtait le fil avec soin et remettait le tout dans le panier. À Palerme, au contraire, elle préparait tous les après-midi son travail avec anxiété et n'osait pas en attendre de plaisir tant elle appréhendait d'être interrompue par des visites ou une sortie.

Elle apprit vite comment se passaient les choses à Palerme : la bonne impression et les relations étaient importantes, le reste moins, ou pas du tout. L'apparence et l'élégance – personnelle, des pièces de réception, des voitures – comptaient énormément, tout comme l'argent, que les gens dépensaient sans mesure. Les amitiés s'évaluaient sur la base du patrimoine et du rang.

Les femmes se plaignaient de la vie mondaine, elles accusaient des malaises, une grande fatigue, déclaraient préférer la vie domestique et participer malgré elles à toutes ces mondanités dont elles se seraient volontiers passées. Mais ensuite elles organisaient des réceptions, annonçaient leur visite pour le regretter au moment de sortir, affirmaient vouloir rester chez elles tout en s'offensant si elles ne recevaient pas d'invitations.

L'après-midi sa mère se joignait souvent à ses tantes, ses cousins et des amies de la famille. Costanza les entendait potiner, parler de mariages, discuter d'habillement et de bijoux. Elles répétaient les mêmes discours comme si elles les oubliaient d'un jour sur l'autre. Sa mère participait à la conversation avec une certaine réticence que les autres ne saisissaient pas. Elle la sentait alors proche d'elle, elle pensait qu'elle regrettait ses après-midi à Sarentini où elle lisait, jouait du piano, bavardait avec son père, et elle se demandait si elle s'ennuyait des tortues, elle aussi. Mais elle n'eut jamais le courage de lui en parler.

À Palerme le rythme des rapports familiaux changeait lui aussi. La compagnie des domestiques lui manquait : dans le palais de la ville il était interdit d'entrer chez eux. Giacomo allait à l'internat en externe et avait ses amis. Son père était très occupé et souvent dehors. Sa mère, en revanche, avait davantage de temps à lui consacrer. Elle l'emmenait chez des parents en visite d'obligation, la poussait à se lier d'amitié avec ses cousins de son âge, lui décrivait les liens de parenté compliqués qu'elles avaient avec les personnes qu'elles allaient voir, lui faisait mille recommandations sur la façon de se comporter ; mais sans jamais l'encourager d'un sourire, d'une caresse. Costanza, consciente de son aspect et de sa différence, craignait de mettre sa mère dans l'embarras, y compris par son accent sarentinais et sa maîtrise insuffisante de l'italien. Elle répondait par monosyllabes aux questions des adultes et se montrait toute gauche avec ceux de son âge ; elle rougissait pour un rien. Alors qu'elle avait un joli port, elle remontait les épaules, gardait les yeux baissés, et évitait de regarder ceux qu'instinctivement elle sentait hostiles.

Costanza allait quelquefois faire des emplettes avec sa mère. Anxieuse, elle lui tendait la main. Chaque fois elle était déçue : elle sentait sa froideur à la façon dont celle-ci la prenait, prête à la lâcher avant même d'être arrivée de l'autre côté de la rue. Entrer dans les magasins, dans les ateliers de couturières et de modistes était un véritable supplice pour Costanza, tellement dénuée de vanité.

Ces pauvres femmes qui gagnaient leur vie en vendant aux riches esquissaient des compliments sur ses grands yeux, son tout petit visage, sa haute taille. Costanza regardait sa mère. Celle-ci, les lèvres serrées, le menton contracté, le regard impénétrable, avait l'air de dire : « Épargnez-vous cette peine : cette fille non désirée est laide, et il n'y a rien à faire. »

Costanza se torturait et se couvrait de plaques rouges. Jamais elle ne s'était sentie aussi angoissée et encombrante que lorsque sa maman s'occupait d'elle, et pourtant elle n'abandonnait pas l'espoir de recevoir un jour un peu de l'affection qu'elle réservait à ses autres enfants.

18

À Palerme, Costanza Safamita
connaît mieux son père et Stefano

À Palerme, Costanza voyait Stefano ses jours de sortie. Ils allaient en voiture prendre une glace à la Marina.

Stefano parlait de tout comme s'il pensait à haute voix ; Costanza était une excellente interlocutrice depuis l'âge le plus tendre : elle posait peu de questions, absorbait ce qu'elle pouvait et le retenait.

C'est ainsi qu'elle apprit que les aristocrates palermitains se divisaient entre ceux qui acclamaient les nouvelles têtes couronnées et ceux qui regrettaient les Bourbons, qu'il existait des sociétés secrètes qui complotaient pour favoriser leur retour sur le trône, d'autres qui voulaient un gouvernement sans roi, d'autres qui ne respectaient pas la sainte mère l'Église et d'autres encore plus mystérieuses et étranges. Stefano parlait aussi des doutes des jeunes, mais surtout de leurs espérances ; il avait en effet ses idées : il croyait passionnément qu'il y avait un monde nouveau à l'horizon pour la Sicile, qu'il suffisait de saisir les occasions qui se présentaient, nouvelles activités agricoles, développement de l'élevage des chevaux, de la pêche au thon, du travail du corail, de la navigation et de l'industrie.

Costanza ne comprenait pas tout, mais elle ne posait pas de questions tant elle aimait ces allers-retours en voiture le long de la mer, assise fièrement à côté de son frère aîné. D'un côté il y avait les grandes résidences nobles avec leurs terrasses fleuries. Sur le trottoir rempli de gens bien habillés pour la promenade s'ouvraient les cafés de la Marina, devant lesquels les voitures s'arrêtaient pour la dégustation de glaces. La rue bordait la mer limpide, calme, sur laquelle se reflétait à l'ouest le lare protecteur, le magnifique Monte Pellegrino. Les employés servaient dans la voiture. Ils se frayaient un chemin entre les clients assis à des petites tables et les promeneurs en tenant en équilibre sur leur main tendue bien haut au-dessus des têtes des passants de grands plateaux ronds chargés de verres d'eau et de coupes de métal argenté pleines à ras bord. Sur chaque glace était planté un biscuit croquant en forme de cigare. Costanza était gourmande : elle goûtait avec volupté jusqu'à l'eau douce et rafraîchissante qu'elle sirotait après la glace.

Son père déjeunait souvent à son cercle et elle ne passait plus les beaux après-midi avec lui. Il lui faisait de temps en temps la surprise de l'emmener en voiture. Il ordonnait fréquemment à Paolo de s'arrêter pour lui montrer quelque chose qu'il connaissait plus ou moins. Ses explications donnaient à tout un éclairage différent et fascinant.

Un jour, au énième arrêt, il la fit descendre. Ils grimpèrent une ruelle nauséabonde bordée de part et d'autre de taudis surpeuplés. Ils passèrent entre des tas d'ordures, des animaux errants et domestiques, des femmes, des enfants et des vieillards misérables. Ce n'était qu'une clameur pénible, âpre. La ruelle s'arrêtait à un mur très haut où la terrible puanteur stagnait. « Regarde ici, lui dit son père en indiquant les pierres à la base du mur, elles ont été taillées et posées l'une sur l'autre : tu vois comment on a rempli les espaces avec des briques fines enfoncées là, au milieu ? » Il les lui montrait avec sa canne. Autour d'eux s'était formé un petit attroupement d'enfants demi-nus, émaciés, crasseux, qui se taisaient à présent. Costanza, la main serrée dans celle, noueuse, de son père, se sentait observée. Les vieux avaient tendu le cou, la pupille éteinte sous les paupières ridées, le visage impassible. Les femmes poursuivaient leurs travaux en lançant quelques regards soupçonneux et apeurés.

Costanza, accablée par la puanteur et la peur, serra plus fort la main de son père. Il lui caressa la paume avec ses doigts et continua : « Ici on lit l'histoire. Ces pierres appartiennent aux murs d'enceinte construits il y a près de trois mille ans par les Phéniciens, les fondateurs de Palerme. Ils sont venus d'Afrique, ils ont traversé la mer, et en longeant la côte de la Sicile ils ont dépassé le Monte Pellegrino. Et ils ont vu la plaine de Palerme, grande, fertile, avec beaucoup d'eau, entourée de montagnes, comme le creux de ma main.» Son père lui montra sa paume, les doigts légèrement pliés pour imiter une couronne de montagnes; une grosse mouche s'y posa et y resta, elle avait des ailes vertes, iridescentes. Costanza, fascinée, la trouva très belle. Elle la regardait tout en écoutant. «Ils se sont dit: c'est un bel endroit, jetons l'ancre et arrêtons-nous ici. Construisons une ville et dressons autour des murs solides. Et ces murs énormes ont surgi. Les Phéniciens sont restés longtemps à Palerme. C'était un peuple intelligent, curieux. Ce sont eux qui ont inventé le verre.

«Ensuite d'autres sont venus de loin et ont pensé la même chose: c'est une belle ville, nous la voulons. Prenons-la et nous construirons des murs encore plus hauts. C'étaient les Romains, de grands constructeurs. Tu vois ces pierres rectangulaires, toutes pareilles, en haut? Ce sont eux qui les y ont mises, par-dessus celles des Phéniciens. Ensuite il en est venu d'autres d'Afrique, les musulmans, et d'autres d'Europe, les Normands, et d'autres encore: tous aimaient Palerme, et ils en faisaient la conquête. Chacun de ces peuples ajoutait des pierres, et les murs sont devenus très hauts. Tu vois leurs pierres? elles sont plus petites. Et là-haut il y a une petite fenêtre avec une petite arche en pointe, celle-là a été faite par les Aragonais. Eux aussi ont conquis Palerme. Puis d'autres encore sont arrivés et ont construit de nouveaux murs. Mais ce morceau est resté, personne n'a réussi à l'abattre.

«Nous sommes une vieille famille palermitaine. Tu as le sang de tous ces peuples et toi aussi tu te construiras des murs, dans tes propriétés. Souviens-toi de bien les construire, ils resteront debout pour tes enfants et les enfants de tes enfants.»

Son père l'emmenait souvent hors de la ville en choisissant des endroits qui frappaient son imagination : une église ancienne, un pont, un vieux bâtiment, un marché, un lieu champêtre sur les flancs des collines qui entourent Palerme. Arrivés à destination ils descendaient et se promenaient apparemment sans but, main dans la main, d'abord en silence. « Sentons l'air, ferme les yeux, disait-il, et après nous parlerons. » Costanza, confiante, se laissait guider. Ses narines frémissaient comme celles d'un chien de chasse, elle vibrait tout entière à la recherche des odeurs : âcres, lourdes, fondues, mélangées à la sueur et à la saleté en ville ; poussiéreuses, délicates, pétillantes à la campagne ; épaisses, imprégnées d'humidité dans les vieux édifices ; peu à peu, chaque endroit acquérait son identité par son odeur.

À Sarentini les Safamita étaient connus de tous. À Palerme, en revanche, ils étaient des inconnus en dehors des lieux fréquentés par leurs pairs. « Ici nous ne sommes personne, disait son père, personne, tu comprends ? Tu dois te faire reconnaître à la façon dont tu te comportes et tu dois toujours te comporter en dame, partout et avec tout le monde. » Costanza l'adorait et se promit toute petite que jamais, au grand jamais, elle ne lui désobéirait.

19

Costanza Safamita visite le monastère de la Madonna del Soccorso et mange les hosties repassées

Un jour Caterina Safamita eut une illumination : Costanza avait une inclination pour la vie monacale. Elle avait à peine six ans et elle était douce et silencieuse, obéissante aux ordres des adultes et soumise aux caprices de son petit frère. Les activités domestiques lui plaisaient et elle n'aimait pas les livres.

Malgré son jeune âge, elle montrait déjà qu'elle était dénuée de coquetterie et n'accordait aucune importance à la féminité acquise qui, jointe à la féminité innée, finit par jouer un rôle fondamental dans les rapports entre un homme et une femme. Caterina Safamita pensait avoir trouvé le moyen de se débarrasser de cette chevelure de feu encombrante – coupée et cachée par les voiles du couvent – et de la présence de sa fille. En outre, la dot d'une religieuse était notablement inférieure à celle d'une fille à marier et le patrimoine de la famille ne serait divisé en parts inégales qu'entre les enfants mâles : la plus grosse part à Stefano ; quant à Giacomo, de toute façon, il recevrait assez pour vivre plus que dignement.

Elle fit coudre par Annuzza des habits de religieuse pour les poupées de Costanza et les lui offrit. Elle raconta à sa tante Assunta que la fillette aimait habiller ses poupées en religieuses, et exagéra sa vocation embryonnaire. Une fois obtenue l'approbation de sa tante, elle en parla avec son mari et avec son père. Ni l'un ni l'autre ne voulurent se compromettre : il fallait attendre qu'elle grandisse et, d'ailleurs, le gouvernement avait l'intention d'abolir les couvents.

Mais Caterina n'en démordait pas : comme cela se faisait, elle ordonna aux femmes de Costanza de l'encourager à jouer avec ses poupées habillées en religieuses ; elle alla même jusqu'à lui enlever les autres. Craignant les colères de la baronne et de nouveaux mauvais traitements pour la fillette, les pauvres femmes n'osaient pas lui dire que, si Costanza jouait consciencieusement avec ses petites nonnes, elle leur collait sans états d'âme des maris et des enfants.

Pendant ce temps, la tante Assunta s'était mise en devoir de faire connaître les couvents à Costanza.

Celle-ci y allait avec plaisir, ce qui confirmait sa vocation à sa tante et à sa mère ; elle parlait peu et seulement quand les adultes lui adressaient la parole, aussi la véritable raison de son enthousiasme pour ces visites ne fut-elle pas révélée. Tante et nièce sortaient dans la voiture austère tapissée de velours bleu foncé avec un crucifix suspendu à la place de la pendulette, accompagnées de la nouvelle femme de chambre de la tante, Peppinella, elle aussi religieuse séculière et devenue sa compagne inséparable.

Elles étaient reçues avec tous les honneurs. L'abbesse offrait des friandises délicieuses, préparées selon de vieilles recettes secrètes : coquilles de pâte d'amande fourrées aux pistaches et à la courge confite et recouvertes d'un fin voile de sucre d'où s'échappait un parfum exquis de vanille ; montagnes de couscous sucré – mélangé à des pistaches pilées, du sucre et du chocolat – fleurant le clou de girofle et la cannelle ; biscuits aux amandes croquants à l'extérieur mais moelleux et un peu crus à l'intérieur. Les religieuses ne goûtaient pas à ces gâteries malgré l'invitation de la tante à en essayer au moins une pour les accompagner. D'un geste sacré de la main elles signifiaient leur renoncement au péché de gourmandise, immanquablement récompensé au moment de prendre congé, quand le cocher déchargeait de la voiture des paquets de sucre et des sacs de blé et de fruits secs destinés à faire succomber à la tentation les religieuses cuisinières et à confirmer leur sacrifice.

Mais la véritable merveille, la raison de l'enthousiasme de Costanza, c'étaient les hosties au sucre, préparées expressément à son intention au monastère de la Madonna del Soccorso, où une aïeule Lattuca avait été religieuse. Pour les savourer, Costanza surmontait sa timidité et, quand les jeunes moniales zélées ne lui en proposaient pas, elle les réclamait. On l'accompagnait à

104

la blanchisserie du couvent où les novices – en uniforme gris, la tête rasée couverte d'un simple bonnet – repassaient en silence les vêtements sombres des moniales et leurs accessoires blancs empesés : plastrons, cols, bandes de toile. Les fers, noirs, grands, lourds, remplis de braises rougeoyantes, dégageaient une vapeur dense et odorante de charbon et d'amidon qui sentait le propre. La moniale chuchotait à l'oreille d'une petite jeunette ; celle-ci quittait la pièce sans bruit et revenait avec un panier d'osier bourré d'hosties cassées.

Elle choisissait alors avec soin des morceaux d'hostie à peu près de la même taille, les arrangeait deux par deux et les mettait de côté. Puis elle étendait un linge propre sur la table à repasser et les disposait dessus sur deux rangées. Elle parsemait la première rangée de sucre granulé mélangé à de la poudre de cannelle et recouvrait les hosties avec les autres morceaux, prêts pour le repassage. Finalement, elle attisait les braises en soufflant dessus ; elle soulevait le fer ardent et, sous les yeux de Costanza frémissante, elle le posait sur les deux hosties en pressant. Comme par magie la blanchisserie se remplissait du parfum de sucre brûlé et de cannelle : l'hostie s'était transformée en gaufrette d'une légèreté extrême, chaude et croquante, le sucre à peine caramélisé. Les novices, tête baissée, continuaient à travailler, en appliquant la règle du silence. Un regard rapide plein d'envie, un long soupir résigné, une pause imperceptible dans le mouvement d'un fer disaient que pour elles aussi c'était le vrai parfum du paradis : du moins Costanza le pensait-elle.

Quand Costanza eut sept ans, sa mère pensa que le moment était venu de lui faire faire sa première communion : elle voulait la familiariser sans délai à la vie de couvent, avant que ses projets ne tombent à l'eau à cause des lois contre les ordres religieux. Elle confia au père Puma la charge du catéchisme. Il accepta avec gratitude.

20

Domenico Safamita décide que sa fille Costanza n'entrera pas au couvent

À Sarentini, tous les après-midi après le déjeuner, le jeune baron faisait amener Costanza dans le fumoir. Il se reposait dans le fauteuil à bascule. Costanza s'étendait sur son père comme sur un coussin. Parfois ils bavardaient, ou plutôt il lui racontait de vieilles histoires de la famille, des aventures de voyages de sa jeunesse ; parfois il s'assoupissait, les bras autour de la taille de Costanza qui restait immobile et laissait son regard se promener des murs à la terrasse, où il y avait toujours quelque chose à observer : le mouvement des feuilles de glycine, le vol des oiseaux, ou simplement le ciel.

Au cours d'un de ces après-midi, Costanza somnolait sur son père, tandis que lui ne parvenait pas à se détendre. Ils ont fait des promesses, ils ont apporté des espoirs. Évaporés, déçus. C'est mal. Mal. Mal, se disait Domenico Safamita. La pauvreté était inévitable. Avant. Maintenant elle est insupportable. Parlons-en, de l'autonomie, de l'union entre égaux. Ils imposent leurs systèmes, leurs fonctionnaires, leur armée. Voilà ce qu'ils nous ont envoyé. Et ils croient gouverner. C'est un état de siège.

La Sicile est ingouvernable. Plus qu'avant. Nous ne pouvons être d'aucune aide. Le féodalisme est mort. Il n'y a que les mafiosi. Les régisseurs ont remplacé leurs bérets par des casquettes. Faire partie du tout. Autres, ils sont autres, pas nobles, autres. Ceux-là savent y faire. Ils sont prêts. Fidèles, fidèles. À nous ? Ils veulent le pouvoir. Et nous l'avons perdu. Nous avons la richesse. Pour combien de temps ? Terres et mines : il faut des investissements. Le monde moderne. Ils parlent beaucoup et ne font pas grand-chose. Il faut des investissements. Sortir de l'isolement. Domenico serra le poing et le laissa retomber. Nous les Safamita nous resterons riches, mais si ça continue comme ça, ce ne sera pas pour longtemps. Je ne peux pas compter sur les fils de Caterina. Stefano est inconsistant, impulsif. Un faible. Giacomo n'a pas d'avenir. Il est médiocre.

Les cheveux ébouriffés de Costanza lui chatouillaient le cou sous sa barbe. Celle-ci est différente, se dit-il, c'est la mieux. Les enfants de Costanza sauveront le sang de sa mère. Il se radoucit en pensant à sa femme. Costanza ouvrit les yeux et le regarda de bas en haut. Il la tenait fermement, les mains sur son ventre. D'ici, le sang des Safamita coulera dans des hommes et des femmes de valeur, pensait-il. Celle-ci doit gérer son patrimoine, elle seule.

« Papa, je n'aime pas être dans les bras du père Puma : je dois continuer à le faire pour aller au paradis ? » Costanza avait parlé d'une petite voix faible, elle avait l'air de dormir.

« Non, tu ne dois pas. Dis-le-lui, répondit son père.

– Je le lui ai dit, mais il dit que c'est comme ça qu'on apprend à recevoir le corps du Christ. C'est un secret. Je n'aime pas le père Puma. Je dois le faire ?

– Non, aucune nécessité », répondit son père. Une nouvelle sueur coulait de ses tempes, de son front, de son nez, et glissait chaude et salée entre ses lèvres. Il devait savoir. « Où est-ce qu'il te touche ?

– Ici », répondit Costanza en poussant sa main avec la sienne – petite, osseuse – vers son aine. « Ça me fait mal.

– Ça ne se fait pas, c'est ton père qui te le dit, dis-lui

qu'il n'y a aucun besoin de le faire pour sa première communion.

– Mais lui dit que si, et que c'est un secret. Qu'est-ce que je ferai demain quand il viendra?» Costanza était devenue anxieuse.

Son père avait du mal à se contrôler, la colère gonflait ses muscles. Ils lui faisaient mal. «Ne t'inquiète pas, Costanza. Tes secrets, tu peux toujours les confier à papa, je ne les raconte à personne, pas même à maman. C'est entre nous deux, un point c'est tout. Je parlerai au père Puma. Il ne viendra pas demain. Tu es prête pour ta première communion et tu n'as plus besoin de caté-chisme, et maintenant nous devons tous aller à Palerme accompagner Stefano à l'internat.

– Nous partons quand?

– Lundi, sois tranquille.

– Bien, papa.» Il la sentit s'abandonner, enfin déten-due. Costanza se redressa et lui effleura la barbe d'un baiser.

«Costanza, dis-moi… quel cadeau voudrais-tu pour ta première communion?

– Ce que tu voudras, papa… ou plutôt, une belle poupée, de celles qui remuent les yeux.» Elle lui adres-sait à présent un regard profond, sérieux.

«Comment veux-tu qu'elle soit habillée?»

Costanza se mit un doigt au coin des lèvres, pensive. Elle réfléchissait toujours, sa fille confiante, sa fille, rien qu'à lui. «En vert, comme la nouvelle robe de maman, avec des rubans rouges.

– Et quand tu te marieras, comment voudras-tu habiller tes enfants?

– Voyons, dit la fillette, je veux quatre enfants, deux garçons et deux filles, comme ça ils se tiendront com-pagnie. Je les habillerai comme ils voudront, mais les domestiques devront avoir notre livrée, j'aime beau-coup le vert.»

Son père esquissa un sourire et répondit, mi-sérieux mi-plaisantin : «Costanza, tu dois obéir à ton mari, comme le fait ta maman : elle m'obéit, toujours. Tu seras très riche. C'est important, tu pourras faire ce que tu voudras avec ton argent, mais tu dois penser à ton mari et le respecter. Les livrées seront celles de sa famille, pas de la tienne. Autrement, quel mari ce serait ?

– Bien, papa, je le ferai, promit Costanza très sérieuse. Mais ne raconte pas à maman ce que je t'ai dit, c'est un secret, un mystère de la religion, tu comprends ?

– Bien sûr. Parole d'honneur de Domenico Safamita. Mais tu dois me promettre de me dire tout ce qui te passe par la tête et dont tu veux que ça reste entre nous. Je garderai le secret, même avec ta maman, d'accord ? Ne pense plus au père Puma, le catéchisme est fini.

– Oui, dit solennellement Costanza, parole d'honneur de Costanza Safamita.» Et elle glissa des genoux de son père.

Elle courut au balcon et s'étira en regardant dehors : grande, droite sur ses petites jambes en fil de fer, d'une élégance naturelle, la tête rousse, un feu. Domenico Safamita se leva de son fauteuil à bascule et s'essuya le visage avec son mouchoir. Il tira le gland de la sonnette et posa les mains sur les épaules de sa fille. Costanza lui caressa distraitement les doigts.

Il faisait chaud, le ciel était pur et tout paraissait immobile. Une nuée de corneilles noires apparut au loin, voltigeant au-dessus des toits du village.

Elles croassaient et volaient en désordre.

21

Une discussion pénible entre les frères Safamita
et leur sœur aînée donna Assunta

Cet après-midi-là le jeune baron Safamita prit les dispositions nécessaires.

Il envoya dire au père Puma que la première communion de Costanza allait être avancée au dimanche suivant. C'était inutile qu'il se donne la peine de venir, Costanza avait appris ce qu'il fallait et, de toute façon, elle était souffrante. Il était naturellement invité à participer à la cérémonie et au déjeuner après la messe.

Il fit seller son cheval favori ; il choisit les meilleurs cavaliers parmi les gardes et partit faire un galop. À son retour, il informa la nourrice de ses décisions et lui ordonna de surveiller Costanza avec une attention particulière.

Une dernière obligation l'attendait : parler avec son frère, entre quatre yeux. Lorsqu'il descendit de cheval dans les écuries du château, il fut pris d'une immense fatigue du corps et de l'âme ; Domenico Safamita sentait sur lui le poids des ans.

Il s'était attendu à trouver Guglielmo seul, or Assunta se trouvait là elle aussi.

« Que s'est-il passé ? demanda sa sœur tout agitée. Pourquoi cette première communion précipitée ? Ce ne sont pas des manières ! Tu dois prendre la religion au sérieux, Domenico, et la communion est un sacrement important.

— Qui te l'a dit ? répondit-il sèchement.

— Le père Puma est venu il y a une heure, très mécontent. Tu l'as offensé, il dit que tu ne veux pas le voir chez toi, pourquoi ?

— Dis-moi ce qui s'est passé », ordonna Guglielmo.

Domenico se leva de son fauteuil : il leur tourna le dos, puis fit lentement demi-tour et dit sur un ton glacial : « Ce qui s'est passé maintenant ou avant, Guglielmo ?

– De quoi parles-tu ? demanda Assunta. Sois plus clair.

– Avant quoi, avant que tu ne me prennes ma fille ? » attaqua Guglielmo.

Domenico lui lança un regard farouche. Il prit une chaise et en frappa le sol.

« Pour l'amour du ciel, il s'agit d'une simple première communion ! Avec tout ce qui arrive chaque jour à notre sainte mère l'Église, il fallait encore cela ! » pleurnicha Assunta.

Domenico ressentait profondément la rancœur de son frère. Il ne répondit pas. Agrippé à la chaise, il regardait dehors.

C'était le soir et les belles-de-nuit emmêlées, prêtes à s'entrouvrir, commençaient à libérer leur parfum. Les premiers papillons de nuit se réveillaient. Une bouffée d'air imprégné du parfum des fleurs entra dans le petit salon.

« À présent parlons net. Parlons-en finalement entre nous deux, il faut parfois fouiller dans le passé. Guglielmo, cette maison et ce jardin où nous sommes nés en ont beaucoup vu, et nous n'oublions pas. Tu sais quand ta fille est devenue plus qu'une nièce pour moi, presque une fille à protéger ? Je vais te le dire. Il est temps que vous le sachiez tous les deux », dit Domenico avec fougue. Puis il reprit sur son ton égal habituel : « La pauvre Maria Stella était morte depuis peu.

– Ne parle pas de ma femme, je te l'interdis ! tonna l'autre.

– Tu ne m'interdis rien du tout ! Je parle de ma belle-mère, la mère de ta fille et la grand-mère de la fille de Caterina, compris ? J'ai élevé la petite-fille de Maria Stella comme si c'était l'enfant le plus précieux du monde. Je la protège, comme je l'ai fait pour ta fille après la mort de ta femme.

« Caterina avait le même âge que ma Costanza. Il ne s'agit pas de Maria Stella, je te parle de toi et de ta fille quand elle avait à peine huit ans, et de moi.

« Je montais de temps en temps dans la tour, dans le débarras où j'avais entassé mes affaires de voyage. »

Assunta, désorientée, le regardait comme s'il radotait, ce n'était pas le moment pour les souvenirs de célibataire. Guglielmo cherchait à comprendre.

« En ce temps-là il y avait une tente sur la terrasse. D'en haut on voyait l'intérieur, mais seulement d'en haut, tu comprends ? Je regardais le paysage et en bas, sur la terrasse, dans la tente. Toi… » Domenico prit le ton dédaigneux avec lequel on apostrophe un subalterne. « Tu ne t'en rendais pas compte, mais tu regardais attentivement autour de toi. Très attentivement. Tu savais que tu ne devais pas être vu. Tu ne levais pas les yeux, tu étais sûr qu'il n'y avait personne dans la tour.

— Et où est le mal ? demanda Assunta.

— Il n'y a aucun mal à s'asseoir seul dans la tente et à regarder partout autour de soi sauf en haut, répondit Domenico. Du premier étage on ne voit rien, la vue n'est dégagée que de la tour, une vue large. » Il tendit le bras vers Guglielmo, l'index pointé sur lui. « Toi, tu n'y pensais pas, misérable. »

Assunta eut un petit rire et prit un ton de sœur aînée. « Arrête, Domenico, inutile de dire de vilains mots.

— Mais il n'était pas seul quand il s'assurait que personne ne pouvait le découvrir, lui et les saletés qu'il faisait, il n'était pas seul ! »

Assunta était convaincue que Domenico, au bout de tant d'années, voulait accuser son frère d'avoir luttiné quelque femme de chambre. « Domenico, contrôle-toi. Qui pouvait-il y avoir de si important avec Guglielmo dans cette tente ? Vous êtes des hommes, après tout. »

Domenico lâcha la chaise et s'avança vers son frère.

« Qui c'était ? Je la vois encore et toujours, toujours. Qui c'était de si important ? Que cherches-tu à cacher ? » Il baissa la tête. Il tremblait, les veines de son cou et de ses mains, celles de ses tempes étaient gonflées, bleuâtres. Il avait des cernes profonds qui frappaient dans l'extrême pâleur de son visage. « C'était sa fille !

– Assez ! Assez ! » Guglielmo sortit de la pièce en claquant la porte.

« Qu'est-ce qu'il lui a fait ? Qu'est-ce qu'il a fait à la petite ? répétait donna Assunta.

– Aucun des deux n'a fait de mal physique irréparable, grave. Je suis intervenu comme j'ai dû le faire aujourd'hui. Quand le mal est fait, il est fait. Le père Puma doit s'en aller. Pas immédiatement. Et Costanza doit faire sa première communion et partir. À notre retour, j'aviserai. Assunta, attention ! Caterina ne doit rien savoir. »

Elle regardait dans le vide, abandonnée contre le dossier. Le moment tant redouté était finalement arrivé et de grosses larmes silencieuses coulaient sur ses joues, tombaient sur sa poitrine.

« Je m'en vais, c'est l'heure du dîner. Et pas question de mettre Costanza au couvent. Elle doit se marier et être heureuse, compris ? Dis-le à Guglielmo. » Sa sœur baissa la tête et s'affaissa.

Domenico Safamita remontait en selle. Il fut rattrapé par Gaetano, le valet de chambre de son frère, hors d'haleine. « Que votre Cellence attende, monsieur le baron envoie un message. Le déjeuner de communion se fera au château ; il s'en occupe, des invités et du reste, madame la baronne ne doit pas se tracasser, annonça-t-il.

– Répète au baron que je le remercie. » Il éperonna son cheval.

Au dîner, Caterina Safamita s'aperçut que son mari avait mangé sans appétit ses oranges farcies.

Il l'informa tout à coup qu'il devait aller à Palerme au plus vite ; la première communion serait célébrée le dimanche suivant. Ils partiraient le lendemain. Caterina resta interdite. Ce n'était pas le moment d'aller à Palerme, mais elle ne s'y opposa pas. Quand il donnait des ordres, il ne lui restait, comme aux autres, qu'à obéir.

Après le dîner Domenico Safamita demanda à sa femme de jouer du piano, puis il passa la nuit avec elle.

22

La révolte des Sept et demi
et les tribulations de Stefano Safamita

Les Safamita arrivèrent à Palerme le 9 septembre 1866. Beaucoup de parents et d'amis étaient restés au village ou dans leurs maisons de campagne. En ville on respirait un air de révolte. Le mécontentement du peuple et l'agitation des partis politiques laissaient penser qu'il y aurait une insurrection, sans que l'on sache pour autant laquelle des différentes factions allumerait la mèche. Entretemps, au début du mois d'août, la poudrière près du Monte Pellegrino avait explosé.

Don Antonino, le majordome des Safamita à Palerme, avait disposé de peu de temps. Il avait organisé le grand nettoyage à toute vitesse : les housses rayées avaient été enlevées des fauteuils et des divans, les rideaux avaient été lavés et apprêtés, les meubles cirés, les tapis dépoussiérés. Ce soir-là, après que les maîtres, fatigués du voyage, se furent retirés pour la nuit et que les domestiques furent allées dormir une fois la vaisselle terminée, don Antonino, Gaspare et don Paolo se retrouvèrent à la cuisine pour savourer un petit verre de vin doux et bavarder, comme ils le faisaient d'habitude le jour de l'arrivée à Palerme. Ils s'informaient mutuellement sur la famille et sur les événements à Sarentini et à Palerme.

Don Paolo se plaignait du voyage : « Nous avons dû traverser des routes effondrées, pleines de pierres. Ce gouvernement n'a été bon qu'à copier les méfaits des rois Bourbons : beaucoup de promesses de routes, de distribution de terres, d'améliorations, pour ensuite ne rien faire du tout.

– Tu te trompes, Paolo, le corrigea Gaspare, ça n'est pas comme ça. Il fait pire. Tu n'as pas remarqué toutes ces sales têtes pendant le voyage ? Sans nos gardes, nous ne serions pas arrivés vivants à Palerme. Je les voyais postés sur les hauteurs. Ce sont des lâches, dès qu'ils voient nos gardes, ils filent. Avant, ça n'existait pas. Les brigands sont partout, et l'armée aussi. Soldats du roi, ils disent, mais ils ont peur des brigands, ils tuent seulement les malheureux qui ne veulent pas être militaires, ceux-là, oui, ils les fusillent, ils brûlent même des innocents dans leurs maisons. Mais les bandits, ils les laissent tranquilles.

– Ils sont pauvres, ils n'ont pas d'argent pour se payer l'exemption du service militaire comme les riches. Ils ne sont pas mauvais de nature : le gouvernement les force à fuir et alors ils volent pour vivre. Ça deviendra pire : on nous dit qu'il faut des hommes pour la guerre, mais qui pense à avoir du pain, à marier ses sœurs, à leur donner une dot, un trousseau ? Ou ils finissent criblés de dettes, ou ils volent, ou ils ne font pas leur devoir de fils et de frères », disait don Antonino qui en savait long sur ces choses-là. C'était un homme d'honneur et il lui était donc permis de prêter à usure, activité à laquelle il se consacrait presque à temps plein et avec succès pendant les longues périodes où ses maîtres étaient à Sarentini.

«Oh! putain, ce recrutement, c'est pire que le bagne de Tunis! Là-bas, au moins, au bout de deux ans il y avait l'espoir de l'Aumône de Palerme! s'exclama Gaspare.

– C'est bien pire, vous ne le savez pas? D'aumône on ne se rappellera même pas le nom, des anciennes et de celles d'aujourd'hui : on ne vous a pas dit à Sarentini que le gouvernement abolit les monastères, ferme même les séminaires et vend tout ce qui appartenait à l'Église? Le pain manque, il n'y a pas de travail, on nous prend nos gamins pour les envoyer soldats, on nous prend même les pièces et on nous donne des morceaux de papier. En plus, le choléra est revenu. Nous sommes très mal partis», conclut don Antonino.

Gaspare n'aimait pas le ton suffisant du majordome. «Bien sûr que je le sais, le jeune baron parle d'acheter pendant les ventes aux enchères : c'est pour ça qu'il est à Palerme.

– Je sais.» Don Antonino ne lui laissait rien passer, ce soir. «Et je sais aussi qu'il n'y a pas d'urgence. Ça n'était pas nécessaire de venir ici par les temps qui courent.»

Gaspare et don Paolo n'ajoutèrent rien, ils buvaient leur marsala à petites gorgées. Don Antonino changea de tactique. «Je suis très fatigué, j'ai mal aux jambes, nous avons travaillé comme des bêtes pour que le palais soit prêt pour les maîtres. Vous devez me dire pourquoi le jeune baron veut venir à Palerme à l'improviste, avec tout ce qui se passe ici… Qu'est-ce qu'il y a avec la baronne?

– Je n'ai rien vu et rien entendu», répondit Gaspare.

Don Paolo se taisait, son regard allait de l'un à l'autre.

«Ça ne serait pas que les disputes de 58 recommencent?»

Le majordome touchait au nœud de la question, l'été

de la discorde entre mari et femme à propos de l'internat de Stefano et pas seulement là-dessus.

Gaspare fit une moue qui exprimait le doute.

Don Antonino poursuivit : « C'est sûr qu'aujourd'hui la baronne paraissait contrariée. »

Gaspare et don Paolo reprirent leur verre. Il comprit qu'il ne tirerait rien de ces deux-là, du moins dans l'immédiat, et il avala son marsala.

Don Paolo saisit l'occasion pour poser des questions : « Alors dites-moi, don Nino, qu'est-ce qu'il faut faire avec ce mauvais gouvernement ? »

Don Antonino avait la réponse toute prête. « Les choses vont mal, très mal. La révolte est proche.

– Il ne manquait plus que ça ! s'exclama le cocher. Avec les petits à la maison ! Mais le jeune baron le savait ?

– Il aurait dû garder sa famille à Sarentini, dit l'autre laconiquement. À moins qu'il ait une raison très spéciale pour venir ici avec une telle précipitation. Mais vous ne voulez pas me le dire, et vous savez ce que je vous dis, moi ? Allons dormir, il est tard et nous sommes tous fatigués. »

La révolte populaire éclata à Palerme exactement une semaine après l'arrivée des Safamita et tortura la ville pendant sept jours et demi, du soir du samedi 15 septembre jusqu'à l'après-midi du samedi suivant. On ne put jamais établir clairement quel parti l'avait déclenchée, et, comme on ne savait pas comment l'appeler, elle passa à l'histoire sous le nom de « révolte des Sept et demi ».

Le Palazzo Safamita et ses habitants ne subirent aucun dommage, mais Caterina Safamita, chez qui le souvenir de la révolution de 1848 était resté vif, en fut traumatisée. Elle vécut des moments d'anxiété indicible. Tout prit des dimensions tragiques lorsqu'on apprit que Stefano, poussé par la curiosité, s'était échappé de l'internat et était considéré comme disparu. Les Safamita lancèrent dans les rues de Palerme des gardes et des domestiques avec l'ordre d'entrer dans les bâtiments pillés, de pénétrer dans les bas-fonds, les gargotes, les tripots et même les bordels à la recherche du jeune homme.

Stefano fut retrouvé précisément dans une auberge des bas quartiers, indemne, mais soûl. Il s'y était réfugié, effrayé, et y était resté en invité – ou séquestré par le marchand de vin, ce n'était pas clair – après y avoir dépensé tout son argent. Il avait laissé en gage sa montre en or pour payer la location et le vin pour lui et d'autres : en effet, Stefano avait offert à boire à la racaille qui fréquentait la gargote, d'après lui pour la calmer et sauver sa peau. Sa mère l'accueillit à bras ouverts, heureuse de le revoir sain et sauf. Elle lui pardonna les peines qu'elle avait éprouvées et ne le réprimanda presque pas. Son père s'enferma avec lui dans son cabinet et trop de paroles furent prononcées, trop de vérités. Stefano se battit et se trouva devant un rival qui le punit injustement et l'humilia en tant que fils et en tant qu'homme. Domenico Safamita en sortit l'orgueil intact, et avec un sentiment de honte qui le poursuivit jusqu'à sa mort.

Palerme fut maîtrisée par la marine royale qui la bombarda de la mer pendant quatre jours. L'état de siège fut proclamé et le ministre des Finances ordonna la confiscation immédiate des couvents et des monastères féminins de Palerme et de sa province. Une fois de plus le gouvernement envoyait l'armée en Sicile et l'y maintenait, créant un nouveau mécontentement et un sol très fertile pour la croissance de la mafia et autres sociétés secrètes.

Un calme étrange était descendu sur la ville. Les Palermitains, en général pleins de vitalité et de ressources, restèrent atterrés et ils se montraient rétifs au retour à la vie normale. Le jeune baron décida de ramener sa femme et Giacomo à Sarentini, et de laisser Costanza à Bagheria chez sa sœur cadette, sa préférée, Maria Anna Pertusi comtesse di Trasi, pour qu'elle assiste au mariage de sa nièce Maria Antonia avec Iero Bentivoglio. Elle retournerait à Sarentini fin octobre, avec les Trasi, pour la réunion annuelle des Safamita. Stefano, humilié et contrit, restait à Palerme pour terminer sa dernière année d'études.

Costanza était étourdie par tout ce qui se passait autour d'elle et angoissée à l'idée de retourner à Sarentini. Elle accepta avec soulagement la décision de ses parents de l'envoyer chez sa tante avec sa seule nourrice. Elle avait été initiée précocement, en même temps à l'abus et à un sacrement dont elle ne parvenait pas à tirer un réconfort. La nuit précédant sa communion elle avait eu un cauchemar : au contact de sa bouche, l'hostie se mettait à saigner. Le sang du Christ lui remplissait la bouche, forçait ses lèvres, débordait sur son menton et lui coulait dans le cou, glissait sur sa robe pour finir à ses pieds en une flaque rouge. Depuis, Costanza approchait toujours la communion avec une vague sensation de cannibalisme. Le mouvement révolutionnaire et la disparition de Stefano lui étaient apparus comme une punition divine.

Costanza ne voulut pas confier tout cela à sa nourrice. Amalia savait quelque chose, Costanza le voyait à son regard anxieux, ses silences attentifs, ses questions orientées. Elle lui répondait avec réticence et pudeur. Elle perdrait peut-être sa réserve avec le temps. Au lieu de quoi, après une conversation avec don Paolo, Costanza en exclut la possibilité.

Un jour, avant le soulèvement, les enfants et leurs nourrices s'apprêtaient à partir chez les Trasi à Bagheria.

Giacomo s'était échappé dans le jardin, suivi d'Amalia et de Maria, et Costanza était restée dans la voiture avec don Paolo : ce n'était pas la première fois et elle n'était pas troublée. Elle l'aimait bien et sentait entre lui et sa nourrice une amitié particulière et affectueuse. Ce jour-là don Paolo était étrangement silencieux : il regardait tantôt elle, tantôt l'attelage, et paraissait mal à l'aise.

« Costanza, dit-il soudain, tu dois m'écouter : je suis dévoué à ton père et à vous tous. Si quelqu'un te fait du tort, dis-le-moi et je le tue : personne ne doit te toucher. Parole de don Paolo. Tu me comprends ? La moitié d'un mot à Paolo suffit pour régler leur compte à ceux qui se conduisent avec toi comme ils ne doivent pas. » Mais les nourrices étaient survenues en traînant derrière elles Giacomo qui braillait.

Costanza comprit que don Paolo savait. Elle prit cela comme une trahison de la part de sa nourrice. Elle jura qu'elle ne parlerait plus jamais ni avec elle ni avec d'autres.

23

Le mariage Trasi-Bentivoglio et les mésaventures
de Costanza Safamita dans le poulailler

Amalia était ordonnée. Elle l'était devenue encore davantage pour faire plaisir à Costanza, qui adorait l'ordre. Même dans la grotte elle tenait le compte des jours en les barrant d'un trait de crayon, et chaque année elle recommençait du début, si bien que les chiffres étaient presque illisibles. C'était le rite de chaque soir avant d'aller dormir.

« Demain c'est le premier octobre, un bon mois pour les mariages !

– Pourquoi bon ? demandait Pinuzza.

– Parce que le bébé naît quand il fait beau et il ne prend pas froid. Et puis la fête est très belle quand il ne fait pas chaud.

– Alors la marquise s'est mariée en octobre ?

– Non, en mai, c'est ce qu'ils ont voulu. C'est le mois où il ne faut pas se marier, ça porte malheur. Tandis que sa cousine Maria Antonia s'est mariée en octobre, après la révolte de Palerme, et c'était très beau.

– Pourquoi ça porte malheur de se marier en mai ?

– Ma Pinuzza, tu poses trop de questions. Parce que c'est comme ça.

– Ça lui a porté malheur ?

– Eh oui ! à quoi serviraient les vieux dictons s'ils ne disaient pas la vérité ? »

À Bagheria, dans la villa de son oncle Alessandro Trasi, l'atmosphère était sereine. C'était une famille nombreuse que celle du comte et de la comtesse Trasi, avec neuf enfants vivants et très unis. La villa débordait d'enfants et de petits-enfants : on ne s'ennuyait pas un instant et les pièces résonnaient de rires. Maria Antonia, dorlotée par ses parents et ses frères aînés, était la dernière à marier ; à tout juste seize ans, elle allait épouser le fils de don Baldo Bentivoglio di Piscitelli, sénateur du royaume : un mariage arrangé, mais aussi un mariage d'amour.

La comtesse avait assigné à chacun ses tâches. La nourrice et deux femmes de chambre s'occupaient du trousseau de la mariée : sortir des malles et des boîtes le linge personnel confectionné par douzaines, bien le repasser, puis disposer chemises, bas, corsages, culottes, jupons et une infinité de robes, écharpes, vestes, chapeaux – chacun dans son carton –, chaussures, capes, sur des tables recouvertes de damas dans les chambres et dans le petit salon pour les exposer. Dans les salons débarrassés des bibelots pour l'occasion, c'était la présentation des cadeaux : les bijoux dans une vitrine, et les autres un peu partout.

Tout d'abord Costanza avait été désorientée par la désinvolture bruyante des Trasi. Ses oncle et tante étaient moins riches que les Safamita et elle s'en rendait compte : certains luxes et conforts auxquels elle était habituée faisaient défaut. On parlait souvent du manque d'argent – mais ils semblaient y être habitués, et en tout cas la chose n'entamait pas la gaîté de la famille – et de n'importe quel autre sujet ; ils discutaient de tout, parents, enfants et petits-enfants, se querellaient et se réconciliaient aussitôt. Ses jeunes cousins lui paraissaient peu respectueux à l'égard de leurs parents et grands-parents, mais au lieu de les gronder, ceux-ci les prenaient dans leurs bras et les couvraient de baisers dès qu'ils les avaient à leur portée, et elle aussi. Autrement dit, ils s'aimaient. Avec les domestiques les Trasi entretenaient une familiarité impensable chez les Safamita.

Costanza se mesurait à un autre mode de vie qui lui plaisait. Elle était trop loyale envers ses parents pour envier les Trasi, mais elle décida que lorsqu'elle serait grande elle suivrait l'exemple de sa tante Maria Anna, sûre de ne pas encourir la désapprobation paternelle. Elle sentait qu'elle faisait partie de la famille et qu'elle était entourée d'affection. Enfin insouciante, elle s'amusait. Tous les soirs, quand sa nourrice la préparait pour la nuit, elle lui racontait tout excitée les événements de la journée.

À Bagheria, dans ces occasions de fête, les jeunes avaient l'autorisation de se mêler aux adultes. Costanza et ses cousins en profitaient pour circuler dans les salons parmi les visiteurs qui, tous les après-midi pendant deux semaines, emplirent la villa pour présenter les vœux d'usage à la future mariée et admirer les cadeaux. Amis et parents, indifférents à l'occupation militaire, arrivaient en bandes, bavards et curieux, en train et en voiture. Ils regardaient en connaisseurs et estimaient le prix de chaque présent, chaque pièce du trousseau, ils examinaient les objets pour vérifier s'ils étaient neufs ou rénovés, faisaient des comparaisons, de longs commentaires sur les dons et sur ceux qui les avaient envoyés, ils soupesaient l'argenterie, s'informaient plus ou moins discrètement sur l'importance de la dot – on savait que les Trasi n'étaient pas riches –, sur la provenance des bijoux, sur le trousseau de linge de maison – qui relevait de la famille du mari –, sur l'appartement destiné au jeune couple chez les Bentivoglio et, comme d'habitude, ils critiquaient à voix basse. Les futures belles-mères présidaient, satisfaites et cérémonieuses.

Les invités n'accordaient aucune attention aux enfants. Ceux-ci se mêlaient au va-et-vient, tout oreilles, saisissaient des commentaires sarcastiques, retenaient des bavardages et des critiques imprudents pour ensuite les répéter le soir à leurs proches dans l'hilarité générale, quand ils prenaient de la limonade et de l'eau à l'anis sur la terrasse, caressés par le petit vent d'ouest mélangé à l'odeur de la terre arrosée et aux parfums d'automne.

Maria Antonia traitait Costanza en sœur cadette et l'emmenait comme chaperon avec sa cousine Giovanna dans les brèves et chastes promenades avec son fiancé au jardin, autorisées par ses parents indulgents. Costanza apprenait à connaître l'amour, dont elle avait seulement entendu parler dans les contes d'Annuzza. À présent elle pouvait le palper.

Étourdie par les longs regards lourds de promesses humides, les légers contacts des mains, les caresses fugaces, elle partageait indirectement l'impatience des fiancés. Elle les suivait dans les allées en chantonnant bouche fermée un air entendu dans les corridors quand sa mère chantait pour son père. Des mots lui revenaient de temps en temps, *réconfort*, *soupirs*, *douleur*, et une chaleur nouvelle descendait en elle.

Elle avait été extasiée par la cérémonie nuptiale. Les pleurs des femmes – s'émouvoir dans les mariages était une obligation – n'avaient rien enlevé à la gaîté de l'occasion. Costanza rêvait du moment où son tour viendrait de se marier.

Après le mariage la villa s'était dépeuplée. Costanza était restée avec ses oncle et tante et la famille de Giuseppe, le fils aîné, en attendant de retourner à Sarentini. Adossée à la villa se trouvait la cour où habitaient les gardiens et leurs familles. Ils y avaient quelques animaux, le nécessaire pour avoir du lait de chèvre frais, des œufs et de la volaille, mais même ainsi il n'y avait souvent pas assez pour tous. Costanza gobait un œuf chaque matin. Amalia descendait dans le poulailler à l'aube, mais souvent quelqu'un était arrivé avant elle et Costanza restait sans œuf.

Un matin la nourrice et les autres femmes furent réveillées par les voix des gardiens : une chose terrible était arrivée à la jeune baronne Safamita dans le poulailler. Elles jetèrent sur leur dos ce qu'elles trouvèrent sous la main et se précipitèrent dans la cour. Elle était pleine d'animaux, d'hommes, de femmes et d'enfants.

Les voix se turent, tous s'écartèrent pour laisser passer la nourrice. Celle-ci s'élança dans le poulailler. C'était une construction en bois à moitié croulante, adossée à un mur, étroite et toute en longueur, au toit bas et pentu. Le tapage des poules épouvantées assourdit Amalia, la puanteur âcre et asphyxiante de la fiente l'enveloppa. Au fond, là où le toit touchait presque le sol, Costanza était recroquevillée la tête sur la poitrine, inerte. Deux taches claires se distinguaient dans la pénombre, le blanc de sa chemise de nuit et la masse rousse de ses cheveux dénoués et ébouriffés. La femme du gardien, agenouillée près d'elle, ressemblait à une statue de la crèche. Elle n'avait pas osé la toucher.

Presque pliée en deux, la nourrice s'avança vers Costanza évanouie, dont le front saignait. Elle la souleva dans ses bras, la tête et les jambes pendantes, et, toujours courbée, elle atteignit la sortie en veillant à ce que les cheveux et les pieds de l'enfant ne frôlent pas la fiente. Quand elle se redressa dans la cour elle aperçut la tache d'œuf, jaune et poisseuse, sur la poitrine de Costanza. Sur le devant de sa chemise de nuit était enfilée une aiguille.

On l'étendit sur la table de l'office. Elle avait deux blessures au front et une à l'avant-bras, le sang avait déjà coagulé. On reconstitua les faits : à l'aube, un valet était allé voler les œufs. Au fond du poulailler il avait vu une créature étrange vêtue de blanc, le visage à moitié caché par des cheveux roux, assise sur une pierre, tête baissée, un œuf à la main. Il avait pris Costanza pour un être maléfique, un esprit de la nuit, un diable. Il avait hurlé des obscénités, puis des conjurations, mais elle n'avait pas disparu. Le garçon avait alors attrapé des cailloux et les lui avait jetés.

Le comte Trasi fit appeler un médecin. Celui-ci accourut, nettoya les blessures et prescrivit du repos. Costanza, suivie du cortège des femmes consternées, fut ramenée dans son lit. Sa tante lui assura que le valet serait immédiatement chassé et qu'elle n'avait rien à craindre : elle allait se remettre très vite. On lui fit boire une camomille et elle s'assoupit. Peu après la fillette commença à s'agiter. Elle avait des hallucinations, imaginait des agresseurs partout, tapis derrière la porte, cachés sous les meubles, l'observant méchamment à travers les persiennes. La fièvre était montée, Costanza refusait de manger et de boire. Les hallucinations s'aggravaient. Le lendemain elle implora sa tante de l'emporter dans la pièce du sirocco, la pièce souterraine sans ouvertures. Celle-ci sentait le renfermé et l'humidité, elle n'était pas faite pour abriter une malade, mais sa requête devint une obsession, il fallut la satisfaire. Costanza parut se calmer et but du bouillon, mais presque aussitôt elle se mit à délirer. La famille, inquiète pour sa santé physique et mentale, décida d'aviser immédiatement les Safamita.

Le jeune baron entra dans la pièce du sirocco, avec sa sœur et son beau-frère, sans bruit. Il faisait nuit. Costanza s'était assoupie. Sa nourrice, assise sur un tabouret, lui tenait la main, la tête sur son bras, elle somnolait. Elle ramassa ses affaires en hâte et se retira dans un coin pour se rajuster. Costanza ouvrit les yeux. Elle se tourna vers son père avec un sourire fatigué. «Couche-toi ici avec moi.» Son père lui effleura la joue d'un baiser et s'étendit sur le petit lit, un pied sur le sol pour se soutenir. Il fit signe aux autres de les laisser seuls.

Le lendemain matin, Domenico Safamita émergea de la pièce du sirocco avec sa fille dans les bras et il la ramena dans sa chambre. Deux jours plus tard ils retournèrent à Sarentini.

24

Costanza Safamita a une bonne croissance
avec un peu d'affection de sa mère

Caterina Safamita ne chercha pas à connaître la raison du transfert du père Puma au séminaire et n'en fut pas mécontente : la présence du prêtre était devenue superflue ; sa dévotion l'embarrassait ; son aspect gras et négligé lui donnait la nausée. En outre, elle avait des préoccupations bien plus pressantes : les mésaventures de Stefano pendant le soulèvement l'avait profondément secouée. Elle souffrait à la pensée de son fils à l'internat, moqué par ses camarades, blessé par les remontrances de son père. Elle aurait voulu être près de lui, le cajoler.

Lorsqu'elle vit Costanza à son retour de Bagheria, Caterina fut attendrie : des bleus sur les épaules et le visage, une blessure encore ouverte au front et une expression apeurée et hagarde. Elle reporta sur sa fille la tendresse qu'elle portait à Stefano et, pour la première fois, elle éprouva de l'affection pour celle-ci. Elle la fit dormir dans la chambre à côté de la sienne et prit soin d'elle ; sans s'en rendre compte elle se mit à lui parler en français, comme son père, elle s'adressait à elle avec des câlineries jamais utilisées auparavant et lui faisait des cadeaux. Costanza acceptait le changement chez sa mère comme si elle s'y était attendue et lui répondait avec naturel et réserve : elle craignait instinctivement qu'il ne dure pas longtemps, et elle avait raison.

Elle se remit à jouer du piano. Sa mère lui offrit de nouvelles partitions et elle faisait de temps en temps son apparition pendant les leçons avec Madame ; elle restait pour écouter, l'encourageait. Elle l'invitait parfois dans son salon, l'après-midi, quand elle jouait pour son mari. Costanza s'asseyait à côté d'elle. Enfoncé dans son fauteuil devant le piano, Domenico Safamita gardait les yeux fermés, mais il ne dormait pas : la main posée sur le bras du siège, il caressait les franges et marquait la mesure. Par moments il la regardait, absorbé, pensif. Il y avait tout à coup une lueur, comme si un rayon sortait de ses pupilles et pénétrait dans celles de sa femme. Costanza se tournait vers sa mère ; elle était lumineuse et tendre, ses yeux bruns répondaient avec une douceur infinie, ses doigts volaient sur les touches, tout était musique. Elle comprit qu'entre ses parents il existait une forme d'amour différente de celle de sa cousine, plus forte, et elle était fière d'être leur fille.

Caterina Safamita était jalouse de ses tortues. Elle les gardait sur la terrasse de sa chambre et n'aimait pas que ses enfants les dérangent.

Un jour elle montra des petites tortues nouveau-nées à Costanza qui fut fascinée. Bientôt la fillette apprit à en prendre soin : elle les reconnaissait toutes, se montrant pareille à sa mère dans l'affinité instinctive avec ces reptiles silencieux. Elles étaient très nombreuses : il fallait éclaircir régulièrement la colonie de la terrasse et en emporter quelques-unes dans le jardin du château. Costanza aidait sa mère à les choisir, et elles installaient ensemble les tortues dans leur nouvelle demeure. Malgré cette familiarité inhabituelle, elles ne parlaient jamais de leurs sentiments, comme si elles en avaient peur. Costanza ne connaissait personne qui aimait les tortues comme sa mère et elle aurait voulu en savoir davantage, mais elle ne demandait rien : elle se bornait à l'aider à les nourrir. Sa mère avait quelquefois les larmes aux yeux. Dans ces moments-là Costanza n'osait pas s'approcher d'elle – un héritage du passé –, et Caterina ne cherchait pas de réconfort auprès de sa fille.

Un jour où elle raccommodait avec ses femmes de maison, elle demanda à Maria : « Pourquoi est-ce que maman aime tant les tortues ?

– C'est une très longue histoire, ç'a commencé quand elle était petite. Son père lui avait donné une petite chienne, blanche et noire, une beauté. Elle la prenait dans ses bras comme si c'était une poupée. Puis la petite chienne est tombée malade et elle est morte. Le baron lui en a donné une autre. Celle-là aussi est morte en quelques mois. En somme, tous les petits animaux qu'elle avait lui mouraient. Je disais : "S'il lui donnait un petit chat ça serait bien mieux." Les chats sont différents, ils ont sept vies, mais elle, elle n'aimait pas les chats.

« Et puis il est arrivé ce qui est arrivé et la baronne Maria Stella est morte, Dieu ait son âme. Le père et la fille étaient désespérés, ils étaient collés ensemble comme deux escargots. Ensuite le jeune baron est arrivé et il a dit que ça n'allait pas. Il a pris la petite et lui a demandé si elle voulait un petit chien, ou peut-être deux colombes. Elle disait non à tout. Alors il a eu l'idée de lui demander pourquoi et elle a répondu tout net qu'elle ne voulait pas d'animaux parce qu'ils lui mouraient tous ; elle en voulait un qui ne meure pas.

« "Très bien, il a dit son oncle, je vais y penser." Pense aujourd'hui, pense demain, il lui vient une idée et il arrive avec une grande boîte. Dedans il y avait deux tortues. "Celles-là ne mourront pas avant que tes enfants soient vieux", il a dit. Et la jeune baronne a accepté le cadeau.

« Les gens ont commencé à chercher des tortues et ils les lui apportaient. Il en est arrivé beaucoup au château. Elle les comprenait, les tortues. Et elles, elles la reconnaissaient. Des fois je la trouvais debout, au jardin, avec toutes les tortues autour. Elle les regardait l'une après l'autre qu'on aurait dit qu'elle leur parlait. Une fois je lui ai demandé : "Qu'est-ce qui te plaît dans ces bêtes-là ?" Elle m'a répondu : "Quand elles veulent qu'on les laisse tranquilles elles se retirent dans leur carapace et personne ne peut leur faire de mal. Et puis elles ne parlent pas, tu peux leur dire ce que tu veux, elles ne le répètent à personne." Et voilà pourquoi ta maman a tant de tortues. »

Costanza crut qu'elle comprenait mieux sa mère.

La famille ne retourna pas à Palerme, sauf pour de brèves visites. Avec le temps Costanza retrouva une certaine assurance, mais seulement dans le giron protecteur du palais de Sarentini. Elle ne lisait pas pour son plaisir, elle grandissait à l'écart de ses semblables et de sa classe sociale, son italien était maladroit. Elle n'était pas vraiment à l'aise avec les parents qu'elle ne voyait pas régulièrement, elle se sentait différente de ses cousins palermitains et n'avait pas d'amis de son âge, elle refusait de rendre visite à d'autres fillettes et n'aimait pas qu'on vienne la voir.

Son père s'inquiétait : si elle continuait sur cette voie, elle se retrouverait seule à l'âge adulte. Il en parla avec sa femme qui ne partageait pas son anxiété. Elle lui fit même remarquer que les autres parents ne harcelaient pas leurs filles de cette façon. La jalousie fit barrage au rapprochement entre mère et fille. Le jeune baron fit ce qu'il jugeait juste : il exigea que Costanza passe davantage de temps avec Madame et il la voulait près de lui quand il y avait des visites ou lorsqu'il recevait des habitants du village ou des employés des propriétés qui lui appartiendraient un jour. Soumise aux désirs de son père, Costanza ne se rebellait pas mais elle était impatiente de retourner à la blanchisserie. Elle était devenue taciturne et perdait l'appétit.

Le jeune baron dut admettre que c'était risqué de lui imposer un changement qui aurait été désastreux à ce stade – Costanza avait besoin de conserver ses habitudes enracinées et ses liens affectifs les plus intenses, les plus étroits, avec des personnes tout à fait incultes et presque analphabètes – et il donna raison à sa femme : ce n'était pas nécessaire de transformer leur fille en dame, ni de lui imposer une culture qui ne lui servirait à rien. Costanza était d'une nature tendre et obéissante, elle jouait bien du piano et avait une belle voix, elle parlait couramment le français et se comportait avec dignité. De plus, elle était riche : elle trouverait un bon parti et tout donnait à penser qu'elle aurait une vie heureuse.

Costanza vécut ces dernières années d'enfance dans une relative sérénité, bien protégée dans son cocon domestique. Mais elle n'était pas sans se soucier de l'avenir. Elle savait que ce n'était pas convenable pour les demoiselles de fréquenter les communs et que tôt ou tard ses amitiés de la blanchisserie lui seraient interdites. Prévoyante, elle s'était organisé un coin de travail et de conversation dans sa chambre où, suivant l'exemple de sa tante Assunta, elle raccommodait et brodait, entourée de sa nourrice et de ses femmes de maison. Mais au lieu de réciter des chapelets et des litanies, on écoutait là les histoires d'amour d'Annuzza.

Costanza désirait avoir des enfants et elle était sûre de se marier un jour. Les mariages étaient arrangés par les familles selon l'importance de la dot de l'épouse et la position sociale et économique des deux jeunes gens, aussi bien chez les riches que chez les pauvres. Elle ne manquerait pas de propositions de mariage dès qu'elle aurait quinze ans. Son père lui avait répété qu'il ne lui imposerait pas un mari : il désirait que Costanza participe au choix et elle en conclut que le sien serait un mariage d'amour. À Palerme les jeunes gens se côtoyaient dans les salons, au théâtre, dans les bals, autant d'occasions de commencer à se connaître. Ensuite les familles mettaient le holà, encourageaient ou exauçaient les inclinations de leurs enfants pour atteindre un mariage bien assorti. Tout cela effrayait Costanza ; elle enviait les jeunes filles destinées à des mariages arrangés.

Mais les choses se passèrent autrement que ne l'avaient envisagé ses parents. Costanza vécut presque exclusivement à Sarentini, avec de brefs séjours à Palerme, et on ne parla de la marier que lorsqu'elle eut vingt ans.

25

Les lois d'expropriation et les racontars sur la prise
de voile manquée de donna Assunta Safamita

Les frères Safamita étaient avides de possessions.
L'occasion d'acquérir les biens confisqués suite aux
lois pour la suppression des établissements religieux
les excitait. L'aristocratie n'avait pas participé aux
enchères, faute d'argent et par peur de l'excommunication qui menaçait les acheteurs, comme beaucoup l'affirmaient, ou par respect envers la sainte mère l'Église,
comme disaient les nobles, piliers du parti clérical et
bourbonien, qui en Sicile avait désormais un succès
notable.

Guglielmo et Domenico Safamita s'informaient sur
les biens mis en vente, choisissaient ceux qui les intéressaient – il y en avait à foison, plus de dix mille en
Sicile entre couvents et monastères –, étudiaient le
moyen de les acquérir au prix le plus bas, planifiaient
les stratégies pour les enchères et organisaient les
financements des acquisitions. C'était devenu une com-
pétition entre frères, une chasse au trésor qui les occupait à temps plein. Ils en sortirent vainqueurs, parmi les
plus grands propriétaires terriens de l'île. Horrifiée par
cette ultime impiété du gouvernement, Assunta ne voulut pas être en reste. Elle achetait en son nom ou
comme prête-nom pour le compte de couvents féminins
et revendait les biens aux établissements religieux au
même prix ; puis, dans son élan et pour ne pas perdre
une affaire, elle continua d'acheter pour son compte et
accumula elle aussi une fortune. Grâce à ces activités
philanthropiques, elle réussit à éviter l'excommunication pour elle et ses frères.

Donna Assunta s'était forgé une connaissance des

lois d'expropriation, elle en répétait les articles comme si c'étaient des oraisons jaculatoires. Elle mena son opposition personnelle au gouvernement avec sa détermination habituelle et sauva le couvent de Portulano en obligeant la mère supérieure à bénéficier des exceptions consenties par la loi – dont la religieuse peu avertie était ignorante – et se chargea même des frais pour le recours au préfet. Une fois le couvent sauvé, elle maintint le nombre de religieuses au-dessus de six, en application de la règle qui évitait l'expropriation, payant la dot des novices potentielles. Les vocations ne manquèrent plus au couvent de Portulano.

La mère supérieure ne perdit pas de temps pour informer les autres communautés de l'heureuse intervention de donna Assunta. Celles-ci suivirent son exemple et se tournèrent vers elle pour obtenir conseils et aide : de nombreux ordres religieux féminins réussirent ainsi à éviter que l'État ne s'empare de leurs couvents. Le bruit s'était vite répandu dans la province que dans sa jeunesse donna Assunta Safamita avait été contrainte par sa famille à sacrifier sa vocation religieuse, qui était toujours vivante et expliquait sa générosité extraordinaire. Dans les couvents, les religieuses reconnaissantes prièrent avec ferveur afin que les barons Safamita accordent à leur sœur une prise de voile méritée bien que tardive.

La baronne Scravaglio vint à l'apprendre et s'alarma : ses espoirs d'hériter sa part du patrimoine d'Assunta allaient partir en fumée. Elle courut donc au château pour dissuader sa sœur d'accomplir ce geste inconsidéré. Après les baisers d'usage, avant même d'ôter sa cape, elle lui demanda sans détour : «Assunta, pourquoi as-tu donné de l'argent aux avocats du couvent de Portulano ? C'est vrai que tu veux devenir religieuse, vieille comme tu es ?

– Ce sont mes affaires, lui répondit sèchement sa

sœur. Quand même, je vois que tu es troublée et je réponds parce que tu me fais pitié, mais la prochaine fois que tu te mêleras des affaires des autres tu n'auras pas autant de chance. J'ai aidé les religieuses pour deux raisons. Tout d'abord parce que je n'aime pas ce gouvernement et la manière dont il s'est comporté avec nous autres les Siciliens, et maintenant avec notre sainte mère l'Église. Ensuite parce que je me suis habituée à mes promenades en voiture au couvent de Portulano et aux douceurs que j'y trouve : il y a une vue magnifique de là-haut et le couscous sucré que préparent les religieuses est exquis. À mon âge on ne renonce pas facilement aux habitudes agréables, aux plaisirs du goût et aux rares belles choses qu'il y a à voir. Mais, pour être franche, je l'ai surtout fait pour embêter Guglielmo. Il lorgnait ce monastère, il était prêt à l'acheter.»

Rassurée, et pendant qu'elles dégustaient la Revalenza Arabica au chocolat – variante nouvelle et délicieuse de la poudre reconstituante bien connue –, Carolina Scravaglio harcela Assunta de questions sur les projets de leur frère, mais celle-ci garda sur le sujet un silence obstiné.

Pendant que sa sœur était occupée à tremper des biscuits dans sa tasse, Assunta glissa discrètement la main dans son sac, fouilla et en tira la petite Vierge en ivoire que la baronne Scravaglio avait subtilisée sur le guéridon où elle était posée près d'un crucifix et d'un san Francesco d'Assisi.

«Carolina, fais attention, il ne faut pas voler, l'admonesta-t-elle. Il est vrai que si tu m'avais demandé de t'en faire cadeau, je ne te l'aurais pas donnée, cette statuette de la Vierge, mais tu dois te contrôler. C'est un objet de valeur. Apprends à tes enfants à ne pas gaspiller et tu perdras cette manie de voler et de vendre ton butin à des brocanteurs pour une misère. Tu ne résous rien. Personne ne voudra plus te recevoir si tu continues ainsi, à commencer par moi. Ne l'oublie pas, et réfléchis avant d'agir. Par exemple, tu n'aurais pas dû t'affoler en entendant dire dans les couvents que ma famille a refusé ma vocation. Tu devrais te rappeler que c'est moi qui n'ai pas voulu prendre le voile. Il n'y avait pas de quoi s'inquiéter. Je me trouve bien comme je suis. Laisse les religieuses prier pour moi, je remercie tous les soirs le Seigneur depuis plus de quarante ans de ne pas être comme elles.»

Quand elle fut seule, elle se versa une autre tasse de Revalenza Arabica et mangea les biscuits qui restaient, satisfaite. Puis elle rejoignit sa chère Peppinella pour réciter le chapelet avec les autres mystiques.

Assunta Safamita avait toujours été particulièrement déterminée. Aînée des cinq filles de Stefano Safamita et Caterina Lattuca, elle avait montré depuis son enfance de l'enthousiasme pour la vie monastique et ses parents n'y avaient pas mis d'obstacles. Ils lui avaient trouvé une place adéquate dans le couvent du Carmine Maggiore à Palerme, où Assunta allait même pouvoir devenir abbesse, grâce aux liens étroits entre les Safamita et l'Église. Mais à quatorze ans elle s'était ravisée : elle voulut rester dans sa famille et se faire religieuse sans prononcer ses vœux, un hybride entre la vieille fille et la bigote qui n'était pas rare en Sicile. Ce changement soudain était dû à un rêve prémonitoire qu'elle avait eu après les événements de cette année-là.

Toute la famille du baron Stefano Safamita se trouvait à Palerme pour un mariage. C'était le 15 juillet 1820. On fêtait santa Rosalia, protectrice de Palerme, avec la participation habituelle de la population. Aux «Vive santa Rosalia!» s'ajoutèrent les revendications pour le rétablissement de la Constitution. En un mot, ce fut une révolte dont on pensait que les gardes de la garnison pourraient la réprimer. Mais il n'en fut rien. Les gardes eux-mêmes s'allièrent aux insurgés et ils attaquèrent les magasins et les bâtiments, volant à droite et à gauche et tirant sur tout ce qui se trouvait à leur portée.

Le Palazzo Safamita, comme il convenait à une famille de la petite aristocratie, ne se trouvait pas sur le Cassaro, mais dans une ruelle non loin du parcours de la procession. La famille barricada portes et fenêtres et se retrancha chez elle, protégée par ses gardes. Ceux-ci, grâce à une bonne dose de chance, parvinrent à repousser les agresseurs. L'émeute fut calmée, laissant Palerme dévastée. Beaucoup de résidences nobles avaient été incendiées et il y avait eu des morts.

Stefano Safamita, qui avait été un célibataire salonnard et brillant, s'était transformé en penseur taciturne et mélancolique après son mariage qui l'avait obligé à vivre à Sarentini. Il redevenait parfois loquace, surtout avec ses enfants ; il fallait alors se taire et écouter. En l'occurrence, une fois la tempête calmée, Stefano Safamita voulut s'adresser à tous ses enfants, filles comprises : « Je cherche à comprendre ce qui s'est passé ces jours-ci et je pense à notre avenir. C'est une période difficile et confuse pour tous. Après la défaite de Bonaparte, les puissances européennes se sont accordées entre elles et nous avons perdu de l'importance. Les Anglais ont laissé la Sicile après y être restés presque vingt ans en maîtres : vingt ans pendant lesquels ils nous ont apporté le bien-être, même s'ils ont ensuite contraint le roi à abolir nos droits féodaux. Ils l'ont forcé à nous accorder une Constitution et à rétablir le royaume de Sicile. Personne n'aime faire ce que les plus forts imposent, surtout pas un roi. Quand le roi est retourné à Naples, il a révoqué la Constitution et a causé ainsi un mécontentement dans l'aristocratie.

« L'aristocratie n'a pas eu de rôle dans cette révolte,

ni au début ni à la fin. Elle n'a même pas eu la clair-voyance de protéger ses bâtiments, de se doter de gardes privés efficaces. Beaucoup de nos parents et amis n'auront pas les moyens de les reconstruire. La bourgeoisie qui s'est enrichie les achètera, comme elle l'a déjà fait pour les terres. Ce soulèvement marque la fin de notre classe. N'oubliez pourtant pas que les Safamita sont venus en Sicile bien avant les Bourbons et qu'ils resteront peut-être ici plus longtemps qu'eux. Pour le moment il faut conserver fermement les tradi-tions de notre famille et protéger nos propriétés avec les bons vieux moyens : renforcer les gardes et mainte-nir l'ordre sur les terres. Rappelez-vous que tant que le centre du pouvoir restera hors de la Sicile, l'État ne s'intéressera pas à notre bien-être et ne sera pas capable de nous protéger. Nous devons nous charger tout seuls de notre protection.»

Ses paroles confirmèrent à ses enfants qu'il n'y avait pas de lieu plus sûr que la maison ; ils devaient penser à eux-mêmes, car on ne pouvait pas se fier aux autres, ni à l'État. Elles impressionnèrent par ailleurs fortement Assunta, qui fit cette nuit-là un rêve prémonitoire. Elle était religieuse au Carmine Maggiore, à Palerme. Les religieuses étaient tirées de leurs lits et traînées dans le beau cloître ombragé ; là, au pied de ces colonnes sur lesquelles étaient sculptées les fières armoiries de leurs familles, elles étaient violées par les insurgés, elle comme les autres. Elle jura qu'elle ne mettrait plus les pieds à Palerme et qu'elle n'abandonnerait jamais la sécurité de la famille Safamita.

Dès lors, donna Assunta enterra sa vocation reli-gieuse et exprima sa détermination à ne jamais se lais-ser toucher par un homme : elle vécut sereinement avec ses parents et Guglielmo, entourée des femmes mys-tiques avec lesquelles elle récitait des litanies, des neu-vaines et des chapelets et brodait des chasubles, des étoles, des chapes et autres parements. Elle n'eut jamais à se repentir de son choix.

26

La fête des Morts à la Tour-qui-parle.
Les Ramazza di Limuna se disputent et font la paix

Les frères et sœurs Safamita passèrent ensemble les vacances des Morts. Chaque année, fin octobre, on organisait une fête champêtre dans l'oliveraie de la Tour-qui-parle, près de Sarentini, suivie des festivités des Morts, avec les cadeaux traditionnels ; on finissait en honorant les aïeux avec la messe à l'église paroissiale.

Les Safamita tenaient beaucoup à la bonne cuisine et avaient une réputation de gourmets, ce qui, dans une île où on a le culte de la nourriture et du festin, signifiait qu'ils prenaient la gastronomie vraiment au sérieux. La fête célébrait la fin de la cueillette des olives, mûres en avance dans ce climat doux. Guglielmo Safamita organisait une fête séparée pour les cueilleurs, mais au même moment que celle des maîtres. Les deux groupes avaient leur propre plat principal – mouton bouilli pour les premiers et mets de choix préparés par le chef pour la famille –, mais ils partageaient l'entrée et les glaces.

Guglielmo avait adopté la tradition des Lattuca, considérée comme vulgaire et presque gênante par leurs parents citadins. Il préparait lui-même le clou du festin : un *taganu* qui nourrissait cent personnes. C'était un plat populaire typique de Coppolo, le village des Lattuca : une timbale de pâtes, sauce à la viande et saucisses, accompagnées de fromage, sur laquelle on versait cent œufs battus. Il était préparé dans une marmite en terre de la taille de deux grandes cruches – le *taganu*, précisément – réservée à cet usage.

Costanza s'amusait : c'était la seule occasion où son grand-père traitait les femmes de service en égales, comme elle-même le faisait tous les jours. Les femmes, ce jour-là seulement, étaient maîtresses de la grande cuisine avec lui – le chef était exilé dans la petite, où il travaillait avec un air de supériorité dédaigneuse – et elles se levaient à l'aube pour commencer les préparatifs : rigatoni gros comme le pouce, retirés de l'eau à mi-cuisson et mis à sécher un à un sur des linges ; sauce à la viande faite selon les règles, avec tous les arômes ; saucisses rissolées à la poêle, mouillées de vin rouge puis taillées en petits morceaux. Les moins expertes s'occupaient des ingrédients qui ne nécessitaient pas de cuisson : grandes quantités de fromage de brebis râpé, persil haché, œufs battus. Elles taillaient des tranches de *tuma*, un fromage moelleux et doux non affiné que le baron faisait venir exprès de Muralisci, sa propriété de montagne des Madoni, d'où les Safamita tiraient leur titre.

Tôt le matin, le baron, suivi des membres de la famille qui voulaient assister à la préparation – pour la plupart les plus jeunes – et de ceux qui n'étaient pas arrivés à refuser son invitation, descendait à la cuisine. Il enfilait un tablier de cuisinier et se mettait à l'ouvrage. Il enduisait de saindoux le fond et les parois du *taganu* puis commençait à le remplir en utilisant la technique ancienne. Le fond était recouvert de *tuma*, ainsi que les parois à mesure qu'il se remplissait. Il mettait d'abord une couche de rigatoni, sans appuyer, et les tapissait de sauce. Il recouvrait le tout avec des œufs battus mélangés à du persil haché et du fromage de brebis, ensuite disposait une autre couche de rigatoni. Il ajoutait la saucisse et son jus, puis versait de nouveau des œufs battus et garnissait les parois d'autres tranches de *tuma*. Alternant ainsi les couches, on procédait dans l'hilarité générale. Guglielmo Safamita n'était plus le même : on le voyait détendu, il échangeait des plaisanteries avec les femmes, maniait les ingrédients comme s'il le faisait tous les jours. De leur côté, les femmes semblaient perdre leur timidité et, tout en conservant un respectueux « Cellence », elles le traitaient de maladroit, critiquaient son travail et pour tout dire s'amusaient beaucoup.

Ce jour-là Costanza avait remarqué que son grand-père était fatigué ; à la cuisine il s'appuyait au bord de la table et transpirait abondamment. Elle devinait qu'il aurait aimé s'asseoir, mais elle savait aussi qu'il aurait refusé une chaise. Sa tante Carolina Scravaglio était avec eux, mais elle n'avait pas l'air de s'en inquiéter, elle pensa donc qu'il valait mieux ne pas en parler.

Le travail avançait dans le babillage des femmes, et la marmite fut enfin remplie. À la fin, le baron versa sur le *taganu* le reste d'œufs battus et laissa une des femmes le couvrir d'une dernière couche de *tuma*. « Ainsi, s'il s'effondre, ce ne sera pas ma faute, dit-il cette fois encore sur un ton sentencieux mi-sérieux mi-plaisantin. Maintenant appelez les hommes pour l'enfourner. » Le baron avait presque achevé sa tâche : restait la dernière partie, la plus spectaculaire. Après la cuisson, encore tiède, le *taganu* fut transporté sur la terrasse par deux hommes et fut placé sur une table près du garde-fou, de sorte que les paysans réunis sur la place devant la maison des maîtres puissent bien le voir. Le baron brisa la marmite de terre suivant la tradition, avec un ciseau et un marteau. Les morceaux de poterie se détachaient sur les côtés en révélant la croûte croquante de la *tuma*. La timbale trônait, intacte. Par les fissures de ce crépi de *tuma* gouttait le jus parfumé de la farce. Les domestiques taillèrent une rouelle sur le dessus pour les maîtres. Le reste – la plus grande partie – fut emporté dans la cour où était préparé le festin pour les paysans. Ils l'accueillirent avec des applaudissements.

Le chef avait travaillé pendant des semaines à la préparation de coupes glacées, granités, tranches napolitaines, en utilisant toute la glace qui restait dans les glacières : c'était comme le bouquet des feux d'artifice de santa Rosalia, lorsque le festin finissait en beauté par une fantasmagorie de lumières qui emplissait la nuit.

Vers le soir la famille se dispersa. Ils étaient plus de cinquante entre les grands-parents, leurs enfants et petits-enfants : certains retournaient à Sarentini avec les Safamita, d'autres allaient passer la nuit à la campagne. Les Pertusi di Trasi, les Ramazza di Limuna et Gesuela Scravaglio, la fille aînée de Carolina, allaient dormir à la Tour-qui-parle. On buvait de l'eau à l'anis sur la terrasse.

« Maria Anna, à quand la naissance de l'enfant de Maria Antonia ? demanda Vanna Safamita, baronne di Limuna, à sa sœur.

– Fin novembre. Après quoi elle partira à Rome chez ses beaux-parents.

– Ce sera un grand chagrin pour toi de la perdre… ah, ces filles mariées qui s'éloignent !

– Oui, mais je la sais contente, et puis nous nous verrons en été. Il y a des bateaux rapides qui vont chaque jour sur le Continent, et on construira bientôt la voie ferrée, maintenant que l'Italie est réunie », répondit la comtesse Trasi piquée au vif.

Les Limuna avaient encore trois enfants non mariés : Maria Carolina, qui avait déjà vingt-six ans – autrement dit, bien partie pour rester vieille fille –, et Ferdinando et Vincenzo, les derniers-nés, qui louchaient tous les deux. La véritable raison du non-mariage des enfants était leur manque de moyens. Vanna était envieuse, car malgré leur dot modeste, toutes les petites-filles Trasi s'étaient bien mariées. « Son mari est bel homme, elle doit faire attention : il paraît qu'à Rome il y a des femmes aux aguets, même chez les gens bien, affirmat-elle d'un air entendu.

– Ma tante, de ces femmes, il y en a partout. Iero est amoureux de sa femme.» Giuseppe Trasi, le fils aîné de Maria Anna, était intervenu pour défendre son beau-frère, mais surtout pour ne pas laisser le dernier mot à Vanna. Chacun savait chez les Trasi que son beau-frère avait déjà une maîtresse, connue avant son mariage, mais à Palerme.

Stefano Trasi, appuyé au garde-fou, écoutait son frère et lui faisait un clin d'œil amusé. À ce moment-là Maria Carolina Limuna les rejoignit : «Qu'est-ce qu'on raconte de beau à Palerme, cousin? Je suis impatiente d'être invitée, les fêtes des Palermitains me manquent... vous qui savez vous amuser et qui profitez de la vie, avec tous ces visiteurs de l'extérieur, et même royaux. Nous, à Tafani, nous sommes restés à la traîne. Comment va Maria Antonia?

– Il me semble que vous vous amusez assez entre vous, à Tafani», répondit son cousin avec aigreur. La tante Vanna et Maria Carolina étaient mal vues des neveux Trasi. On disait que la baronne Limuna avait eu des amants, apparemment avec l'approbation de son mari – un hâbleur, adonné à la boisson et aux plaisirs, qui avait dilapidé la dot de sa femme –, et que Maria Carolina n'était pas en reste. Il ne fallait pas s'étonner qu'on ne lui ait pas trouvé un mari adéquat. La suffisance caractéristique des aristocrates sans le sou leur avait fait repousser tous les prétendants bourgeois aisés – et ignorants de la réputation de la jeune fille –, avec pour résultat qu'elle était toujours sans mari et à leur charge.

«Ceux qui ont de l'argent s'amusent partout, à Tafani, à Palerme, à Rome et même à Sarentini, je vous l'assure! Si j'avais de l'argent à ma disposition je m'amuserais aussi, et j'ai dépassé la soixantaine! Vous voulez savoir comment Stefano s'amuse, ici à Sarentini?» Le baron Giovannino Limuna mit fin à cette conversation qui devenait désagréable pour tous. Il en savait long.

Il raconta une mésaventure affreuse dont le bruit courait depuis longtemps dans la province, mais pas encore à Palerme, confirmé – à l'entendre – par le notaire Tuttolomondo, pas moins.

«Vous savez que Mimì en a après Stefano pour ce qui s'est passé pendant la révolte de Palerme? Il l'a coupé de tout, il ne l'emmène même pas sur leurs terres. Ce garçon s'est retrouvé dans un village de merde comme Sarentini, sauf votre respect, sans rien à faire et personne à fréquenter en dehors de quatre bourgeois du coin et la plèbe. Il est bourré d'argent: Guglielmo y veille. Il s'est adonné aux femmes, et cela me paraît juste à son âge. Mais il y a bien plus! Il s'est entiché de la fille d'un maréchal-ferrant – on ne sait même pas en fait qui est réellement son père –, une très belle fille, tout le monde est d'accord là-dessus. En tout cas, il a enrichi ce maréchal-ferrant, une canaille notoire.

– Ces choses-là arrivent, il n'est ni le premier ni le dernier, intervint Maria Anna.

– Attends, ma chère Maria Anna, avant de cracher des sentences. Laisse-moi continuer. Cette fille lui a fait un enfant, qui est mort. Il paraît que Stefano en veut un autre; autrement dit, il fait partie de la famille du maréchal-ferrant», ajouta-t-il avec satisfaction.

Gesuela, assise un peu à l'écart pour ne pas qu'on la remarque, était tout oreilles. Elle adorait les cancans grivois qu'on ne raconte pas devant les demoiselles – même d'un certain âge comme elle –, mais à ces mots elle ne put pas se retenir de s'exclamer: «C'est pour cela qu'il me disait aujourd'hui que la vie simple des pauvres a son charme, je comprends maintenant à quoi il faisait allusion!

– Et de quoi est mort cet enfant ? » voulut savoir Maria Anna, le regard angoissé.

« Je ne sais pas, mais j'ai comme une idée que ce n'est pas tout, répondit son beau-frère. Il s'était renseigné auprès du notaire pour le reconnaître. Il envisage peut-être d'épouser la belle maréchale. »

Il fut alors assailli de « Comment ? », « Incroyable ! », « Indigne ! », « De la folie ! », « Une honte ! ». Giuseppe Trasi s'adressa à son frère : « Tu ne sais rien ? Il te parlait, à toi.

– Non, répondit celui-ci, je le vois peu depuis qu'il a quitté l'internat. Je l'emmenais à la chasse et il me semblait un peu immature, gâté, mais c'est un garçon qui sait se tenir. Stefano sera certainement capable de régler comme il convient une affaire de ce genre, ce sont les mauvaises langues.

– Guglielmo et Domenico s'en occuperont, ils arrangeront tout, intervint le comte Trasi.

– Vous n'avez donc rien compris ? Son père ne sait rien, et Guglielmo non plus. » Giovanni Limuna paraissait vraiment bien informé.

Sa femme s'en mêla, tout agitée : « Avec la position économique de mes frères, où est le problème ? Tout se résout avec de l'argent. Giovannino, tu as trop bu et tu fais du roman. Il peut avoir celle-là et d'autres, et même une épouse. J'en connais beaucoup dans la même situation.

– Tu n'y comprends rien, Vannuzza, et pourtant tu devrais, toi. Vous les Safamita, ceux de Palerme et ceux de Sarentini, vous n'êtes pas une race homogène. Vous vous divisez entre les saints et leurs contraires. Il y a les Safamita pieux et craignant Dieu, comme ta sœur Assunta, et les Safamita qui se conduisent comme Dieu sur terre et agissent comme cent diables pour obtenir ce qu'ils veulent. Stefano appartient à la seconde catégorie et, en outre, il est fou amoureux de cette fille. Elle n'est pas finie, cette histoire. On dit que le maréchal-ferrant s'est mis à dos les régisseurs des Safamita, qui le tueront tôt ou tard. Imaginez s'il devenait le beau-père du futur maître !

– Et Caterina n'est pas au courant ? demanda Maria Anna.

– Comment le savoir ? Elle ne parle pas, lui répondit Vanna. Mon fils Ignazio et la famille dorment au palais, je demanderai demain à Alfonsina d'interroger Costanza.

– Laisse Costanza tranquille, cette pauvre petite a tellement souffert ! dit Maria Anna dans un élan spontané.

– Je voudrais souffrir comme Costanza, avec la dot qu'elle a ! intervint Maria Carolina. Tante Maria Anna, vous exagérez, vous ne devez pas vous sentir coupable pour cette histoire de Bagheria : Costanza est comme sa mère, l'eau la mouille et le vent la sèche, elle fait ce qui lui chante et l'oncle Domenico lui passe tout. Je me ferais jeter des pierres toutes les semaines pour être riche comme elle.

– Tu te trompes, Maria Carolina, à ton âge tu devrais avoir du bon sens, la reprit sa tante.

– Vous savez ce que j'en pense ? Que nous chercherons à en savoir davantage demain. J'ai le ventre gonflé d'avoir tant mangé, ce *taganu*, c'est du plomb, je me sens lourde. Allons dormir, Giovannino, dit Vanna pour éviter une dispute.

– Quand ton frère Guglielmo va-t-il en finir avec cette farce de s'improviser cuisinier ? C'est inconvenant, même si ce n'est qu'une fois par an. Dieu fasse que Stefano, pour imiter les exploits de son grand-père, ne se mette pas à ferrer les mulets ! » Le baron Limuna était ivre. « Par la fenêtre de la grande cuisine, ce matin, je voyais Guglielmo au milieu des femmes, avec son tablier de cuisinier : la sauce lui dégoulinait des mains, une scène peu digne, c'est le moins qu'on puisse dire, surtout par les temps qui courent. Quand j'ai connu Guglielmo, dans sa jeunesse, je croyais qu'il le faisait pour tâter le cul et les seins des servantes, mais à son âge, et dans l'état où il est, je n'y vois qu'une aberration. Je ne m'étonne pas que Stefano se trouve bien chez le maréchal-ferrant. Domenico, au contraire, fait le dégoûté. Je voudrais le voir à la cuisine au milieu des domestiques pour respecter une tradition des Lattuca ! »

Les autres ne prêtaient pas attention à lui, il était évident qu'ils ne l'approuvaient pas.

Stefano Trasi finit par intervenir : « Je ne vous dirai qu'une chose pour la défense d'oncle Guglielmo. Ces scènes "indignes", comme vous les appelez, oncle Giovanni, peuvent entretenir le respect des domestiques et des paysans. Au jour d'aujourd'hui la tranquillité dans les campagnes n'est pas garantie. Quand nous venons ici, nous sommes respectés et honorés comme dans les temps anciens. Après tout, n'est-ce pas aussi pour cette raison que nous nous retrouvons ensemble chaque année, invités par nos oncle et tante pour ces fêtes ?

– Mon cher Stefano, je te réponds en mon nom et en celui de ma femme. » Giovannino Limuna était un fleuve en crue. « Nous venons ici par devoir familial et pour leur argent, dont les frères Safamita ne savent pas profiter, cloîtrés dans un village comme Sarentini. Tu verras les visages de tous, demain, quand ils ouvriront les cadeaux de Guglielmo. Vanna, dis la vérité, ce n'est pas pour cela que tu viens ? »

Vanna se retourna comme une vipère. « Malheureux, si tu veux vraiment dire la vérité, raconte donc que nous venons ici et que nous allons en vacances avec mes frères parce qu'il ne reste rien ou presque des belles terres de ton père, que tout est hypothéqué à cause de toi et de tes vices ! Nous venons ici pour demander à mes frères de te prêter de l'argent pour éponger tes dettes. Nous venons demander la charité, nous, avec enfants et petits-enfants. Maintenant qu'on ne voit plus de frères quêteurs, il y a nous, les Limuna, les parents déchus!» Elle s'enveloppa dans son châle et éclata en sanglots.

Avec un «Mesdames, messieurs, bonne nuit!» plein de dignité, le baron Limuna se leva et fit signe au domestique de l'accompagner à sa chambre.

Le groupe se dispersa en silence. Maria Carolina accompagna sa mère.

Quand elle arriva dans la chambre de ses parents elle se laissa aller à une crise d'hystérie, en les accusant d'être la cause de ses malheurs. Qui épouserait une femme avec un père dissipateur et une mère qui l'humiliait devant les parents de Palerme? Pour toute réponse, la baronne Limuna déclara qu'elle avait des acidités et se sentait très mal. Elle déboutonna sa jaquette, défit sa chemise et s'appuya sur les coussins en desserrant son corset. Maria Carolina sortit en claquant la porte.

Giovannino Limuna, soûl, adossé à la fenêtre, regardait sa femme. Ce n'était pas la première scène entre eux, mais, jusque-là, Vanna n'avait jamais parlé ainsi en public. Étendue sur le lit, à demi vêtue, elle avait un corps appétissant, même à son âge. C'était ce qui l'avait fait supporter ses trahisons, toujours avec des hommes de leur rang, du reste. «Couchons-nous, Vannù, lui dit-il, voyons ce que tu peux faire pour me donner un peu de joie. Ce n'est pas vrai qu'il y a deux catégories de Safamita, il y en a une autre, la troisième, qui a le feu en dessous. Celle des putains, tu en fais partie, heureusement pour moi.»

Le lendemain était le jour des Morts. Assunta Safamita tenait beaucoup aux cadeaux traditionnels de cette circonstance, qui rapprochaient la mort de la vie.

Guglielmo profitait de l'occasion pour prouver à ses parents citadins ses fortes racines terriennes en même temps que l'appartenance des Safamita à l'aristocratie palermitaine par leur naissance, leur patrimoine et leur mode de vie, même s'ils étaient sarentinais d'adoption.

Ils se réunirent tous le matin au château. Les enfants s'étaient réveillés tôt et étaient allés à la chasse aux cadeaux laissés par les morts pendant la nuit. Cachés derrière les divans, sous les chaises, dans les coins des pièces, sous les coussins, on trouvait des friandises, des guirlandes de boulettes de chocolat, des biscuits spécialement préparés pour cette fête : des cadeaux qui cimentaient les liens entre les familles tout en inculquant le respect de ceux qui n'étaient plus. Chacun reçut aussi un personnage en sucre. Les cadeaux importants étaient réservés à l'après-midi.

Au milieu de la matinée, les Safamita se rendirent à l'église pour la messe solennelle. Leurs parents et les aïeux Lattuca étaient ensevelis dans l'église. Après la messe ils se recueillirent sur leurs tombes. Les villageois les admiraient à distance : en ces temps tourmentés et sinistres les Safamita étaient une famille unie et respectueuse de Dieu et des saines traditions familiales comme il y en avait peu.

Après le déjeuner Guglielmo offrit à ses sœurs et aux dames de la famille des cadeaux particulièrement raffinés : des bijoux en émail et pierres précieuses d'une facture exquise, œuvre d'un orfèvre florentin. Les enfants reçurent chacun un jouet et deux grosses pièces d'or.

Cette nuit-là Guglielmo Safamita mourut dans son sommeil. Il laissait la villa La Camusa et les terres attenantes à Stefano, Malivinnitti à Costanza, la chasse aux portes de Palerme à Giacomo et le reste à sa fille Caterina.

27

*Tout en repassant, Rosa raconte à Amalia
l'histoire de Stefano Safamita et sa mère*

C'était le jour de nettoyage, angoissant pour Amalia qui disposait de peu d'eau. Elle lavait le linge de Pinuzza dans la lavasse qui restait, le lissait avec application pour lui donner un semblant de repassage et l'étendait sur la pierre pour qu'il sèche au vent, un caillou dessus.

« Ah, quels beaux repassages on faisait à la blanchisserie ! soupirait-elle. Les chemises de Stefano étaient une merveille : pas un faux pli, Rosa y tenait beaucoup.

– Mais elle n'était pas sa nourrice ? Pourquoi c'était elle qui repassait ses chemises et pas la femme de chambre ? demandait Pinuzza.

– Et alors ? Elle pensait toujours à lui et elle aimait repasser, et puis elle était gentille !

– Et lui, il était gentil ?

– Oui, très gentil et gai, le seul à rire, les Safamita étaient sombres. Mais il n'a pas eu de chance, il a fini désespéré ; il ne le méritait pas, et la baronne non plus, après tout, elle avait un cœur de mère.

– Et pourquoi il a fini comme ça ?

– Tout le monde a un maître, les riches et les pauvres. Les premiers maîtres sont le père et la mère. Lui ne voulait pas obéir, et pourtant il le fallait, même chez les Safamita. Mais il était bon, et il aimait Costanza.

– Et elle ?

– Elle aussi, c'était son frère. Elle baissait toujours la tête. Respectueuse avec tous, depuis sa naissance. »

Amalia ramassa par terre un morceau de bois apporté par le vent et se mit à le tailler avec soin. Pinuzza, inquiète, suivait ses gestes. Sa tante l'usait parfois tout

entier en le taillant et il ne restait plus qu'un tout petit
bout, bon à brûler. Mais cette fois-ci Amalia le montra
à Pinuzza en souriant : elle l'avait transformé en un
petit poinçon.

« Maintenant tu peux t'amuser à dessiner », lui dit-
elle en effleurant sa tresse d'un baiser.

Elle installa la chaise de Pinuzza devant une surface
lisse et friable de la Montagnazza et lui mit le morceau
de bois entre le pouce et l'index.

Elle lui étendit un peu le bras en observant les gri-
maces silencieuses de Pinuzza jusqu'à ce que sa main
atteigne la pierre. Elle l'aida à pointer son outil sur la
paroi. « Dessine-nous ce que tu veux ! » dit-elle toute
contente. Pinuzza essayait, elle serrait les lèvres, concentrée, poussée par le désir d'appuyer sur la paroi et de
l'égratigner. Sa tante lui avait appris ; elle réussissait de
mieux en mieux et faisait des petits dessins. Amalia se
tenait derrière elle, prête à ramasser le morceau de bois
et à le lui remettre entre les doigts en veillant à ce que
la prise soit bonne. Pinuzza dessinait bien, ce jour-là.
Elle peut s'améliorer, pensait Amalia, et elle se tourna
pour regarder la Montagnazza. Le soleil donnait dessus
et la pierre blanche brillait, rêche ici, lisse là, ailleurs
encore en couches transversales parallèles, comme une
pile de draps fraîchement repassés qui aurait glissé de
travers.

Amalia aimait observer Rosa quand elle repassait :
elle n'avait pas besoin de s'appliquer tant elle y était
habituée, et ce faisant elle racontait. Elle en savait
beaucoup sur les Safamita et sur les événements qui
avaient provoqué la mélancolie de la baronne après la
naissance de Costanza. Assise près de la table de repassage, le bébé dans les bras, elle la regardait faire avec
admiration en attendant que sa langue se délie. Rosa
transformait les draps durcis par trop de soleil, les taies

froncées aux endroits brodés, les serviettes aux franges ébouriffées en linge fumant et parfaitement lisse, imprégné du parfum de lavande qui explosait sous la vapeur.

Elle humidifiait savamment le linge en l'aspergeant d'eau de la bassine : trop d'eau l'aurait trempé, peu ou mal répartie elle aurait donné un repassage irrégulier, avec des cloques. « Le mouillage est difficile : ni trop, ni trop peu, répétait-elle souvent, il faut attraper la main. » Rosa roulait ensuite les draps en les pliant bien – le côté brodé au centre pour conserver l'humidité – et finalement elle se mettait à l'ouvrage sur la table recouverte d'épaisses couvertures de coton et d'un vieux drap. Elle attisait les charbons des fers, en vérifiait la température. Quand tout était prêt, elle faisait le signe de la croix et commençait à repasser avec un « Jésus, Marie, Joseph. » Toutes les histoires de Rosa débutaient de la même façon : « Il faut savoir… » Elle n'aimait pas les questions. Selon son humeur, elle débitait des histoires de famille incroyables, certaines gaies, beaucoup d'autres tristes, mystérieuses. Elle en faisait des romans.

« Il faut savoir que Stefano est né lui aussi à sept mois, beau comme une rose. L'autre fils, Guglielmuzzo, était mort depuis trois ans. La baronne devenait folle, elle voulait un fils, mais ils lui mouraient à l'intérieur, rien que des fausses couches. Elle était allée voir toutes les sorcières en cachette. Pas les médecins, eux c'était le jeune baron qui les lui envoyait. Mais pas moyen d'avoir un fils vivant. Donna Assunta elle aussi était désespérée et la recommandait au Seigneur. La baronne se levait au chant du coq pour entendre la messe du père Puma au château, elle n'en manquait pas une. Le Seigneur notre Dieu l'a entendue et c'est comme ça que Stefano est né.

« On est venu me dire que ce fils qu'elle avait paraissait en bonne santé et qu'on avait besoin de moi. J'ai laissé mes petits à ma belle-mère et je suis devenue nourrice. Elle adorait son Stefano ! Elle le regardait, tout nu, et le mangeait de baisers. Ça lui a sans doute fait revenir le lait, après que tous disaient qu'il s'était asséché, et elle cherchait à l'allaiter. Le jeune baron, quand il s'en est aperçu, lui a fait une de ces scènes que personne peut s'imaginer. On m'a dit qu'il avait cassé une table – quand la colère le prend il casse tout – et la pauvrette a dû obéir. "Rosa, elle me disait, tu dois lui donner tout l'amour que j'ai en moi quand tu l'allaites", et elle avait les larmes aux yeux. C'est vrai qu'elle est née baronne, et que ces dames-là elles ne doivent pas donner le lait, mais elle avait un cœur de mère, comme nous. Amalia, ne te tracasse pas pour Costanza, l'amour pour cette petite doit lui venir tôt ou tard, c'est son sang ! » Rosa pliait et repliait les serviettes de lin, passait le fer dessus, les réduisait à des carrés parfaits et raides et les empilait sur une table plus petite à sa gauche. « Il faut savoir que Stefano était fou de sa mère, et elle folle de lui. La baronne le voulait toujours près d'elle, je passais mes journées dans sa chambre, dans les salons, sur la terrasse quand elle donnait à manger aux tortues, elle m'emmenait même en voiture, assise devant elle avec Stefano dans les bras. Toujours ensemble, et très contentes.

« Mais ce bonheur ne plaisait pas au jeune baron. Il la voulait pour lui tout seul, sa baronne, il était jaloux. Il était jaloux même de son fils innocent, et il l'éloignait d'elle, sous un prétexte ou un autre. Combien de fois il entrait dans le petit salon – il ne frappait même pas – et me disait : "Allez-vous-en tous les deux, Rosa." Ou : "Emmenez-le." Elle me regardait tristement et me faisait signe d'obéir. Je voyais bien qu'elle faisait à son mari un de ces regards de femme et qu'elle souriait. Ils étaient amoureux, mais de cet amour il ne venait que des fausses couches, le sort était contre eux.» Rosa faisait une pause avant de changer de fer pour les serviettes en lin des Flandres, avec un long soupir de satisfaction : la blanchisserie sentait le parfum subtil du propre. «Elle jouait avec Stefano comme une petite fille, elle se jetait par terre et ils riaient. C'est vrai qu'il était gâté, sa mère et son grand-père lui passaient tout, mais ils sont riches et ils peuvent se le permettre. Un mauvais fils aurait été abîmé, mais pas Stefano, il était respectueux et bon par nature, il pensait aux autres, il me faisait des cadeaux… c'était un saint. Son père était sévère avec lui, mais juste ; il n'a jamais levé la main sur lui.

«Un jour, les deux barons, qui ne se sont jamais entendus, se sont mis d'accord : Stefano devait aller à l'internat sur le Continent l'année suivante. La baronne ne voulait pas en entendre parler et elle a fait appel à son père, qui cette fois ne l'a pas aidée. Stefano devait partir.

«Finalement, pour lui donner une petite satisfaction, ils ont choisi un internat à Palerme, mais la baronne n'en voulait pas non plus. Elle se désespérait.

«Il y avait déjà la préceptrice, Madame : elle apprenait le français à Stefano, mais ça ne suffisait pas aux barons Safamita, le petit devait aller étudier ailleurs. Il faut savoir que les Safamita ont la tête dure, on ne peut pas se battre contre eux. Stefano ne voulait pas aller à l'internat, mais les enfants et les femmes doivent obéir. On a préparé le trousseau – il fallait emporter tout un trousseau à l'internat, comme une future mariée. Ensuite, ce qui s'est passé je ne sais pas, mais il y a eu une grosse dispute entre le jeune baron et la baronne. Il est parti à toute vitesse à Palerme, en laissant la baronne seule avec Stefano. Elle n'arrêtait pas de pleurer, la pauvre. Alors le baron son père l'a emmenée à Malivinnitti pour la changer, et elle y est restée tout l'été. Son mari revenait de Palerme, repartait, allait à Malivinnitti, revenait à Sarentini... bref, entre eux c'était l'enfer.» Rosa accompagnait son récit en battant bruyamment les franges embrouillées sur le bord de la table, à chaque coup elles se démêlaient un peu plus, prêtes à être écrasées sous le fer fumant. «On n'y comprenait rien, nous : tantôt ils avaient l'air amoureux, tantôt pas. Et tout cet esclandre à cause de Stefano, que ça le rongeait. À Malivinnitti la baronne est devenue très mélancolique. Son père en faisait une maladie et il a cherché à la distraire.

«Il invitait les cousins préférés de sa fille et il l'a même mise à travailler, sur les papiers de la mine, pendant que le directeur était malade. La pauvrette devait écrire des lettres en français pour l'employé de la Corbotta. Elle obéissait, mais elle était très triste. Le séjour s'est terminé, la baronne est rentrée à Sarentini, et elle est tombée enceinte de Costanza. Il faut savoir qu'elle m'a dit : "Rosa, je sens que cet enfant est un autre garçon, en compensation de la perte de Stefano."

«Mais moi je savais que ça ne pouvait pas être un garçon, je lui expliquais qu'à sa naissance Stefano avait les cheveux en pointe sur la nuque. Les cheveux le disent : s'il naît avec une seule pointe, le suivant est de l'autre sexe, et elle aurait une fille. Elle ne me croyait pas. Et c'est comme ça qu'il lui est né la jeune baronne rousse, et sa mère n'en veut pas. C'est difficile à comprendre, les riches s'habituent à faire ce qu'ils veulent et à l'obtenir. La baronne ne pouvait pas comprendre que des fois nous sommes tous égaux. Avec la nature c'est comme ça : c'est la pointe qui parle.»

Pinuzza avait tracé une forme imprécise de fleur avec deux petites feuilles qui pointaient de la tige et elle cherchait à attirer l'attention de sa tante. «Ça te plaît ?
– C'est beau, félicitations ! répondit Amalia distraite.

– À quoi tu pensais ?

– À Stefano jeune. À la campagne il montait à cheval ; il aimait aller à la chasse avec le baron et parler avec les paysans. Le malheur c'est qu'il a connu cette jeune fille et qu'il est tombé amoureux.

– C'est un malheur de tomber amoureux ?

– Un malheur, oui, parce que les nobles doivent rester avec les nobles, et que lui il a voulu celle-là, il l'a beaucoup voulue : il s'est mis en tête de l'épouser, et ça ne se fait pas.

– Pourquoi ? Ça n'est pas beau de se marier avec son amoureuse, elle ne pouvait pas devenir baronne ?

– Non, chacun doit rester là où il est, c'est comme ça.

– Et son père, qu'est-ce qu'il a dit ?

– Ce qu'il a dit et ce qu'il a fait ! Il l'a jeté dehors, dehors de chez lui, son propre sang, son premier fils ! Stefano ne voulait pas renoncer à cette fille et il est allé à La Camusa, qui lui appartenait en héritage du baron Guglielmo, Dieu ait son âme, et il a fait des enfants avec cette dévergondée, sans le saint mariage. Il l'a épousée après, mais c'était trop tard.

– Et qu'est-ce qui s'est passé ?

– Rien, parce qu'il ne pouvait rien se passer, c'est comme ça. »

Pinuzza s'était endormie. Amalia la transporta dans la grotte.

28

*Costanza Safamita se rend compte que quelque chose
ne va pas dans sa famille et elle en est malheureuse*

Costanza se rendait compte que quelque chose n'allait pas entre ses parents. Elle comprenait – à leurs regards, leurs gestes, leurs soupirs – que c'était à cause de Stefano, qui était devenu d'humeur changeante. Elle était habituée à ce qu'on lui cache beaucoup de choses et ne voulait pas interroger les domestiques : elles, au contraire, étaient toujours au courant.

Stefano avait quitté l'internat. Il n'avait aucune intention de poursuivre ses études et désirait retourner à Sarentini. Costanza s'en réjouissait : ils faisaient de longues promenades en calèche ou à cheval et étaient souvent avec leur mère. Elle acceptait la préférence manifeste de sa mère pour son frère, et n'en était pas jalouse : c'était ainsi depuis toujours. Giacomo, en revanche, trouvait cela insupportable, il bouillait à l'intérieur et préférait aller ailleurs.

Les rapports entre père et fils ne s'étaient pas améliorés. Froids, courtois. Le père n'avait pas de temps pour son fils et Stefano ne cherchait pas sa compagnie. Domenico Safamita était accablé par le poids de l'administration, mais il ne cherchait pas à l'instruire pour qu'il puisse commencer à l'aider, et ne l'emmenait même pas avec lui quand il allait sur leurs terres. Les domestiques et les employés secouaient la tête en silence. La baronne avait de la peine, mais père et fils restaient fermes sur leurs positions, trop orgueilleux pour admettre leurs erreurs, et elle le gâtait encore davantage par compensation. Elle lui donnait de l'argent, souvent en cachette.

Stefano se sentait libre et voulait découvrir la vie. Son père ne s'y opposait pas, il espérait qu'il changerait, une fois passée l'ébullition de la jeunesse. Stefano aimait les chevaux et allait à la chasse avec des amis, ou simplement avec les gardes et les régisseurs ; il dépensait beaucoup pour s'habiller. Il était généreux, parfois à l'excès, et fréquentait les grands propriétaires et les fils des bourgeois de Sarentini et des environs. Il était peu chez lui, mais ne négligeait pas sa famille. Il déjeunait souvent au château.

Curieusement, il ne semblait pas s'intéresser aux femmes de mœurs légères – au contraire des autres jeunes hommes –, ni aux jeunes filles en âge de se marier. Puis il s'enticha de Filomena Carcarazzo, de parents inconnus, retirée de l'orphelinat de Coppolo pour devenir servante dans la famille d'un maréchal-ferrant ambulant ; il l'aima avec l'ardeur de ses dix-sept ans. Encouragé par le maréchal-ferrant, Stefano fut séduit par la transgression, par son rôle de protecteur de la famille et par le charme de la fille. Celle-ci, d'abord réticente, se donna tout entière, avec une passion qui devint vite du dévouement et du véritable amour. Quant à Stefano, on ne sait s'il était réellement amoureux ou si, au début, il la voyait comme une aventure, la première de beaucoup d'autres. Dans son désir d'une femme aussi humble il y avait une part de provocation vis-à-vis de son père. Comme s'il avait voulu blesser la famille Safamita dans son orgueil, sans se rendre compte que c'était une arme à double tranchant.

Stefano était poussé aussi par le désir de se mettre du côté des faibles et des déshérités, d'où cette participation confuse aux aspirations de changement social qui s'exprimaient pour la première fois dans l'Italie unifiée. Mais il n'était pas guidé par une idée : ce qu'il ressentait déterminait ses actes. Il vivait au jour le jour, suivait son instinct, et c'était une proie facile pour les flatteurs. Il avait le besoin impérieux d'être aimé et de se mettre au niveau de qui ne l'avait jamais été, aussi se jeta-t-il corps et âme dans cette histoire sans songer aux conséquences.

Il se confia une fois à sa mère et lui parla de Filomena en termes vagues. Pour ne pas le perdre, la baronne l'écouta et il se sentit encouragé. Un jour Domenico Safamita dit à sa femme : « Il est bon que tu saches que ton fils traficote avec la fille d'un maréchal-ferrant. Il faut le laisser faire, pour le moment, et garder les yeux bien ouverts : avec lui je m'attends toujours au pire. Fais attention à ne pas le soutenir. »

La mort soudaine du baron mit fin aux confidences entre mère et fils ; ils étaient tous bouleversés par le deuil. Son grand-père manquait beaucoup à Stefano. Sa mère refusait d'en parler, comme s'il n'avait jamais existé : c'était sa façon à elle de réagir. Il chercha le réconfort auprès de son amoureuse, et il restait parfois chez le maréchal-ferrant jusqu'aux premières heures du matin. Alors qu'au début il s'était comporté avec précaution, il ne s'en soucia plus ; il laissait sa jument devant la masure des Carcarazzo, où n'importe qui pouvait la voir. Sarentini connaissait sa passion pour la fille du maréchal-ferrant. Accoutumé aux caprices des nobles, on ne s'en étonnait pas.

29

Dans les cuisines du Palazzo Safamita,
on parle de l'amour
de Stefano Safamita et de Filomena Carcarazzo

C'était en 1873, un an s'était écoulé depuis la mort de Guglielmo Safamita. Dans les cuisines du palais, on se préparait à une visite importante : le préfet Ermenegildo Calloni et sa femme. L'oncle maternel du préfet avait été un vieil ami du baron et l'avait reçu dans son domaine d'Asti. C'était le premier invité après le deuil strict et l'on rouvrit la « représentation » à l'étage noble. Les domestiques retirèrent les voiles des miroirs et des lustres des salons, on fit les cuivres ; l'escalier principal reprit son aspect habituel : tapis rouge, plantes fraîches au feuillage lustré et charnu sur les paliers, lampes aux murs. Ce devait être un déjeuner intime, mais élégant.

Lina et Rosa passaient en revue le centre de la table : six plateaux à étages, de tailles différentes, chargés de gâteaux fourrés à la pistache, de chocolats, de fruits en pâte d'amande confectionnés par le chef selon les recettes des religieuses du couvent de la Martorana. Elles les disposaient en fonction du goût, mais sans négliger la couleur et la forme. Les assiettes du service de porcelaine française avaient quitté les étagères et étaient posées sur la crédence, couvertes d'un linge. Le chef avait beaucoup à faire : on lui avait commandé un repas sicilien, mais fade, adapté au palais des continentaux.

Costanza et Maria aidaient les femmes à décortiquer les pistaches pour d'autres gâteaux et pour décorer le blanc-manger. Les filles de cuisine apportaient des casseroles d'eau bouillante dans laquelle elles venaient de jeter les pistaches. Elles les retiraient avec une passoire et les autres se les partageaient pour les éplucher immédiatement, encore très chaudes. Intactes, brillantes, vertes comme des perles de malachite, les pistaches sortaient nettes de leurs doigts experts.

Don Paolo, en bout de table, donnait paresseusement un coup de main en avalant de temps en temps une pistache.

« Don Paolo, vous qui êtes allé à Turin... comment ils sont, ces étrangers ? le pressait Maria.

– Avec le jeune baron, j'ai voyagé dans toute l'Italie, autrefois. Gaspare et moi étions avec lui, pour le servir. Turin était très froid. Les fleuves ressemblaient à une mer ; les montagnes faisaient dix fois le Monte Pellegrino. Mais les Turinois nous respectaient.

– Vous n'avez que ça à nous raconter ? Et les femmes, comment elles étaient ? » Nora s'attendait à quelque chose de plus croustillant.

« Comme toutes les femmes du Continent : quand elles sentent l'odeur de l'argent, les étrangers leur plaisent beaucoup, si ce sont des pauvres comme nous, elles ne s'y intéressent pas.

– Don Paolo, vous qui le connaissez bien, dites-moi comment le baron a eu l'idée d'inviter le préfet, qui a fermé les couvents et les monastères, qui a jeté à la rue tous les moines, et qui en plus fait la pluie et le beau temps comme un évêque ? » Rosa ne décolérait pas : le gouvernement lui avait prix six neveux pour le service militaire, laissant les familles de ses belles-sœurs dans la misère pour les cinq ans obligatoires. Elle flanqua une poignée de pistaches décortiquées dans l'écuelle en secouant la tête. Quelques-unes tombèrent à côté. Rapides, deux jeunes les ramassèrent.

« Attention, Rosa, ce sont des pistaches : pour qui tu les prenais, des sbires du royaume ? la gronda Maria.

– Réfléchissez, donna Rosa, ajouta Nora, celui-là est puissant, il commande à droite et à gauche. Le baron doit faire ami avec lui s'il veut commander lui aussi. » Elle versa de nouvelles pistaches bouillantes et ajouta : « En attendant, travaillez, nous devons faire vite.

– Et puis s'acheter les terres des moines ! » murmura don Paolo qui poursuivait le discours de Nora.

Rosa, interdite, s'arrêta et regarda autour d'elle. Elle reprit l'épluchage avec un long soupir bruyant. Don Paolo l'observait, puis il déclara : « Les maîtres se respectent. Ils invitent qui ils veulent. Et puis, si c'est vrai que ce préfet agit comme un évêque et un général réunis, raison de plus pour l'inviter. Des évêques – bons et mauvais –, il en est passé beaucoup chez les Safamita.

– Donna Assunta n'était pas contente quand elle a appris cette invitation, bougonna Rosa.

– Écoute-moi, Rosa : qui elle est ? sa mère ? C'est sa sœur, et elle doit se taire. Et toi, c'est vrai que tu es la nourrice du premier fils du jeune baron, mais tu dois parler peu, et si tu dois parler, fais-le avec le jeune monsieur Stefano, et dis-lui de veiller à ses fréquentations, dit Maria soudain sérieuse.

– Qu'est-ce que tu veux dire ? » Rosa était encore en colère.

« Rien, rien. » Maria plissa le front en faisant un clin d'œil : elle avait oublié la présence de Costanza, assise dans un coin, elle aussi occupée à éplucher les pistaches. Elles continuèrent à travailler en silence.

À ce moment-là Gaspare vint appeler Costanza, sa mère désirait la voir à l'étage. Maria reprit : « Vous savez ce qu'on dit à Sarentini ? Que tous les jours il va chez la fille du maréchal-ferrant des Angeli et qu'il la traite comme une future mariée, il la couvre de cadeaux magnifiques. »

Don Paolo intervint : « Qui te l'a dit ? Qui sait combien il a d'amoureuses, Stefano ? Ce sont des histoires d'enfants… Combien de cadeaux j'ai apportés aux femmes du jeune baron, dans le temps ! Quel mal à ça ?

– Le mal c'est que c'étaient des femmes mais que celle-là c'est une enfant. Elle n'avait même pas encore "ses choses" quand il en est tombé amoureux. » Maria était catégorique.

« Mais maintenant elle les a, ça suffit ! s'écria don Paolo exaspéré par l'accusation voilée de Maria.

– Si elle ne les a plus, elle les avait. Avant », dit Nora d'un air sibyllin.

Costanza était revenue sans faire de bruit. Elle s'était installée sur un tabouret dans un coin de l'office et écoutait. Don Paolo changea de sujet.

« Dites-moi, comment il faut s'adresser au préfet ?

– "Excellence", c'est don Filippo qui le dit », se hâta de répondre Nora.

La conversation continua, à propos du préfet, des Italiens, et tous tombèrent d'accord sur la barbarie de ces étrangers venus pour rester.

30

Le préfet piémontais Ermenegildo Calloni
plaît à Costanza Safamita

Costanza déjeuna pour la première fois avec des gens du Continent et elle fut fascinée par les invités. Le préfet était grand et élégant. Il avait une barbe et des cheveux roux comme les siens, frisés et fournis. Elle n'avait jamais rencontré face à face quelqu'un avec des cheveux de la même couleur qu'elle. Elle avait entrevu des jeunes garçons aux cheveux roux à Marsala au cours d'une visite aux cousins Limuna ; ils les lui avaient montrés en ricanant pendant qu'ils passaient en calèche dans la grand-rue : ils les appelaient « les 'Nofri ». Alfonsina lui avait expliqué que tous les roux de Marsala descendaient d'un Anglais, un certain Onofrio, qui avait semé des bâtards dans toute la ville. Costanza avait blêmi et s'était enfoncé son chapeau sur la tête.

« Mademoiselle la baronne me rappelle beaucoup ma sœur quand elle était jeune ! » s'exclama le préfet dès qu'il la vit. Costanza se retrouva en train de bavarder avec eux, gênée par la langue et confuse de leur ton amical. Son père l'observait, amusé et bienveillant, mais il ne l'aidait pas dans ses difficultés avec l'italien. Puis il vint à son secours en lui parlant en français.

La conversation continua vite dans cette langue. Le préfet était traité en ami et non comme une « autorité extérieure » : l'atmosphère était à la familiarité contenue. On parla de l'Égypte, que Calloni connaissait. Il évoquait l'inauguration du canal de Suez, les pyramides et la beauté de l'art musulman – qu'il avait cru retrouver dans certaines églises siciliennes –, les us et coutumes de ces peuples et leur religion. Costanza s'aperçut que les Égyptiens n'étaient autres que les Turcs des histoires de don Paolo et de Gaspare ; surmontant sa timidité, elle participa à la conversation et posa même quelques questions au préfet.

Quand elle resta seule avec sa mère, celle-ci, curieuse, lui demanda qui lui avait tant appris. Sa réponse – « Le cocher de papa » – la laissa perplexe.

Ce soir-là, Costanza alla se coucher euphorique et épuisée. Elle avait un grand désir de connaître le monde ; elle aussi voyagerait quand elle serait grande. Elle s'endormit en se rappelant les histoires de don Paolo et de Gaspare, dont elle avait appris qu'il existe beaucoup de façons de vivre et de penser et que, finalement, chacun doit pouvoir agir à sa guise.

Don Paolo était palermitain, donc supérieur aux provinciaux tels que les Sarentinais. Il était très ami avec Gaspare et tous deux se provoquaient, se répondaient du tac au tac, se rafraîchissaient mutuellement la mémoire et répétaient les mêmes histoires mot pour mot, héritiers inconscients de la tradition orale des anciens aèdes.

Leurs récits touchaient pour la plupart à la mer, car ils appartenaient tous deux à des familles de réfugiés ; à cause de leur misère et de leur naïveté, leurs aïeux s'étaient laissé embobiner par les agents des propriétaires de galères et s'étaient retrouvés rameurs avec les esclaves musulmans. Le grand-père de don Paolo avait ainsi connu le bienheureux Giuseppe Safamita lorsqu'ils étaient prisonniers du bey de Tunis et attendaient d'être sauvés.

« Mon grand-père, Dieu ait son âme, racontait le cocher, s'est proposé comme valet de chambre du comte Vasciterre à crédit. Ils étaient emprisonnés au bagne de Tunis avec les autres esclaves ; la nuit on les enchaînait comme des chiens et le jour ils travaillaient comme des mulets. Monsieur le comte, qui était déjà un saint, fit dire au rédempteur de l'Aumône de Palerme qu'il devait trouver les écus pour les libérer tous les deux. Il n'abandonnerait pas mon grand-père dans cet enfer. Le rédempteur allait et venait entre Palerme et Tunis pour pactiser avec les Turcs : il a fait ce qu'on lui avait demandé et tous les deux – ils étaient devenus comme des frères – sont retournés à Palerme ensemble. Ensuite le comte est resté veuf et s'est fait moine pour remercier le Seigneur de l'avoir libéré des Turcs. Quant à nous, les Mercurio, concluait don Paolo avec orgueil, nous sommes restés au service des Safamita et le pain ne nous a jamais manqué. »

Gaspare était allé chez les Turcs : il avait été envoyé tout jeune en mer et son bateau passait par Tunis et Alger. C'étaient des villes merveilleuses, avec d'immenses marchés, des jardins pleins de parfums, de fontaines et de belles femmes. Celles-ci se couvraient le visage jusque sous les yeux quand elles sortaient. « Des yeux noir corbeau elles avaient, et elles lançaient de ces regards que les prisonniers en avaient le cœur réjoui et les jambes qui tremblaient tellement elles étaient belles. » Gaspare racontait aussi les habitudes étranges de ces peuples : « Les gens enlevaient leurs chaussures pour entrer dans les églises : des églises, façon de parler, elles n'avaient même pas de toit, pas de croix, pas de chaises. Mais il fallait laisser ses chaussures dehors, personne ne les volait. Les Turcs, ils sont aussi mauvais et voleurs avec nous qu'ils sont honnêtes entre eux pour les choses de l'Église. Ils en passaient du temps, là-dedans, ils y avaient même une fontaine pour se laver la figure, les mains et je ne vous dis pas quoi d'autre avant de prier. Ils y allaient cinq fois par jour. Il n'y avait pas de cloches pour les appeler à la messe, le sonneur devait crier à tous que c'était l'heure, il hurlait tellement que ça lui séchait la voix.

– Ils sont venus souvent ici en Sicile pour tout nous

164

voler et emmener des chrétiens, ils auraient pu emporter quelques cloches ! interrompait don Paolo avec un
sourire supérieur et une lueur dans les yeux.

– Mais ils sont habitués à leurs manières et ils font
comme ça. À l'église ils se jettent par terre et se pen-
chent en avant et en arrière. Il n'y a pas de musique, et
même pas d'autel, et ils ne veulent pas entendre parler
de statues de saints. Mais les femmes prient à la maison. Seuls les hommes vont à l'église, le vendredi. Les
femmes n'y vont même pas le dimanche, mais ça n'est
pas un péché mortel parce qu'ils sont turcs. Ils font tout
de travers.

– Et le vin, notre bon vin, c'est un péché d'en boire,
sous peine d'excommunication, ajoutait don Paolo.
Mais leur paradis est très beau : il n'a pas d'anges ni de
saints, c'est comme un jardin plein de toutes les bonnes
choses et même de belles jeunes filles qui cherchent
une âme sainte à consoler ! »

Costanza était prête à connaître des gens différents et
n'en avait pas peur, au contraire : elle imaginait, imaginait, et plus elle imaginait, plus elle souhaitait franchir
les frontières de Sarentini.

31

Stefano Safamita parle de Filomena Carcarazzo
à sa sœur

Stefano et Costanza faisaient une promenade à cheval ; ils allaient cueillir des azeroles à La Camusa, une
de leurs destinations préférées. Elle appartenait à Stefano, mais seulement sur le papier, en attendant ses
vingt et un ans. Il aurait souhaité rouvrir la maison pour
que la famille y passe des vacances, mais sa mère s'y
était opposée : cette agréable villa du XVIIIe siècle restait

inhabitée depuis la mort de sa grand-mère et, comme son grand-père, Caterina n'avait plus voulu y mettre les pieds. Stefano et Costanza grimpaient sur les arbres pour ramasser les petites pommes rouges et acides dont elle était gourmande et qui semblaient faire exprès de pousser au bout des plus hautes branches. En même temps, Stefano lui expliquait ses projets pour restaurer la villa.

« On parlait de toi hier à la cuisine, tu as une amoureuse ? lui demanda Costanza à brûle-pourpoint.

– Les gens ne s'occupent jamais de leurs affaires, répondit son frère avec brusquerie.

– Mais je voudrais la voir ! » s'exclama spontanément Costanza.

Sur le chemin du retour, Stefano s'engagea dans un sentier qu'ils prenaient rarement, pierreux et escarpé. À travers les petits terrains des paysans, il rejoignait la grand-route dans le secteur le plus pauvre de la région, appelé Agli Angeli. Stefano retint légèrement les rênes et examina la pente de la colline. Au tournant du sentier les pierres détachées du muret laissaient un passage : les chaumes piétinés indiquaient qu'il s'agissait d'un raccourci vers l'abreuvoir. Ils s'arrêtèrent sans mettre pied à terre. Les chevaux mordillaient les buissons de romarin et la plante se défendait en dégageant un parfum pénétrant. Stefano était songeur, comme s'il était seul. Costanza n'y tenait plus : elle sentait que c'était un moment important. Le chant des cigales était assourdissant dans le silence. Un piétinement, des pas : trois fillettes descendaient le sentier pieds nus, en guenilles, une cruche d'eau sur la tête. La plus grande fermait la marche, la tête couverte d'un mouchoir bleu ciel, le visage ovale, la peau dorée et lisse. Elle avait une démarche souple et légère, comme si elle ne touchait pas le sol. Elle ralentit dès qu'elle les aperçut. Costanza regarda ses pieds : tout petits, délicats.

Elle se tourna vers son frère : Stefano rayonnait de désir et de bonheur, il la mangeait des yeux, ensorcelé. La fillette resta interdite, son regard allait de l'un à l'autre, ses yeux bruns brillaient sous ses paupières lourdes et ses cils épais. Elle pinça ses petites lèvres charnues puis les ouvrit en un sourire lumineux et très bref ; deux fossettes apparurent sur ses joues. Puis elle reprit son expression solennelle et rejoignit les autres.

Elles traversèrent toutes les trois le sentier, bien droites, les cruches en équilibre sur la tête, comme si Stefano et Costanza n'existaient pas. Il la suivit du regard jusqu'à ce qu'elle disparaisse derrière un figuier.

Ils étaient près des écuries.

« Elle te plaît ? demanda Stefano à sa sœur.

– Oui, elle est très belle.

– Elle est ma vie », murmura-t-il.

32

*Costanza Safamita pense à l'amour en écoutant
les conversations des servantes à la cuisine*

Costanza était devenue jeune fille à treize ans. Elle était plus grande que sa mère.

Son corps s'était étoffé, ses traits s'étaient adoucis. Elle ne portait plus des vêtements d'enfant ; on lui avait refait un trousseau complet. Tous les domestiques l'appelaient « la jeune baronne », y compris sa nourrice, Maria et Annuzza. Mais celles-ci, quand elles lui adressaient la parole, adoptaient le diminutif « signuri' », une déformation de « votre Seigneurie », terme utilisé seulement par les familiers les plus intimes. Elles retombaient parfois dans l'ancien usage du « tu », mais de plus en plus rarement. Son coin dans la blanchisserie fut supprimé : Costanza ne fréquenterait plus les communs. Elle n'en fut pas peinée comme elle l'avait imaginé. Elle avait remplacé ses conversations à la cuisine par ses soins à Madame, souvent souffrante, et pas seulement à cause de ses trop nombreux petits verres de liqueur. Surtout, Costanza avait réorganisé sa chambre en y apportant du château la harpe de sa grand-mère Maria Stella – première étape vers un rôle futur de maîtresse de maison quand, mariée, elle aurait sa propre demeure –, et elle y passait des heures à jouer de la musique et à broder avec ses femmes de maison. Elle envisageait l'avenir dans une attente tranquille.

Costanza était aussi très ordonnée. Elle rangeait ses affaires, parfaitement pliées, selon leur taille, leur couleur, leur forme, leur consistance. Elle comparait la vie à un énorme médaillier subdivisé en compartiments de dimensions différentes. Certains étaient vides. D'autres, les plus grands, contenaient les choses de première nécessité, les éléments fondamentaux. Dans les plus petits allaient les petites choses, celles du plaisir, superflues mais importantes : celles qui donnent du goût et de la saveur à une journée bien vécue. Pour Costanza l'amour était comme la structure du meuble, qui donnait forme et solidité à tout le reste. Elle préparait ce qu'elle devait mettre dans les tiroirs, mais n'avait pas encore le meuble où les introduire : elle attendait, sereine, le jour de ses noces. Elle pensait qu'elle aurait un mariage semblable à celui de ses parents : un amour durable qui surmonterait, en les émoussant, les désaccords, les difficultés et les souffrances. Un médaillier à garder toujours parfaitement ordonné.

L'histoire de Stefano échappait à ce schéma et Costanza en était troublée.

Ces amours entre personnes de « familles différentes » étaient l'expression des temps modernes, mais elle se rendait compte qu'à Sarentini rien ou presque n'avait changé. Elle pressentait dans cet amour des germes de tragédie. Comme les jeunes filles de sa classe, Costanza vivait dans un monde protégé des laideurs de l'extérieur. Et pourtant, en y repensant, elle se rappelait certaines conversations des femmes de chambre quand elle était toute petite, dont le sens lui avait alors échappé mais qu'elle ressassait à présent.

Petite fille, Costanza écoutait le bavardage continuel des femmes réunies autour de la table de l'office pour les travaux en groupe : nettoyer les légumes, éplucher les amandes et les pistaches, écosser les fèves et les petits pois, enlever les cailloux des légumes secs. Elles parlaient de tout ce qui était permis et rituel : des Safamita, dits « la famille », de leurs propres parents, des travaux à faire ou déjà terminés, des déplacements pour les vacances, des cancans du village, et même de politique. Elle écoutait, au coin de la table, l'écuelle pleine de ce qu'elle devait nettoyer sur ses genoux. Elle travaillait en silence, pour ne pas déranger et pour passer inaperçue.

Les femmes ne manquaient jamais de parler de malheurs et de souffrances, avec une abondance de détails à faire frémir. Ces sujets semblaient éveiller chez elles, outre l'immanquable résignation, une certaine complaisance, surtout dans les descriptions de douleurs, de maladies, de décès. À tour de rôle, sans cesser d'occuper leurs mains, elles racontaient la mort de parents en décrivant leurs souffrances indicibles et « uniques », faisaient allusion aux épidémies de choléra, encore récurrentes en Sicile, parlaient des tueries et des massacres perpétrés par des bandes de brigands et par l'armée italienne – dans les cuisines des Safamita comme dans le reste de la Sicile, les brigands et l'armée étaient mis dans le même sac pour l'impiété de leurs actes, et ce n'était pas à tort –, annonçaient des meurtres commis par punition, par vengeance ou pour l'honneur. S'il n'y avait pas de morts récentes on recourait aux anciennes, à l'occasion du jour anniversaire, ou on parlait de ces malheureux qui souffraient tant qu'ils réclamaient la mort libératrice.

On passait ensuite à l'épreuve du deuil, aux malheurs qui accablaient les parents pour lesquels se profilait un avenir sans espoir. C'était une vision d'une tristesse insupportable, et pourtant Costanza voyait qu'en bavardant et en travaillant, les femmes se réconfortaient et lorsqu'elles avaient terminé leur tâche, elles se levaient satisfaites et même contentes.

En dehors de la mort, le principal sujet était l'amour. Les jeunes filles appartenaient à des familles pauvres qui gravitaient autour des riches dont elles dépendaient pour le travail et la protection : elles étaient servantes pour rassembler l'argent de leur dot et ne voyaient que cela, tout en sachant qu'il n'était pas rare de rencontrer les désirs des maîtres et de devoir s'y plier. Elles trouveraient un mari elles aussi ; parfois les maîtres eux-mêmes se chargeaient de les marier.

Costanza ne savait pas encore que c'était ainsi. Son père et Stefano ne s'intéressaient pas aux femmes de service, ce qui décourageait – mais pas totalement – leurs domestiques masculins de suppléer à cette carence. Peu importait aux servantes de devoir accepter le mariage choisi par leurs parents : comme toutes les jeunes filles, elles étaient impatientes de se marier. Dans l'intimité féminine de l'office, les plus jeunes encourageaient les femmes mariées à parler de l'amour, à laisser échapper des remarques imprudentes, des histoires grivoises.

Il n'était permis qu'à celles-ci de parler de sujets scabreux, mais toujours et seulement sous forme d'avertissement et par allusions. Et elles ne se faisaient pas prier, elles débitaient des histoires vraies sur des habitants du village, avec nom et prénom, mais embellies et exagérées. Les personnages principaux étaient des femmes qui défiaient la loi de Dieu et celle des hommes par amour, des mères oubliant leurs devoirs envers leurs enfants, des hommes ensorcelés par de mauvaises femmes, des fils négligeant leurs obligations familiales, des veuves impudiques. C'étaient des histoires brutales et captivantes : passions, trahisons, incestes, affronts, honte et vengeances transmises de père en fils, malédictions et sorcellerie.

Il y avait d'autres personnages importants, les justiciers : des maris qui tuaient leur épouse traîtresse devant leurs enfants, des femmes dévergondées qui assassinaient leur séducteur sur le point de les abandonner, des maîtresses qui infligeaient des mutilations rituelles, des belles-mères méchantes et vengeresses, des mères qui s'acharnaient contre leur fille pécheresse, des fils parricides par vengeance. Les histoires finissaient toujours dans la tragédie et la mort.

Les femmes mariées, transportées inconsciemment par leurs histoires, sublimaient les passions irrésistibles de ces pécheresses. Les jeunes, en revanche, rêvaient de les vivre et, après les discussions animées qui suivaient, elles semblaient se mettre d'accord. Costanza ne comprenait pas bien sur quoi, parce que les jeunes filles n'osaient pas exprimer leurs pensées, tant celles-ci étaient irrévérencieuses et iconoclastes : « Jésus-Christ est mort pour nous sauver, la Vierge des Sept-Douleurs a souffert plus que toutes les femmes : la vie est souffrance. La mort et le malheur sont toujours aux aguets et triomphent. Nous autres femmes sommes nées pour souffrir, nous devons nous en contenter et profiter de ce que nous avons. L'amour est un bel et grand plaisir, mais la vie ne donne rien pour rien : le plaisir charnel constitue un péché grave, dans le mariage comme en dehors. Tout ce qui est beau et agréable coûte de l'argent et nous, domestiques de la famille Safamita, nous n'avons pas d'argent à gaspiller : aussi, dans notre misère, il ne reste à notre disposition que l'amour, qui ne coûte rien et qui donne la satisfaction…» À la fin de leur travail, les jeunes filles se levaient de la table en murmurant, comme toujours, des phrases courtes et lourdes de sens : «Mieux que rien», «Dieu est miséricorde», «Il ne nous reste que ça à nous les pauvres», «La vie est courte», «Le Seigneur a respecté Marie Madeleine.»

Devenue adolescente, Costanza sentait dans ces discours une contradiction qu'elle ne parvenait pas à résoudre. Elle était privilégiée ; l'amour et le bonheur l'attendaient. Cette façon franche et brutale de parler appartenait aux pauvres, à celles qui n'ont ni droits ni espérances, et pourtant Costanza y reconnaissait un dilemme universel et se sentait comme elles, vulnérable. Elle était convaincue que Stefano était en proie à une passion plus forte que lui, destinée à finir en tragédie. Elle en avait peur et envie, comme les jeunes servantes.

33

Un amour contrarié qui se révélera néfaste

Costanza n'avait pas reparlé de la fillette avec Stefano, mais une certaine complicité s'était créée entre eux : elle le considérait non seulement comme son frère aîné mais aussi comme un jeune homme moderne, passionné. Tout ce qui arrivait dans la famille à cause de lui la bouleversait et l'amour de son frère occupait ses pensées. Costanza s'oubliait.

Un jour, pendant qu'elle brodait avec ses femmes de maison, on parlait des fiançailles de Gaetano, le fils du notaire Melchiorre Tuttolomondo.

«Il a vingt ans, comme le jeune baron Stefano,

remarqua Annuzza pour elle-même, il est amoureux lui aussi.» Toutes l'entendirent et se turent dans un silence embarrassé.

«Et de l'amoureuse de Stefano, qu'est-ce qu'on dit?» Costanza avait sauté sur l'occasion de poser la question qui la tracassait depuis longtemps.

Maria foudroya Annuzza du regard. Amalia leva les yeux au ciel: elle se remit de son effarement avant que Costanza s'en rende compte et se remit à coudre fébrilement. Annuzza, abandonnée par les autres, plongée dans sa honte, chercha à s'en tirer: «Les hommes font ce qu'ils veulent, le jeune baron est jeune, et c'est le maître. Je ne la connais pas, répondit-elle d'une voix faible et respectueuse.

— Moi oui, je l'ai vue. Elle est belle», affirma Costanza à voix haute en les regardant en face l'une après l'autre.

Dévorées de curiosité, les femmes étaient avides de détails. Costanza refusa d'ajouter un mot; elle exigeait qu'elles lui racontent d'abord ce qu'elles savaient. Les femmes abandonnèrent alors toute prudence et rapportèrent à leur jeune maîtresse tous les commérages des cuisines et même du village. Costanza apprit que Stefano s'était éloigné de ses amis: il ne pensait qu'à son amoureuse. Le bruit courait qu'elle était enceinte et que lui, tout content, pensait installer sa maîtresse-enfant rien moins que dans les dépendances de La Camusa avec la famille du maréchal-ferrant.

Ce dernier était un mauvais homme, mais les trois femmes ne surent ou ne voulurent rien dire de plus; tous les employés et les domestiques espéraient que Stefano se désamouracherait, sans parler des régisseurs, qui avaient refusé d'avoir affaire au maréchal-ferrant. Eux qui s'occupaient très bien de leurs juments auraient préféré les voir sans fer et boiteuses plutôt que ferrées par cet homme-là.

Il était évident que Stefano s'était mis dans le pétrin. Costanza savait, par ses conversations avec ses cousines, que leurs frères et d'autres jeunes garçons avaient des amours avec des femmes « différentes ». Parfois celles-ci se retrouvaient enceintes. Dans ces cas-là l'homme se sentait trahi parce qu'une grossesse n'était pas « prévue dans l'arrangement » et il mettait fin à l'histoire. Il arrivait aussi que sa famille doive intervenir et même payer pour les éloigner. Ses cousines ne doutaient pas que ce soit mieux pour tout le monde. Leurs enfants n'étaient pas de véritables enfants – qui ne naissent que du mariage scellé par l'approbation des parents –, ils étaient différents et n'appartenaient pas à la famille. En outre, toutes ces femmes étaient mauvaises.

En brodant, Costanza repensait aux récits de ses cousines. L'amoureuse de Stefano semblait une bonne fille et ce qu'il avait dit – « Elle est ma vie » – lui revenait sans cesse à l'esprit. Elle ne s'intéressait plus à son travail. Même les reprises ne lui donnaient plus de satisfaction : elle pensait à l'enfant de Stefano et voulait broder pour son neveu.

Un jour elle dit à Annuzza : « Coupe-moi une petite chemise.

– Pour qui ?

– Fais ce que je t'ordonne. »

Annuzza comprit et s'exécuta. Costanza préparait un petit trousseau et ses femmes de maison ne posèrent pas de questions. Elles l'aidaient, silencieuses et réticentes. Jusqu'au jour où Maria lui parla seule à seule : « Signuri', j'ai un poids sur l'estomac et je dois parler. Mes enfants ont grandi chez mon beau-frère à Malivinnitti et les Tignuso sont des gens des Safamita. Cette histoire ne peut pas finir bien. Il vaut mieux abandonner ces broderies. Pour tout le monde.

– Maria, pour le moment je brode, ce sera pour qui

174

ce sera. Il naît beaucoup d'enfants chez mes cousines mariées et j'ai brodé beaucoup de trousseaux. Si tu ne veux pas m'aider, aucune importance.

– Oui, Cellence », répondit-elle. Lorsqu'elles choisissaient les motifs pour ses broderies, Costanza évitait soigneusement les chiffres et la couronne de baron. Maria le remarqua. « Votre Cellence est encore petite et elle a la tête dure des Safamita, mais elle est sage. »

Costanza n'avait pas eu le courage de parler avec Stefano de la grossesse de la fille. Quand elle eut terminé son ouvrage elle appela Rosa, qui, bien que Stefano ne lui ait rien dit, était au courant de tout comme les autres et lui restait dévouée : elle trouverait le moyen de faire parvenir des paquets à la maréchale, comme on appelait désormais Filomena Carcarazzo chez les Safamita.

« Fais attention, envoie-le-lui de ta part », dit Costanza. Ainsi fut fait.

« Costanza, qu'est-ce que c'est que cette affaire de trousseau ? » Stefano était fâché.

« Pourquoi, ça n'est pas vrai ? » répondit sa sœur en serrant la bride. Ils étaient devant La Camusa.

« Si, mais qui te l'a dit ?

– Stefano, tout se sait par ici : papa et maman le savent sûrement aussi, mais ils ne m'en ont pas parlé. Je dois te dire que personne n'aime ce maréchal-ferrant, sois prudent. Ne sois pas faible, l'enfant peut vivre bien avec sa mère ; envoie-la quelque part loin des autres. Tu pourrais toujours les voir de temps en temps. Tu dois penser à ta vie. » Costanza était surprise de sa propre audace : elle se permettait de donner des conseils à son frère aîné.

« C'est notre père qui te l'a dit ?

– Non, je ne mens pas. »

Stefano éperonna son cheval. « Je sais ce que je fais, Costanza, et je n'ai pas besoin de conseils. »

Elle le rattrapa et lui cria: «Promets-moi que tu me les feras connaître, ton amoureuse et le bébé!

– Entendu», répondit-il, et ils continuèrent à galoper.

Cette histoire, considérée au début par la famille comme une aventure presque normale pour un fils de noble, se transforma en scandale. Certaines choses se faisaient en respectant un code bien précis, relations et progéniture devaient rester cachées, on ne devait ni en parler ni donner aux autres matière à en parler.

Stefano avait d'abord pensé installer la famille du maréchal-ferrant et Filomena dans les maisons autour de La Camusa. Il ne supportait pas l'idée que son enfant grandisse dans une masure puante où hommes et bêtes vivaient ensemble.

Dans son ingénuité présomptueuse il croyait qu'en épousant Filomena, et lorsqu'il aurait atteint sa majorité, ils déménageraient au château. Il avait entendu parler d'autres nobles qui avaient épousé des chanteuses, des actrices, des femmes du peuple, et il était certain que les Safamita seraient conquis par la beauté et les qualités de Filomena.

Son père l'appela un après-midi à l'administration.

Ils ne se parlaient plus en privé depuis l'époque de la révolte des Sept et demi. Il l'apostropha. «Je sais que tu t'es amouraché d'une jeune et belle fille, je présume qu'elle était vierge. Je sais aussi qu'elle est enceinte. C'est la fille d'une crapule. Beaucoup ont leur fusil pointé sur lui, et s'il est vivant c'est par respect pour nous, tout le monde le sait. Cette situation ne peut pas durer. Je mets à ta disposition tout l'argent que tu voudras: Melchiorre Tuttolomondo est prévenu, c'est lui qui traitera directement. Je pourrais faire jeter Carcarazzo en prison, laisser la voie libre à ceux qui veulent le voir mort, mais ce n'est pas la peine.

– C'est une enfant trouvée, ses origines sont peut-être aussi nobles que les nôtres. Elle est bonne et honnête, elle vous plaira. Elle me rend heureux. Pourquoi me refuser un bonheur comme le vôtre ? Je suis fils d'un oncle et de sa nièce, votre union aussi était interdite, par l'Église. Grâce à l'influence de notre famille, et par amour, vous avez surmonté les obstacles. Je vous demande seulement de faire sa connaissance, elle veillera sur vous comme une fille, répondit Stefano avec fougue.

– Tu dois grandir, Stefano. Pour comprendre tes parents tu dois grandir, tu dois mûrir. » Son père semblait ne pas vouloir en dire davantage. « Je comprends l'amour, la passion. J'aurais sans doute dû parler avec toi plus tôt et mettre fin à tout cela. Le bonheur dont tu parles ne durera pas longtemps : tu te lasseras d'elle, les difficultés surgiront, tu sentiras les différences de classe. Elle appartient à la plèbe. Toi pas. Ce maréchalferrant est une sangsue, un malhonnête. Tu détruiras la réputation de notre famille, ce sera la fin des Safamita de Sarentini. Tu y as pensé ? Tu devras vendre nos terres et quitter le pays, émigrer. C'est ce que tu veux ? Tu crois que je te le permettrais ? Souviens-toi que tu as un frère et une sœur. Laisse cette fille maintenant, elle sera pourvue et son enfant vivra bien. Et toi aussi. Tu auras une femme et des enfants, des maîtresses, ce que tu voudras. Rien ne t'empêche de continuer à la voir si tu le désires.

– Je ne peux pas », dit Stefano dans un souffle.

Son père crut qu'il était menacé par le maréchalferrant et poursuivit : « Alors permets-moi d'intervenir. Fais un voyage, je t'achèterai un domaine ailleurs, je t'aiderai à te libérer de cette fille et de sa famille.

– Non, je ne veux pas la quitter.

– Réfléchis. Cette maison est la tienne. Si tu l'épouses elle ne sera plus à toi et tu ne seras plus le bienvenu ici ni sur les terres des Safamita. Je ferai mon possible pour préserver le nom et le patrimoine de notre famille, mais pas pour toi et les enfants de cette fille, quelles que soient ses qualités. C'est une question de classe et d'individus, un système qui dure depuis des siècles et que les Safamita ont toujours respecté. Je suis prêt à discuter pour résoudre le problème de la façon la moins pénible pour tous. Stefano, je le fais pour toi, et pas seulement pour ta mère. Tu dois comprendre que les temps n'ont pas changé comme tu le crois, du moins pas ici.»

Stefano alla aussitôt voir sa mère et lui fit une scène, il vanta l'innocence de Filomena et accusa son père d'avoir calomnié le maréchal-ferrant et dressé les régisseurs contre lui. Ils finirent par pleurer ensemble.

Stefano continua de vivre au palais, en conflit permanent avec son père. Ils s'évitaient et Stefano passait ses journées et une partie de ses nuits dehors. Il décida toutefois de ne pas emmener Filomena à La Camusa.

34

*Pepi Tignuso aide les Safamita et lui-même,
mais pas les journaliers*

À la mi-juin 1873 la famille était à Malivinnitti comme chaque année pour le battage. Costanza était anxieuse : la naissance de l'enfant de Stefano était imminente.

L'année avait été bonne. Pepi Tignuso demanda à parler avec le baron. Celui-ci le reçut avec Costanza, qu'il voulait encourager à s'occuper de sa propriété.

«J'ai besoin de parler à votre Cellence en privé, dit Pepi, sans vouloir offenser mademoiselle la baronne Costanza, ce sont des affaires d'hommes.

– S'il s'agit de Malivinnitti et de mon fils Stefano, elle doit entendre elle aussi, précisa le baron.

– Oui, Cellence », répondit Pepi interdit, et il pour-suivit : « Votre Cellence se rappelle qu'en mai 1860 j'ai parlé un soir au château avec votre Cellence et le baron Guglielmo, Dieu ait son âme. Maintenant la situation est bien plus pire.

– Dites. »

Pepi Tignuso transpirait abondamment. « Les Tignuso ont beaucoup travaillé sur vos terres, et pas seulement à Malivinnitti, pour la famille Safamita. Les autres régis-seurs et les gens du village nous respectent. Nous arri-vons à faire aller, comme dans le temps, mais les jour-naliers grognent, et depuis il y a beaucoup plus de crapules, autant que des mouches. Autant on en chasse et autant il en revient, de celles qui piquent. Nous, ces mouches-là, on n'y fait pas attention. Mais aux autres, oui. Si nous les laissons voler, ces grosses mouches puantes, c'est parce que nous savons qu'au premier froid elles tombent mortes. Nous avons des très gros soucis – tous les problèmes qu'elle nous a amenés cette mauvaise taxe sur la farine, et puis les journaliers, les brigands –, mais si l'envie nous vient de nous débarras-ser des mouches, il n'y en aura pas une autour de nous, parole de Pepi Tignuso. Quand les autres écoutent les grosses mouches, ils commencent à perdre le respect pour nous. Alors il faut les faire taire.

« Emmanuele Carcarazzo est une de ces crapules et il parle beaucoup, on l'aurait fait taire comme il le mérite si qu'il y aurait pas eu cette histoire de sa fille et du jeune baron Stefano. Il a une très mauvaise compagnie. Cette petite elle n'est pas pour le jeune baron Stefano, parole de Pepi Tignuso. Demain je dois aller au village pour quelques jours, votre Cellence sait pourquoi. Si j'entends dire autre chose, je le signalerai. »

Quand Pepi Tignuso fut parti, Domenico Safamita dit à sa fille : « J'ai appris que tu la connais. Fais comme tu l'entends, je ne veux rien savoir. »

Costanza n'eut pas le temps de réfléchir à cette remarque, car des événements très graves survinrent à Malivinnitti. Le lendemain les moissonneurs refusèrent d'aller dans les champs. Ils demandaient entre autres une augmentation de la «journée» convenue. Ils occupèrent l'aire, interrompant le battage, et y restèrent toute la journée, sous le soleil. Ils envoyèrent une délégation parler avec l'employé de l'administration. Le baron était très inquiet. Il y avait déjà eu des difficultés de ce genre, et même pire, chez d'autres propriétaires, mais jusque-là les Safamita avaient été épargnés, grâce au contrôle efficace et impitoyable des Tignuso. Le baron donna l'ordre à sa famille de ne pas quitter la maison et de ne pas laisser Giacomo seul, victime éventuelle d'un enlèvement, et il mit ses gardes en alerte. Il voulut qu'on donne à boire et à manger aux moissonneurs, ni plus ni moins que ce qui était convenu. Ceux-ci demeurèrent sur l'aire et y passèrent la nuit : aucun ne retourna au village.

Le lendemain matin ils demandèrent de nouveau à parler au baron. Il ne donna pas de réponse, il attendait le retour de Pepi, déjà avisé. Le temps était lourd, pas un souffle d'air. Le ciel sombre pesait sur les champs, chargé de mauvais présages. Un calme oppressant enveloppait la ferme. La vie dans la cour continuait, maussade, même les bêtes et les enfants semblaient éviter de faire du bruit. Les maîtres passèrent une deuxième journée enfermés chez eux.

Tôt le matin le baron fit son entrée sur l'aire, par le portail extérieur. Devant lui, du côté opposé, en amont, se trouvaient les moissonneurs : en haillons, le visage collé de saleté et de sueur, immobiles, désespérés. Un groupe compact. Ils étaient dix équipes de douze hommes chacune et remplissaient la moitié de la partie haute de l'aire. Domenico Safamita se sentait comme la cible d'une centaine de dards noirs : des yeux sombres, plissés – des yeux comme les siens –, pointés sur lui, pleins de rancœur. Et de faim.

Les porte-parole des moissonneurs s'avancèrent et présentèrent leurs revendications. Le baron écoutait, pensif, impassible. Il laissait parler ceux qui avaient convenu de la «journée». Les pourparlers se déroulaient avec lenteur, à haute voix. Les personnages principaux gesticulaient avec emphase comme des acteurs. Pepi avait un rôle de premier plan, tantôt conciliant, tantôt autoritaire. Il restait souvent silencieux : il observait. Les heures passaient. Le groupe des moissonneurs se défaisait, certains s'avançaient, parfois menaçants, parfois exaspérés, chacun donnait son avis. On ne parvenait pas à un accord. Le soleil était très haut, l'air, lourd. Les cailloux de l'aire – des galets gros comme des œufs d'oie, venus du lit des rivières et enfoncés dans la terre battue –, brillaient dans leur blancheur. Le baron restait debout, dans la partie basse de l'aire, avec une dizaine de ses employés, assoiffé, silencieux. Cris de mécontentement, gestes impatients, visages effrayés, regards torves, fatigués. L'atmosphère était incandescente. Ils étaient plus de cent contre lui. Il avait perdu Pepi de vue : le baron Safamita eut peur. Il se mit à regarder autour de lui et dissimulait son anxiété en frappant le sol de sa canne, d'un geste distrait.

Il le repéra enfin : il était dans un coin à l'écart – il tournait le dos à tout le monde –, et le baron pensa qu'il voulait uriner. Pepi tournait autour des outils appuyés contre le mur ; de temps en temps il se penchait avec peine en pesant sur son bâton, comme s'il ramassait quelque chose par terre. Ses mouvements étaient lents, il avait les jambes courtes, maigres et torses – déformées par une vie à cheval –, et un ventre proéminent. Pepi ramassait des cailloux et les mettait dans ses poches de derrière : il avait l'air complètement absorbé. Les pourparlers continuaient, exaspérés : les discussions tournaient en rond, on revenait toujours sur les mêmes points. Il était presque midi, les hommes étaient pris au piège sur l'aire en plein soleil, comme si un enchantement avait transformé celle-ci en une prison aux portes grandes ouvertes mais sans issue pour personne.

« Allez travailler, misérables ! tonnait Pepi. Au travail ! Au travail ! » il avait jeté son bâton et remontait la cour transversalement en lançant des cailloux à deux mains contre les moissonneurs. Il avançait avec lenteur, inexorable. « Au travail ! Au travail ! » Le silence se fit. Les cailloux n'atteignaient pas les hommes, trop éloignés, et ils tombaient en roulant sur le terrain en pente. Indifférent, en équilibre précaire sur ses jambes mal assurées, Pepi montait, décidé. Il avançait, encore, encore, ses bras étaient infatigables. Ses poches étaient vides. « Au travail ! Au travail ! » Pepi se courbait jusqu'à terre, le cou tendu en avant, le regard fixé sur les moissonneurs, il ramassait les cailloux à tâtons et arrachait même ceux qui étaient fichés dans le sol, il se redressait et lançait. Il était à présent à quelques mètres des hommes. Un contre une foule. Il atteignait immanquablement sa cible.

Domenico Safamita leva les yeux. Il avait posté ses gardes dans le pigeonnier et craignait que ne soit venu le moment de les faire intervenir. Pepi était en danger. On n'entendait sur l'aire que les hurlements, la respiration haletante, le piétinement des semelles cloutées de Pepi et le bruit sourd des cailloux qui tombaient sur les moissonneurs. Immobiles sous le lynchage, les hommes qui étaient frappés titubaient mais restaient à leur place, sans expression, comme les flagellants à la procession du vendredi saint.

Pepi s'arrêta au centre de l'aire. Il se dressa sur ses jambes et dit à haute voix, sans hurler : « Je vous ai dit d'aller travailler. Vous m'entendez ? Tous ! Pepi Tignuso vous dit de vous manier et il ne le répétera pas. » Il s'assura jambes écartées contre deux pierres, les bras pendants, le dos droit : il les regardait, il attendait. Ils ne bougeaient pas.

Tout à coup le baron le vit se plier en avant et poser une main par terre. Il craignit que Pepi n'ait eu un malaise. Mais voilà qu'il se redressait lentement, comme après une génuflexion, il lançait le bras en arrière et jetait contre les journaliers le caillou arraché à la terre battue. Muet, Pepi se courbait de nouveau, se redressait, le souffle court, et lançait sur les hommes, l'un après l'autre, les cailloux qu'il ramassait. Puis un hurlement : « Au travail ! » et Pepi ne se pencha plus, il resta droit devant eux, haletant, en sueur. Un vieillard, vulnérable.

On aurait dit qu'ils attendaient cet instant. Lentement, les moissonneurs se retournaient et se massaient à l'entrée de la remise où était rangé le nécessaire pour la moisson. Ils en sortaient un à un en portant chacun son outil de travail, le brassard de chanvre enfilé, comme une chaîne ; qui portait sa faux sur l'épaule et ses protège-doigts en roseau à la main, qui avait attaché sa faucille au lien de son pantalon, qui avait son croc et son crochet. La tête haute, ils lançaient un regard pitoyable à Pepi et passaient le portail latéral en direction des champs.

Pepi ne bougeait pas.

Les porte-parole des journaliers fermèrent la marche à pas traînants, la faux sur l'épaule eux aussi. En franchissant le portail ils rompirent le silence : « Soyez béni, don Pepi. »

Dans l'après-midi le baron fit appeler Pepi Tignuso.

« Pepi, je veux te remercier. C'était un moment difficile.

– Votre Cellence sait que je fais mon devoir.

– Vous êtes capable et respecté, Pepi.

– Votre Cellence m'a fait confiance. Et sans Malivin-nitti je ne serais personne.

– Vous avez des nouvelles de notre affaire ?

– Oui. Votre Cellence doit me pardonner pour ce que je dois dire.

– Parle.

– Si une seule goutte de sang Safamita a l'odeur de Carcarazzo je suis un homme mort et les Safamita deviennent des maîtres dépourvus de commandement.» Il ajouta après une pause : «Votre Cellence sait que je suis père de famille et que je dois penser à mes enfants, comme votre Cellence.

– Je comprends. Pepi, vous ne parlez que de Mali-vinnitti ?

– Pepi Tignuso est respecté dans toutes les propriétés des Safamita et des autres maîtres.

– Merci, je dois y réfléchir.»

Pepi regarda Costanza. Elle était assise tranquillement à côté de son père. «Je dois dire encore une chose à votre Cellence. Ça m'ennuie d'être le premier : ce matin il est né une petite fille à la maréchale, et ils l'appelleront Caterina. Le jeune baron veut l'épouser avant la fin de juin. Cellence soit bénie.»

35

Maria console Costanza Safamita en lui racontant
l'histoire extraordinaire de la naissance de sa mère

À la brune les Safamita et leurs invités sortirent de la maison en groupe pour une promenade nonchalante sous les caroubiers. Après le dîner, les dames jouaient aux cartes sur la terrasse sans s'y intéresser, les hommes fumaient. Ils parlaient peu et de banalités.

Costanza regardait le ciel étoilé, il y avait une grande paix là-haut.

Dans l'après-midi son père avait annoncé à la famille : « Tout est réglé. » Costanza en avait appris davantage de Maria. La journée avait été néfaste pour eux mais pas pour les Tignuso. Elle éprouvait pourtant une exaltation secrète : une autre Caterina Safamita était née. Comme jamais auparavant, elle s'était sentie seule, et dans l'après-midi elle était allée chercher Maria à l'office pour lui demander de lui raconter l'histoire de la naissance de sa mère. En revenant au « tu » d'autrefois, celle-ci s'était mise au récit : « Ta grand-mère, Dieu ait son âme, est morte vingt ans avant que tu naisses. Elle avait toujours le sourire. Même pour la naissance de ta mère elle ne s'est pas plainte. Et ç'a été un jour mémorable, ce 28 juin 1831. Trois jours plus tôt, le 25, on avait senti des secousses, comme s'il y avait un tremblement de terre. Nous courions fermer les fenêtres, les lustres se balançaient. La baronne m'a dit : "Les douleurs ont commencé." Puis les secousses se sont arrêtées et les douleurs aussi. Ç'a duré pendant trois jours, c'était comme si la Terre et le Ciel dirigeaient le travail : on sent les secousses et les douleurs commencent ; la terre arrête de trembler et les douleurs s'arrêtent.

« Le quatrième jour, tout s'est mis à danser dans la maison, les secousses sont devenues plus fortes et les douleurs ont repris, très rapprochées. Il faisait lourd, sombre. On entendait des bruits prolongés et lointains, et pourtant il n'y avait pas un nuage. C'était comme si un grand rideau bleu couvrait tout le ciel pendant que la tempête faisait rage derrière. Il n'y a pas eu le temps d'appeler les accoucheuses, la petite s'est présentée à la vie toute seule ; nous les femmes mariées, nous avons dû aider, et nous avons fait mieux que les sages-femmes. »

Maria, hors d'haleine, fit une pause, se redressa sur sa chaise, croisa les mains et les posa ouvertes sur ses cuisses, paume au-dessus. Elle jetait autour d'elle un regard satisfait.

« Et puis on entendait un roulement, loin loin, une musique très spéciale pour fêter la jeune baronne ! » Maria riait à présent, ses yeux usés presque couverts par les paupières tombantes retrouvaient une lueur de vivacité et clignaient affectueusement à l'adresse de Costanza.

« C'est arrivé ce jour-là. On a su plus tard qu'au milieu de la mer, devant Sciacca, des événements bien plus mystérieux s'étaient produits, juste quand la jeune baronne allait naître. Le baron Guglielmo a appelé au château le capitaine Francesco Trafiletti » – Maria prononçait le nom d'une voix plus forte et en détachant les syllabes – « pour entendre de sa bouche ce qui lui était arrivé, et nous autres domestiques on nous a fait entrer dans le salon pour l'écouter, tous. Ce capitaine naviguait de Malte vers Sciacca. Pendant qu'il était au large, loin loin, il a vu un grand mouvement au milieu de l'eau. Il a pensé que c'étaient des gros poissons qui s'amusaient. Pas du tout ! C'étaient des poissons morts : il les a vus remonter autour du bateau et ils flottaient avec les algues. Puis il a entendu un bruit et il a vu une colonne d'eau, haute comme le clocher de l'église : elle montait au milieu de cette folie de vagues déchaînées et ç'a duré trois jours, toujours pareil. Le capitaine s'est éloigné, mais il est resté dans les parages pour regarder.

« Le 28 juin, pendant que la jeune baronne était en train de naître, il a commencé à tomber de la colonne d'eau des morceaux de pierre ponce, de tuf, une vraie pluie de pierres, comme la grêle, mais beaucoup plus grosse. Tout à coup, une île est apparue. Elle naissait de la mer et grandissait ronde et vallonnée, une merveille. Pendant deux mois cette île née de la mer est restée là, grande et tranquille, même les oiseaux y ont fait leur nid. C'était une île très belle, et qui venait à peine de naître, comme ta maman.

« C'était l'île du roi Ferdinando, et le capitaine l'a appelée Ferdinandea. Ensuite les Anglais sont passés et ils y ont planté leur drapeau, ils ont dit qu'elle leur appartenait. Les Français sont arrivés, ils ont planté un autre drapeau et ils ont dit eux aussi qu'elle leur appartenait. Ils allaient se disputer à qui devait être le maître de l'île. Et tu sais ce qu'elle a fait ? Tout doucement elle est retournée sous l'eau et elle a disparu, tranquille, sans bruit elle a glissé au fond de la mer et elle est restée là, avec les poissons et les coraux.

« C'est comme ça que ta maman est née, et elle a été spéciale dès le début. Elle a marché avant un an, toute petite elle parlait et lisait. Comme une diablesse elle a appris le français et l'anglais avec cette bonne chrétienne de mamoiselle Besser. Elle s'occupait de sa mère malade comme une vraie femme, elle l'aimait beaucoup. Ta mère est une femme forte ; comme l'île Ferdinandea, elle ne cherche pas les querelles, mais elle sait ce qu'elle veut. Quand elle voit des gens se disputer, elle les évite et disparaît de la circulation. »

Costanza regardait les étoiles. Elles étaient ses anges gardiens, silencieuses messagères d'espoir. Elles tremblaient dans la nuit noire. Elles attendaient quelque chose d'elle. Elle était désemparée, les larmes lui vinrent aux yeux.

Elle serra les lèvres, les regarda fixement et finit par comprendre : une promesse. Elle, Costanza Safamita, allait protéger la fille de Stefano ; comme sa grand-mère, cette petite était née un jour où on avait assisté à un événement extraordinaire et elle était destinée à être tout aussi spéciale.

36

*Rupture entre une mère et son fils à cause de Filomena
Carcarazzo. Pendant ce temps, Costanza Safamita
pense à l'amour et pose des questions indiscrètes
à sa tante Assunta*

Caterina Safamita apprit par son mari la naissance de
la petite fille. Elle bombarda aussitôt Costanza de questions et fut déçue par le peu qu'elle savait. Celle-ci
avait revu Filomena une ou deux fois brièvement, dans
les champs. Cette belle et douce jeune fille qui avait
presque son âge lui avait plu. Costanza espérait que sa
mère serait réconfortée par sa description élogieuse de
Filomena, mais ce fut le contraire. Sa mère était horrifiée : il aurait mieux valu qu'il s'agisse d'« une de
celles-là » ; elle aurait pu espérer alors que Stefano s'en
détache. Une jeune fille bien constituait un danger.

Stefano ne donnait pas de nouvelles. Les jours passaient et sa mère était hors d'elle-même. Tantôt elle
échafaudait des plans pour connaître l'enfant en cachette
de son mari, tantôt elle cherchait le moyen de persuader
Stefano d'abandonner mère et fille. Elle tourmentait
Costanza avec ses angoisses et ses dilemmes ; quand
elle se rendait compte qu'elle ignorait les projets de
Stefano elle se mettait en colère et la traitait durement.

Stefano épousa Filomena Carcarazzo et s'installa à
La Camusa. Il mit à la disposition de la famille du
maréchal-ferrant quelques pièces au rez-de-chaussée.
Retourné à Sarentini, le baron donna l'ordre qu'on ne
prononce pas le nom de son fils et informa sa femme
qu'il était disposé à payer pour que Stefano quitte la
Sicile, avec ou sans femme et enfant : l'important était
de l'éloigner du maréchal-ferrant et des personnes

autour desquelles celui-ci gravitait. Cet homme avait circulé sur leurs terres où il voyait et écoutait pour ensuite informer une famille mafieuse ennemie des Tignuso. Une lutte de pouvoir s'engageait, et les Safamita étaient désormais dans l'impossibilité d'intervenir et d'arbitrer.

Stefano réagit en défiant son père. Il se lia davantage aux Carcarazzo, et ne réussit qu'à se voir interdire l'accès à la propriété familiale. Il chercha à cultiver les terrains autour de La Camusa, mais il se retrouva isolé et empêché de développer l'activité agricole. Il décida alors d'employer son argent dans les nouvelles industries et tenta divers investissements – tous malheureux, le dernier dans les bancs de corail de Sciacca – suggérés ou encouragés par le maréchal-ferrant et ses nouveaux amis, qui l'adulaient pour le plumer. Il gaspilla ainsi l'héritage de son grand-père et perdit le peu de crédibilité et de respect que les gens étaient prêts à lui accorder. Il devint la risée du village et une proie facile pour qui voulait en profiter. Costanza était tenue au courant par ses femmes de maison, mais elle n'osait pas en parler avec ses parents.

Un jour Rosa avisa Costanza, en secret, que Stefano voulait la voir : le rendez-vous était dans une des chapelles de l'église du village. Costanza s'y rendit le cœur lourd. Stefano avait maigri, mais il était en bonne santé.

«Je t'avais promis de te faire connaître ma fille ; Filomena attend un autre enfant. Tu as encore le droit ?

– Tu sais bien que notre père nous a défendu de la fréquenter. Mais pas de la voir, de loin.

– C'est ce que je pensais. Fais une promenade à la Crocca. Traverse le champ de pistachiers, tu trouveras un olivier creux. Si tu évites les vêtements colorés tu te camoufleras dans les feuilles. De là on voit la terrasse de La Camusa, elles y sont tous les après-midi. Je laisse une lunette dans le creux. Dis-le à notre mère.

– Stefano, comment vous envoyer des cadeaux, de l'argent ?

– Les cadeaux, si tu veux, donne-les au sacristain : c'est un homme du père Puma. Je n'ai pas besoin d'argent, les choses s'arrangeront, c'est une question de temps.

– Non, Stefano, elles ne s'arrangeront pas, à moins que tu t'en ailles. Il paraît que l'Italie est belle, pourquoi tu ne veux pas y aller ?

– Occupe-toi de tes affaires, Costanza. »

Dès lors, la mère et la fille prirent l'habitude d'aller en calèche à la Crocca. Elles restaient sous l'olivier, lunette à la main, et attendaient que Filomena amène sa fille sur la terrasse. Celle-ci, comme si elle savait qu'elles étaient cachées là, prenait le bébé dans ses bras et le tournait dans leur direction.

La baronne connut ainsi sa petite-fille, de loin, cachée par les branches d'olivier. Quand elle retournait vers la calèche avec sa fille, en s'appuyant à son bras, elle avait le visage terreux, les pupilles éteintes, les yeux secs. Elles ne virent jamais Stefano : il était derrière les persiennes, sa lunette pointée sur sa mère.

Costanza se consumait. Elle savait que son père et sa mère étaient unis dans la douleur, même si chacun jugeait l'autre responsable de l'échec de leur fils. Ils continuaient leurs après-midi musicaux, mais elle les laissait seuls désormais, par pudeur : la musique avait acquis une valeur consolatrice tellement forte et intime qu'elle excluait quiconque. Ses parents semblaient condamnés à rester amoureux l'un de l'autre.

Costanza se demandait de plus en plus souvent : mais c'est quoi l'amour, vraiment ? Elle commença par le demander à la personne sans doute la moins indiquée, mais qui était aussi celle avec laquelle elle avait le plus de familiarité : sa tante Assunta. Depuis la mort de son grand-père, Costanza allait souvent la voir au château. Elle était convaincue que sa tante ne souffrait pas beaucoup de l'absence du baron. Elle avait réorganisé l'intérieur du château avec une énergie surprenante en déplaçant des meubles et en changeant la destination de certaines pièces, comme si elle était enfin libre de satisfaire une vieille envie. Dans les pièces utilisées quotidiennement, elle avait supprimé toute marque masculine – bustes de philosophes antiques, statues de marbre et de bronze, portraits d'hommes, images de saints. Sur les meubles trônaient des statuettes féminines en porcelaine et sur les murs des natures mortes et des paysages, des grotesques floraux. Curieusement, elle avait laissé des tableaux et des gravures d'un XVIIIe siècle religieux et impudique.

Donna Assunta avait emménagé dans les pièces du rez-de-chaussée occupées précédemment par son frère et sa belle-sœur ; elle avait attribué une grande chambre, non loin de la sienne, à Peppinella. Devenue encore plus gourmande, elle avait obligé les religieuses à lui donner les recettes secrètes des monastères, afin que le chef puisse conserver la tradition culinaire monacale, elle aussi démantelée par le tristement célèbre gouvernement.

Un jour, pendant qu'elles mangeaient des « seins de vierge », spécialité du monastère de la Santissima Annunziata, Costanza demanda : « Tante Assunta, c'est quoi l'amour ?

– L'amour de quoi ? demanda sa tante surprise.

– L'amour de deux amoureux. »

Costanza regrettait déjà d'avoir parlé.

« Ah, ma belle, je ne le sais vraiment pas, je ne me le suis jamais demandé. Je te dirai une seule chose. Il est juste que tu prennes un mari, parce nous sommes peu de Safamita et que la famille doit continuer. Mais plus je vieillis et plus je me rends compte que de tous ces discours modernes sur l'amour, il vient plus de peines que de joies ; et si tu parles de l'amour pour le Seigneur, je ne me suis jamais expliqué pourquoi tellement de saints se fustigent, jeûnent, portent le cilice, prient pour avoir les stigmates, sans parler de ceux qui se torturent dans les processions du vendredi saint. Il me semble que ce genre d'amour signifie douleur. Soit dit entre nous, il ne me plaît pas beaucoup et je suis sûre qu'il ne plaît pas non plus au bon Dieu. C'est pourquoi je ne suis pas entrée au couvent.

– Mais alors, c'est quoi l'amour, ma tante ?

– Si tu veux le savoir, à mon avis l'amour dont tu parles se réduit, au fond, au renoncement et à la souffrance. »

Maria Anna Trasi, invitée au château, entrait précisément à ce moment-là.

« Costanza demande ce qu'est l'amour, lui dit sa sœur. Maria Anna, tu peux répondre mieux que moi. »

Costanza rougit. « Ma Costanzina, je te répéterai ce que je dis à mes filles : l'amour c'est s'aimer beaucoup et avoir des enfants. Ils donnent ensuite à leur père et à leur mère tout l'amour qu'il faut ! » répondit sa tante avec un sourire doux et énigmatique.

Costanza se préparait pour la nuit, aidée de sa nourrice.

« Amalia, c'est quoi l'amour ? »

Sa nourrice lui défaisait ses tresses. « C'est compliqué à expliquer. La vie est comme une tresse, chaque mèche est importante. La première est celle du devoir, que nous avons tous et qui signifie l'obéissance ; la deuxième est celle de la richesse – celui qui l'a doit faire attention à ne pas se la faire voler, celui qui est sans elle n'a que la faim dans le ventre, et il voudrait beaucoup l'avoir – et la troisième est celle de l'amour. Si une femme a les trois mèches belles et fortes, la tresse est magnifique et elle vit heureuse. Mais beaucoup de femmes ont la première mèche belle et touffue, tandis que les deux autres sont maigres. Elles réussissent à se faire une tresse qui n'est pas belle mais qui tient, et la vie continue. Si la mèche de l'amour devient trop forte et que celle du devoir est faible, la tresse ne tient pas, elle se défait : il faut les trois mèches, c'est comme ça. »

Puis elle se mit à lui brosser les cheveux : après quelques coups vigoureux Amalia retira soigneusement les cheveux restés sur la brosse et le peigne, les entortilla et les déposa par le trou du couvercle dans la petite boîte d'argent prévue à cet effet. Elle reprit le brossage avec moins de force. À chaque coup, les cheveux de Costanza devenaient frisés et vaporeux, les différentes tonalités d'un roux profond étincelaient à la lumière des bougies.

« Amalia, réponds : pour toi, c'est quoi l'amour ? »

Comme si elle se parlait à elle-même, Amalia murmura distraitement : « L'amour c'est le contentement. »

37

Amalia et Pinuzza Belice reçoivent une visite d'adieux imprévue de leurs voisines. L'amour d'Amalia et don Paolo

Amalia balayait les miettes prises d'assaut par les fourmis affamées. Ç'avait été une belle visite impromptue. Elle connaissait ses voisines depuis longtemps, mais seulement de vue ; leurs grottes étaient en bas, Amalia ne pouvait pas en voir l'entrée. La femme la plus âgée, corpulente, de carnation claire et encore agréable à regarder, restait devant la grotte comme un chien de garde; l'autre se montrait rarement. Amalia pensait qu'elles avaient une raison triste et mystérieuse pour se réfugier à la Montagnazza, deux femmes seules, pauvres, mais mieux vêtues que les autres.

La plus âgée avait appris qu'elle cousait. Un jour un petit garçon était venu demander à Amalia si elle voulait du travail, payé. Depuis lors il y avait entre les deux grottes des allées et venues de linge bizarre : robes décolletées, pantalons ornés de rubans multicolores, couvertures voyantes décorées de fleurs de soie dont les pétales tombaient, le tout élimé, à recoudre et raccommoder. Amalia décida de ne pas poser trop de questions, elle voulait mettre un peu d'argent de côté.

Ce matin-là Amalia et Pinuzza entendirent des voix et des bruits venant d'en bas, de plus en plus proches. Puis le haut d'une échelle apparut. Elles se mirent à crier. «N'ayez pas peur! C'est nous, vos voisines du raccommodage, nous venons vous dire au revoir avant de partir!» dit une voix féminine. Quelques secondes plus tard une tête échevelée pointa, puis tout le corps généreux de la plus jeune, suivie du petit garçon. Derrière eux émergea l'autre, entre cris et soupirs.

Les voisines se montrèrent très bavardes, comme si elles connaissaient Pinuzza et Amalia depuis toujours. Après les embrassades rituelles, elles sortirent de leurs poches une quantité de merveilles qu'Amalia n'avait plus vues depuis l'époque du Palazzo Sabbiamena : biscuits, caramels, un petit paquet de sucre, figues sèches, aiguilles, du coton noir et blanc et une paire de ciseaux. Les grands yeux noirs de Rosa, la plus jeune, dévisagèrent Pinuzza. «Quelle belle tresse, laisse-moi la toucher!» L'autre aussi lui fit des compliments sur ses beaux cheveux brillants et les deux lui posèrent beaucoup de questions sans s'adresser à Amalia, contrairement à ce que faisaient les autres. Pinuzza rayonnait.

Tout en bavardant abondamment elles mangèrent les biscuits et laissèrent le reste pour après.

«Comprenez que nous venons de la ville. Nous en sommes arrivées là, ma nièce Rosa et moi, à cause de sa promesse imprudente à un brave homme dont elle était amoureuse : un socialiste, un qui lutte pour les pauvres comme vous, un honnête homme.» Rosa fit une moue d'approbation. «Avant de partir "en cavale" il lui a confié des papiers très importants. Il était recherché par la police dans tout le pays et nous avons pensé nous réfugier ici. Maintenant, il est revenu de sa "villégiature" et nous pouvons partir. Nous étions venues à la Montagnazza pour quelques mois et nous y sommes restées trois ans, mais nous en sommes contentes.

– Pourquoi ?» demanda Pinuzza.

Rosa répondit à voix basse en lançant un clin d'œil à Amalia : «Disons-le, entre femmes : la vérité c'est que les gens de Riporto et des autres villages voisins, deux jolies femmes raffinées comme nous, ils n'en avaient jamais vu. Nous avons même mis quelques sous de côté.

– Mais il est quoi ? votre fiancé ?» demandait à présent Pinuzza.

La plus âgée se mit à rire. Elle se pencha vers Pinuzza, très sérieuse : «On peut aussi l'appeler fiancé, mais un fiancé particulier, qui ne devient jamais un mari. Ça ne convient pas à tout le monde, mais ça nous suffit et ça nous va. C'est le genre d'amoureux qui donnent du contentement et c'est ce qui compte, le contentement.»

Amalia changea soudain de sujet.

Les deux femmes s'en allèrent, aussi joyeusement qu'elles étaient venues.

Le lendemain la police se présenta à la Montagnazza, semant la pagaille et l'affolement chez ses habitants. Certains, prévenus, étaient allés se cacher ailleurs ; d'autres disparurent en un clin d'œil en abandonnant vieux parents, femmes et enfants. Les policiers voulaient des renseignements sur deux femmes qui avaient été tuées dans la cannaie à l'embouchure du fleuve, vraisemblablement par des bandits. Amalia jura qu'elle ne les avait jamais vues, elle était vieille et n'avait d'yeux que pour sa jeune nièce infirme.

Ce soir-là elle pria pour l'âme de ses voisines, comme le lui avait appris Costanza. «Nous sommes tous enfants de Dieu et il ne faut mépriser personne qui travaille et cherche à gagner son pain comme il peut.» Elles avaient mérité leur paradis par leur bonté : si ce n'était celui des chrétiens, celui des Turcs, au moins, les accueillerait à bras ouverts. Elle se demanda ce qu'en aurait pensé le cher don Paolo, lui qui était très sage et qui voulait aller au paradis des Turcs.

«Tante, ça veut dire quoi avoir un amoureux ?» demanda Pinuzza à l'improviste.

Amalia n'en fit aucun cas.

«Mais quand tu t'es mariée, tu étais amoureuse ?

– Ton grand-père a arrangé le mariage avec mon mari, c'est comme ça qu'on fait.

– Et ensuite tu es devenue amoureuse ?

– C'était mon mari, suffit. C'est comme ça.

– Alors tu n'as jamais été amoureuse… La voisine, celle qui te donnait de l'ouvrage, elle était amoureuse. Toi, jamais. Dommage.

– On ne parle pas de ces choses-là. Je le disais aussi à ma Costanza quand elle me le demandait. Je vais rentrer le linge sec avant que l'humidité tombe et ensuite je te mettrai au lit.»

Amalia ramassait les mouchoirs durcis par le vent chaud et les pliait en quatre avec soin. Les rochers resplendissaient, très noirs sous les rayons obliques du soleil couchant. Ils étaient striés de longues algues verdâtres agrippées comme des doigts à la pierre.

196

«Belles sont les mains de celles qui ont aimé; même si elles en souffrent, elles ont connu le contentement. Ça vaut la peine d'être amoureux», murmura-t-elle.

C'était un début d'après-midi printanier. Costanza était allée au château avec Maddalena. Amalia était restée pour raccommoder à sa place habituelle. La tête grise et frisée de don Paolo était apparue de derrière le paravent et elle l'avait invité à lui tenir compagnie. Don Paolo s'était assis à côté d'elle, étrangement silencieux.

Tout en enfilant une aiguillée de coton, Amalia leva les yeux : il lui parut triste. Don Paolo s'animait lorsqu'il racontait des histoires, et elle, pour le distraire, lui demanda de lui raconter en détail l'histoire du roi Ferdinando et de la duchesse di Floridia, dont il avait parlé autrefois : elle était longue et la petite n'allait pas revenir avant un bon moment.

«Amalia, je ne vous dirai qu'une chose. Je le comprends bien, le roi Ferdinando, le premier roi vraiment à nous, des Deux-Siciles. Je le comprends mieux que les autres, parce que ma femme Tanina est la copie crachée de la reine Maria Carolina, une Autrichienne qui n'a jamais appris la langue de son mari, comme 'adame Mercurio», et il insista sur «'adame», «qui au lieu de parler le palermitain de la Kalsa, où tous les Mercurio ont vécu depuis que le monde est monde, parle encore comme à Bagheria.

«Alors, pour revenir au pauvre roi, après la Révolution en France, ces diables de Français sont descendus jusqu'à Naples. Ils avaient conquis toute l'Italie, ils n'ont pas réussi à venir ici. Poursuivis par les Français, le roi et la reine ont dû s'échapper en toute hâte sur un bateau anglais. Ils ont passé Noël en haute mer et ils sont arrivés le lendemain à Palerme. Pour remercier cet Anglais, le roi lui a donné tout un comté, beaucoup plus grand que tous les domaines des barons Safamita réunis : le roi était un homme bon, il récompensait ceux qui l'aidaient.

« Il était à peine arrivé à Palerme que sa méchante reine s'est mise à manigancer contre les nobles de la ville. Elle les méprisait, elle était pire qu'une femme de Bagheria.

– Et pourquoi ? Ils sont tous des nobles, barons, comtes, princes et roi.

– Parce que les gens ne sont jamais contents. Le comte se croit mieux que le baron, le marquis mieux que le comte, le duc mieux que le marquis, le prince mieux que le duc… et puis le roi est le mieux de tous. Mais tous, même un roi, ont besoin des autres, celui qui se prend pour quelqu'un et dénigre les autres finit mal, et c'est ce qui est arrivé à la reine. À Palerme, les nobles se couvraient de dettes pour distraire le roi et la reine à coups de fêtes et de parties de chasse. Elle, elle ne pensait qu'à s'en aller.

« Vous devez savoir que le comte Giacomo Safamita di Vasciterre, Dieu ait son âme, l'oncle du jeune baron, était un grand chasseur, il avait un domaine aux portes de Palerme. Près de là, le roi Ferdinando a voulu se construire un pavillon de chasse. Bref, le comte et le roi sont devenus amis. Ç'a été une bonté du roi d'arranger le mariage du baron Stefano, le deuxième-né du comte, avec la mère du jeune baron, Caterina Lattuca, très riche, qui descendait d'un notaire du tribunal de région. On avait besoin d'argent chez les Safamita en ce temps-là. Ce qui explique pourquoi les barons ont quitté Palerme pour Sarentini.

« Mon père, Dieu ait son âme, est devenu ami des cochers et des valets du roi, qui parlaient beaucoup trop des affaires royales. Il se rappelait toutes leurs histoires, et il les racontait par le menu à la maison. Tellement elle voulait retourner s'amuser à Naples, la reine, qu'elle manigançait avec tous, même avec les Français, ces sauvages qui avaient coupé la tête à sa sœur. Elle faisait selon son bon plaisir, comme si c'était elle qui commandait et pas le roi, son mari, exactement comme ma femme.»

Don Paolo soupira tristement. Amalia s'en voulut de l'avoir poussé à raconter. Elle plia le drap, y planta l'aiguille enfilée et posa sa main sur le genou de don Paolo dans un geste apaisant.

Imperturbable, celui-ci poursuivit : «Elle a finalement réussi à quitter le roi et elle est partie en Autriche, en jurant qu'elle ne remettrait plus jamais les pieds en Sicile. Que devait faire le pauvre roi ? Il a dû retourner à Naples pour faire plaisir à sa femme. Il était le roi et n'avait pas à se soucier de gagner son pain. Moi, pauvre malheureux, je dois le gagner pour moi et ma famille sans la compagnie d'une femme, pendant qu'elle s'amuse à Palerme.» Don Paolo gesticulait, et dans sa fougue il mit la main sur celle d'Amalia. Où il la laissa.

«Je suis condamné à rester ici à Sarentini, tout seul, Amalia.» Don Paolo se tut, il la regardait. Elle était prise d'un fourmillement : il partait de cette main calleuse, lourde, moite, collée sur la sienne, remontait dans son bras et descendait en elle, une sensation nouvelle, délicieuse.

Don Paolo reprit : «C'est notre triste sort à nous autres Siciliens d'avoir un roi qui n'habite pas à Palerme. Mais cette fois le destin n'a pas voulu le laisser à Naples et au bout de quelques années, toujours poursuivi par les Français, il a dû demander notre aide pour la deuxième fois. Les Palermitains ont pardonné à la reine. Nous autres Siciliens nous avons très bon cœur.» Il gardait les yeux fixés sur les hirondelles en équilibre sur la corde à linge de la terrasse ; en même temps il jouait distraitement avec les doigts d'Amalia au rythme du balancement de la corde. «Le roi a dû s'enfuir en Sicile, l'hiver, comme la première fois. La reine n'a pas voulu l'accompagner comme c'était son devoir d'épouse, et elle est restée à Naples.»

Amalia frissonnait. D'amples vagues douces de plaisir l'envahissaient, comme celles qui se brisent contre les rochers puis les caressent en se retirant.

«Il était vieux, le roi Ferdinando : il avait cinquante-quatre ans, presque mon âge. Il se sentait seul, les beaux draps brodés étaient froids dans son lit.» Il lui serra les doigts et se mit à les caresser. «À Palerme le roi était très triste et le Seigneur a eu pitié de lui. Il lui a fait connaître une noble sicilienne et peu à peu ils sont devenus amoureux. Mon père, Dieu ait son âme, me disait qu'elle était très belle, douce comme le sucre. Une Syracusaine. Elle s'appelait Lucia.» Il la regarda en face. «Belle comme vous, une jeune fille plantureuse, les bras blancs et ronds, les yeux noirs. Belle comme vous, Amalia.» Don Paolo brûlait pour elle. Il lui avait soulevé la main de son genou et la dirigeait vers l'intérieur de sa cuisse en la faisant glisser sur le tissu rêche de son pantalon, sans la forcer, prêt à s'arrêter à la première résistance, qu'elle, Amalia, femme mariée et honnête, n'était plus capable d'opposer. Tout lui semblait naturel, dans l'ordre des choses. Soudain il leva la main en libérant celle d'Amalia et en la regardant, les pupilles dilatées. Elle ne bougea pas.

«Quand les Français sont arrivés à Naples, la reine aussi, comme son mari, a dû se réfugier à Palerme, mais la mauvaise herbe ne change pas. En ce temps-là les Anglais avaient une armée en Sicile pour protéger le roi des attaques des Français, à leurs frais, et ils donnaient de l'argent au roi et à la reine. Elle, elle se servait de cet argent pour comploter contre eux. Le roi était un gentilhomme, il ne savait pas comment l'arrêter. Il était désespéré, et sans cette brave Syracusaine, il serait mort de honte.» Il posa de nouveau sa main sur celle d'Amalia et l'y laissa, pesante.

«La reine s'est alliée avec les Français, cette traîtresse à son mari, aux Anglais, au peuple sicilien et à sa propre sœur assassinée. Mais cette fois ses manigances ont été découvertes. Lord Bentinco, un Anglais malin qui commandait en Sicile, l'a enfermée au couvent de Santa Margherita Belice, seule comme un chien et abandonnée de tous. Puis il l'a envoyée en exil dans son pays et elle est morte de honte. Qu'est-ce que vous en pensez, Amalia? La Syracusaine réconfortait beaucoup le roi, et ils s'aimaient. Le roi l'a épousée et l'a fait devenir duchesse di Floridia.

– Et pourquoi pas reine? demanda-t-elle.

– Parce que les rois doivent épouser des filles de princes, et elles seulement deviennent reines. S'ils se marient avec une autre, cette femme ne devient pas reine, mais c'est toujours leur femme.» Il lui serra fort la main en la regardant intensément. «Quand on est vraiment amoureux, l'amoureuse devient la femme du cœur, Amalia, vous me comprenez?

– Je comprends, don Paolo, oui.» Elle était sienne, dès cet instant et pour toujours.

«Amalia, si être amoureux c'est bon pour le roi, pour nous les pauvres c'est plus que bon.» Don Paolo fit remonter la main d'Amalia. Elle le sentait à peine, à travers les couches de vêtements, pantalon, caleçon, mais elle le sentait. «Et puis, quand le roi est retourné à Naples, il a emmené sa duchesse et beaucoup de Syracusains, et ils ont vécu heureux et contents.» Les servantes étaient entrées dans la blanchisserie en chantonnant, et elle reprit son raccommodage.

C'est beau d'être amoureux, pensait Amalia, très beau aussi de s'en souvenir, mais il fait froid maintenant. Et elle rentra dans la grotte.

38

La maladie mystérieuse de Caterina Safamita. La présentation de Guglielmo Safamita et la mort de Caterina

Pendant l'été 1873, Domenico Safamita et sa femme avaient eu des discussions interminables à propos de leur fils aîné. À la fin, à bout de forces et brisée, Caterina Safamita accepta et partagea la décision de son mari : Stefano devait être exclu de la famille.

Ils expliquèrent à Giacomo et Costanza que leur frère avait désobéi à leur père et trahi la famille. Les mésaventures de Stefano et sa naïveté étaient des épices qui rendaient les ragots encore plus savoureux ; dorénavant, on viendrait les voir, on leur poserait des questions, on leur tendrait des pièges pour en savoir davantage et médire ensuite. Les Safamita étaient tenus de supporter stoïquement cette humiliation : ils devaient se retrancher derrière leur silence orgueilleux et ne donner satisfaction à personne.

À treize ans, Giacomo avait bien peu souffert du malheur qui frappait Stefano : il avait soudain devant lui un avenir qu'il avait cru jusque-là irréalisable, il allait hériter et devenir le maître, l'envie était remplacée par la rancune à cause de la honte qui flétrissait leur nom.

Costanza comprenait et avait pitié de Stefano. Se souvenant des paroles de Pepi Tignuso, elle n'était pas surprise par la décision de ses parents, mais son frère lui manquait, et elle souffrait pour lui.

La vie de Caterina Safamita était marquée depuis l'enfance par de grandes pertes douloureuses. Fille unique et solitaire, elle avait beaucoup souffert de la longue maladie et de la mort de sa mère. Dans le deuil, père et fille s'étaient appuyés l'un sur l'autre ; cette affection avait dégénéré tragiquement. La nourrice qui lui avait servi de mère était morte peu après.

Caterina évitait de s'attacher aux individus, aux animaux, aux lieux et aux objets, et elle s'était enfermée dans un univers qu'elle croyait à l'épreuve des affections mais où les émotions filtraient à travers sa musique et ses lectures, désordonnées mais avides : elle fuyait l'amour parce qu'elle s'en sentait indigne et qu'elle était sûre d'en souffrir. D'un autre côté elle le désirait et manifestait une sensualité précoce. Elle avait été sauvée par son oncle qu'elle avait finalement épousé ; elle aimait son mari et Stefano, son enfant préféré, et ils l'aimaient en retour. Si elle n'avait pas rencontré de terribles difficultés, que d'autres femmes auraient jugées insurmontables, à assurer aux Safamita deux héritiers mâles, Caterina aurait pu décrire sa vie d'adulte comme satisfaisante et même heureuse, mais les choses avaient tourné autrement. Les souvenirs obscurs du passé ne la quittaient pas et ses plus jeunes enfants, Costanza – la fille non désirée – et Giacomo – le fils désiré, mais tellement différent de Stefano –, restaient des importuns.

La perte de Stefano l'avait rendue extrêmement malheureuse. Mère et fille se consolaient, chacune de son côté, dans la musique. On n'avait jamais autant entendu de piano chez les Safamita : il arrivait que les villageois s'arrêtent pour écouter, bouche bée. Les notes de la baronne sortaient des balcons de l'étage noble et étaient reprises par Costanza, hésitante, à l'étage au-dessus. Mais il n'en était pas toujours ainsi. Costanza chantait aussi des chansons d'amour avec beaucoup de sentiment, en pensant à Stefano et à sa maréchale, persuadée que son frère vivait une histoire d'amour merveilleuse pour laquelle il avait sacrifié ses devoirs envers sa famille.

Sa mère avait changé : dure avec ses enfants, hargneuse et hautaine avec le personnel. Madame décida de partir pour Vienne chez sa nièce, au grand soulagement de tous. Elle était vieille et buvait beaucoup. Costanza n'avait jamais éprouvé de sympathie pour sa préceptrice, bien qu'elle s'en soit occupée les derniers temps.

Quand au printemps suivant Caterina apprit la nouvelle grossesse de Filomena – on ne sait par qui, mais tout lui venait aux oreilles d'une manière ou d'une autre –, elle parut sombrer dans une profonde dépression. Elle dépérissait et souffrait de douleurs fréquentes à l'abdomen. Les mauvaises langues disaient que plus le ventre de la maréchale grossissait, plus la baronne s'affaiblissait.

Costanza la voyait souffrante et avait de la peine. Elle supportait ses sautes d'humeur et sa froideur par pitié et surtout parce qu'elle savait que sa mère dépendait d'elle pour préserver le fil ténu qui la liait encore à Stefano : elles envoyaient des cadeaux pour la petite par l'intermédiaire de Rosa et multipliaient les promenades à la Crocca. La baronne suivait par la pensée la grossesse de Filomena, sûre qu'elle allait avoir un garçon. Elle espérait, contre toute raison, que son mari et son fils se réconcilieraient.

Durant cette période, le baron Safamita reçut une visite du préfet Calloni et d'autres notables, y compris du sénateur Baldo Bentivoglio. Ils avaient un but précis : le convaincre d'accepter d'être nommé sénateur du royaume.

Caterina, opposée normalement à quitter Sarentini et partisane, comme le reste de la famille, du parti clérical bourbonien – et qui de surcroît détestait la vie mondaine –, fut enthousiaste et encouragea son mari à accepter : c'était un signe du destin. Elle s'était persuadée que les Safamita s'installeraient à Rome, y compris

Stefano et sa famille, et qu'ils y vivraient en harmonie, loin des Carcarazzo. Domenico lui promit d'y penser. Il lui annonça finalement qu'il était vieux et ne désirait pas participer à la vie politique du royaume de Savoie. La nouvelle eut sur elle un effet dévastateur ; c'était la fin de ses espoirs d'une réconciliation avec son enfant préféré. Son état de santé déclina vite : elle avait le ventre gonflé comme si elle était enceinte et se plaignait de troubles semblables à ceux de la grossesse. Pina Pissuta l'examina et resta abasourdie, elle avait palpé un paquet dans la baronne, mais ce n'était pas un enfant : c'était une masse dure, fatale. À ce stade Caterina Safamita refusa de se faire examiner par un médecin et déclara que son malaise était dû au début de la ménopause.

Guglielmo Safamita naquit en septembre 1874. Le jour du baptême la baronne Safamita était couchée, indisposée ; Costanza brodait près d'elle. Il régnait dans le palais une attente fébrile, une légère tension qu'on ne pouvait attribuer à rien de particulier, mais dont tous connaissaient la cause. On racontait que le père Puma avait consenti à revenir à Sarentini pour baptiser le nouveau-né.

Annuzza et Maria remontaient la grand-rue bras dessus, bras dessous. La main de Maria sortait de son grand châle pour se glisser sous celui d'Annuzza et s'appuyer légèrement sur son bras. Elles marchaient du même petit pas lent, avec une oscillation imperceptible, comme si elles étaient nées attachées l'une à l'autre : une créature fantastique à deux têtes et un seul corps enveloppé de noir de la tête aux pieds. Chaque premier jeudi du mois, Annuzza et Maria s'engageaient dans cette expédition à l'église de l'Addolorata pour écouter la messe à santa Lucia, qui était suivie par une foule de vieillards affligés de toutes sortes de maladies des yeux. Elles étaient habituées à passer presque inaperçues dans la rue.

Maria remarqua dans les regards mi-furtifs mi-
curieux des gens qui descendaient la rue quelque chose
qui la mit sur ses gardes. Les passants regardaient longuement les deux petites vieilles. Elles étaient devant
la niche du Christ couronné d'épines et elles se signèrent. Maria tardait à reprendre le bras d'Annuzza ; elle
réajustait son châle sous son menton et regardait la rue.
Elle vit au loin un jeune homme au milieu de la chaussée, il tenait dans ses bras un paquet blanc. Elle regarda
plus attentivement. C'était Stefano.

Elle glissa le bras sous le châle d'Annuzza avec détermination et enserra son poignet. « Dépêche-toi ! Je dois
parler au baron », siffla-t-elle, et elle dirigea Annuzza
vers le pied de l'escalier, un raccourci vers le Palazzo
Safamita. Les deux femmes détalèrent sur les pavés, toujours d'un même pas.

Stefano atteignit seul le porche du Palazzo Safamita,
son fils endormi dans les bras, sous les regards des villageois qui l'avaient suivi de loin en rallongeant leur
chemin sous un prétexte quelconque.

Derrière chaque persienne étaient fixés sur lui les
yeux ardents et émus des femmes de Sarentini, ensorcelées par ce grand jeune homme digne qui apportait à
son père son premier fils, enfreignant les règles de
conduite des hommes, et implorait le pardon des Safamita. Cette bienveillance impalpable et collective l'enveloppa et eut un effet stupéfiant sur les portiers et les
gardes du palais : ils se levèrent et le laissèrent passer
en disant : « Cellence soit bénie », désobéissant ainsi
aux ordres du baron.

Stefano traversa la cour bondée de domestiques et
alla droit à l'escalier principal. Ceux-là aussi s'écartaient en murmurant : « Cellence soit bénie » et même
« Bonne chance ! » La porte s'ouvrit dès que Stefano

eut posé le pied sur le perron. Gaspare la referma sans bruit. Domenico Safamita était dans le vestibule.

«Père, je vous ai apporté votre petit-fils, Guglielmo Safamita.

– Va-t'en, dit le baron d'une voix claire. Ce n'est pas mon petit-fils et tu n'es pas mon fils.»

Les domestiques revirent Stefano qui marchait comme un automate, la tête haute. Pas un signe, pas un salut. Il n'existait plus.

Stefano fit le chemin inverse, le regard éteint, en allongeant de plus en plus le pas et en serrant le nouveau-né contre lui. Les mulets et les ânes s'écartaient d'eux-mêmes; jeunes et vieux s'empressaient de lui laisser de la place en se collant contre les murs.

Au bout de la grand-rue il prit une ruelle en direction des Angeli. Il conserva son pas décidé et ne s'arrêta qu'en arrivant à la masure du maréchal-ferrant où les autres l'attendaient. «Tiens», dit-il à sa femme, et il lui tendit l'enfant.

Il entra et alla droit au mur du fond comme s'il voulait le traverser; il empoigna deux crochets et resta ainsi, la tête baissée, comme un flagellant du vendredi saint.

On raconta dans Sarentini que, cette nuit-là, la baronne eut une hémorragie épouvantable et qu'elle continua de saigner pendant sept jours: elle était informée de la venue de Stefano, mais elle n'en parla à âme qui vive. Il y eut une succession de visites de médecins, parents, sages-femmes: Caterina Safamita ne quitta plus son lit, on aurait dit qu'elle voulait mourir. Ses enfants ne parvenaient pas à la rasséréner; avec son mari, en revanche, elle semblait trouver une certaine tranquillité. Ils se tenaient par la main, se regardaient dans les yeux, mais même à lui elle ne souriait pas; le septième jour elle mourut dans ses bras. Dès lors, le souvenir de

Caterina Safamita fut scellé : sainte femme, mère et épouse irréprochable, sa seule faute avait été de trop aimer son fils et d'obéir à son mari, en supposant que cela puisse être considéré comme un défaut ; les racontars sur son manque d'affection à l'égard de Costanza étaient des calomnies pures et simples : elle avait été une mère très aimante même avec cette rousse, d'ailleurs sa fille l'adorait.

Quant au baron, les villageois se bornaient à constater que c'était un Safamita et qu'il s'était conduit comme tel : il avait fait passer l'orgueil de la lignée avant son propre sang – ils glissaient sur le fait que chacun d'eux, dans une situation semblable, aurait fait de même, et pis – et seul le Seigneur jugerait si le baron était réellement responsable de la mort de la baronne. De l'avis des Sarentinais, le verdict divin ne faisait aucun doute.

39

L'enterrement de la baronne Caterina Safamita

Donna Assunta offrit de s'occuper de l'enterrement. Elle s'acquitta remarquablement bien de sa tâche, sans rien négliger : de la confection des couronnes de fleurs à la décoration de l'église, du choix de la musique à l'ordonnancement du cortège. Personne ne vint à savoir que donna Assunta préparait sa propre mort depuis des années, et même plus : elle nourrissait l'ambition secrète de devenir la première femme béatifiée de la famille. Elle encourageait avec modestie et prudence ses femmes mystiques, les mères supérieures, les prêtres de la famille et d'autres personnages influents à la juger digne d'une telle reconnaissance de la sainte mère l'Église, en leur donnant les éléments nécessaires pour un procès en béatification. Son enterrement – elle le voulait aussi splendide qu'un mariage – avait été programmé dans les moindres détails.

Elle avait grassement payé d'avance les abbesses des rares couvents qui subsistaient et les religieuses dispersées dans la communauté afin qu'elles participent à sa procession funèbre. Mais elle les fit venir pour l'enterrement de sa nièce. Ce matin-là elle dit à sa Peppinella : « C'est comme la répétition générale de mon enterrement. Tu devras t'occuper du mien. Pour le moment je dois continuer à leur faire l'aumône, sinon elles oublieront tout ce que j'ai donné et quand je mourrai elles ne bougeront pas. Je les connais bien, les religieuses. Elles ne font rien pour rien. Je devrais m'estimer heureuse si elles ont la bonté de dire un Ave Maria pour mon âme. »

Il y avait une foule considérable. Parents, amis, autorités – jusqu'au préfet – et Sarentini au grand complet : employés, régisseurs, surveillants, personnel de maison, tout un peuple. Deux longues files de religieuses et d'orphelines précédaient et flanquaient le corbillard. Les gens se demandaient où les Safamita avaient pu en si peu de temps dénicher autant de religieuses – elles avaient presque disparu après la fermeture des monastères –, sans parler des orphelines, très nombreuses. Le cortège funèbre était si long que la procession était déjà aux portes du cimetière pendant qu'à l'église on se pressait pour s'introduire dans le cortège.

Pina Pissuta était arrivée en retard. La dernière semaine elle n'avait cessé d'aller et venir. Elle l'avait dit tout de suite au baron : « Il n'y a plus d'espoir », et les médecins l'avaient confirmé. Ils firent tout ce qui était en leur pouvoir pour qu'elle ne souffre pas. La baronne n'avait pas voulu qu'on intervienne et elle avait supporté la douleur avec dignité. Costanza, posée, les yeux secs, avait assisté sans y participer à l'habillement de la dépouille : Pina et les servantes s'en étaient occupées dans les moindres détails ; elle ne voulut même pas mettre au cou de sa mère la chaîne avec le crucifix ni l'embrasser. Bizarre, cette petite rousse.

Pina écoutait vaguement les murmures.

«Elle ne méritait pas de mourir si jeune !»

«C'est vrai qu'ils étaient oncle et nièce, mais ils étaient heureux.»

«Vous avez vu comme le baron était détruit ?»

«Si je dois dire un seul mot pour elle, Dieu ait son âme, je dirai que c'était une sainte.»

«Ses deux fils, qui va s'en occuper à présent qu'ils n'ont plus de mère ?»

«Elle était tout amour pour ses enfants.»

«Une mère parfaite.»

Une voix isolée dit : «Elle est morte à cause de Stefano, ce fils lui a brisé le cœur !»

Elle en a eu du courage et de l'entêtement, pensait Pina pendant ce temps, et des fausses couches, autant qu'une pute qui fait les foires ; elle ne se plaignait pas quand je devais y mettre la main, beaucoup d'autres seraient devenues folles. Elle qui l'avait toujours assistée ne se souvenait même pas du nombre exact. Une autre femme aurait dit à son mari : «Laisse-moi tranquille, ça suffit.» Puis elle a commencé à comprendre : le Seigneur ne voulait pas lui accorder le crachat qui donne l'âme aux fils qu'ils concevaient, Il ne voulait pas, et je l'ai dit à tous les deux : c'est des grossesses destinées à ne pas prendre, vous n'avez pas de chance mais ça arrive ; après le premier, tous les autres se décrochent. Mais la baronne ne se résignait pas, elle voulait donner des fils à son mari, des héritiers du nom ; à la fin, comme Dieu l'a voulu, elle a réussi : les Safamita ont la tête dure, et rien ne les empêche d'obtenir ce qu'ils veulent.

Pina se joignit aux autres et régla son pas sur le lent balancement du cortège funèbre.

40

Une visite de condoléances imprévue et déplaisante.
Gaspare, valet de chambre irréprochable,
commet une faute

L'après-midi du jour de l'enterrement, le Palazzo Safamita était envahi de visiteurs venus présenter leurs condoléances.

On parlait à voix basse des sujets habituels : les détails de la mort, les lamentations sur les médecins, les louanges de la défunte, le tourment passé, présent et futur de ses parents. Personne n'osait aborder ce qui occupait l'esprit de tous : l'absence de Stefano Safamita.

Gaspare, valet de chambre personnel du baron depuis des décennies, était très respecté et aimé du personnel de service ; un parfait galant homme, presque une copie de son maître. Mais ce jour-là il ne fut pas à la hauteur.

Don Filippo entra précipitamment dans le salon vert où se trouvaient les parents proches et chuchota quelque chose au comte Trasi. Le visage de celui-ci s'altéra et il se leva en faisant signe à donna Assunta de le suivre. Ils allèrent en silence à la fenêtre du vestibule et regardèrent dans la cour. Elle était pleine de familiers, d'employés et de villageois qui se déplaçaient lentement en lançant de longs regards inquisiteurs : trois inconnus descendirent d'une voiture.

Assunta Safamita s'approcha de son frère – un échange rapide de murmures et le baron, le visage terreux, retourna se livrer aux visiteurs du salon, puis il appela ses trois sœurs d'un geste imperceptible. Quelques mots et ils se dispersèrent.

Les trois visiteurs montèrent les marches sous les regards curieux. Dans le salon vert on traînait les pieds en allant d'un parent à l'autre. Les nouveaux venus se plaquèrent contre les murs. Personne ne broncha pour les accueillir : c'était comme s'ils n'existaient pas.

Gaspare, pendant ce temps, se promenait dans le salon en gardant à l'œil les visiteurs et les maîtres, prêt à accourir auprès du baron à un signe de lui. Le plus jeune des trois nouveaux venus l'arrêta et lui ordonna : « Amenez-moi au baron Safamita. »

« Il m'a suffi d'un regard pour comprendre qui c'était, raconta plus tard Gaspare à don Paolo, c'était le portrait craché de son oncle le baron Guglielmo, Dieu ait son âme. Ça m'était dur de désobéir à quelqu'un qui a du sang Safamita dans les veines, et en plus, neveu du baron, Dieu ait son âme, mais les ordres sont les ordres. Alors je ne savais pas quoi faire. » En effet, Gaspare était resté pétrifié. Les genoux tremblants, les jambes molles, il recula, recula, et à force de reculer il alla cogner contre le divan d'où venait de se lever le notaire Tuttolomondo ; il tomba assis juste sur sa place encore chaude, coincé, cuisse contre cuisse, coude à coude, entre madame Teodora Tuttolomondo et sa fille mademoiselle Clotilde, qui restèrent muettes en voyant choir entre elles un valet en livrée. D'un geste décidé, Clotilde tira sans dire un mot sur sa jupe restée prise sous les jambes de Gaspare. Il resta immobile, les yeux exorbités.

Les deux femmes, consternées, le regardaient par en dessous ; pour se donner une contenance, elles prirent une expression de douleur encore plus profonde, en suivant du regard ceux qui entraient et sortaient du salon vert. Gaspare transpirait abondamment. Les deux femmes se mirent à transpirer à leur tour, embarrassées. Personne n'osait remuer de peur de défaire cette combinaison insolite et de rompre l'équilibre précaire qui s'était créé entre eux.

Le notaire Tuttolomondo les trouva ainsi : immobiles,

luisants et suants comme des poupées de cire, les mains de Gaspare abandonnées sur ses genoux, celles des femmes dans leur giron, serrées sur leur éventail fermé, résignées. Le notaire ne vit rien d'autre que ce contact immonde entre les corps et réclama sa place sur un ton péremptoire. En vain. Il obligea alors ses femmes à se lever et à le suivre dans un autre salon. Ce qu'elles firent, en sueur et confuses. Le jeune inconnu, dédaigné, retourna sur ses pas et c'est seulement alors qu'il vit Costanza, debout, qui se détachait parmi les têtes des visiteurs, sa rousseur resplendissante sous ses voiles noirs.

Les trois inconnus s'en allèrent sans saluer personne, comme ils étaient venus.

41

La dot contestée de donna Teresa Safamita.
Un fils pleure la mort de sa mère

Maria avait préparé une camomille ; Gaspare la sirotait, encore tout agité. «Celui qui vous a parlé devait être le fils de la jeune baronne Teresa, la troisième-née du baron Stefano, disait Maria aux domestiques qui étaient en cercle autour d'elle et Gaspare. Elle avait un bec-de-lièvre et elle n'était pas belle, Teresa. Ils l'ont mariée à un bourgeois, Mariano Lo Vallo, qui se faisait appeler baron. Je me rappelle que le baron Guglielmo n'était pas content, mais sa mère a beaucoup voulu ce mariage, c'étaient des parents à elle.

«Ils se sont mis d'accord pour la dot : autant que pour les autres filles. Après le mariage, les Lo Vallo ont envoyé dire que les mules leur avaient apporté moins d'argent que prévu : il manquait des ducats. Et que je te compte et que je te recompte, la somme était juste. Le baron Stefano était très fâché, mais personne ne l'a su. Moi je le savais parce que mon beau-père, don Vito Tignuso, me l'a raconté.

« Lui et les gardes avaient accompagné les mules depuis le château jusque chez ces gens-là, que ça n'était même pas une vraie maison. Le baron Stefano, Dieu ait son âme, l'a fait appeler et lui a demandé : "Dites-moi, Vito, qui a pu s'approcher des mules chargées d'or ?" Il a répondu : "Personne, je le jure à votre Cellence sur l'âme de ma mère, j'ai dormi sur les sacs, et j'ai passé une mauvaise nuit : les autres montaient la garde à tour de rôle et il n'y avait pas l'ombre d'un brigand."

« Quand le baron Stefano est mort, celui-là s'attendait à un autre héritage. Pendant que son beau-père était encore tout chaud, le mari de Teresa a dit au baron Guglielmo, devant le comte Trasi et le baron Scravaglio : "Maintenant vous devez me donner le reste de l'argent, je l'ai prise laide parce que vous m'aviez promis une plus grosse dot que pour les autres filles." Alors le baron il a dit comme ça : "Moi je ne sais rien. Nous avons compté et recompté la dot, et tu n'as rien dit. Je te dis une seule chose : ma sœur est une Safamita et elle t'a enrichi en te prenant pour mari. Ça doit te suffire." Alors le mari s'est tourné vers ses beaux-frères : ils devaient lui donner une partie de la dot de leurs femmes parce qu'elles étaient belles et en bonne santé. Ç'a été l'empoignade et le bruit arrivait jusqu'aux écuries tellement qu'ils hurlaient tous ensemble.

« Ensuite le baron a parlé à sa sœur : "Teresa, dis la vérité : notre père, Dieu ait son âme, t'a promis une plus grosse dot ?" Elle a répondu : "Mon mari a raison." Et lui : "Tu n'as pas d'enfants, sinon je te demanderais de jurer sur leur tête. Jure-le sur l'âme de ton père." Teresa a refusé, et elle répétait qu'elle attendait une plus grosse dot. Alors le baron s'est mis en colère : "Tu as épousé un mauvais homme. Retourne chez toi, où tu seras maîtresse et respectée, et tiens compagnie à Assunta." Elle a répondu : "Moi, mon mari, je ne le quitte pas." "Si c'est comme ça, il a dit le baron, va-t'en et oublie que tu as deux frères et quatre sœurs." Depuis ils ne se sont pas revus. Ils font les enterrements, les mariages et les baptêmes comme s'ils ne se connaissaient pas. Pourquoi maintenant ? Je dis qu'ils ont mangé la dot de leur mère et qu'ils sont sans le sou. Ils espèrent une autre dot Safamita et maintenant ils vont lorgner sur Costanza. »

Tard le soir, dans l'écurie, don Paolo et Gaspare rangeaient dans les caisses les harnachements funèbres des chevaux. Les valets dormaient dans les alcôves du mur près de la mangeoire.

« Tu as besoin de fumer un coup, dit Gaspare en tendant au cocher un cigare fumé à moitié.

– C'est bien vrai, à partir de maintenant nous allons voir beaucoup de vilaines choses. » Don Paolo s'assit sur un tabouret et ralluma le cigare. Il fumait avec une volupté distraite tout en poussant du pied la paille et les copeaux qui couvraient les pierres. « On ne plaisante pas avec le feu, il ne manquerait plus qu'un incendie pour terminer la journée.

– N'attire pas le mauvais œil. Les choses s'arrangeront au palais, dit Gaspare.

– Le cheval boiteux ne tire pas la charrette. La famille Safamita ne redeviendra pas ce qu'elle était, jamais.

– Mais non, le baron a une conscience. Il le sait bien de quoi sa femme est morte. Il doit appeler son fils et faire la paix.

– Comment il peut le savoir si même les médecins ne le savent pas ?

– Le cœur, le cœur lui a éclaté à la baronne. À cause de Stefano», dit Gaspare avec une fougue inhabituelle. Don Paolo fit tomber la cendre dans la petite rigole creusée dans les pierres pour faire s'écouler l'urine des chevaux dans la fosse et ne répondit pas. «C'est la faute du baron, je ne le dirais pas devant tout le monde», murmura Gaspare en passant le dos de sa main sur ses yeux humides, surpris de manquer ainsi de respect.

«Gaspare, l'apostropha don Paolo en le regardant droit dans les yeux, personne ne peut savoir ce qui s'est vraiment passé entre le baron et la baronne. Mais nous deux nous les connaissons mieux que tous : c'est une bonne personne, il a fait beaucoup pour sa famille. La baronne aussi, Dieu ait son âme, quand elle était petite elle est devenue femme avant l'âge. C'est pour ça qu'elle est restée petite fille, tu comprends?... Elle était bonne, elle ne s'est mal conduite qu'avec Costanza, les choses étaient très compliquées.»

Gaspare ne répondit pas, il regardait les papillons de nuit. «Il fallait que ce soit justement cet horrible père Puma qui baptise son fils? soupira-t-il tout à coup. Elle ne savait pas ce qu'il a fait à Costanza?

– Je n'ai jamais aimé le père Puma, mais il faut reconnaître qu'il a été le seul à aider Stefano, il a fait son devoir, et il faut le respecter pour ça, répondit don Paolo.

– Je ne veux même pas penser à ces choses-là. Stefano a la maréchale à présent, elle doit l'aider.

– Quels malheurs elle nous a apportés cette maréchale! Les femmes me plaisent depuis que je tétais le lait de ma mère, mais moi, Paolo Mercurio, je les remets à leur place, ce sont des femmes et elles doivent rester des femmes. Le baron, quand il était jeune, il savait y faire, lui!»

Gaspare fit une grimace. «Tu sais quoi? Chaque fois que je passe devant la chapelle du château je remercie le Seigneur qui m'a fait comme je suis : je n'ai pas ce genre de soucis.

– Tu as raison, Aspa, quelquefois j'aimerais être à ta place ! Mais même vieux, les femmes me plaisent beaucoup trop, alors soyons contents de ce que nous sommes.»

Un des gros papillons aux ailes noires qui se montrent à la tombée du jour et ne volent que la nuit s'était approché de la cuvette de pierre scellée dans le mur. Attiré par la lumière jaunâtre il tournait autour, de plus en plus bas, jusqu'au moment où la flamme lui lécha les ailes. Dans la frénésie de la mort le papillon tournoyait et agitait ses ailes grésillantes, son ombre sur le mur en faisait un géant dans des draps qui voltigeaient. Puis un crépitement, une odeur pénétrante, de la fumée. La flamme vacilla. Un éclair. Et tout redevint comme avant. Le ronflement des valets emplissait l'écurie.

«Gaspare, tu sais que le baron a voulu mettre une petite branche d'olivier sur la dépouille de la baronne ? Il m'a dit, de bon matin : "Paolo, cours en chercher une et laisse-la-moi dans ma chambre." Alors, pendant que vous étiez à l'enterrement, je suis allé à la Crocca au galop prendre une petite branche de l'arbre où elle se cachait avec Costanza pour regarder la terrasse de La Camusa.

– Pourquoi à la Crocca ? Des oliviers il y en a pas par ici ?

– Aspa, tu ne comprends vraiment pas ce que pensent les amoureux ! Il voulait l'olivier de la Crocca pour dire à la baronne qu'il lui pardonnait de lui avoir désobéi !» Don Paolo était triste, il secoua la tête et soupira. «Je suis allé là où la baronne se cachait pour regarder La Camusa. J'y suis resté longtemps à cause de ce que je voyais. Au retour j'ai dû enfoncer les éperons dans la chair de la jument, elle écumait, la pauvre. La Camusa était barricadée, fenêtres fermées. En deuil, tu comprends ? J'entendais un râle, lointain, comme celui d'un chien blessé, tombé dans un ravin. Ça faisait mal, très mal. Puis, le silence. J'ai pris la lunette. Quelqu'un taillait du bois, sous le soleil, comme un damné, on aurait dit qu'il préparait des pâtes pour une armée tellement il coupait de bois. J'ai arrêté de regarder. Pendant que je cueillais des pistaches la plainte a recommencé. J'ai repris la lunette. C'était Stefano, debout, la hache entre les mains, posée à terre droite comme une épée. Il regardait le soleil en face, sa figure brillait tellement elle était mouillée, il avait la bouche ouverte. Il en sortait un son rauque, parfois très fort, un seul ton, que si quelqu'un ne l'a pas entendu il ne peut pas comprendre les pleurs d'un fils pour sa mère.»

La flamme de la lampe commença à vaciller, la cuvette de pierre était presque asséchée.

42

Le chant d'un réfractaire.
L'insubordination de Costanza Safamita et
de sa nourrice face au deuil oppressant imposé
par le baron après la disparition de son épouse

Amalia et Pinuzza étaient en train de manger du pain et du fromage. C'était une soirée tiède et on entendait le son d'une guimbarde, puis une voix entonna une chanson d'amour des charretiers. La complainte s'élevait, modulée, grêle. Amalia écoutait en extase, une ombre de sourire aux lèvres. La musique était belle, c'était la première qu'on entendait à la Montagnazza.

«Pourquoi il chante ? demanda Pinuzza.

– Il est seul, et il pense à son amoureuse. Il est jeune. Il travaillait dans son village quand l'appel est arrivé et maintenant il se cache.

– Et elle, où elle est ?

– Au village, peut-être.

– Si elle ne l'entend pas, pourquoi il chante ?

– Il chante pour chanter, c'est tout. Costanza le faisait, après la mort de sa mère. Elle m'envoyait vérifier que personne ne pouvait l'entendre et alors elle chantait, elle chantait.

– Pourquoi elle chantait en cachette ?

– Son père ne le permettait pas.

– Pourquoi ?

– Tu poses trop de questions, Pinuzza. Pourquoi, pourquoi. Ils étaient en deuil de sa mère et le baron ne voulait pas de musique à la maison. Tais-toi et écoute cette chanson. »

Le jeune homme chantait des chansons mélancoliques. Résignées. Son chant prenait par moments une autre inflexion et il devenait intense, plein de désir d'amour, de présence.

Le ciel était tout rouge sur l'émail bleu de l'eau. Le chant solitaire du réfractaire ressemblait tout à fait à celui de Costanza après la mort de sa mère, pensait Amalia. Le baron avait mal réagi à la mort de sa femme. Il se sentait responsable : elle ne pouvait pas vivre sans Stefano. L'amour d'une mère est plus fort, beaucoup plus fort que celui d'une épouse ; seul le baron pouvait penser que c'était le contraire, et il s'était trompé.

Il avait établi un deuil tellement strict que même donna Assunta le trouva excessif. Mais c'était le maître, et il fallait obéir. La maison avait été disposée comme il se doit : voiles noirs sur les lustres, les miroirs, les tableaux ; fenêtres entrebâillées, portails entrouverts. Il fallut rouler les tapis colorés, couvrir les meubles dorés, les chandeliers et les lampes, et même les pianos.

Mais ça ne suffisait pas encore pour le baron. Les persiennes restèrent fermées pendant les trois mois de grand deuil, les domestiques les ouvraient seulement pour nettoyer les balcons. Le personnel devait parler bas, les femmes passaient le chiffon sans pouvoir murmurer un Ave Maria. Et ça devait être partout pareil, même dans les écuries.

Il voulut aussi manger en deuil, du jamais vu : des plats insipides, et en silence. Le nouveau chef cuisinier voulait presque retourner à Palerme. Le baron picorait à peine. Il interrompait brutalement les rares mots qui échappaient à Giacomo ; quant à Costanza, elle ne touchait presque pas à sa nourriture et maigrissait à vue d'œil.

Même après le mois des visites, quand on reprend d'habitude une vie normale, le baron ne voulut rien changer. Tout ce qui n'était pas le silence et l'immobilité le dérangeait. On aurait dit qu'il avait décidé de mourir. Il s'enfermait dans le salon, dans la pénombre, seul ou avec Costanza, muet. Il ne sortait pas de chez lui et obligeait ses enfants à faire pareil. Ils devaient chuchoter, marcher comme s'ils avaient les jambes attachées. Costanza, toute en noir, était l'ombre d'elle-même. Giacomo s'agitait, il voulait sortir, monter à cheval, mais son père lui disait non. Comme ça pendant les trois premiers mois : un enfer pur et simple.

Amalia revoyait Costanza, parée de ses bijoux de deuil, maigre comme un haricot. Comme son père, elle avait perdu le désir de vivre. C'était le soir et la nourrice l'aidait à se déshabiller. Dans un coin de la pièce se trouvait la harpe, couverte d'un voile noir. Costanza fit courir ses doigts sur les cordes, machinalement. Et ce fut comme lorsque l'eau de rose tombe goutte à goutte sur la pâte d'amande, et que le parfum se répand dans la cuisine.

« Cellence, non, elle ne doit… » Les mots lui avaient échappé.

220

Costanza la regarda et lui dit : « Vite, descends voir si mon père dort. »

Gaspare était endormi dans le fauteuil de l'anti-chambre et on entendait le baron ronfler. Costanza pinçait les cordes qui répondaient, douces comme le miel, des accords résonnaient, nets, liquides. Son visage s'était détendu, elle semblait renaître. Elle laissa retomber ses mains et murmura une chanson mélodieuse comme une berceuse. Dès lors, Costanza se remit à jouer, en cachette, la nuit, en désobéissant à son père.

Giacomo non plus ne respecta pas les règles. Il s'échappait dans les écuries et, ravalant l'orgueil des Safamita, il s'amusait avec les valets, ce qui, aux dires de don Paolo, dégénérait en obscénités. Le temps passant, il se consola avec une fille de cuisine.

Le chant s'était tu. Amalia et Pinuzza rentrèrent dans la grotte.

« Mais alors tu as aidé Costanza à manquer de respect à son père ? »

Amalia retapait la paillasse. « Tu dis ?

– Quand elle chantait en cachette.

– Pinuzza, des fois il faut le faire, sans se sentir en faute.

– Et quand ?

– Quand trop c'est trop, et ça arrive de temps en temps. Maintenant préparons-nous pour la nuit. »

43

Les Safamita en deuil. Costanza Safamita se consacre à son père et lui lit ses lettres

Les sœurs de Domenico s'attendaient à ce que, après le grand deuil strict, il emmène ses enfants à Palerme pour qu'ils fassent un bon mariage. Bien qu'il ait aimé les salons dans sa jeunesse, il s'était conformé à la nature sauvage de sa femme. Il avait pourtant besoin de fréquenter du monde, aussi, jusqu'à ce que commence l'histoire de Stefano et de la maréchale, avait-il tenu à aller une fois par an à Palerme. Devenu veuf, il sombra dans une mélancolie sans fond et, comme Guglielmo, il ne voulut plus quitter Sarentini. Il continua de prendre soin de lui-même et de l'administration, mais pour le reste c'était un mort vivant. Il passait des après-midi entiers dans le salon où Caterina avait joué pour lui. Il tenait ouvert entre ses mains un des livres qu'ils avaient lus ensemble à haute voix. Costanza s'asseyait dans le fauteuil de sa mère, sa broderie abandonnée sur les genoux. Elle aussi tombait dans un tourbillon de pensées.

Sa mère s'était assoupie et Costanza brodait au pied de son lit. «Tu as été une bonne fille, je regrette beaucoup de ne pas t'avoir aimée comme tu le mérites», murmura Caterina. Elle leva les yeux de son ouvrage : sa mère semblait s'être rendormie. Ces mots ne la laissaient pas en paix. Pourquoi sa mère n'avait-elle pas réussi à l'aimer ? Elle n'avait pas le courage d'en parler à son père et ne trouvait qu'une explication : c'était sa faute, elle était trop différente et ne comprenait pas pourquoi. Elle avait horreur de sa peau tachetée, de ses cheveux roux, de tout son corps. Répugnante. Elle, Costanza, était une erreur, née pour le malheur. Couche sur couche, comme des feuilles de papier absorbant, les jours, monotones et identiques, s'imprégnaient de cette misère. Mais Costanza tenait bon.

La vie avait changé pour tous. Après la première année de deuil, le baron recevait par devoir les notables, et en particulier le préfet Calloni.

En été il allait dans ses maisons de campagne et supportait mal les visites de ses parents, auxquelles il ne pouvait pas se soustraire. Là aussi, l'arrivée des maîtres représentait une chape de deuil. Il se remit à lire avec voracité, au point que sa vue faiblit. Il réorganisa son patrimoine et son administration de sorte que Stefano ne reçoive aucun héritage maternel.

Costanza était devenue sa compagne. Elle ne pensait qu'à satisfaire les exigences de son père et avait adopté peu à peu les manières et les habitudes de sa mère. Elle jouait à son piano et son père s'asseyait dans le fauteuil pour l'écouter. Quand il parlait, c'étaient soit des monologues – et Costanza se contentait alors d'être présente et vigilante – soit des considérations sur la vie et des réminiscences du passé – et alors elle était tout oreilles, comme si son attention et sa participation pouvaient l'aider à se réveiller. Dans le silence qui suivait, Costanza s'abandonnait à ces visions, à la curiosité timide et au désir de vivre dont elle avait honte aussitôt après. Elle reprenait sa broderie et se retirait dans sa coquille.

Ses cousines ne la distrayaient plus. Elle avait volontairement oublié les pensées d'amour, convaincue que la mort de sa mère était la conséquence de la passion de Stefano pour Filomena : sa tante Assunta avait raison, l'amour causait chagrins et souffrances, rien d'autre. Costanza ne parlait pas de l'avenir et n'y pensait pas, elle avait pris l'aspect d'une vieille fille précoce : habillée sans soin, fanée avant l'âge. Ses femmes de maison étaient inquiètes, mais elles étaient les seules.

Giacomo se réfugiait dans les écuries, sûr de la désapprobation de son père, mais il n'arrivait pas à s'en passer. Son père et Costanza ne se rendaient pas compte de ses désirs et l'excluaient de leur intimité. Il finit par s'intégrer à un groupe de jeunes hommes – bourgeois aisés et petite noblesse – avec lesquels il montait à cheval, faisait de l'escrime, allait voir les femmes, menait, en somme, la vie modérément dissipée des fils de nantis de province.

En famille on ne parlait pas de Stefano. Costanza continuait d'envoyer des cadeaux à ses enfants. La situation financière de son frère s'était aggravée après l'effondrement de la pêche aux coraux à Sciacca et elle prit le risque de glisser des pièces d'or dans les cadeaux destinés à ses neveux. Il ne les renvoya pas et elle en expédia d'autres.

44

*Deux événements inhabituels au château libèrent
père et fille de leur deuil*

Père et fille se trouvaient sur la terrasse de Malivinnitti. «Tu as dix-sept ans, dit Domenico. Tu dois connaître ce qui t'appartiendra et tu dois savoir l'administrer. Toi et Giacomo aurez tout.» Costanza le regardait. «Tu dois apprendre à traiter avec nos gens, à investir l'argent, savoir comment est fait ce monde dans lequel nous devons batailler, la société, la politique.

– Apprends-moi, papa», dit-elle, et elle reprit sa couture.

Pendant ce séjour, Domenico Safamita commença à lui demander de plus en plus souvent de lui lire des lettres et des documents, et les journaux qui arrivaient une ou deux fois par semaine.

Costanza obéissait. Elle trouvait cela pénible, une intrusion dans la vie privée de son père, et comme si cela ne suffisait pas, elle avait du mal à déchiffrer l'écriture cursive. Un jour son père lui tendit une lettre d'Irlande, écrite en français, d'une femme. «Je ne sais

224

pas qui c'est, lis. » Cette femme exigeait, au nom d'un neveu – sur un ton péremptoire et en mauvais français –, une réponse aux lettres que celui-ci avait envoyées au baron Guglielmo, et restées ignorées. Elle désirait savoir, comme promis par le directeur de la Corbotta, si la baronne avait donné le jour à un garçon ou à une fille. Costanza regardait son père, perplexe. « Cet imbécile de Guglielmo ! dit-il. Passons à une autre. »

La deuxième était une lettre de la comtesse Orsolina Acere : un simple remerciement. « Suffit, dit son père. Buvons un peu d'eau. » Et il poursuivit : « Costanza, ne crois pas que les maris doivent être fidèles. Le tien ne le sera pas non plus. Il respectera toujours sa femme, mais il aura des aventures avec des femmes faciles, ou avec d'autres. Il suffit qu'il les maintienne à l'écart de la famille. » Costanza le regarda, alarmée : il ne lui avait jamais parlé de mariage auparavant et elle pensait qu'après la mort de sa mère le sujet ne serait plus abordé. « Orsolina Acere est une grande dame et elle a été mon amie pendant des années. Sa belle-mère a eu une longue histoire avec mon père. Respecte-la, elle t'aidera toujours. » Il arrivait depuis lors que son père se laisse aller à des souvenirs de cet ordre, il parlait d'amours anciennes et de sa belle vie de célibataire. Il ne faisait jamais allusion à sa femme.

Costanza avait dix-huit ans. Sa mère était morte depuis trois ans : la période du demi-deuil commençait.

Le baron avait conservé la totalité du personnel du château, une vingtaine de personnes en tout, bien qu'il n'y habite plus que sa sœur, laquelle à soixante et onze ans jouissait d'une excellente santé. Donna Assunta Safamita était citée en exemple de la longévité méritée des femmes à la foi solide et pieuse. Lui la prenait simplement pour ce qu'elle était : une vieille fille têtue et ambitieuse qui refusait de déménager chez son frère.

La dévotion de donna Assunta s'était renforcée après la mort de Caterina. Elle passait son temps avec ses femmes mystiques et avec des moines, des frères et des prédicateurs – certains de réputation douteuse – qui, après la fermeture de leurs monastères, erraient à la recherche d'une occupation et de revenus. Elle continuait à préparer en secret sa béatification.

Le jardin était le dernier de ses soucis, mais il avait beaucoup plu en octobre, la végétation était devenue dense et avait fini par bloquer l'entrée du passage souterrain de la fontaine. On avait donc décidé de le débarrasser de la vase, de le nettoyer et l'assécher afin d'éviter les inondations. La fontaine était très grande : au centre de la vasque se dressait une statue de Diane, d'où fusait autrefois un grand jet d'eau. Le système qui l'actionnait s'était révélé assez imparfait. Il requérait la force d'un homme qui tournait une manivelle, plié en deux sous terre. Mais cela remontait au temps de son père. Depuis des décennies la fontaine était réduite au rôle de vasque.

Les jardiniers se glissèrent dans le passage obscur, le pantalon retroussé jusqu'au-dessus des genoux, courbés pour ne pas se cogner la tête. L'expédition se transforma soudain en sauve-qui-peut. Les hommes s'étaient fait mordre aux pieds par des bêtes inconnues, sans doute des esprits damnés. Ils demandèrent l'intervention de l'archiprêtre. Le bruit se répandit que les âmes des exorcisés s'étaient réfugiées précisément là-dessous. L'histoire mobilisa tout Sarentini.

La question prit des dimensions disproportionnées et donna Assunta se vit contrainte de recourir bien malgré elle à l'autorité de son frère.

Au terme de pourparlers laborieux, une fois le clergé apaisé, Domenico envoya ses gardes terminer le travail. Ces derniers – les mauvaises langues prétendirent qu'ils avaient des pistolets énormes à la ceinture tellement ils avaient peur – avancèrent avec des pelles et des seaux, chaussés de bottes. Ils travaillèrent toute une journée. Ils en sortirent avec des seaux pleins de boue où se débattaient des tortues de toutes tailles. On avait découvert une véritable colonie de ces reptiles, qui, dès qu'ils entendaient des pas humains, surgissaient sous les pieds comme des chiens de l'Etna, en s'attaquant à une vitesse foudroyante au cuir, aux tissus et à la chair humaine. Les tortues de la baronne avaient en effet proliféré allègrement en profitant de cet asile humide et des feuilles tendres, probablement aphrodisiaques.

On discuta longuement à Sarentini des moyens de se débarrasser de ces bêtes maléfiques. Qui les sauva de l'extermination ? Costanza. Elle voulut les voir toutes, une à une, et décida de les garder. Certaines dans le jardin, les autres à Malivinnitti.

Un nouvel événement obligea le baron à se rendre au château et à s'occuper du monde extérieur. Au cours des travaux d'entretien il fallut refaire le toit de la chapelle et en crépir l'intérieur, rongé par l'humidité et le manque d'aération : la dernière messe y avait été célébrée avant la naissance de Stefano. Elle avait fait l'objet d'incursions clandestines dont les traces étaient visibles : des déchets de nourriture, des épingles à cheveux, et même une boîte de Revalenza Arabica. Sarentini fut prompt à les identifier comme des indices de la célébration de messes noires.

Le mystère était d'autant plus épais que c'était donna Assunta, et non le majordome, qui gardait les clefs de la chapelle. Don Calogero était le seul à savoir où elle les mettait : il jura ne les avoir données qu'à la baronne, Dieu ait son âme, bien avant la naissance de Stefano, et qu'elle les lui avait tout de suite rendues.

Les domestiques ne parlaient de rien d'autre, mais on ne trouva pas le moindre suspect dans le personnel passé et présent. Ce fut Lina, l'aide-cuisinière, qui formula la seule hypothèse plausible.

On racontait aux cuisines que quelqu'un avait informé la baronne du nombre excessif de décoctions de persil que Lina consommait périodiquement en raison de sa «dévotion» pour le chef cuisinier. Peu avant de mourir, la baronne avait obtenu une confession complète du chef et l'avait licencié, brisant le cœur de Lina. La véritable délatrice avait été Celestina, mais Lina s'était persuadée que la coupable était la nourrice. Tout le monde savait – mais ne le disait pas – que la nourrice traficotait en douce avec don Paolo. Il suffisait qu'elle le demande à la baronne et celle-ci lui donnait du temps libre. Elle, oui, qu'elle en profitait! Dieu sait combien de décoctions de persil elle avait dû prendre, elle qui en plus avait une réputation de femme honnête. Ce devait être Amalia. C'était elle. Il fallait qu'elle paye.

Quand Lina apprit que parmi les objets trouvés dans la sacristie il y avait une boîte vide de Revalenza Arabica, elle eut la preuve nécessaire pour confondre Amalia qui – c'était connu – se la faisait offrir par la jeune baronne et la sirotait, dissoute dans l'eau chaude, comme une milady anglaise. Lina alla se confesser au père Inguaggiato, le confesseur de donna Assunta, qui fila droit au château.

Pour la deuxième fois donna Assunta dut recourir à son frère. On murmurait dans les cuisines qu'ils discutèrent âprement, mais que le baron voulut protéger la nourrice. On disait que donna Assunta fut très contrariée et se mit tellement en colère contre Amalia qu'elle dut s'en confesser, elle qui passait pour être presque incapable de commettre même un péché véniel. C'est ainsi que la réputation d'Amalia resta intacte à Sarentini et que la nourrice et le cocher conservèrent leur emploi; Lina eut même l'impression qu'ils se cachaient moins et elle en était profondément dépitée. Elle se mit à médire d'Amalia, hors des murs du Palazzo Safamita, mais sans guère d'effet, car on savait qu'Amalia était une personne de confiance de la jeune baronne et qu'il valait mieux se taire. Lina se sentait désormais mal à l'aise chez les Safamita et elle décida d'aller vivre avec sa sœur dans un village voisin, où elle mourut peu après.

SECONDE PARTIE

45

Amalia, effrayée par les bourrasques
de la Montagnazza, revit son amour
avec don Paolo

En Sicile, la longue sécheresse brûlante de l'été est
suivie d'un hiver court et pluvieux. Les pluies sont
un soulagement et une réjouissance collective, la promesse et la garantie de semailles et de récoltes futures :
plus elles sont fortes, mieux c'est. Pour les habitants de
la Montagnazza, en revanche, ces pluies torrentielles
étaient un mauvais présage : battue des vents et rendue
glissante, la Montagnazza devenait inaccessible, elle se
transformait en une prison humide, froide et cruelle.
Après la fête des Morts, Amalia tenait à garder des
restes de biscuits, des débris de personnages en sucre,
un demi-broc d'eau, des bouts de bougies, des allu-
mettes, précisément en prévision des pluies. Pinuzza
n'avait jamais souffert de la faim, la vraie, celle qui
tenaille le ventre et donne des hallucinations ; ses frères
étaient les derniers à capituler devant le mauvais temps
et les premiers à défier le vent et la grêle pour lui
apporter des vivres et du bois.

Il pleuvait à verse et les gouttes martelaient la marne
salie. Les gens terrés dans les grottes attendaient le pire
moment, celui où la pluie cessait tout à coup, chassée
par le vent qui se déchaînait alors contre la roche, pénétrait en sifflant à travers chaque fissure, brisait les
volets des lucarnes, ouvrait les issues, tournoyait sur le
sol en aspirant tout ce qu'il trouvait et en laissant une

traînée d'algues, de gravillons, de plumes, de feuilles, de brindilles et même d'oiseaux morts.

Amalia lorgnait à travers la meurtrière qui servait de lucarne à sa grotte. La mer était sombre et écumeuse. Le ciel ressemblait à un champ de bataille où s'affrontaient nuages et vents : tel un chien de berger qui disperse les brebis puis les rassemble, le vent balayait et poussait les nuages gonflés de pluie tantôt d'un côté, tantôt de l'autre, et les amassait, les entassait l'un sur l'autre, brebis dociles et pleines. Amalia n'avait jamais vu un tel charivari dans le ciel impuissant.

Elle avait peur de mourir : la porte de la grotte semblait prête à s'effondrer à tout moment, bien qu'elle l'ait maintenue avec le peu de meubles qu'elle possédait, brocs et casseroles compris. Elles allaient rester bloquées longtemps et il ne leur restait même pas un quignon de pain. Il lui vint une envie folle de grignoter une miche tout juste sortie du four. Le pain c'est la vie, se disait-elle, et il faut que je meure en en manquant, moi qui ai un fils boulanger. Elle le devait à la méchanceté de Lina si Giovannino était allé travailler en Amérique comme boulanger, et si sa mère devait mourir de faim.

Le baron avait envoyé les charpentiers refaire le toit de la chapelle du château. Lina, qu'elle avait toujours respectée et sur qui elle n'avait jamais dit un mot désagréable, en avait après elle et Amalia ne savait toujours pas pourquoi. Elle en avait tant dit et tant fait que donna Titta Cuffaro avait eu vent de son histoire avec don Paolo. Elle vint au palais et, sans même lui laisser la possibilité de s'expliquer, elle lui dit qu'elle devait s'estimer heureuse : Diego était un homme bon et il ne la tuerait pas comme elle le méritait, mais ils savaient comment la punir. Les Cuffaro quittaient Sarentini pour ne jamais y revenir. Eux pensaient au bien de Giovannino, qui avait trouvé du travail chez un boulanger à Palerme et allait partir encore plus loin, où personne ne pourrait lui jeter à la figure que son père était cocu. Elle ne reverrait jamais son fils. Peu après, les beaux-parents d'Amalia vendirent le magasin : Giovannino, qui avait dix-huit ans, fut parmi les premiers à aller chercher fortune en Amérique.

À Sarentini on commença à jaser : quel besoin avait Giovannino d'émigrer ! Les Cuffaro avaient déjà fait fortune en Sicile. Quelqu'un leur avait donné assez d'argent pour les faire taire et empêcher le pauvre Diego de faire son devoir : tuer sa femme infidèle et son amant. Ils s'étaient acheté une petite maison et vivaient sans avoir à souffrir de la faim. On racontait que lorsque Giovannino avait pris le bateau pour aller à Nouyork, il avait emporté un trousseau tellement important qu'il avait fallu une malle entière pour le contenir. Avec leur exagération habituelle, les villageois soutenaient que Giovannino avait eu encore davantage de chance dès son arrivée en Amérique, il avait ouvert une boulangerie où il pétrissait le pain le plus goûteux de Nouyork et les clients venaient exprès de l'autre bout de la ville pour faire la queue et acheter ses miches.

On ne savait pas qui avait payé les Cuffaro ni pourquoi. Ce ne pouvait pas être les Safamita : il avait été amplement démontré dans le passé qu'ils ne lâchaient pas un sou quand les maîtres eux-mêmes fautaient, c'était impensable que les galipettes d'une nourrice et d'un cocher puissent les intéresser. Alors qui d'autre ? Finalement, les villageois durent se résigner à ne pas venir à bout du mystère. Quelqu'un de très riche y tenait et voulait garder le secret. Mieux valait ne pas s'en mêler, on ne sait jamais ce qui peut arriver dans la vie.

Seule Amalia continua à se le demander. Elle avait

perdu son fils pour la seconde fois. Ils ne se voyaient pas autant qu'une mère et un fils l'auraient désiré, pour satisfaire cette mauvaise grand-mère. Elle seule avait le droit de s'occuper de lui. Mais ils se voyaient. Et ils s'aimaient. Amalia ne se confiait à personne et ne se plaignait pas, mais elle avait la mort dans l'âme. Don Paolo lui-même ne parvenait pas à la réconforter, et c'était pourtant quelqu'un de spécial, son unique amour de femme.

Cela s'était passé dans la sacristie. Depuis que don Paolo lui avait raconté l'histoire du roi Ferdinando et de la duchesse di Floridia, il semblait l'éviter. Il disait qu'il allait prendre l'air au château, qu'il se sentait comme les petits vieux. On rapportait à Amalia qu'on le voyait autour de l'église, parfois en compagnie du père Puma. Elle pensa qu'il se préparait à mourir et se sentit très malheureuse. Elle en arriva à tout faire pour le voir seul, elle oubliait ses tâches, raccommodait distraitement, négligeait même Costanza. Un après-midi don Paolo emmena la fillette au château dans la voiture du jeune baron avec elle et Maddalena.

Tout en l'aidant à descendre de voiture, il lui donna tout bas rendez-vous dans le jardin quand Costanza prendrait son lait et ses biscuits en compagnie de donna Assunta. Tourneboulée, Amalia accepta.

Ils se retrouvèrent à l'endroit convenu. Il lui fit signe de le suivre en silence. Ils évitaient les sentiers, pénétraient dans les fourrés envahis de végétation sauvage. Amalia était troublée. Don Paolo la précédait, il soulevait les branches ou les abaissait sous ses pieds pour lui faciliter le passage, il écartait les ronces à coups de bâton en lui faisant toujours signe de le suivre, imperturbable. Elle marchait derrière lui.

Ils débouchèrent devant la chapelle. Don Paolo tira une grosse clef de sa poche et l'introduisit dans la serrure. Ils entrèrent vite, en regardant derrière eux : pas de curieux. La chapelle était obscure. Il y manquait l'odeur d'encens des lieux de culte ; l'eau bénite avait séché dans la coquille de marbre. Derrière l'autel se trouvait une petite porte. Il l'ouvrit avec une autre clef, plus petite. Dans la pénombre humide de la sacristie, sous le regard sévère des portraits de saints accrochés au mur, bouleversée par l'atmosphère sacrée et poussiéreuse de ce lieu abandonné, Amalia ne sut ni ne voulut se refuser à don Paolo : ils s'aimèrent passionnément sur l'ottomane placée là par donna Assunta pour le repos des prêtres.

Plus tard, elle lui demanda comment il avait pu avoir cette idée sacrilège. Don Paolo lui répondit qu'un homme comme lui, avec autant d'années d'expérience, connaissait tout des Safamita et en savait long. Elle devait lui faire confiance : c'était le meilleur endroit.

Mais Amalia fut accablée de scrupules religieux : elle se sentait pécheresse. Elle savait qu'elle avait commis un péché mortel, qui s'effaçait toutefois avec la confession. Elle restait confondue par le fait que don Paolo lui ait décrit l'histoire d'amour entre le roi et la duchesse avant qu'ils ne se marient comme chaste et presque sublime. Elle avait essayé de lui en parler seule à seul, mais il ne lui en laissait pas le temps matériel.

Un jour, pendant qu'ils observaient Costanza en train de jouer au cerceau sur la terrasse de la blanchisserie, elle voulut lui en parler. « Excusez-moi si j'ai l'air d'une sotte, mais vous devez m'expliquer quelque chose. Si la reine était encore à Palerme et que le roi le faisait avec la duchesse, c'était en cachette, sans que les autres le sachent, pas vrai ?

– Bien sûr, les apparences sont importantes.

– Alors si un des enfants du roi ou un noble s'en était aperçu, il y aurait eu un scandale ? Et si la duchesse était l'amoureuse du roi, ça faisait d'elle une mauvaise femme aux yeux de la reine et des princes, ou non ? Et les nobles qui le savaient, qu'est-ce qu'ils pensaient de la duchesse ? » Elle lui posa l'une à la suite de l'autre toutes les questions qui se bousculaient dans sa tête.

Il réfléchit et lui répondit : « Amalia, je dois t'expliquer une chose importante. Dans ce monde il y a la loi pour nous autres les pauvres et la loi pour les riches, et puis il y a aussi la loi pour le roi. Il y a notre Dieu et le leur, même s'il s'agit toujours de Jésus-Christ. Si le roi est amoureux d'une femme noble, son mari et ses enfants sont tous contents. Pour les riches c'est pareil. À Palerme, monsieur Beniamino Ingham, l'Anglais le plus riche de tous, a emmené vivre chez lui rien moins que la duchesse di Santa Rosalia, qui avait six ans de plus que lui, mais elle était belle et noble.

« Tu ne le croirais pas, mais les enfants de la duchesse étaient très contents – le comte Vasciterre le racontait au jeune baron en voiture – parce qu'il payait leurs dettes chaque fois que leur mère lui faisait les yeux tout doux. Les nobles se battaient pour l'inviter chez eux, parce qu'il était riche. Si ç'avait été un pauvre, il se serait fait tuer.

– Et son mari ?

– Il n'en a rien su, mais comme on ne parlait jamais de lui, s'il n'était pas mort pour de bon tout le monde le considérait quand même comme mort. Les cornes sont toujours des cornes, mais celles des rois, des nobles et des riches sont différentes, belles, dorées, et elles plaisent à tout le monde même aux cocus. Tandis que les cornes que se font porter les pauvres gens comme nous paraissent tordues et puantes comme celles d'un bélier, il faut les cacher et les nier. Tu sais qu'on meurt pour ça ? » Amalia n'osa pas faire allusion à ses confessions au père Puma. Don Paolo les avait probablement devinées car il ajouta : « Pour moi tu es une meilleure femme que la duchesse di Floridia, parole d'honneur de don Paolo Mercurio, mais nous devons garder ce secret pour nous, même en confession, sinon ils nous tueront.»

Amalia eut peur, donna Titta ou son beau-père étaient capables de la tuer séance tenante.

«Tu sais ce que disaient les nobles de la duchesse di Floridia? lui dit alors don Paolo. Ils la donnaient en exemple pour ses qualités et ses beautés. Si l'amoureuse du roi n'est pas belle, on dit que celle qui lui ressemble est belle.» Il lui pinça la cuisse. «Si elle a le cou sec et long, on dit que les cous secs et longs sont beaux, si elle a les dents de travers et en avant comme celles des lapins, on dit qu'elles sont belles comme ça, si elle a les cheveux roux comme ceux de la jeune baronne on dit que les belles femmes doivent avoir la tête rousse.

– Qu'est-ce que Costanza a à voir là-dedans? protesta-t-elle.

– Elle a à voir, et comment qu'elle a à voir! Elle nous paraît belle à nous parce que nous l'aimons, et les autres la trouvent laide. Mais elle est riche, notre jeune baronne, alors elle devient belle, très très belle avec toutes les terres qu'elle a. Revenons à nous: si les gens apprennent que toi et moi nous adoucissons notre pauvre vie sans faire de mal à personne ni faire de scandale, nous serons chassés et ils nous laisseront mourir de faim.» Il lui prit le menton et chuchota: «Ma beauté, donne-moi un baiser rapide pendant que Costanza ne nous voit pas. Ne pensons plus à toutes ces choses tristes, sinon ça me donne l'envie de devenir socialiste!»

Elle décida qu'il n'était plus nécessaire de se confesser. Elle n'eut pas à regretter d'avoir suivi les conseils de don Paolo et d'en avoir adopté les idées, et elle lui resta reconnaissante et dévouée pour le contentement qu'il lui donna.

« Pauvre Pinuzza, qui doit mourir sans goûter à l'amour d'un homme », soupira-t-elle. Amalia n'avait plus peur de la tempête.

46

Gaspare parle à son maître. Costanza Safamita
revient à Mozart et son père décide
qu'elle est prête à se marier

Gaspare avait apporté au baron son café du matin et préparait le nécessaire pour le barbier. Il s'affairait, embarrassé.

« Votre Cellence me pardonne, j'ai quelque chose à dire.

– Qu'y a-t-il, Gaspare ? » Le baron était impatient.

« Je ne sais pas si don Filippo en a parlé à votre Cellence, mais parfois le majordome ne sait même pas ce qui se passe au palais.

– Parle.

– C'est à propos du jeune baron Giacomo. Il est jeune, mais certaines choses doivent être faites avec justice. Il y a une fille de cuisine appétissante qui lui plaît beaucoup, et depuis longtemps. Il y a quelques jours est arrivée une blanchisseuse gracieuse et elle lui plaît aussi. Ces deux-là se sont crêpé le chignon et ont fini par se cracher dessus. On parle beaucoup dans les cuisines et je voulais le dire à votre Cellence.

– Qu'est-ce qu'on dit d'autre ?

– Lina raconte partout que don Paolo et la nourrice de la jeune baronne se retrouvent dans la sacristie du château. Je n'aime pas qu'on parle tellement de la sacristie.

– Cette histoire est vraie ? » demanda le baron, la mention de la sacristie l'avait alerté.

« Votre Cellence connaît Paolo, il a une fiancée dans chaque village depuis sa jeunesse. Maintenant il se contente depuis longtemps d'Amalia, qui est une brave femme.

– Comment est le mari de la nourrice ?

– Un abruti, comme son père. Sa mère est très maline et ils sont couverts de dettes.

– Va, Gaspare, je n'ai plus besoin de toi pour le moment. »

Le baron était de fort mauvaise humeur. Le nombre de personnes auxquelles il pouvait se fier diminuait à vue d'œil. Don Filippo, son majordome depuis trente ans, l'avait laissé dans l'ignorance. Si Gaspare n'en avait pas parlé, il n'aurait rien su. Costanza ne devait pas perdre sa nourrice. Il appela le notaire Tuttolomondo et ils mirent au point ce qu'il fallait faire avec les Cuffaro. Il parla ensuite avec son majordome. Il lui dit qu'il avait appris les aventures de Giacomo par d'autres et qu'il en était mécontent, non pas à cause de ces histoires, qui arrivent avec les jeunes gens, mais parce que don Filippo n'était manifestement pas au courant, sinon il l'aurait aussitôt informé, comme il l'avait toujours fait, et avec un zèle remarquable, par le passé. Il s'informa de sa santé, demanda avec discrétion s'il avait des soucis et ne mentionna pas le reste de sa conversation avec Gaspare. Puis il fit appeler son fils et le réprimanda devant don Filippo : le maître c'était lui et il allait le rester jusqu'à son dernier soupir.

Le baron était éreinté. Ses souvenirs le tourmentaient, mais il était surtout tenaillé par un sentiment douloureux d'insécurité. Après le déjeuner il demanda à Costanza de lui jouer *Se a caso madama*, des *Nozze di Figaro*. Elle alla chercher la partition usée par sa mère, que mademoiselle Besser avait transcrite de sa propre main pour Caterina avant son éloignement forcé, et l'aborda avec hésitation. Son père ferma les yeux, il revoyait le héros sur scène : pétillant, plein de brio, irrespectueux, profond, avec un fond d'amertume, sublime.

C'était Annie Besser qui lui avait appris à apprécier Mozart lorsqu'ils étaient jeunes. Après la mort de la pauvre Maria Stella, Orsolina Acere avait conseillé à Guglielmo de conserver Annie Besser comme préceptrice de Caterina. C'était un personnage original et anticonformiste, Annie.

Fille illégitime d'un baron tué pendant la campagne d'Égypte, elle avait été élevée à Alexandrie. Elle parlait anglais et français et travaillait comme préceptrice. L'aristocratie sicilienne, anglophile à l'extrême, l'avait beaucoup appréciée et se la disputait. Mais mademoiselle Besser n'oubliait pas ses origines et elle s'était conduite avec peu de discrétion chez les Piscitelli, elle avait fait grand bruit. On racontait tant de choses sur son mari et la préceptrice que la princesse Piscitelli voulut l'éloigner de Palerme ; c'est ainsi qu'au moment opportun Annie Besser fut exilée à Sarentini. Excellente éducatrice – elle avait enseigné le style et la culture à Caterina –, c'était elle qui avait suggéré à Domenico qu'ils se retrouvent dans la sacristie. Elle lui dit qu'on ne pouvait aimer sous un même toit qu'un seul homme et que le château était réservé à son frère. Quand ils s'étaient aperçus qu'ils étaient épiés par Paolo, grimpé dans le mûrier, elle avait ri : « Je m'y attendais, c'est l'endroit idéal pour un voyeur, je trouve cela *très excitant* *. » Caterina lui avait avoué, après son mariage, qu'elle aussi grimpait dans le mûrier pour les épier. Telle avait été son initiation précoce à l'*ars amatoria*.

* Les passages en italique suivis d'un astérisque sont en français dans le texte. [*NdT*]

Costanza, si différente de sa mère, lui ressemblait beaucoup à ce moment-là. Elle avait pris une autre partition et la repassait, concentrée. Cette fois elle allait chanter – elle le faisait souvent devant son père – une mélodie douce et sensuelle, de sa belle voix de plus en plus déliée, vibrante, passionnée, comme si elle redécouvrait et célébrait sa jeunesse. *Porgi amor, qualche ristoro*. Costanza chantait et oubliait tout, son long cou s'étirait, se courbait, souple et libre, elle avait le visage serein, les joues roses : c'était une femme prête à s'ouvrir à la vie et à l'amour. Domenico comprit soudain qu'il lui avait imposé une existence de recluse, écrasée sous le poids du devoir et opprimée par le père veuf et égoïste qu'il était devenu. Il l'avait traitée comme un être dépourvu de désirs et de sexualité, en transférant sur elle l'état d'esprit et la lassitude de ses soixante-neuf ans. Costanza cachait aux autres et à elle-même une nature extrêmement passionnée, celle de sa mère – « fille de l'amour », l'avait décrite le père Sedita. La voix s'élevait nette et modulée : Costanza était là tout entière, dans la musique de Mozart. Il devait lui laisser l'espace et la chance de découvrir l'amour et d'en jouir.

Ce soir-là, après le dîner, il lui demanda : « Costanza, tu songes à te marier ? »

Elle rougit. « Je croyais qu'on n'y pensait plus ; papa, pour moi c'est très bien ainsi, je suis contente de vivre avec toi à Sarentini. Je préfère ne pas me marier. » Elle resta silencieuse et triste toute la soirée.

Les jours suivants Domenico Safamita remarqua un certain malaise chez sa fille : elle sursautait quand il lui adressait la parole et paraissait tout le temps préoccupée. Il avait parlé sur une impulsion. Il résolut de ne plus aborder le sujet et de l'observer : ce ne serait pas facile de la faire sortir de sa coquille. Mais dès qu'elle posait les doigts sur les touches, cette prière de « réconfort » que Costanza adressait sans le savoir à l'amour revenait sans cesse comme un écho dans les pièces du Palazzo Safamita et dans le cœur de son père.

47

Costanza Safamita rencontre son frère Stefano et décide qu'elle n'a pas besoin de se marier

Costanza savait que, tout comme elle, son père ne parlait pas à tort et à travers, et elle comprenait son désir de l'établir en la mariant : au fond, c'était le rêve de toutes les jeunes filles. Elle aussi l'avait désiré un temps, mais c'était terminé. Fatiguée de trop d'émotions, elle avait vu de près les souffrances causées par l'amour, pour lequel elle éprouvait presque de la répugnance. La vie mondaine l'effrayait, s'éloigner de son père, de Sarentini et de ses proches lui semblait intolérable. Elle aimait cette existence partagée entre la direction de la maison, les travaux de couture, les conversations avec son père, sa chère musique et les soins du jardin du château. Se consacrer à son père l'apaisait ; plus tard elle profiterait des enfants de Giacomo. Pourquoi troubler cette sérénité qu'elle avait eu tant de mal à construire ? Costanza était persuadée qu'elle n'était pas faite pour le mariage. Et son père l'avait mise dans un état d'incertitude anxieuse.

À celle-ci s'ajoutèrent, quelques semaines plus tard, de grandes inquiétudes quant à la santé de la petite Caterina. Stefano vivait dans l'indigence. Costanza avait proposé de payer les frais médicaux, mais il lui avait répondu qu'il n'accepterait pas d'argent des Safamita si on ne lui reconnaissait pas l'héritage de sa mère dont il soutenait – avec raison – qu'il lui avait été soustrait par des manœuvres organisées par son père en

faveur de ses autres enfants. Costanza en était bouleversée, elle avait souvent les yeux rouges.

« Amalia, qu'est-ce qui tracasse ma fille ces temps-
ci ? demanda le baron à la nourrice.

— Votre Cellence ne doit pas me le demander, répondit-elle très agitée.

— Amalia, parlez, c'est un ordre. »

Elle fondit en larmes.

« Contrôlez-vous et parlez !

— C'est à cause de la petite de votre fils !

— Expliquez-vous mieux », s'impatienta le baron.

Entre hoquets et soupirs la nourrice lui raconta.

« Comment va la fille de ton frère ? » La voix de son
père était rauque.

« Mal. Je suis très angoissée.

— Je le sais, par ta nourrice.

— Papa, j'ai eu tort de lui offrir mon aide ? »

Son père hésita et répondit : « Non. De ta part je m'en
serais douté, et de la part de ta mère si elle était vivante.
Et je lui dirais la même chose qu'à toi : agis selon ta
conscience, mais que cela ne se sache pas. »

Costanza continuait de broder. Après avoir enfilé une
nouvelle aiguillée elle leva les yeux : « Stefano n'est
plus comme avant, c'est ce qu'on dit. Je dois aider ses
enfants, mais il faut que je sois prudente. Je ne doute
pas que Caterina soit malade, mais je soupçonne les
Carcarazzo d'exagérer. Ils ont besoin d'argent. Pour
être sûrs que c'est une véritable urgence il faudrait
envoyer un médecin de confiance l'examiner. Je serais
plus tranquille. Qu'en dis-tu ?

— On ne retourne pas en arrière, Costanza. Lui et ses
enfants ne font pas partie de la famille. Ce qui n'empêche
pas qu'on puisse aider un malade. On le fait pour des
étrangers, mais en tant qu'étrangers. Je me fie à ton jugement. Tu as obéi à mes ordres et je sais que c'est pénible

pour toi. Mais c'est nécessaire, pour les Safamita de Sarentini, et tu sais pourquoi. Envoie le médecin et fais-la transporter à Palerme. Si vous vous trouvez en ville ensemble je ne t'interdirai pas de voir la petite, mais je préfère ne pas savoir si tu vois ses parents. Si tu te décides dans ce sens, je veux que les paiements soient faits à l'avenir par l'intermédiaire du notaire Tuttolomondo, dans le secret le plus absolu. Continue à correspondre avec ton frère comme si rien n'avait changé. Quand tu recevras des informations, garde-les pour toi seule.

— Merci, papa.» Costanza se leva et lui baisa la main.

«Nous irons à Palerme le mois prochain, reprit-il avec brusquerie, pour le mariage de Giovanna Trasi. Si cela te fait plaisir, nous pouvons avancer notre départ.» Il marqua un temps. «Tu sais que lorsque tu seras mariée, tu pourras faire ce que tu voudras en ce qui concerne ton frère ?

— Je sais, et j'y ai pensé. Je préfère rester à la maison. Je voudrais suivre l'exemple de tante Assunta, la vie de religieuse en famille me plaît. Je dois vraiment me marier ? Si tu me l'ordonnes, je t'obéirai.»

Caterina Safamita grandit, saine et robuste. Durant son hospitalisation à Palerme, Costanza l'avait vue et avait fait la connaissance de ses autres neveux. Par respect pour son père elle n'avait pas rencontré Stefano, mais elle avait revu sa belle-sœur. Filomena avait changé — sa beauté autrefois radieuse était abîmée par les soucis — et elle lui parla avec dignité et sens pratique. La Camusa était presque dépouillée de ses meubles, de son argenterie et de ses bibelots, tout avait été vendu pour faire vivre la famille. Elle, analphabète, exprima le désir que ses enfants aillent dans un internat. Stefano, poursuivi par ses créanciers, s'était mis à boire et refusait de les envoyer dans les écoles pour les pauvres, où ils auraient côtoyé les enfants des subordonnés des Safamita.

Costanza était prise entre deux mondes, avec le sentiment de n'appartenir à aucun d'eux. À Palerme sa famille étaient occupée par les préparatifs du mariage : on ne parlait que bijoux, vêtements, cadeaux, trousseau, festivités, invitations, comme si c'étaient des questions de la plus haute importance.

Les Trasi dépensaient et s'endettaient pour faire bonne figure. Son affection pour ses oncle et tante et pour ses cousins la forçait à retomber dans les faux-semblants du passé et à se montrer gaie, à participer aux discussions sur des sujets qui lui paraissaient creux, pendant qu'elle se rongeait d'inquiétude pour la famille de Stefano. Elle ne cessait de penser à leur misère.

En outre, elle se doutait que son père avait parlé en famille de son désir de la marier et que ses cousines cherchaient à la convaincre de suivre l'exemple de Giovanna. Sa vie paisible avait sombré dans le désordre et l'insécurité. Elle n'avait qu'une certitude : elle était et resterait riche, et même cela lui paraissait parfois un joug insupportable.

Costanza décida qu'elle devait voir Stefano et le persuader d'accepter son offre, au moins à propos de ses enfants. Son père y consentit.

Elle n'avait pas revu son frère depuis la mort de leur mère. Stefano choisit de la retrouver tôt le matin dans un café de la Marina où ils allaient lorsqu'ils étaient enfants : il était vide à cette heure-là, et de toute façon il n'était pas fréquenté par l'aristocratie. Elle avait dormi chez la comtesse Orsolina Acere pour ne pas éveiller les soupçons des domestiques des Trasi ; la comtesse devait l'accompagner et revenir la chercher en voiture.

« Qu'est-ce qui t'arrive ? Tu es malade ? » Stefano était affolé par l'aspect de sa sœur : maigre, pâle, elle portait encore le demi-deuil.

– Non, je vais bien. Et toi ?» Mais Stefano évitait les questions, il n'admettait pas les défaites.

Costanza le regardait, ravie. À vingt-sept ans c'était un homme fait. Il n'avait que quelques petites rides aux tempes et ses yeux avaient perdu le regard rieur qui l'enchantait tant, pour acquérir de la profondeur et du charme.

Ils disposaient de peu de temps. Stefano avait besoin de parler de leur mère, longuement. Il demanda des nouvelles de Giacomo, des anciens employés, et des informations sur ses parents : il se considérait encore comme l'héritier des Safamita et se comportait comme tel, sans négliger son rôle de frère aîné. Il lui décrivit de nouveaux projets pour gagner de l'argent, des investissements, des occasions avantageuses : il avait perdu tout contact avec la réalité.

Quand elle put finalement parler à son tour, Costanza avait oublié le petit discours qu'elle s'était préparé. «Après papa, tu es la personne qui m'est le plus chère, commença-t-elle. J'ai promis de prendre soin de tes enfants comme si j'étais leur grand-mère. J'ai de l'argent à ma disposition, mais en réalité une partie devrait te revenir. Tu as refusé mes propositions jusqu'à la maladie de Caterina. Je comprends l'orgueil, mais pas au détriment des enfants. C'est de l'égoïsme et de la folie. Tu m'as fait dire que tu ne veux pas l'aumône. Je ne suis pas libre de te donner ce qui te revient. Je ne peux pas, notre père ne le permet pas et je dois lui obéir. Mais il m'autorise à me servir de ma rente pour aider tes enfants, pour qu'ils grandissent en bonne santé et avec une éducation digne de leur père et de leur nom. Tu m'y autorises toi aussi ?»

Stefano l'écoutait, indécis. «Si tu tiens à ce que je te transfère directement ce qui moralement t'appartient autant qu'à moi, il ne me reste qu'à me marier. J'aurai alors plus de liberté d'action. Mais je ne veux pas de mari, je suis bien à la maison, et j'espère l'éviter. Si tu refuses ma proposition, je me marierai avec n'importe qui. Je ne veux pas que ce qui est arrivé à Caterina se répète : c'est le médecin d'ici qui l'a sauvée. Tes enfants sont des innocents qu'il faut protéger. Filomena en serait heureuse. Je n'ai pas oublié ce que tu m'as dit d'elle quand je l'ai rencontrée : "Elle est ma vie." Sois gentil avec ta vie, et avec celles que vous avez créées ensemble. »

Stefano lui prit la main qu'elle avait posée sur la table de marbre et la serra. « D'accord, Costanza, et je te promets que je ferai la même chose pour toi et tes enfants. » Ils passèrent les quelques minutes qui leur restaient à se rappeler leurs promenades à la Marina, ou simplement à se sourire.

Dans la voiture la comtesse remarqua : « Vous aviez l'air de deux amoureux en vous tenant la main dans un café, les yeux dans les yeux, indifférents à ce qui se passait autour de vous. C'était ton frère préféré ?

– Stefano était le préféré de notre mère. Pour moi il était tout ce qu'on peut désirer d'un frère », répondit Costanza, puis elle se mordit la lèvre pour avoir trop parlé. Elle regarda la mer infinie, plate, éclatante sous le soleil matinal. La Marina commençait à se peupler de passants. Elle se redressa contre le dossier, soulagée ; elle n'avait plus besoin de prendre un mari, le peu que la vie lui offrait lui suffisait.

48

Costanza Safamita cherche contre son gré
un mari à Palerme

En février 1880, Costanza, qui n'avait pas encore vingt et un ans, se rendit à Palerme le cœur lourd. Elle avait un devoir bien précis à remplir : se trouver un mari.

L'année précédente son père l'avait emmenée avec lui à Naples – son premier long voyage. «Tu n'es jamais allée au théâtre», lui avait-il dit. On donnait *Lucia di Lammermoor*. «Donizetti l'a composé précisément ici il y a presque cinquante ans. Mets la robe que ta tante Maria Anna t'a fait acheter, s'il te plaît.»

Le chef d'orchestre abaissa sa baguette : la musique emplit le théâtre. Costanza était tout ouïe, le regard fixé sur le rideau de velours cramoisi, très haut et opulent avec ses galons et ses broderies d'or. Un léger frémissement fit onduler les plis. Costanza attendait, la respiration suspendue. Quand le rideau s'ouvrit il révéla une forêt comme elle n'en aurait jamais imaginé : les coulisses étaient des arbres au tronc haut et puissant et au feuillage touffu, dans différents tons de vert foncé ; ils diminuaient en perspective vers le fond de la scène – la forêt de Ravenswood – et guidaient le regard.

La lumière, d'abord faible, augmenta progressivement ; le chœur, dispersé et camouflé entre les coulisses et l'immense toile de fond – les costumes de la même couleur que les troncs –, prenait corps, les visages pâles comme des lucioles au clair de lune. Les notes montaient de la fosse d'orchestre et se fondaient avec les voix des chanteurs sur la scène. Costanza s'écarta du dossier et resta perchée au bord de son siège, en extase : c'était un autre monde, celui du Merveilleux.

Pendant l'entracte ils se mêlèrent au public dans le foyer : aucun des deux ne s'intéressait à la riche élégance des dames, aux dorures et aux stucs du théâtre. Costanza glissait parmi la foule au bras de son père. Elle avait une allure qu'il ne lui avait jamais vue : épaules droites et tête haute, regard de feu, joues roses, lèvres humides entrouvertes dans un sourire ; elle lui rappelait Caterina au même âge. Elle était attirante : le bleu paon de sa robe du soir et ses cheveux cuivrés rehaussaient sa carnation laiteuse et elle était l'objet de regards curieux et admiratifs. Mais elle ne les remarquait pas, elle avait toujours la scène devant ses yeux et fredonnait. Son père s'apercevait que les hommes le regardaient lui aussi et il s'en irritait : ils pensaient visiblement qu'elle n'était pas sa fille. Costanza était aux anges : ivre de musique, elle vivait encore dans l'intrigue. L'éternelle guerre entre Edgardo et Enrico, la peine de Lucia, le devoir d'Enrico. *Verranno a te sull'aure i miei sospiri ardenti*, elle répétait intérieurement l'air du dernier duo, les lèvres serrées.

« Tu veux boire quelque chose ? lui demanda son père.

– Non, non, je suis bien. » Costanza revint à la réalité. Avec réticence.

« Ça te plaît ?

– Oui, beaucoup, murmura-t-elle de nouveau lointaine.

– C'est une bien triste d'histoire d'amour.

– Mais très belle, papa, moi j'étais heureuse. »

Son père lui montrait de temps en temps quelque chose et ne recevait pas de réponse. Costanza entendait mais n'écoutait pas, elle voyait mais ne regardait pas.

Pendant l'entracte son père ne tenta même pas un semblant de conversation. Ils se promenaient en silence : deux inconnus dans la foule. Domenico Safamita éprouvait un curieux malaise. *Appressati Lucia.* Et si le mariage qu'il désirait pour sa fille ne lui apportait pas le bonheur ? *Per poco tra le tenebre sparì la vostra stella.* Il l'avait écrasée sous son deuil. *Io la farò risorgere più fulgida, più bella.* Il fut pris d'une jalousie rageuse et viscérale vis-à-vis de celui qui la posséderait. Il la regarda de côté. Costanza, les yeux rêveurs, dodelinait de la tête sur une musique intérieure. Caterina aussi chantait en silence, à l'opéra.

«Costanza, comment imagines-tu ton amoureux? lui demanda-t-il à l'improviste.

– *Comme toi, mon papa**, murmura-t-elle. Je voudrais épouser quelqu'un comme toi.»

Il se sentit rougir. Il chancela, puis reprit le pas indolent du théâtre; son poing serré broyait sans pitié ses lunettes. Costanza sentait que quelque chose n'allait pas, mais elle ne savait pas quoi et ne s'en souciait pas, elle voulait que le troisième acte commence, tout de suite, vite, et rien d'autre. Avec impatience elle se serra contre le bras de son père pour qu'il accélère le pas, son épaule et son sein l'effleurèrent. «Doucement, Caterina, doucement, c'est le premier appel», dit-il. Costanza ne l'entendit pas. *Per te d'immenso giubilo tutto s'avviva intorno*, chantait le chœur, et elle était à la réception d'Arturo.

Le baron Safamita emmena Costanza une autre fois à l'opéra, à sa demande expresse, mais il voulut retourner en Sicile avant la date prévue.

À Sarentini le palais était en émoi. Maria n'avait pas sa langue dans sa poche et elle mit aussitôt Costanza au courant: pendant l'absence du baron, Giacomo s'était comporté en maître, et mal. Des servantes avaient carrément rendu leur tablier, les gardes étaient inquiets, et les employés de l'administration, mécontents. Maria ajouta en regardant Costanza dans les yeux que le père de Filomena avait disparu. Costanza comprit que les Tignuso y étaient pour quelque chose. «Il a eu ce qu'il méritait, dit Maria, mais votre Cellence ne m'avait pas dit qu'elle paie l'école à ses enfants; ce que racontent les autres ne m'intéresse pas, je dis qu'elle a bien fait.»

Son père dû reprendre les rênes, apaiser et discipliner. Son benjamin, le seul qui allait transmettre le nom des Safamita, lui était antipathique. Giacomo posait problème : c'était un paysan rusé, mais d'une intelligence limitée. Il tenait des Safamita les traits les moins adaptés aux temps modernes : un coq qui semait le désordre parmi les servantes.

Giacomo fuyait la compagnie des Palermitains. Il ne ferait pas un bon mariage. Il lui fallait une femme de la petite noblesse douteuse du coin qui agaçait tellement les Safamita. Une bru de ce genre se plierait à la volonté et aux goûts de son mari et lui assurerait la stabilité domestique ; il devait la trouver vite. Mais d'abord il fallait marier Costanza.

Domenico le savait : Giacomo éprouvait pour lui de l'aversion – et, sans aucun doute, il en était en partie responsable – et autant vis-à-vis de sa sœur : lorsque lui-même serait mort, cela deviendrait flagrant. Giacomo n'allait pas la traiter avec la déférence que les frères Safamita avaient réservée à Assunta, et il ne l'imposerait pas à sa femme. Au lieu d'être la propriétaire, Costanza serait un hôte encombrant, toléré dans l'attente de son héritage. Soumise comme elle l'était, elle souffrirait en silence.

La noblesse palermitaine traversait une période de renaissance, on y voyait les prémices d'une plus grande culture et d'une responsabilité civique. Costanza devait épouser un aristocrate et vivre à Palerme, fréquenter les théâtres, voyager, connaître ses pairs. Son père lui exposa le mariage en ces termes : « Tu es riche et tu seras propriétaire. Je veux pour toi un mariage arrangé à ton goût, pour que tu sois heureuse, comme je l'ai été avec ta mère. » Il l'emmènerait à Palerme pour qu'elle connaisse des jeunes nobles et qu'elle choisisse. Il avait été net et concis, il voulait mourir avec la certitude qu'elle était casée. Costanza, pour qui le verbe «choisir» était obscur et menaçant, devait obéir, et elle accepta.

La rumeur commença à se propager que la jeune baronne Safamita, munie d'une dot considérable, était prête à se marier. Ses parents Trasi furent chargés de l'introduire dans la société palermitaine. Ils décidèrent qu'il fallait avant tout renouveler sa garde-robe et la rendre attirante. Costanza allait faire des achats avec ses cousines et supportait avec résignation les interminables essayages de vêtements, de chapeaux, de chaussures. Elle était très maigre, les couturières rembourraient ses corsages et imaginaient des stratagèmes pour la rendre plus gracieuse. Rien d'étonnant : de la voilette au gant, du ton de la couleur aux plus petits accessoires, le théâtre de la féminité était en jeu, ce théâtre dont elle s'était progressivement retirée. Costanza endossait avec application ce qui avait été choisi pour elle et regrettait pendant ce temps sa simple tenue de deuil. Elle commença à fréquenter les salons de Palerme et à être présentée aux bons partis possibles, ainsi qu'à leurs mères. Ces occasions étaient horribles et humiliantes. Le soir elle s'endormait parfois en pleurant et rêvait que pendant la nuit les escargots sortaient de sous le sol, grimpaient aux montants du lit, glissaient entre les draps et l'enveloppaient dans une coquille pour la ramener à Sarentini. Le lendemain ses cousines et elle reprenaient les promenades à la Marina, les visites, inexorables : elle était à la fois marchandise et cliente. Dans ces moments-là un souvenir de son voyage à Naples la hantait. Elle avait accompagné son père à une vente aux enchères de chevaux de course. Les bêtes avaient été parfaitement étrillées pour mettre en valeur leur musculature. Chacun était flanqué à sa gauche d'un valet d'écurie qui le tenait par le mors, ils devaient tourner d'un pas rapide et la tête haute sur une petite estrade ronde sous les regards critiques des acquéreurs, pendant que la voix stridente du commissaire-priseur vantait leurs qualités. Les meilleurs étaient vendus au bout de quelques tours, mais les autres étaient contraints à ce carrousel jusqu'à leur vente, ou à l'ignominie d'être retirés des enchères. Étourdis et désorientés par les hurlements et les tours continuels, ils essayaient de se cabrer, l'écume à la bouche, ils cherchaient à baisser le cou, pour ensuite céder à la contrainte du mors coupant. Ils reprenaient la fière posture requise pour l'occasion, vaincus, le regard plein de ressentiment.

Costanza se comparait à ces pauvres bêtes. «Tiens-toi droite!», «Ne fais pas cette mine d'enterrement!», «Souris, de temps en temps!», «Lève les yeux, lève les yeux!» criaillaient ses cousines. Elle essayait, mais sa timidité prenait inévitablement le dessus et elle faisait son entrée dans les salons la tête baissée et les épaules remontées, comme ces malheureux chevaux restés les derniers dans le carrousel. Tout en circulant parmi les invités les cousines lui indiquaient d'un clin d'œil les hommes sélectionnés et leurs familles. Intuitive et observatrice, Costanza savait quand elle faisait l'objet d'estimations et, comme ces chevaux, elle cherchait à opposer une résistance. Elle baissait les yeux, mais en même temps elle croyait entendre ses commissaires-priseurs vanter ses mérites: «Les domaines de Mezzeterre, Zirretta, Malivinnitti, Canziati, mille arpents de terre à semer aux Madoni, de l'argent en banque, tous les bijoux de sa mère et encore davantage...» Costanza aurait voulu se réduire à un petit tas de cendres.

En raison de sa peur – de sa quasi-certitude – de ne pas plaire, chaque rencontre et chaque conversation était vouée à l'échec.

*Costanza Safamita rencontre par hasard le marquis
Pietro Patella di Sabbiamena et en tombe éperdument
amoureuse*

Elle le rencontra par hasard, dans le petit salon de couture de la baronne Annina Finocchiaro di Lannificchiati, un après-midi de février. Ce fut le coup de foudre. Sa tante Maria Anna Trasi et elle se trouvaient chez la vieille baronne en mission typiquement féminine : penchées sur la table près de la fenêtre pour profiter de la lumière du jour, elles choisissaient dans la corbeille à soies les couleurs pour broder une chape pour l'oratoire de la Compagnia dei Bianchi.

Depuis qu'elle était devenue veuve, la baronne vivait dans la gêne. Il régnait dans cette pièce le froid humide qui envahit les vieilles maisons en hiver, quand les murs, au lieu de protéger ceux qui y vivent, libèrent sans pitié l'humidité accumulée au cours de siècles que la chaleur suffocante de l'été ne réussit pas à assécher. La tiédeur qui se dégageait du brasero de cuivre ne suffisait pas. La baronne, sa chaufferette sur les genoux avait, comme la comtesse Trasi, les épaules couvertes d'un très grand châle crocheté. Costanza était enveloppée dans une large écharpe de laine très fine brodée de fils cuivrés.

Elles étaient tellement occupées à choisir dans la profusion d'écheveaux les couleurs qui convenaient qu'elles n'entendirent pas le coup léger à la porte. Sans attendre la permission, le domestique l'ouvrit brusquement en s'écartant pour laisser entrer le nouveau venu. Aplati contre le battant de la porte, il voulut quand même l'annoncer comme il se devait : « Le marquis Sabbiamena est arrivé. »

Costanza eut l'impression que le jeune homme, en entrant, avait balayé d'un coup l'atmosphère de moisi et l'odeur âcre des braises : il était très beau, brun de peau, élégant, désinvolte. Elle sentit son cœur bondir dans sa poitrine et rougit. Avec l'assurance de celui qui a la certitude d'être bien accueilli, le nouveau venu ralentit le pas et s'inclina pour embrasser la main et les joues de la baronne ; il effleura des lèvres la main de la comtesse Trasi et, avant de s'incliner devant Costanza, il hésita un instant, conscient d'avoir fait bonne impression, pour laisser le temps à sa tante de le présenter à l'inconnue : « Chère Costanza, permets-moi de te présenter mon neveu Pietro Patella, le marquis di Sabbiamena. » Après un rapide « Enchanté de vous connaître, donna Costanza », Pietro s'adressa à la baronne : « Ma tante, veuillez m'excuser d'interrompre un après-midi de travail : je suis venu vous rappeler que je pense toujours à vous, je ne vous oublie pas. » Puis, sur un ton jovial et légèrement ironique, il ajouta : « Vous êtes en train de choisir des fils à broder… quel ouvrage ont en chantier ces mains de fées ? » et il se joignit gaiement aux femmes. Assis entre la baronne et Costanza, il manipulait les écheveaux à la façon expérimentée et compétente d'une femme, commentait les différents tons de l'air de quelqu'un qui s'y connaît et parlait en même temps à sa tante en lui touchant les bras et les mains avec une familiarité affectueuse et respectueuse, comme s'il voulait la caresser. La baronne rayonnait.

« Excusez encore cette interruption, dit-il plus tard en se levant, mais cette semaine ma tante n'avait pas eu sa petite visite habituelle. Ma jument a eu hier soir un poulain exceptionnel : il deviendra un cheval splendide, je me sens comme un père très fier. Je dois retourner à l'écurie, je vous laisse à vos travaux. » En prenant congé de Costanza il s'inclina et souleva un pan de l'écharpe : il le caressa longuement en passant dessus la

257

paume de sa main, extrêmement sensuel. «Une écharpe magnifique», murmura-t-il, et il s'en alla aussi vite qu'il était arrivé, laissant Costanza foudroyée. Le respect joyeux de Pietro pour sa tante, son goût exquis dans le choix des coloris, son amour pour les animaux, son allusion voilée aux joies de la paternité, et enfin le réveil des sens à travers l'écharpe, tout lui disait qu'elle avait trouvé l'homme qu'elle était destinée à aimer.

Les autres ne s'aperçurent pas du trouble de Costanza, silencieuse comme à l'accoutumée, et elles se remirent à bavarder de tout et de rien. Dans la voiture, sa tante se borna à remarquer que Pietro Patella di Sabbiamena se conduisait toujours ainsi: il était imprévisible et faisait des visites inopportunes et très brèves à la baronne, sa seule tante maternelle, qui l'avait élevé car sa mère était morte très jeune. Il était évident que le marquis ne recevait pas son approbation.

Costanza le revit quelques autres fois à la Marina lorsque, accompagnée de sa tante ou d'une cousine mariée, comme il est d'usage quand on est à la recherche d'un mari, elle faisait la promenade rituelle dans la voiture à deux chevaux, laquée d'un noir bleuté, avec les armoiries des Safamita dûment astiquées. Il se promenait à pied, en compagnie d'autres hommes. Il soulevait son chapeau pour la saluer et la suivait des yeux. Un jour Costanza crut reconnaître un regard respectueusement langoureux. Elle rougit d'amour et brûla comme un feu du 15 août.

*Costanza Safamita s'entête à vouloir épouser
Pietro Patella di Sabbiamena et aucun autre.
Des fiançailles forcées, mais pas trop*

Costanza ne parla pas à ses cousines de sa rencontre
avec Pietro Sabbiamena. Elle ne pensait qu'à lui. Il suffisait qu'elle le voie au loin pour être dans tous ses
états. Elle voulait en savoir davantage sur son bien-
aimé et y parvint grâce à une question fortuite, mais
mûrement pensée, à cette bonne pâte de Stefano Trasi,
son cousin préféré : « Si la baronne Lannificchiati est
votre parente éloignée, les Patella le sont aussi ?

– Non, nous ne sommes pas parents. Pauvre Pietro,
depuis qu'il est né il n'a eu que des malheurs : la mort
de son père, puis de sa mère, et des dettes à n'en plus
finir. Je suis étonné qu'il ne se plaigne jamais, il est
toujours de bonne humeur. » Ces mots renforcèrent la
détermination de Costanza : elle lui donnerait l'affection et le bien-être économique qui lui avaient manqué.

Elle sortait volontiers dans l'espoir de le rencontrer
et, en même temps que cette espérance, elle se remé-
morait son premier séjour à Gazzola, quand elle avait
onze ans. Les Safamita inauguraient leur nouvelle maison de campagne. Les Limuna étaient leurs hôtes.

C'était une fin d'après-midi de septembre et ils
allaient tous en calèche assister au foulage du raisin. Le
chant des fouleurs s'entendait de loin. L'air était calme
et il faisait une chaleur oppressante ; la cour empestait
l'odeur âcre du moût et celle, rance, des marcs entassés
dans un coin, sous une nuée de mouches et de guêpes.

Les femmes se réunirent sous un mûrier pour regarder. Les hommes s'approchèrent des grandes cuves du
pressoir. Costanza était à côté de son père. Trois pay-

sans débarrassaient les grappes des pampres et les égrenaient : ils préparaient le raisin au foulage. Les fouleurs piétinaient le raisin le pantalon retroussé. Certains entonnaient encore le chant triste et monotone du travail en levant en cadence leurs genoux fatigués ; d'autres, épuisés, suivaient leur propre rythme lent et solitaire. La cuve bouillonnait et moussait. Des essaims de guêpes voletaient au-dessus sans presque toucher les grains. Elles se posaient sur les vestes, les cous, les visages, les mains ; elles résistaient aux mouvements que faisaient les hommes pour s'en débarrasser, se collaient aux jambes en nuées, tourbillonnaient frénétiquement autour des têtes en empêchant les fouleurs d'y voir.

Les hommes foulaient sans répit d'un mouvement régulier ; ils se déplaçaient en rang d'un bout à l'autre de la cuve comme les jouets métalliques qu'on remonte, la chemise trempée de sueur collée aux épaules et à la poitrine, couverte d'éclaboussures de moût semblables à des gouttes de sang – jambe levée, pied enfoncé, et ainsi de suite –, et ils remuaient les bras et la tête pour chasser les guêpes, ils les attrapaient et les écrasaient dans leur poing puis les jetaient dans la cuve ; les guêpes encore bourdonnantes se mélangeaient à cette bouillie et devenaient du moût. Costanza était là et regardait. Dans sa robe fraîche de mousseline à fleurs, avec son chapeau de paille, son ombrelle ouverte, elle était là, attirée par ce théâtre de martyres. Elle en avait honte. « Allons-nous-en, Costanza, les guêpes pourraient te piquer. » La voix de son père l'avait secouée.

Sur le chemin du retour, Alfonsina Limuna lui avait chuchoté : « Il ressemblait à une statue grecque. J'ai l'impression qu'il te plaisait beaucoup ce fouleur. » Costanza ne comprenait pas de quoi parlait cette cousine déjà femme malgré ses treize ans, et elle fondit en larmes. Alfonsina la prit dans ses bras et lui expliqua que les filles, quand elles sont grandes, ont un regard différent sur les hommes ; ce jeune homme bien fait et musclé lui plairait à elle aussi.

Le souvenir du foulage du raisin ne la quittait pas ; elle voulait faire quelque chose pour améliorer les conditions de travail des fouleurs. Elle en parla à Stefano, qui avait à présent dix-huit ans et d'autres soucis en tête. Il haussa les épaules et lui suggéra d'en parler à son père, c'était lui le maître. Celui-ci l'écouta sérieusement et lui expliqua avec patience qu'il existait des travaux encore plus désagréables, mais que les gens gagnaient leur pain de cette façon. La vie était dure pour tous, pour une raison ou une autre. Il fallait que Costanza soit forte et l'accepte. « Celui qui travaille pour nous a plus de chance que celui qui n'a pas de travail, ne l'oublie pas quand tu seras propriétaire de tes biens et mariée », lui dit-il.

Le groupe retourna une autre fois dans la cour. Alfonsina lui indiqua aussitôt le jeune homme et Costanza fixa les yeux sur lui. Il faisait du vent et les guêpes se collaient aux paniers de raisin, les hommes piétinaient en chantant, les bras sur les épaules les uns des autres comme s'ils dansaient. Le jeune homme foulait seul ; tout en muscles palpitants, le pantalon et la chemise collés à son corps en sueur, il était comme nu. Il travaillait à un rythme soutenu et contrôlé, tantôt avec fougue, tantôt avec langueur, il enfonçait les pieds au fond de la masse de grains écrasés, fort. Elle ne le quittait pas des yeux. Il lui plaisait. Lui ne lui accordait pas un regard, mais il savait. Protégée par son voile, elle continuait à le fixer. Il lui plaisait.

À présent il suffisait qu'elle voie Pietro Sabbiamena, qu'elle suive sa démarche indolente et masculine pour éprouver une sensation similaire, mais plus intense. Elle ne vivait que pour le rencontrer de nouveau ; de bonne grâce elle acceptait toutes les invitations, scrutait les groupes d'hommes, observait les cavaliers à la Marina, dans l'espoir de le revoir. Elle était désormais certaine de trouver le bonheur avec lui. Ils feraient le bien ensemble.

Plus que jamais, Costanza refusait tous les partis qu'on lui proposait. Elle espérait que sorte le nom du marquis Sabbiamena, mais en vain.

Un jour, à la promenade, elle eut le courage d'en parler à son père.

«Papa, le marquis Sabbiamena me plaît : pourquoi ne me l'avez-vous pas proposé ?

– Il ne te convient pas, Costanza. Il a gaspillé le peu que lui avait laissé son père, c'est un joueur, et de plus il perd. Tu mérites mieux.

– Mais je suis riche, et tu me dis que je dois veiller à mes biens : je ne le laisserai pas les détruire.

– Je ne sais pas s'il te rendra heureuse.

– Papa, c'est le seul que je veux. S'il ne te plaît pas, je ne l'épouserai pas, mais alors permets-moi de ne pas avoir d'autre mari. Je suis bien à la maison, tu le sais.

– Je te promets que j'y penserai, et je te dirai ce que j'aurai décidé», répondit son père.

Avec beaucoup de réticences, Domenico Safamita décida de satisfaire sa fille. Il fit informer l'élu, sûr d'obtenir une réponse reconnaissante et positive. Or, le prince Chisiccusi, oncle du jeune homme, auquel avait été confiée l'entreprise, tardait à répondre. Le baron souffrait, blessé dans son orgueil ; il redoutait même un refus, impensable en d'autres temps.

Il maudit encore une fois son fils aîné : par sa conduite, ce misérable avait sali le nom des Safamita, même si la dot de Costanza devait suffire à remédier à la honte de Stefano. Après tout, les Safamita n'étaient pas les premiers à connaître ce genre de malheurs.

Ce fut la baronne Lannifiacchiati qui sauva la situation. Elle invita son neveu à déjeuner et lui demanda de but en blanc pourquoi il ne voulait pas épouser la jeune baronne Safamita, jeune fille vertueuse avec une dot très respectable.

«Elle ne me plaît pas.

– Mais tu ne lui as parlé qu'une fois! Tu ne sais pas combien elle est bonne, obéissante… un trésor. Que veux-tu d'autre d'une épouse, et riche de surcroît! Elle liquide toutes tes dettes, elle te permet de continuer à t'amuser, tu seras riche, et tes enfants aussi. Ta mère aurait été heureuse.

– Elle est très maigre, ma tante.

– Je te la ferai grossir à force de gâteaux si elle ne grossit pas de contentement de t'avoir pour mari, imbécile! s'exclama sa tante. Tu seras bientôt étranglé par tes dettes, je t'ai aidé autant que je pouvais et je ne te donnerai pas davantage tant que tu ne m'auras pas rendu ce que tu me dois; moi, je me tais et j'attends, mais tes autres créanciers, eux, ils piaffent, ils te mangeront tout cru!

– Elle ne me plaît pas! répéta Pietro.

– Elle te plaira plus tard, tu dois apprendre à la connaître: elle joue de la musique et chante très bien, elle parle français comme une Parisienne. Et on ne peut pas dire qu'elle soit repoussante!

– Pour moi, ma tante, elle l'est un peu.

– On ne plaisante pas! D'ailleurs, elle doit t'attirer un peu puisque tu la regardes beaucoup. On me dit que c'est ce que tu fais quand tu la vois à la Marina. De loin elle te plaît. De près ce sera encore mieux. Une épouse n'a pas à plaire, ce n'est pas à moi de devoir te l'expliquer, ce n'est pas une amoureuse. Tu peux continuer à avoir de celles-là, et d'autres encore, avec tout son argent. Je te parle d'une épouse, de la mère de tes enfants, de celle qui assure ta descendance et, dans ce cas précis, qui la fait vivre. Pourquoi la regardais-tu tellement à la Marina? C'est toi qui l'as troublée cette sainte jeune fille, et maintenant tu ne veux plus d'elle. Cela ne se fait pas», conclut la baronne Lannificchiati avec agacement.

Pietro tomba des nues. «J'admirais les chevaux.

– Eh bien alors pense aux chevaux, aux voitures et à toutes les bonnes choses que tu pourras te permettre. Costanza Safamita a une fortune en terres et en argent. Réfléchis bien, elle est ton salut : maintenant ou jamais.»

Pietro Sabbiamena demanda la main de Costanza Safamita en mars 1880. Le mariage serait célébré en juin, trois mois plus tard.

Les fiancés eurent peu d'occasions de se fréquenter. Ces rencontres confirmèrent à Costanza que Pietro était l'homme qu'il lui fallait : il se conduisait à son égard d'une manière irréprochable, avec galanterie et un brin de familiarité. Costanza attribuait à sa distinction le fait qu'il n'ait pas cherché à lui voler un seul baiser. Chaque fois que Pietro lui touchait le bras, lui baisait la main, lui effleurait les cheveux – des gestes qu'il faisait presque instinctivement –, l'amour de Costanza grandissait. Ils aimaient les mêmes airs d'opéra, Pietro lui demandait souvent de jouer et de chanter pour lui et Costanza était heureuse de le satisfaire. Elle mettait tous ses sentiments dans ces chants. Il appréciait son talent et le lui disait. Costanza oubliait ses incertitudes, elle avait confiance dans son mariage et était décidée à tout faire pour conquérir Pietro et le rendre heureux.

Après Pâques les Safamita retournèrent à Sarentini pour préparer le mariage ; Pietro lui envoyait des lettres banales et pas du tout sentimentales. Disposée à trouver des explications nobles à toute carence apparente de son bien-aimé, Costanza se persuada qu'il se retenait en lui écrivant pour s'adapter à ses petites lettres rédigées dans un italien concis et modeste. Mais une angoisse augmentait démesurément avec l'approche des noces : elle redoutait les rapports conjugaux et sentait une absence d'attirance physique de la part de son fiancé, et pas seulement à cause de ses cheveux. C'étaient là des doutes qui venaient accroître le chagrin sincère de quitter son père et Sarentini, en emmenant seulement sa nourrice et sa femme de chambre personnelle.

Costanza dépérissait au lieu de refleurir. Le baron percevait sa tristesse. Tout en n'approuvant pas ce mariage, il comptait les jours qui l'en séparaient, dans l'espoir que la vie conjugale la rassérénerait. Il décida donc d'accélérer les choses : le mariage serait célébré en mai.

51

Le lendemain du mariage de son enfant préféré,
le baron Domenico Safamita accomplit un acte impur

Domenico Safamita resta peu de temps auprès de ses hôtes et alla se coucher en laissant les mariés avec les invités. Son âge avancé, soixante-douze ans, lui permettait cette apparente impolitesse, du reste nécessaire : il était éreinté. Il n'était pas heureux de ce mariage, à présent moins que jamais. Costanza lui était apparue comme un petit agneau emmené à l'abattoir, pâle et émaciée : elle n'avait cessé de trembler durant toute la cérémonie et il avait craint qu'elle ne s'évanouisse. Ce mari citadin et noceur n'était pas fait pour elle, mais la détermination de Costanza était inébranlable. Il lui avait répété jusqu'au dernier moment qu'elle avait encore le temps de changer d'avis, il se chargeait d'informer lui-même Sabbiamena que le mariage ne se faisait plus. Et avec quelle satisfaction ! Le bruit courait que Pietro n'avait fait aucun préparatif dans le palais de Cacaci pour accueillir son épouse : ils devaient habiter là pour le moment puisque celui de Palerme était en très mauvais état et en partie loué. Le baron savait aussi de sources sûres que le fiancé comptait se faire entretenir par sa femme. Il espérait que Costanza se révélerait une administratrice sage et qu'elle saurait surveiller son mari, mais surtout qu'elle aurait une belle famille. Il avait le pressentiment confus qu'il n'en serait rien et il s'en voulait de l'avoir poussée à se marier. Sa Caterina lui manquait plus que jamais. Quelle malheureuse famille ils avaient élevée, et à quel prix pour tous deux !

Le lendemain il se réveilla à l'aube et voulut prendre son café sur le balcon, ce qui lui apporta un certain calme. Il y avait encore une brume légère, qui se dissipait à mesure que l'air tiédissait. Les collines qui descendaient vers la mer pâle étaient recouvertes de rosée. La lune allait disparaître. Malgré sa mauvaise nuit il se sentait bien. Il pensait à tout ce qu'il pouvait encore faire : voyager, revoir de vieux amis, fréquenter son cercle à Palerme. Le premier soleil caressait les collines. Beaucoup de ces terres lui appartenaient, elles reviendraient en partie à Costanza : l'avenir de sa fille et de ses futurs petits-enfants était assuré. Il songea à la nuit de noces des deux époux. Elle avait dû être bien différente de la sienne avec Caterina, toute feu et passion. Chacun fait les choses à sa manière, mais au moins ce Patella a une solide réputation d'étalon, se dit-il, et il sourit. Il prit une profonde bouffée d'air frais et rentra.

De la terrasse du palais, la petite foule des parents et amis saluait bruyamment la rangée de voitures qui quittaient le village en direction de Malivinnitti. Le baron était parmi eux, le visage blafard. Maria Anna Trasi le prit par le bras : « Ne fais pas cette tête ! lui dit-elle.

Allons faire un tour, marier une fille est une grande émotion… Mon mari, Dieu ait son âme, souffrait beaucoup à chaque fois.

– Tu as vu comme Costanza avait mauvaise mine, ce matin ? lui demanda-t-il à brûle-pourpoint.

– Oui, ne t'inquiète pas : c'est arrivé à nous toutes la première fois, ensuite elle y prendra goût. » Maria Anna eut un petit rire. Une lueur passa dans ses yeux très clairs. Un battement de cils et elle reprit contenance.

« Première fois, première fois ! Elle ne va pas bien, tu ne vois pas ? Elle était malheureuse, très malheureuse.

– Tu deviens hystérique en vieillissant. N'y pense plus, ils sont jeunes et ils s'arrangeront à leur manière : nous les vieux nous devons nous inquiéter pour nos maladies, par pour leur vie. » Elle le prit par le bras et le força à marcher en allongeant le pas. Le frère et la sœur s'éloignèrent : elle parlait sans s'arrêter sous les voiles de son chapeau et il était forcé d'écouter, puis il avança seul et Maria Anna Trasi s'accorda enfin le plaisir de regarder par-delà le garde-fou et de jouir du panorama.

Pina Pissuta préparait une décoction de persil. Elle travaillait encore beaucoup et avec plaisir, bien qu'elle ait largement dépassé la cinquantaine. Son métier la mêlait aux joies et aux douleurs, aux espoirs et aux déceptions. Elle connaissait les secrets les plus intimes du village et on la respectait. Elle était restée jusqu'à l'aube chez le pharmacien, à qui était née sa première fille après trois garçons : il avait failli prendre l'accoucheuse dans ses bras de joie. Elle avait toujours beaucoup de travail, toujours urgent, il en fallait des bouquets pour faire une décoction efficace à apporter en cachette à la voisine d'en face du pharmacien. Cette femme avait assez d'enfants, garçons et filles, et n'avait pas besoin d'autres bouches à nourrir. Avec l'aide de Dieu, Pina prendrait quelques heures de repos dans l'après-midi.

Un garde du baron Safamita apparut sur sa porte. «Monsieur le baron vous salue. Il vous invite à déguster les friandises du mariage de la jeune baronne et vous attend dans la matinée.»

Elle est bien bonne, se dit Pina, on ne m'a jamais appelée chez les Safamita rien que pour manger.

Résignée à ne pas dormir ce matin-là, elle remua la décoction et la laissa frémir, puis elle prit une louche d'eau pour se laver le visage et les mains et s'arrangea un peu. Après la visite à sa cliente elle courrait chez les Safamita : il fallait obéir au baron.

Domenico Safamita l'attendait impatiemment dans son cabinet ; il était pressé, il devait rejoindre ses hôtes au château, où on allait déjeuner dans le jardin. Hors quelques saluts rapides dans la rue, il n'avait pas vu Pina depuis l'enterrement de Caterina.

«J'ai besoin de vous. Je ne me fie pas à ma fille Costanza et encore moins à son mari. Allez aux cuisines, parlez avec tout le monde, écoutez, faites-vous raconter. Je veux savoir ce qui s'est passé cette nuit entre elle et lui. D'accord ?

– Oui, Cellence, je ferai ce que je pourrai.»

Elle aussi parlait peu.

C'était une demande difficile à satisfaire. Pina resta jusqu'à l'après-midi et parvint à parler avec presque tout le personnel. Les domestiques n'avaient pas la langue dans leur poche et elles étaient tout excitées, comme si elles renaissaient : après tant d'années d'austérité, les festivités et les bavardages étaient revenus chez les Safamita en grande pompe. Pina dut supporter les descriptions interminables des préparatifs du mariage, du trousseau de la jeune baronne, des longues recherches, dans toute la Sicile, des ingrédients les plus rares et les plus coûteux pour le déjeuner, de la réception du jour précédent. Puis on passa aux mariés. Pina jouissait de la confiance de tous : rares étaient ceux qui n'avaient pas une raison ou une autre de lui être reconnaissants. Les domestiques personnels des mariés étaient partis avec eux, aussi les récits furent-ils de deuxième et de troisième main.

Pina les passait au crible un à un. Il en ressortit qu'après le repas le marquis avait accompagné Costanza dans la chambre nuptiale et était retourné auprès des invités : ils étaient restés trop peu de temps ensemble pour « faire quelque chose ». Rosa, la femme de chambre de Costanza, l'avait aidée à se déshabiller et à se préparer pour la nuit. « Madame la marquise n'avait même pas voulu dénouer ses tresses, tellement elle était fatiguée. » C'était ce qu'avait dit Rosa.

Les gens de maison étaient autour de la grande table de la cuisine, sur laquelle étaient dressés les restes de la veille et d'autres gourmandises cuisinées par les mains expertes du chef. Ils mangeaient et buvaient ensemble, enfin détendus. Pina s'assit avec les hommes, elle y était autorisée. La conversation tournait au grivois. Il n'en sortait rien de décisif, mais peu à peu les impressions et les plaisanteries devenaient des indices.

« Ça ne se fait pas, la femme doit dénouer ses cheveux pour faire plaisir à l'homme », tonnait le chef, le véritable héros du jour. Il déclencha ainsi un torrent de paroles où seule Pina savait recueillir l'essentiel.

« Oui, si elle veut lui plaire. Mais vous l'avez regardée la jeune baronne, à quoi elle s'est réduite ? On dirait qu'elle ne veut plaire à personne. Un fil de fer qu'elle est devenue, encore un peu elle disparaît ! »

« Elle était malade, elle mangeait peu et puis elle était toute à l'envers, l'âme lui sortait : elle avait l'air d'une morte debout, à son mariage. »

« Mais elle lui a plu, autrement pourquoi il l'a prise ?

– Il l'a prise parce qu'elle s'appelle Safamita et qu'elle a de l'argent à couvrir un à un tous les pavés de la grand-rue de Sarentini.

– Et alors, il n'y en a pas des femmes riches mais plus en chair que la jeune baronne ?

– Couvert de dettes qu'il est ce marquis, son valet de chambre me racontait que même à lui il n'arrive pas à payer tout son mois.»

Après le déjeuner Pina s'isola avec les personnages-clefs, les femmes, pour atteindre le cœur du sujet. Elle exclut Amalia, qui n'aurait pas parlé. Elle apprit ainsi que Rosa n'avait presque pas fermé l'œil de la nuit. Elle avait confié aux autres que la mariée s'était endormie en pleurant, toute seule.

Elle était restée éveillée dans le petit salon adjacent, pour l'aider si elle en avait besoin avant que son mari la rejoigne : depuis quelques semaines Costanza se réveillait la nuit et vomissait. Rosa avait entendu le marquis arriver, ivre. Le jeune baron Giacomo dut l'accompagner à l'étage supérieur et le confier à Baldassarre, son valet de chambre, qui, nullement troublé ni surpris par l'état de son maître, le déshabilla et le laissa devant la porte de la chambre nuptiale, chancelant. Rosa jurait avoir entendu des bruits puis la voix du marquis qui bredouillait : «Comme elle est sèche !» Puis le silence. Et enfin des pas, légers légers : Costanza s'était levée et allait dans son vestiaire. Rosa avait entrebâillé la porte et l'avait vue étendue sur le divan, couverte d'un châle. Elle pleurait en silence et avait continué jusqu'à ce que Rosa s'assoupisse dans un fauteuil du petit salon. Le lendemain matin le marquis se leva tôt et alla dans le vestiaire. Dès qu'il vit sa femme encore endormie il appela Rosa à grands cris, plusieurs fois. Sur le tapis, devant le divan, il y avait une flaque de vomi nauséabond. Costanza était horrifiée. Chacun fit sa toilette assisté de son propre domestique. Ils prirent le petit déjeuner et descendirent ensemble : ils avaient tous les deux le visage défait, mais certainement pas par le plaisir.

Pina passa par la blanchisserie. Elle admira le magnifique drap de soie, la chemise de nuit, la lingerie. Elle examina les draps des noces, propres, à peine froissés. Il y avait des taches jaune clair du côté où avait dormi Costanza. Elle les renifla : c'étaient des traces de bile.

Dans l'après-midi Pina se présenta de nouveau dans le cabinet du baron. Au fond, sous la fenêtre, trônait le bureau, imposant. Devant lui, deux simples chaises. À l'autre bout de la pièce se trouvait une table entourée de grandes chaises de noyer aux bras sculptés, le dossier tapissé de cuir marron. Les murs étaient recouverts de bibliothèques massives : un pastel de la baronne petite fille était le seul tableau, accroché derrière le baron.

Domenico Safamita était inquiet. La pensée de sa Costanza, encore plus sienne qu'avant, était devenue une obsession qui l'avait tourmenté toute la journée. Assis derrière son bureau, le buste en avant, il était extrêmement tendu, comme prêt à bondir. Pina était debout devant lui.

« Alors ?

– J'ai parlé avec tout le monde, j'ai vu ce qu'il fallait voir. Les domestiques des mariés sont partis, j'ai appris par d'autres certaines choses.

– Je sais, je sais. Alors ? Dites.

– La jeune baronne est telle qu'elle est sortie du ventre de la baronne, Dieu ait son âme. »

Domenico Safamita rougit. Il transpirait et tremblait, les poings serrés sur la table. Les yeux secs, il pleurait dans sa chair. Il regardait Pina fixement.

Il saisit sa canne, la tint horizontalement entre ses mains, sans cesser de regarder Pina. Lentement, d'un geste presque hiératique, il commença à la plier, puis, dans un sursaut de force menaçante, il appuya les pouces sur le bois, l'un près de l'autre, et la brisa.

Pina était sans doute la seule étrangère à avoir connu l'intensité de la douleur du baron : c'était elle qui avait eu le devoir de lui annoncer les fausses couches répétées de sa femme, presque jusqu'à la mort de celle-ci. Elle avait été témoin de ses tempêtes intérieures, des chaises fracassées, des vases en miettes. Mais jamais jusque-là elle n'avait eu peur de lui.

Malgré la présence du bureau qui les séparait, Pina fut effrayée par ce vieil homme. Les yeux du baron étaient exorbités – ses paupières semblaient avalées – comme s'ils allaient exploser, pointés sur elle, noirs, désespérés.

Il se leva d'un coup. Il tenait encore les deux morceaux de bois. Il repoussa son fauteuil et, lentement, contourna le bureau pour s'approcher de Pina. L'ordre sortit du plus profond de sa gorge : « Appuyez-vous au dossier ! »

Pina ne comprit pas.

« Sur la chaise, sur la chaise, la lourde, bon sang ! » Craignant qu'il ne veuille la fouetter, Pina n'obéissait pas. Le visage du baron était impénétrable et terrible.

« Tourne-toi et ouvre ton pantalon », dit-il à voix basse.

Pina éprouva alors un soulagement écœurant. Elle déplaça le panier plein de nourriture à emporter chez elle pour le mettre à l'abri, attrapa une des chaises solides et la plaça au centre de la pièce. Elle s'appuya aux accoudoirs en s'agrippant aux têtes de dragons ricanants et vérifia la stabilité du siège. Elle se redressa, souleva vite sa jupe, se la mit sur la tête, desserra à sa taille le cordon qui maintenait son pantalon et l'ouvrit ; puis elle se pencha en avant sur le dossier et empoigna les accoudoirs. Elle se rappela avec un sentiment de honte qu'elle s'était peu lavée et dans la précipitation.

Domenico Safamita la pénétra d'un coup sec, puis avec des poussées de plus en plus fortes, telle était la puissance qui se dégageait de son désespoir. Dans une frénésie d'angoisse, en pleurant, il sodomisa Pina Pissuta.

«Vous pouvez partir, Pina. Merci.» Pina se rajustait sans oser se retourner quand elle vit tomber au pied de la chaise une petite bourse de pièces. Elle la ramassa, les bras encore endoloris, puis elle se retourna vers lui pour le remercier.

Le baron était revenu derrière son bureau. Il lui tournait le dos. Debout, le ventre contre une bibliothèque basse, les bras levés, la tête en avant, le front contre le mur, les mains serrées sur le cadre du portrait de sa femme.

«Partez», répéta-t-il d'une voix sourde.

Pina fut tentée de lui dire quelques mots de consolation, mais elle entendait des sanglots étouffés et dans ces cas-là on laisse les hommes seuls. Elle ramassa ses affaires et sortit.

Resté seul, le baron se mit à hululer, très haut et fort. C'est du moins ce qui parut à Pina, qui ralentit le pas, puis s'en alla pour de bon.

52

Une très bizarre façon d'aimer

La voiture était prête dans la cour des maîtres; elle attendait la marquise. Les paysannes se pressaient autour de Costanza pour les embrassades des adieux: «Ma marquise ne veut pas quitter Malivinnitti; je comprends maintenant pourquoi», dit aimablement le marquis Sabbiamena, puis, sur un ton gentiment ferme, il demanda à sa femme: «Costanza, dépêche-toi, c'est l'heure de partir.»

Obéissante, Costanza se dirigea vers la voiture. Maria

Teccapiglia, l'ancienne femme de chambre de sa grand-mère, se frayait un passage entre les femmes et les enfants. Sa minuscule silhouette avançait, noire et voûtée, et se détachait sur les autres.

Costanza retourna sur ses pas et s'abandonna dans ses bras pour un dernier adieu silencieux.

Puis le cocher fit claquer son fouet et les chevaux se dirigèrent vers le portail. La voiture commença de descendre la petite route, flanquée des gardes à cheval. Costanza se mit à la fenêtre. Les paysans les avaient suivis et se trouvaient à présent en rang contre les murs de la ferme, les femmes et les enfants d'un côté du portail, les hommes de l'autre, silencieux. On ne distinguait pas Maria au milieu des autres femmes en noir. Costanza regarda encore une fois ces visages brunis par le soleil et brûlés par le vent, apparemment impénétrables, et elle y reconnut le semblant de sourire des gens de Malivinnitti, qui se manifestait avec pudeur, par des battements de cils sur les yeux noirs.

Les Tignuso rejoignirent la voiture au galop et se mirent en tête du convoi. Ils devaient les accompagner jusqu'à la limite du domaine. Costanza s'appuya contre le dossier et chuchota à son mari :

« Pietro, je suis fière d'être ta femme.

– Et moi d'avoir ma marquise », répondit-il en lui caressant les doigts.

Les deux dernières semaines avaient été différentes de ce que Costanza avait imaginé.

La première nuit de noces, le mariage n'avait pas été consommé. Costanza se disait que c'était sa faute. Au cours des semaines précédentes elle avait été souffrante : elle vomissait et ses règles avaient cessé. La terreur de l'étreinte amoureuse lui avait brouillé l'esprit et avait atteint son désir.

Ils étaient arrivés à Malivinnitti tard dans l'après-midi, fatigués, ensommeillés, défaits et poussiéreux, après le long voyage en voiture. Ils avaient reçu les félicitations des paysans et fait une apparition rapide à la fête organisée par son père pour les gens de Malivinnitti. Ils étaient allés se coucher, ensemble pour la première fois, sans embarras. À bout de forces.

Des aboiements réveillèrent Costanza au milieu de la nuit : une horde de chiens poursuivait une chienne en chaleur. Elle jeta un coup d'œil du côté de Pietro : il lui tournait le dos et ronflait légèrement. Elle retomba dans un demi-sommeil. Le vacarme augmentait et elle se mit les mains sur les oreilles. Les chiens couraient dans tous les sens d'un côté à l'autre de la cour. Les pattes – impatientes rapides fouilleuses – frappaient les cailloux. Les hurlements des paysans n'eurent aucun effet. Costanza écoutait : elle voyait devant elle ces chiens déchaînés, haletants. Elle eut honte. Elle désirait s'accoupler avec le même élan impérieux que ces animaux.

« Que se passe-t-il ? » Pietro avait sauté du lit et avait ouvert grande la fenêtre du balcon. Elle entrouvrit les paupières et le vit se découper contre la grille, baigné de la lumière douce de la lune. La pièce s'était remplie des bruits discordants des animaux, les aboiements se répercutaient d'un mur à l'autre, comme pris dans le tourbillon d'une girandole sonore. Costanza eut très envie de Pietro.

Il la regarda un instant : « Ce sont seulement des chiens, Costanza, ne t'inquiète pas. Dormons », lui dit-il et il se remit tout de suite au lit. Peu après il ronflait de nouveau.

Costanza tomba dans un demi-sommeil moite et tumultueux, en écoutant les jappements soumis de la chienne, le halètement du chien vainqueur, les glapissements de l'accouplement. Puis le silence. Consumée de désir inassouvi, la gorge sèche et douloureuse, elle s'endormit enfin.

Le lendemain matin, en compagnie des Tignuso et d'une multitude d'employés et de paysans, Costanza emmena le nouveau maître découvrir le domaine. Pietro était attentionné et galant, il voulait plaire à chacun et bavardait avec une complaisance dégagée, s'intéressant à tout. En romantique, il s'enthousiasma pour la vue des collines à blé, le long du sentier escarpé qui menait à l'abreuvoir, devant les ravins pierreux. «Costanza, nous avons les mêmes goûts», dit-il à sa femme. Le marquis visita aussi l'immense ferme – le joyau des Safamita – et apprécia pleinement la dot de son épouse.

Dans l'après-midi Costanza était allée se reposer en le laissant sur la terrasse. La nuit précédente, l'invitation silencieuse de sa femme ne lui avait pas échappé et il suivit Costanza peu après, décidé à vite accomplir l'acte conjugal. C'était la première fois qu'il s'apprêtait à posséder une femme pour laquelle il n'éprouvait pas d'attirance physique.

Costanza sentit une main glisser sur sa chemise de nuit, sur son ventre, et elle ouvrit les yeux. Pietro était à côté d'elle, appuyé sur son bras gauche : il la regardait d'un air absorbé, sa main droite se déplaçait sous le drap et rampait impatiemment vers le bas. Costanza, dans son ingénuité, croyait que certaines choses appartenaient à la nuit. Elle sursauta, troublée. Pietro murmurait en lui souriant avec une légère ironie : «Costanza, le mariage est un sacrement», et il se mit sur elle. Son haleine sentait le vin, sa main descendait, descendait, et finalement elle appuya.

«Laisse-moi, arrête, non, non !» cria-t-elle, et à travers ce cri arriva un éclair, une lueur lointaine. Costanza titubait, cherchait à distinguer quelque chose, quelqu'un. Elle ne savait plus qui lui parlait, là, tout près. Dans le noir absolu résonnait une voix mielleuse et menaçante : «Costanza, tu le veux ce sacrement ? C'est comme ça qu'on fait pour recevoir le corps du

Christ. C'est un secret… un secret.» Elle sentait encore l'haleine avinée; la pression de cette main trapue, de ces doigts impatients, visqueux, comme des vers; la pénétration, la douleur, la peur, le dégoût, sa vulnérabilité.

Costanza s'évanouit.

Pietro lui mouillait le front avec un linge humide, embarrassé. Elle pleurait doucement, incapable de bouger et de parler. Le valet de chambre frappa: les chevaux étaient prêts pour la promenade de l'après-midi, comme l'avait ordonné monsieur le marquis.

«Excuse-moi, Costanza, je ne croyais pas te faire mal. Je vais avec eux, repose-toi. J'envoie Rosa s'occuper de toi», dit Pietro.

Maria et Rosa entrèrent ensemble. Après un coup d'œil rapide, Maria renvoya Rosa: elle allait s'occuper elle-même de madame la marquise. Elle s'assit au bord du lit, posa sa main sur la sienne et dit: «Costanza, je suis très vieille et je parle comme quand tu étais petite. Tu ne dois pas avoir peur. Le mariage n'est pas un lit de roses, mais il est bon pour une femme. Ce mari que tu as nous plaît beaucoup à Malivinnitti.»

Costanza continuait de pleurer. Maria alla se percher sur une chaise, loin de la maîtresse. Elle égrenait son chapelet en répétant les Pater noster et les Ave Maria dans un murmure comme une cantilène et Costanza s'assoupit. Quand elle se réveilla, elle demanda un verre d'eau. Maria lui fit préparer également un jaune d'œuf battu avec du sucre et une cuillerée de marsala et la persuada de l'avaler. «Prends-le, ça te donnera des forces. Fais-le pour ton mari.»

Appuyée à ses coussins, Costanza se désolait. Elle craignait d'avoir trop parlé. Pietro la méprisait sûrement. Elle s'attendait au pire.

«Je peux parler?» demanda Maria, et elle enchaîna sans attendre le faible oui de Costanza. «Je te dis ce que je pense et ce que je sais, et je sais beaucoup de choses des Safamita, même quand vous ne me les dites pas. Cet homme ne te quittera pas. Essaie de nouveau, ça devient mieux après.

– Maria, pour moi c'est différent. Il y a autre chose.

– Que la langue elle leur tombe à ceux qui disent le mot "différent"! s'exclama Maria. Nous sommes tous pareils, ne l'oublie jamais, il n'arrive à personne rien qui n'est pas déjà arrivé aux autres, il n'y a jamais rien de nouveau dans ce monde très vieux. Je vais te dire une chose de moi, que je ne l'ai dite à personne. Avant de venir à votre service, quand j'étais petite, à moi quelqu'un m'a fait bien pire que ce dévergondé de père Puma faisait aux petites, et aux petits aussi. Et je me suis mariée et j'ai fait trois enfants à mon homme, Dieu ait son âme. Tu me comprends?»

Costanza leva ses yeux pleins de larmes. Maria la regardait: ce visage parsemé de taches de rousseur semblait avoir rétréci. Il n'avait que des yeux, atterrés comme ceux d'un petit veau qui a perdu sa mère.

«Je vais te dire autre chose, reprit Maria. Avant que ta mère meure, Dieu ait son âme, quand on a commencé à parler de la maréchale, tu demandais aux femmes: "C'est quoi l'amour?", comme les filles des riches. À moi tu n'as pas demandé, et tu as fait erreur. Nous les femmes honnêtes mais pauvres nous n'avons pas besoin de le demander, nous le savons. L'amour c'est se contenter de ce qu'on a et faire plaisir à son mari. Si ensuite ça devient un grand plaisir c'est bien mieux, mais ça arrive une fois de temps en temps. Ça vaut pour les riches et pour les pauvres. Contente-toi de ce que ton mari veut et ne veut pas.

– Maria, dis-moi la vérité; qui m'a entendue? Qu'est-ce que j'ai dit? demanda Costanza très agitée.

– Rien qui donne aux mauvaises langues de quoi parler. Ton secret est toujours à toi, tu peux en faire ce que tu veux. Moi je le laisserais où il est. Moins on parle et mieux c'est.»

Cet après-midi-là Costanza se consuma de désir pour Pietro. Elle se sentait solide et revigorée, mais elle avait peur qu'il ne veuille plus d'elle, et c'était une pensée insupportable. Elle joua avec passion jusqu'à l'heure du dîner et revint à son air préféré, *Porgi amor*.

«Tu préfères que je couche dans une autre pièce?» lui demanda Pietro au moment d'aller dormir.

Costanza le vit gêné et hésitant. «Non, au contraire. Je suis désolée pour ce qui s'est passé aujourd'hui, ça n'arrivera plus», lui répondit-elle avec élan.

Pendant la nuit Pietro la réveilla par de légères caresses dans le dos. Elles étaient délicieuses.

Pietro la sentait toute chaude et se pressa contre elle. Elle attendait d'autres caresses, des baisers, des petits mots d'amour. Elle n'était pas prête. Pietro insistait. Costanza ferma les yeux, les paupières serrées. Elle voyait une lumière éblouissante, des lames de lumière, froides, coupantes, paralysantes. Le connu et l'inconnu. Elle eut peur. Elle voulait et ne voulait pas. Pietro, hésitant, guida sa main sur lui. Costanza essaya de la soustraire à ce contact. Il continua. Costanza se sentait prise au piège, elle voulait se débarrasser de ce chien enragé. Le chien. Mieux valait se faire religieuse, c'était la seule pensée qui cognait dans sa tête, elle sortait presque de ses lèvres sèches, comme une litanie, mais elle ne s'écartait pas.

Le reste fut un cauchemar. Costanza était rigide. Pietro, abandonné, renonça.

Il se leva tôt le lendemain et alla à la chasse, la laissant endormie. Costanza pleura toute la journée. Elle était certaine que c'était elle qui l'avait éteint et s'en désolait. À mesure que les heures passaient, le souvenir de la nuit s'estompait et elle l'aimait plus que jamais. Avant le déjeuner, Pietro lui demanda de jouer.

«Costanza, tu joues comme un ange, tu es une créature céleste, tu appartiens à un autre monde. Tu es trop bonne pour un pécheur comme moi. J'ai gaspillé mon patrimoine et je profite de la vie. J'aime les chevaux, les vêtements, le vin, le jeu et les femmes. J'en ai eu une centaine, y compris des vierges. Tu n'es pas comme elles. Tu es pure, et avec toi je n'y arrive pas. Je te profanerais. Je ne suis pas digne de toi, je ne peux pas. C'est de ma faute et j'espère que ça changera, avec le temps. En attendant, c'est inutile d'essayer de nouveau.»

Costanza lutta pour obtenir ce à quoi elle avait droit. «Ce n'est pas vrai. Je ne suis pas telle que tu me décris, dit-elle avec une fougue sans retenue. Je suis ta femme et je veux l'être pleinement.

– Et moi aussi, je suis ton mari et je le serai toujours.

– Alors?» Costanza trahissait une agressivité mal maîtrisée.

– Costanza, dis-moi…» Le ton de Pietro était autoritaire. «Quel est le désir d'une femme qui aime son mari?

– Lui faire plaisir! répondit-elle sans hésitation.

– Si je suis content comme je te le dis, alors tu veux me faire plaisir?

– Mais les enfants…» Costanza parlait à voix basse, elle commençait à comprendre.

«Costanza, ce n'est pas pour toujours, mais pour le moment je n'y arrive pas. Tu l'as vu toi-même. C'est la plus grande humiliation pour un homme, et ça ne m'était jamais arrivé avant. Tu es un ange, une vierge intacte qu'il faut aimer différemment, comme tu le mérites.» Elle était devenue muette.

«La question est simple : tu veux être une bonne épouse et faire plaisir à ton mari, ou pas?

– Oui, oui», murmura Costanza en ravalant ses larmes. Ses mains avaient glissé du clavier. Elle les avait sur ses cuisses et les torturait en les serrant de toutes ses forces. Pietro s'en aperçut et les prit dans les siennes. « Alors voilà : nous sommes mariés et j'en suis fier et content. Tu es ma marquise et j'espère devenir digne de toi. Nous nous connaîtrons mieux, les choses peuvent changer. En attendant, nous sommes bien ensemble, je m'en suis déjà rendu compte. Tu sais que beaucoup de mariages commencent de cette manière et que beaucoup d'autres continuent ainsi et sont heureux quand même ? Pense à ma tante Annina Lannifícchiati : elle n'a pas eu d'enfants, maintenant tu sais pourquoi.

– Je n'imaginais pas… » La voix de Costanza était à peine audible.

« Tu as beaucoup à apprendre, ma Costanzina, mais je suis là, ton mari, pour t'apprendre et te protéger », lui dit-il en lui caressant le poignet.

Ils continuèrent à partager la chambre conjugale. Pietro organisait son temps entre parties de chasse et longues chevauchées avec Costanza. Ils se couchaient épuisés.

Pendant la journée, Pietro la couvrait d'attentions et de gestes affectueux. Ils parlèrent beaucoup de leurs projets : remise en état du Palazzo Sabbiamena à Cacaci, achats, soirées à l'opéra, et même voyages. Elle l'écoutait en extase et disait seulement oui. Pietro lui racontait des épisodes de son enfance, des histoires de famille, en somme il cherchait à se faire connaître de sa femme, dont l'amour ne faisait que grandir. Étourdie par les activités et par l'exaltation d'être avec lui, de l'écouter, de le regarder, de le séduire, Costanza éprouvait souvent pendant la journée un étrange bonheur que seule une frontière ténue séparait du désespoir le plus profond. Celui-ci appartenait à la nuit.

Le soir, dans leur lit, près de son bien-aimé mais pas dans ses bras, Costanza souffrait et ne fermait pratiquement pas l'œil. Elle n'osait pas se lever, de peur que Pietro ne se sente prêt à la posséder et qu'encore une fois elle ne soit pas là pour lui. Et pourtant, malgré cette tension fiévreuse, Costanza se sentait libérée d'un poids immense : elle ne devait plus craindre de ne pas lui plaire.

Les gens de Malivinnitti croyaient qu'ils étaient heureux, mais pas les femmes qui refaisaient tous les matins le lit des époux et soupiraient.

Le baron fut informé que le voyage de noces avait été un succès.

53

Amalia raconte à sa nièce son entrée
dans le Palazzo Sabbiamena à Cacaci

Amalia faisait le ménage. Elle balayait les saletés et les poussait sur le bord de la Montagnazza. Paille, petits cailloux et poussière tombaient et étaient emportés par le vent dansant. « Il faut cinq minutes pour nettoyer notre maison, dit-elle avec satisfaction. Dans celle des Sabbiamena il fallait une heure entière rien que pour la chambre de la marquise, tellement elle était grande !

– Comment elle était la maison de la marquise ? demanda Pinuzza.

– Comment elle était et comment elle est devenue ! Il fallait le voir pour le croire, en moins d'un an elle l'a complètement transformée. Avec de l'argent tout se fait vite, dit Amalia. Et de toute façon, sans l'aide du baron nous n'aurions pas réussi. Il a envoyé des charrettes pleines de tout ce qu'on peut imaginer, et moi je suis arrivée avec trois servantes et don Paolo quelques jours avant les mariés, pour aider les domestiques des Patella. Et il y en avait bien besoin, le baron savait dans quel état était le palais, mais Costanza non. Ils ne lui avaient même pas préparé son lit, ces crapules ! Tandis que celui de leur marquis était prêt. Ils se sont excusés en disant qu'ils ne savaient pas quels draps prendre pour madame la marquise, et que celui qui veut y croire y croie. Le palais était petit à côté de celui des Safamita, et très vieux, abandonné depuis la mort de la marquise, paix à son âme, vingt ans avant, mais il m'a semblé que personne n'y avait fait de travaux depuis une éternité ! Le plâtre était tombé des murs et des plafonds peints, ça puait l'humidité. C'était sale comme jamais je n'ai vu dans une maison noble. Les domestiques jouaient aux maîtres et ne nettoyaient rien. » Amalia se redressa sur son tabouret, toute fière : « On s'est mis à nettoyer et Costanza a pu au moins dormir dans un lit fait !

– Et la marquise, qu'est-ce qu'elle a dit en voyant ça ?

– Rien, elle avait de la délicatesse, et elle était beaucoup trop amoureuse. Elle disait : "Quel bel escalier, Pietro ! Quels beaux dessus-de-porte !" Mais il avait honte, ça se voyait. Elle a été courageuse, Costanza : dès le lendemain elle allait de chambre en chambre et écrivait dans un petit cahier ce qu'il fallait faire, puis elle faisait venir son mari et ils décidaient. Les artisans ont commencé à arriver, menuisiers, peintres, tapissiers : elle a tout fait réparer.

– Et les domestiques, qu'est-ce qu'ils disaient ?

– Ils n'avaient pas honte, eux. Ils étaient mauvais, mais elle ne les renvoyait pas par respect pour son mari. Elle a fait comprendre au majordome, don Carmelo, que les choses devaient changer, et elles ont changé, avec le temps. Mais ce qui se passait par en dessous, dans cette maison, elle ne l'a pas vérifié, à ce moment-là. » Amalia avait trop parlé. « Pinuzza, tu sais quoi ? Tu te reposes et je nettoie les légumes dehors. »

Amalia écossait les petits pois, de mauvaise humeur tant le sang lui bouillait à ce souvenir. Elle mettait les cosses de côté, après avoir enlevé le fil pour adoucir la soupe, et les petits pois dans une écuelle. Ils étaient très tendres, bons pour Pinuzza. C'était don Paolo, qui comprenait mieux que les autres, qui avait mis fin à cette honte, pendant les quelques jours qu'il avait passés chez les Sabbiamena. Il s'était aperçu qu'une servante dévergondée, Assunta, apportait le café du matin au marquis ; le valet de chambre la faisait entrer dans sa chambre et elle y restait pour rendre d'autres services. À la cuisine, personne ne se demandait où elle était, ça n'était visiblement pas une nouveauté. Un matin, la marquise attendait son mari dans sa chambre en brûlant d'envie de le voir ; elle s'était bien habillée, elle avait mis de la poudre de riz, elle s'était faite belle pour lui, qui en ce temps-là allait la voir ponctuellement tous les matins ; elle demanda à Rosa, sa femme de chambre, d'aller vérifier s'il était réveillé. Heureusement, le marquis se présenta juste à cet instant.

Amalia en avait parlé à don Paolo qui décida d'intervenir : Rosa racontait tout à la marquise, et Dieu sait ce qu'elle aurait pu voir et entendre ! Il dit à don Carmelo que le baron Safamita ne serait pas content de savoir ce qui se passait sous le toit de sa fille mariée, et de ce jour le café du marquis fut servi par Baldassarre, son valet de chambre. L'histoire ne se termina pas pour autant : Assunta resta à leur service, mais elle montait rarement à l'étage noble.

Costanza ne savait que faire pour le contenter. Ils choisissaient ensemble des tissus, du papier pour les murs, ils décidaient pour les nouveaux meubles, la décoration, les lustres : ils avaient l'air de deux enfants tellement ils s'amusaient.

Amalia s'étonnait. Costanza n'avait jamais aimé acheter, sortir, et elle le lui fit remarquer. « Amalia, je tire sur mes cornes comme la princesse Escargot pour faire plaisir à mon mari ! » répondit-elle avec un sourire. Elle était folle du marquis. Amalia le comprenait à ses regards, à sa façon de répondre quand il la touchait et de s'attrister quand elle l'attendait et qu'il ne venait pas.

Au bout de quelques semaines le marquis commença à être moins souvent avec sa femme. Il se plaignait qu'il y avait trop de travaux, que la poussière le gênait. Autrement dit, il laissait cette pauvrette donner les ordres au régiment d'ouvriers qu'ils avaient fait venir pour mettre le palais en état et il allait manger à son cercle, sortait avec ses amis, faisait des achats, toujours sans elle. Dans les réceptions ils étaient ensemble, mais Costanza revenait souvent fatiguée et mélancolique. En fin de compte il était presque toujours dehors ; elle restait à la maison, toute seule, sans une plainte.

Lui, quand il était là, il était affectueux. Ses visites, le matin, étaient devenues courtes.

Elle n'avait plus « ses choses » depuis son mariage et Amalia, qui espérait que Costanza était enceinte, lui posa la question.

« Non, Amalia, et tu ne dois plus me le demander. Tu serais la première à être informée, tu le sais. »

54

Costanza Safamita retourne mariée
à Sarentini et se sent
une étrangère dans son ancienne maison

À l'automne 1880, les époux retournèrent à Sarentini pour le mariage de Giacomo avec Adelaide Lattuca, une parente éloignée. La fiancée avait quinze ans. C'était une jeune fille en fleur d'un naturel placide. Dans l'ensemble elle se révélait agréablement sotte.

Bien qu'apparentées, les familles ne se fréquentaient pas ; leurs rencontres avaient lieu principalement lors d'enterrements et de mariages. Bartolomeo Lattuca était un modeste propriétaire qui habitait à Bagliscasci, un village sans histoire. Ce mariage représentait pour sa famille une ascension sociale inespérée.

Et pourtant, le baron Safamita accéda au désir de son fils avec soulagement : cette fille était une épouse convenable, et il pensa même avoir été trop sévère sur les capacités de jugement de son fils. Il ne sut jamais ce qui l'avait poussé à la vouloir, et Gaspare n'avait plus l'audace de parler à son maître comme il l'avait fait une fois. En revanche il raconta à don Paolo qu'Adelaide adorait les dragées. Pendant la réception au mariage de Costanza, elle avait subtilisé des dragées dorées de la décoration de la table. Peut-être s'était-elle sentie observée et elle les avait fourrées dans son corsage, ce qui dérangeait son généreux plastron.

Puis, à l'écart, devant une console sous un grand miroir, en tournant le dos aux invités, elle s'abandonna librement à son innocente gourmandise. Elle mettait les dragées dans sa bouche, une à la fois : elle faisait d'abord fondre la coquille dure entre ses lèvres charnues, puis elle mâchait avec volupté l'amande ramollie. Après quoi elle glissait de nouveau ses doigts grassouillets dans son décolleté, fouillait et sortait une autre dragée. Elle ne se rendait pas compte que, dans le reflet du miroir, elle était plus visible qu'avant.

Giacomo, mal à l'aise parmi les hôtes palermitains, surprit cette image de virginité goulue et la voulut pour lui. Adelaide lui plut à tel point qu'il n'eut pas l'idée de l'approcher et de lui parler. Le mariage se révélerait harmonieux et fécond : sur les quinze enfants qu'Adelaide donnerait à Giacomo, dix survivraient. Elle se montrerait épouse obéissante et mère indulgente et très aimante.

Costanza se sentait comme une étrangère au Palazzo Safamita et elle ne s'y attendait pas. La grande chambre des hôtes de marque, celle où elle avait passé sa nuit de noces, leur avait été destinée, à elle et Pietro, et elle réveillait en elle de douloureux souvenirs. Elle voulut voir sa chambre de jeune fille : les armoires étaient vides, les tables, nues, les rideaux voltigeaient tristement sous le petit vent d'automne ; même les fleurs du balcon semblaient malheureuses. Le personnel lui fit fête, mais la traita avec un respect presque ostentatoire. Le groupe de ses femmes de maison s'était dispersé : Maria faisait de longs séjours à Malivinnitti, Rosa était retournée contrainte et forcée dans sa famille – on murmurait que, privée de la protection de Costanza, elle aurait subi les brimades de Giacomo en raison de son dévouement à Stefano – et Annuzza, qui souffrait de rhumatismes, gardait souvent le lit. Costanza était descendue une fois à l'étage au-dessous pour dire bonjour aux domestiques, et là encore elle s'était sentie mal à l'aise. Son père et don Filippo, âgés à présent, ne contrôlaient plus les gens de maison.

Giacomo avait pris de l'assurance et affichait la crânerie du futur propriétaire. Il invitait Pietro à la chasse et les beaux-frères passaient souvent toute la journée à la campagne. Costanza restait beaucoup avec son père, comme au bon vieux temps, bien que celui-ci l'ait embarrassée : elle sentait qu'il était inquiet au sujet de son mariage.

Ils étaient seuls au salon.

« Qui joue pour toi, maintenant, papa ?

– Le professeur de musique du village vient de temps en temps. C'est un bon pianiste et il me donne même des leçons. À mon âge, je me suis remis à jouer un peu ; pas aussi bien que ta mère, et encore moins que toi. De plus, je n'écoute pas la musique, je me l'imagine à l'intérieur. C'est suffisant. Depuis que tu es là je suis gâté en t'écoutant jouer. Ton mari a de la chance.

– Chez nous je joue, mais je n'ai pas beaucoup de temps.» Costanza avait parlé vite et avec une légèreté forcée.

Le baron observait sa fille. Pâle, toujours très maigre, elle était habillée avec davantage de recherche et une certaine mignardise obligée. Elle portait les bijoux de Caterina : il les lui avait tous offerts pour son mariage, provoquant un scandale chez ses sœurs et le ressentiment de Giacomo. Ces bijoux de dame ne lui allaient pas. Costanza avait un aspect virginal presque rance.

«Tu te sens de retour chez toi ?

– Non, papa, ce n'est plus chez moi. Je ne m'y attendais pas, pas aussi vite, et je suis presque troublée. À Cacaci nous faisons des travaux et le palais est sens dessus dessous, mais c'est le mien à présent et je m'y sens chez moi», répondit Costanza en rougissant.

Domenico Safamita regarda sa fille dans les yeux. «Dis-moi une seule chose : es-tu heureuse avec ton mari ?

– Je ne voudrais être la femme de personne d'autre. Nous nous habituons à vivre ensemble. Pietro est affectueux et il me respecte.»

Costanza était manifestement embarrassée.

«Et pas encore de nouveauté ?

– Papa, je suis la fille de ma mère, il faut attendre et espérer, répondit Costanza sur un ton qui laissait entendre qu'il n'en apprendrait pas davantage.

– Jusqu'à présent je ne t'ai pas ennuyée avec l'administration de tes biens, comme convenu. Dès que tu auras terminé les travaux, je t'enverrai deux de mes meilleurs employés. Tu devras trouver un administrateur et tu t'en occuperas toute seule. Qu'en dit ton mari ?

– Il sera plus que content. Il me laisse tout organiser

jusqu'à maintenant, il m'y encourage même. Les artisans ont commencé par les étages inférieurs et le cabinet sera bientôt prêt. Pietro ne possède pas grand-chose.

– Fais attention à ton frère, l'enjoignit son père avec un soupir.

– Lequel ?

– Lequel ! Lequel ! tonnait l'ancienne voix forte du baron. Celui que nous avons ici, Giacomo ! Il est gourmand, avide : il ne voit pas encore que sa femme ne lui apporte pas une dot digne de ce nom, et quand ça arrivera il voudra d'autres terres, de l'argent, mais ce qui est fait est fait. Ne suis pas ses conseils. Ne cède pas à sa violence, aux flatteries de sa femme. Il cherchera à tout t'enlever, à t'embobiner. Si pas maintenant, sûrement après ma mort. Tu auras besoin de gens vers qui te tourner, et Iero Bentivoglio est l'homme de la situation. Ne te laisse pas impressionner par les racontars de la famille. C'est un mari infidèle, mais un excellent homme d'affaires, et dévoué. Nos gens l'accepteront. Compte sur Iero, mais ne lui fais aucune confiance, il essaie avec toutes les femmes.

– Bien, papa.» Costanza était consternée.

«Je pense m'installer à Palerme, j'achète un palais moderne, près du nouveau théâtre lyrique. La ville se développe à vue d'œil. Vous irez, cet hiver ?

– Pietro le souhaite. Je préférerais rester à Cacaci pour surveiller les travaux. À Palerme le Palazzo Sabbiamena n'est pas en bon état. Nous ne voulons pas avoir des travaux dans les deux maisons en même temps.

– Tu as raison, mais ne l'encourage pas à y aller seul. Il doit apprendre à vivre en homme marié. Il te demande de l'argent ?

– Papa, c'est mon mari, nous dépensons ensemble.

– Sois prudente.» Le baron ajouta ensuite : «Costanza, ce palais appartiendra à Giacomo. Ta tante Assunta n'est pas bien et le château restera vide. Tu voudrais revenir à Sarentini ?

– Les Sabbiamena n'ont rien à voir avec Sarentini. J'ai envie de jouer, qu'est-ce que tu préfères ? »

Costanza se mit au piano.

55

La marquise Patella di Sabbiamena semble accepter
que son mariage ne doive pas être consommé

Costanza réfléchissait : son père était au courant. Il avait des espions au Palazzo Sabbiamena. Il lui envoyait des charrettes de victuailles et des mulets chargés de fruits et de légumes ; les employés des administrations respectives se rencontraient fréquemment, en outre il y avait les visites des parents. Tout ce monde observait et commentait. C'était impossible de repérer les informateurs, et encore plus de les éloigner.

Les derniers mois avaient été difficiles, mais Costanza ne les aurait pas décrits comme malheureux. Annuzza le disait dans ses histoires : « Quand on espère, on ne peut pas être malheureux. » Elle continuait à espérer. Mais jusqu'à quand ? Pietro était un mari assidu. Les autres épouses racontaient que leurs maris s'absentaient des nuits entières, pour une raison ou une autre, pour affaires ou pour le plaisir.

Pietro, quant à lui, rentrait tous les soirs et lui rendait visite dans sa chambre presque tous les matins, même brièvement. Ces uniques moments d'intimité étaient sa joie et son supplice. Pietro lui faisait part de son programme pour la journée, ils parlaient des travaux de la maison, des visites à faire. Costanza sentait que sa compagnie lui plaisait. Ils bavardaient sur les personnes qu'elle avait connues, il lui racontait l'histoire de leurs familles : en un mot, il la préparait à la vie mondaine. Pietro tenait à ce que sa femme lui fasse honneur – et cela comportait, entre autres, qu'elle soit au courant des faits –, il désirait qu'on la juge digne de lui dans les salons. Costanza croyait qu'il l'aimait.

Il ne se passait pas de jour sans qu'il lui offre des cadeaux, sans qu'il fasse son éloge et lui montre qu'il était content de l'avoir épousée. Ce n'étaient pas de fausses paroles, elle en était sûre. On aurait dit que l'absence d'intimité physique ne le dérangeait pas. Elle, au contraire, y pensait constamment. Elle savait que l'infidélité des maris était normale et donc acceptable, mais elle se refusait à croire que Pietro la trompait. Il la caressait, lui tenait la taille lorsqu'ils entraient dans les salons, il se comportait comme un fiancé. Costanza ne parvenait pas à comprendre pourquoi il n'essayait pas de nouveau de faire d'elle sa femme à part entière. Elle était allée jusqu'à envisager l'éventualité que les femmes ne lui plaisaient pas – les femmes mariées parlaient de ces sujets scabreux, par sous-entendus –, mais elle l'avait tout de suite écartée : après tout, c'était lui-même qui lui avait dit en avoir eu beaucoup. Costanza avait conclu que c'était sa faute, elle l'avait repoussé et il craignait d'essayer de nouveau.

Au lieu de renoncer, Pietro, en vrai mari, aurait dû chercher un moyen de sortir d'une expérience humiliante et pénible pour tous les deux. Mais elle devait accepter le fait que Pietro mettait de côté ce qui ne lui était pas facile et faisait comme si les problèmes et les difficultés n'existaient pas. Il avait ainsi dilapidé son patrimoine et s'était couvert de dettes. C'était à elle de lui donner confiance en lui, de réveiller son désir, de l'encourager à remplir son devoir, de le convaincre qu'elle était vraiment prête : elle voulait connaître la jouissance et elle le pouvait. Elle pouvait l'aimer.

« Costanza, tu es un ange », lui répétait souvent Pietro. Elle devait donc descendre du piédestal sur lequel il l'avait placée, être comme les autres. Costanza avait délibérément recherché la compagnie d'autres femmes de son âge – elle les avait étudiées, épiées, imitées. Elle fréquentait les salons, jouait aux cartes, portait des tenues compliquées et somptueuses, elle avait même changé de coiffure. Que pouvait-elle faire de plus ? Jusqu'à quand devrait-elle attendre ? Annuzza lui racontait : « Le prince la dédaignait parce que la pauvrette ne voulait pas lui laisser voir ses cheveux, et alors il lui donnait beaucoup de travail : nettoie-moi ci, nettoie-moi ça, monte-moi la cruche, prépare-moi ci, prépare-moi ça. Elle s'arrachait les cornes pour le servir et lui cuisiner tout ce qu'il demandait, tellement que ça lui faisait mal à la tête, les cornes devaient repousser plusieurs fois pour le contenter. La pauvrette voulait même partir du palais et ne plus le voir, tellement qu'elle avait mal à la tête et dans le cœur. L'amour fait trop mal quand il n'est pas payé de retour, mais dégoûter celui qui dit qu'il t'aime, c'est encore pire. Alors le prince partit à la chasse et il la laissa toute seulette à supporter les méchancetés de la reine, que c'était mieux pour elle, parce que la reine, pour elle, elle ne comptait pas. »

Costanza aussi en venait à souhaiter que Pietro aille à Palerme, qu'il s'éloigne quelques jours avec ses amis, pour lui laisser un répit dans ses tourments. Il s'en était ajouté un autre : son père savait et, comme lui, qui sait combien d'autres à Sarentini.

« Pietro, je peux te poser une question ? demanda Costanza pendant que son mari préparait sa tabatière avant de descendre aux écuries pour sa promenade matinale.

– Tout est permis à ma marquise ! répondit-il sur son ton habituel à la fois grave et facétieux.

– Pourquoi ne m'as-tu jamais embrassée ?

– Parce que je ne peux pas, Costanza.

– Mais moi je le veux. Je veux des enfants, Pietro.

– Crois-tu que je n'aimerais pas moi aussi avoir une descendance ? Nous en avons déjà parlé. Il faut du temps. Et ce n'est pas le moment, ici à Sarentini, dans la maison de ton père.» Pietro voulait mettre fin à la discussion.

«Explique-toi.

– Costanza, tu m'avais promis d'attendre. Je suis content comme je suis. Ce n'est pas facile pour un homme, mais attendons, je t'en prie.

– Mais avec les autres tu y arrives. Tu l'as dit toi-même.

– C'est mon triste sort : tout va bien avec les femmes qui n'ont pas d'importance pour moi, mais pas avec ma marquise. Tu es trop supérieure, à elles et à moi.

– Je suis comme les autres, Pietro. Je te veux, je veux des enfants.

– Laisse-moi le temps.

– Mon père a des soupçons. Il pose des questions», ajouta-t-elle. Elle était irritée, c'était la première fois qu'elle exprimait son amertume.

Pietro s'alarma. «Que t'a-t-il demandé ?

– Il m'a demandé quand j'aurais des enfants.

– Et toi, que lui as-tu répondu ?

– Que maman avait eu des difficultés à avoir des enfants.

– Tu as bien fait, ma Costanzina. Giacomo m'attend, nous nous verrons au déjeuner et nous en reparlerons.» Pietro baisa la main de sa femme et s'en alla, soucieux.

La compagnie de Giacomo ne déplaisait pas à Pietro. Giacomo était un grand connaisseur de chevaux, un tireur d'élite, un homme véritable, et ils parlaient de femmes, comme font les hommes entre eux. Giacomo était au courant de sa réputation et l'admirait, il cherchait à apprendre, à l'imiter, du moins Pietro l'avait-il cru. Il l'avait pris jusque-là pour un jeune homme fougueux et ingénu, désireux de connaître la belle vie, d'écouter des histoires sur les bordels raffinés de Palerme. Mais ce matin-là Pietro répondait par monosyllabes aux questions lestes de son beau-frère, convaincu qu'il voulait lui tendre un piège, avoir une autre arme à utiliser contre lui. Les Safamita étaient une race dure. Ils exigeaient qu'il paie le prix de la dot de Costanza ; ce jeune fruste obstiné allait le persécuter et détruire sa réputation. Un procès en annulation de mariage pour non-consommation n'était pas à exclure, Giacomo s'en servirait pour mettre la main sur la dot de Costanza et sur tout le reste. Pietro était impatient de rentrer. Il devait prendre des mesures, agir.

Après le déjeuner il suivit sa femme dans leurs appartements. Dans la chambre, Rosa la préparait pour la sieste. Il resta dans son vestiaire en la lorgnant par la porte entrebâillée, il espérait s'exciter.

Costanza était encore plus maigre que dans son souvenir. Émaciée, elle avait l'air d'une pénitente. Dehors soufflait un vent fort et encore chaud. Il entra dans la chambre avec détermination. Il ouvrit la fenêtre en laissant les persiennes entrouvertes et se mit au lit. Il allongea une jambe, lui effleura le pied et attendit. Costanza lui caressait le dos. Il répondit par des geignements, elle par d'autres caresses. Agréables. Pietro se retourna et lui souleva la main, il se mit à lui caresser l'intérieur du bras. Costanza fit glisser la manche de sa chemise et dénuda tout son bras. Pietro le couvrait de petits baisers rapides. Elle répondait.

C'était une situation nouvelle, même pour Pietro. Il était habitué à des femmes qui étaient là pour l'exciter pendant qu'il restait passif. Costanza n'en était pas capable, elle ne savait pas, mais elle en avait envie. Il ne devait pas l'interrompre. Elle continuait à lui caresser le dos sans savoir que faire d'autre. Avec un effort d'imagination et remonté par le vin du déjeuner, Pietro se sentit prêt. Costanza l'avait aidé en soulevant sa chemise. Juste à ce moment-là une rafale de vent écarta le rideau et dans la lumière crue, sans pitié, Pietro la vit : un sac d'os avec deux petits seins. Il retomba sur le matelas, ramolli.

Ils se rhabillèrent dans un silence pudique et gêné.

« J'aimerais beaucoup voir les enfants de Stefano, dit-elle, je peux les inviter chez nous quand nous n'aurons pas de visites ?

– C'est ta maison, Costanza. J'aurais plaisir à connaître ton frère et sa femme », répondit Pietro. Puis il ajouta, avec un semblant de sourire : « Souviens-toi que tu es la maîtresse au Palazzo Sabbiamena, je fais entièrement confiance à ma femme. »

Ni l'un ni l'autre ne firent jamais allusion à ce qui s'était passé cet après-midi-là.

Costanza avait été soulagée de quitter Sarentini : les regards inquiets de son père, ceux, inquisiteurs, de son frère, les questions des femmes de service et de ses parents sur une maternité prochaine avaient été une souffrance, à l'égal de la fausse intimité du lit conjugal.

Elle avait envie des nuits silencieuses dans sa chambre, de l'isolement du Palazzo Sabbiamena, de la tranquillité domestique de ses travaux d'aiguille, de sa musique solitaire. Bouleversée par l'impuissance de son mari, convaincue qu'il n'y avait rien en elle pour l'attirer, elle en restait profondément amoureuse. Elle ne demandait qu'à être près de lui, même ainsi, même sans être complètement sa femme. Elle craignait que Pietro ne supporte plus sa présence et la renvoie chez son père – une répudiation humiliante et ignominieuse – et cherchait à l'assister presque servilement.

Pietro appréciait les avantages d'avoir une femme riche et accommodante. Son innocence lui inspirait même une certaine tendresse, tandis que sa dévotion l'agaçait : Costanza n'avait aucun attrait physique. Pietro, dans son optimisme ingénu, s'était persuadé que le silence de sa femme était une acceptation et que ce qu'il lui offrait lui suffisait : confiance, respect, une affection sincère et une amitié complice.

Le temps passant, Costanza avait vaguement compris que Pietro n'était pas mécontent d'elle et ses plus grandes craintes s'étaient dissipées, mais elle restait vulnérable et peu sûre d'elle. Elle s'était consacrée aux travaux de restauration du palais, auquel il tenait beaucoup. Elle avait terminé les étages inférieurs et bientôt les pièces de l'administration se remplirent d'employés. Costanza n'avait pas lésiné pour aménager le cabinet de Pietro qu'il avait voulu commode et somptueux ; cependant son mari ne s'intéressait pas au peu de biens qui lui restait et il finit par la laisser les administrer. Le cabinet resta inutilisé.

Sans s'en rendre compte, Costanza avait adopté le rôle d'une mère indulgente, ce qui donnait à Pietro un sentiment de sécurité et de stabilité. Il n'avait pas changé d'attitude à son égard. Mais ces caresses, ces baisemains, ces galanteries à demi-mot étaient une seconde nature chez lui et il ne les réservait pas à sa femme. Costanza l'ignorait.

En outre elle était heureuse de la magnanimité de son mari, qui lui avait permis de recevoir Stefano et sa famille et les avait traités en hôtes de marque : c'était là encore une preuve d'affection. Costanza n'avait jamais été aussi fière d'être sa femme.

En la voyant reconnaissante et rassérénée, Pietro se crut amplement autorisé à profiter des avantages de la dot de Costanza et à reprendre sans remords sa vie de célibataire.

56

À la mort de donna Assunta Safamita,
ses parents Ramazza di Limuna
et Arrassa dello Scravaglio se conduisent mal

Amalia avait aperçu une chose inhabituelle sur la mer : trois vapeurs à la queue leu leu sur la ligne d'horizon. La fumée noire et épaisse des cheminées laissait dans le ciel venteux une strie presque parallèle à la route des navires, comme celle d'un train.

Son premier voyage en train remontait à l'époque où la marquise avait dû se rendre précipitamment à Sarentini auprès de donna Assunta, sa tante, en 1883. Le marquis était resté à Palerme et donna Alfonsina Limuna – mariée à Cesare Calliasalata et de nouveau enceinte – voyageait avec Costanza dans le wagon privé des Safamita. Les deux cousines s'étaient peu vues depuis leur mariage respectif et elles bavardaient en retrouvant l'intimité d'autrefois. Amalia et Rosa avaient dû surmonter leur peur pour servir les maîtresses. Elles s'appuyaient aux parois, avançaient à pas hésitants et les jambes écartées sur le sol de bois du wagon long et étroit, divisé en compartiments, comme si c'était une pauvre maison secouée par un tremblement de terre. Rosa avait vomi et se trouvait à présent dans le cagibi qui servait de cuisine, affalée sur une chaise, tandis qu'Amalia s'était habituée bien vite au roulis du train et veillait sur les maîtresses, calées dans leurs fauteuils, aussi tranquilles que si elles avaient été dans un salon. Elle s'était assise à l'écart, à côté de la porte, prête à toute éventualité.

Le train avançait tel un mille-pattes, il traversait les champs, passait au-dessus des torrents, croisait des routes carrossables, sous les regards des brebis éparpillées et de leurs bergers. Assise dans son coin, Amalia gardait les rideaux blancs soulevés pour mieux voir : des fermes, des villages accrochés sur les montagnes, des maisons paysannes inaccessibles passaient devant ses yeux et s'éloignaient pour disparaître ensuite pendant que le train s'approchait d'autres fermes, d'autres villages, d'autres maisons. Tantôt le train accélérait, tantôt il ralentissait dans les côtes, bruyant et poussif. Quand la voie faisait une courbe, Amalia voyait la fumée noire de la locomotive sortir en jets informes et se rabattre en arrière sur les toits des wagons, comme un très long étendard victorieux. Elle se sentait chez elle dans ce nouveau monde merveilleux, et elle exultait.

C'étaient des jours heureux ; elle devait les raconter à don Paolo quand ils se reverraient finalement à Sarentini.

Amalia tournait de temps en temps les yeux vers la marquise pour s'assurer que celle-ci n'avait pas besoin d'elle. Donna Alfonsina s'était étendue sur le fauteuil, les mains croisées sous son ventre alourdi par la grossesse, ses lèvres roses à peine entrouvertes, les jambes légèrement écartées. Elle somnolait, couverte d'un châle moelleux : l'image d'une femme comblée. Costanza ne regardait pas le paysage. Elle avait les yeux rivés sur le ventre lourd de sa cousine : deux éclats de verre noirs et opaques, désespérés. Amalia eut de la peine à ne pas la prendre dans ses bras – depuis qu'elle s'était mariée, Costanza la fuyait dans les moments tristes – et elle se remit à regarder par la fenêtre avec amertume.

« Pourquoi elle n'avait pas d'enfants, la marquise ? » demanda Pinuzza.

Amalia tressaillit : on aurait cru parfois que Pinuzza lisait dans ses pensées. « C'est une chose qui peut arriver aux femmes : sa mère s'était donné beaucoup de mal pour avoir des enfants.

– Qu'est-ce que sa mère vient faire ?

– Le poirier donne des poires, voilà tout. Et je vais te dire autre chose : à force de tourner et virer on croit que le monde change, mais les humains sont toujours les mêmes.

– Et moi je te dis, tante Ama', qu'à force d'être avec les nobles tu es devenue comme eux et que toi seulement tu peux les comprendre, mais nous autres on ne te comprend plus quand tu parles. Mon père le dit toujours », conclut Pinuzza avec un bâillement.

Ses frères et Pinuzza se trompaient : fille de pauvres elle était, et pauvre elle était restée, et c'était bien comme ça.

Costanza était restée deux mois à Sarentini : d'abord au château avec ses tantes et ses cousines, ensuite, après la mort de sa tante Assunta, au Palazzo Safamita, pour tenir compagnie à son père, à qui sa sœur manquait beaucoup et qui n'était pas en bonne santé. Pour Amalia, ç'avait été une belle période – elle avait retrouvé une intimité, devenue rare, avec don Paolo et s'était retrouvée avec les domestiques qu'elle connaissait et considérait presque comme des parents –, mais ce n'avait pas été facile pour Costanza qui, outre le chagrin de perdre sa tante, avait dû supporter les méchancetés de son propre sang dans la pire circonstance : un deuil.

Au château ils trouvèrent Carolina Scravaglio avec ses enfants non mariés, Gesuela et Stefano, son cadet ; le baron et la baronne Limuna et leurs deux derniers, Ferdinando et Vincenzo, pas mariés non plus. « Comme s'ils cherchaient à les caser précisément à ce moment-là, dit don Paolo à Amalia, attends de voir leurs combines : ils sentent l'odeur de l'argent, mais ils n'auront rien, c'est moi qui te le dis. » Les domestiques du château avaient des raisons de s'inquiéter pour leur avenir, mais ils n'avaient même pas le temps d'y penser, occupés comme ils étaient à assister la pauvre donna Assunta et à servir et surveiller ses parents. Sans parler de la baronne Carolina – celle-là ne perdait jamais une occasion de rafler ce qui lui tombait sous la main –, les autres causaient bien du tracas au majordome et aux domestiques. Les Limuna et les Scravaglio étaient à la recherche du testament de donna Assunta et demandaient des renseignements à tout un chacun. Ils jouaient les parents affligés devant les Safamita, mais dès que ceux-ci retournaient chez eux ils se déchaînaient.

Gaetano, l'ancien valet de chambre du baron Guglielmo, racontait que le notaire Tuttolomondo avait espacé ses visites au château pour ne pas être harcelé de questions.

«Assunta avait beaucoup d'affection pour ma Gesuela et pour Costanza, lui disait Carolina Scravaglio. Vous le savez certainement, maître, elle se sera souvenue d'elles dans son testament.»

«J'étais la sœur préférée d'Assunta, n'est-ce pas, maître?» lui susurrait Vanna Limuna avec un sourire charmeur.

«Il paraît que la tante a acquis pour son compte des biens de mainmorte», insinuait Vincenzo Limuna.

«Mon très cher maître, la succession de la pauvre Assunta doit être complexe, elle avait accumulé beaucoup de terres : un petit héritage ici, un legs là, qui sait comment elle en aura disposé !» disait Giovanni Limuna en posant le bras sur les épaules du notaire pendant qu'il l'accompagnait à pas lents vers l'entrée.

Les domestiques observaient et faisaient leur rapport en cuisine : ils prenaient tous parti pour le notaire, un homme à la bouche cousue de fil de fer.

Déçus, les parents recouraient aux indiscrétions des serviteurs.

Ferdinando et Vincenzo Limuna connaissaient le majordome, don Calogero, depuis qu'ils étaient jeunes et ils en profitaient : ils l'appelaient, chacun de son côté, pour lui poser les questions qui les tarabustaient : où leur tante gardait ses papiers d'affaires, à quels autres notaires elle avait fait appel, qui administrait son patrimoine ? Ils avaient des souvenirs d'enfance de cachettes, de tiroirs secrets et ils exigeaient qu'il les aide à les retrouver et les ouvrir. Gesuela Scravaglio faisait le tour du château en examinant tout – meubles, argenterie, objets –, puis elle ouvrait systématiquement les armoires, les coffres de linge, les commodes, les malles pleines de tentures et de couvertures brodées. Elle en sortait le contenu pour le remettre ensuite à sa place, comme si elle voulait faire un inventaire. Alfonsina Calliasalata l'accompagnait pour vérifier qu'elle ne volait pas comme sa mère. Tout cet affairement leur laissait peu de temps pour être avec la malade et c'était bien mieux ainsi.

Peppinella soignait donna Assunta comme sa fille, elle interprétait ses murmures et la persuadait avec Costanza de prendre le peu de bouillon de poule qu'elle arrivait à avaler. Quand Peppinella s'éloignait de la chambre, les deux sœurs lui sautaient dessus et la bombardaient de questions. Cette timide religieuse ne savait comment s'en libérer et faisait le signe de la croix.

« Elle fait peine, Peppinella, disait don Paolo. Comme elle doit se repentir d'être venue au château ! Tu vas voir que donna Assunta ne lui laisse rien, et au contraire elle devrait la récompenser pour ce qu'elle a fait pour elle, que les autres n'ont pas fait. »

Quand le médecin annonça que la mort était imminente, Peppinella fondit en larmes. La baronne Limuna la prit dans ses bras et la traîna dans le petit cabinet de donna Assunta en fermant la porte derrière elles. Gesuela Scravaglio la suivit discrètement. Santuzza, la femme de chambre de donna Assunta, courut l'épier par l'autre porte du cabinet. Quand elle en eut assez vu, elle fila avertir don Calogero : «J'ai vu des choses à raconter au médecin ! La baronne Vanna a attrapé Peppinella par le bras, elle la secouait comme un prunier, elle lui parlait beaucoup, à voix basse. Cette malheureuse a ouvert un tiroir sur le bord de la table ronde, celle avec le pied en colonne. Je l'ai souvent époussetée, mais je ne m'étais jamais aperçue qu'il y avait un tiroir. La baronne en a sorti une enveloppe. Alors sa nièce s'est précipitée dans la pièce et toutes les deux ont lu la lettre. Puis la baronne a dit : "On la brûle ?" et elle l'a jetée toute froissée dans la cheminée presque éteinte. Et la marquise est arrivée : donna Assunta demandait Peppinella. Elles l'ont suivie. Je suis entrée et j'ai ramassé les papiers à moitié brûlés.»

Don Calogero chercha, avec Gaetano, à reconstituer les pages. Ils en comprirent assez : c'était le testament. Il nommait Costanza héritière pour les trois quarts, l'autre quart restant à diviser entre les autres nièces. Le personnel convint que c'était vraiment un testament à brûler ; donna Assunta avait très mal fait d'exclure les hommes. Il fallut toute la patience de don Paolo pour expliquer les choses à Amalia, et elles étaient réellement terribles.

On raconta à Sarentini que donna Assunta était morte en odeur de sainteté, entourée de sa famille unie dans la douleur. «Elle a eu raison de ne pas faire de testament, disait sa sœur, la baronne Vanna, à ceux qui présentaient leurs condoléances. Assunta aimait tous ses neveux comme ses enfants et c'était une sainte femme.» Le lendemain de l'enterrement, le majordome demanda à parler au baron. Peu avant Noël 1859, donna Assunta lui avait donné une boîte à remettre à son frère Domenico si elle mourait. Elle contenait une boucle de cheveux de Costanza, et un testament.

Celui-ci disposait de chacune des propriétés une à une : environ la moitié revenait à Costanza, un quart à Stefano et le reste était à diviser entre les autres neveux, nés et à naître. Costanza était héritière universelle du reste, et des propriétés reçues ou acquises par donna Assunta. Le père Sedita était témoin de la signature. Au moment opportun le baron fit connaître à tous le testament.

Les parents étaient livides. Don Paolo raconta à Amalia ce qui s'était passé au château où n'étaient restés que les Limuna et les Scravaglio. « Ils se sont mis d'accord. Les femmes ouvraient les tiroirs et prenaient ce qu'elles trouvaient : dentelles, broderies, parements religieux, linge, objets, argenterie, et elles les fourraient dans leurs valises, dans leurs sacs, partout. Puis un des hommes disait qu'il devait retourner chez lui et il emportait les affaires dans sa voiture. Il revenait, les valises vides. Bref, ils prenaient tout. Et ils rejetaient la faute sur la pauvre baronne Carolina Scravaglio. Quand les choses disparaissaient ils disaient : "C'est sûrement elle, laissez-la faire, quand elle s'en ira nous les trouverons dans sa chambre, et nous les lui prendrons. Elle est tellement affligée par la mort de sa sœur que nous n'avons pas le cœur à les lui enlever." Les servantes comprenaient que ça n'allait pas, elles surveillaient comme elles pouvaient, mais devant les maîtresses, elles devaient obéir. Don Calogero racontait tout au baron, mais lui non plus n'a rien voulu faire.

« Le jeune baron Giacomo, lui, il était comme fou et il envoyait sa femme Adelaide au château, mais elle ne servait à rien : les tantes l'installaient sur un siège, elles lui faisaient apporter un plateau de friandises, et elle les mangeait toute contente pendant que les autres volaient.

« Ils ont trouvé, on ne sait ni où ni comment, une cassette pleine d'étuis de pièces d'or. Le baron Limuna, quand il est parti, il a voulu les emporter. Pas même lui ne faisait confiance à ses imbéciles de fils. Les Scravaglio n'en savaient rien, des pièces. Le baron Giovanni, vieux et avec un ventre si gros qu'il ne pouvait presque pas remuer, portait le sac, mais il a trébuché dans l'escalier et il a dégringolé. Le sac s'est ouvert et toutes les pièces sont tombées des étuis sur les marches en tintillant. Les enfants et les serviteurs se sont affairés pour les ramasser, mais beaucoup de pièces ont fini dans leur poche et tant mieux ! Le baron ne faisait que répéter : "L'argent est tombé, aidez-moi ! Là, là, ramassez tout !" » Don Paolo riait, puis il redevint sérieux et ajouta : « Ce sont des voleurs, comme les "barons" des Madoni, pareils ! »

Costanza vint à l'apprendre et fut très affectée, mais elle les laissa faire.

« Amalia, ce sont quand même des parents et je ne veux pas faire de scandale. Ma tante Assunta m'a laissé beaucoup de biens. »

Giacomo était plus que mécontent et il se disputa avec sa sœur. La chose avait dû être grave puisque Costanza elle-même lui en avait parlé. Elle avait peur que Giacomo s'en prenne à don Paolo et flanque dehors ses tortues, par dépit ; elle voulait être informée.

Quand le marquis vint à Sarentini chercher sa femme pour la ramener à Cacaci, don Paolo et les tortues partirent avec eux. Le baron dit à don Paolo qu'il l'envoyait habiter chez sa fille qui le traiterait comme il le méritait. En effet, Costanza l'installa dans une maisonnette adjacente au jardin et fit ouvrir une petite porte de communication. Don Paolo y vécut content jusqu'à sa mort et Amalia ne regretta jamais d'avoir dépensé ses économies pour adoucir sa vieillesse.

Les tortues furent enfermées sur une petite terrasse intérieure du rez-de-chaussée, devant le cabinet du marquis.

57

Costanza Safamita s'adapte à sa vie inquiète de vieille fille mariée

Costanza était mariée depuis trois ans et sentait le poids de la solitude. Elle avait quitté Sarentini amèrement déçue par ses parents. Seuls les Trasi n'avaient manifesté ni rancune ni envie au sujet de son héritage. Giacomo s'était révélé pire encore que son père le lui avait décrit : avide, sournois et même cruel. Un jour il était entré dans sa chambre de Sarentini. « Le baron Safamita ce sera moi, tu le comprends vraiment ? lui dit-il tout à trac.

— Notre père vit encore », lui fit-elle remarquer, habituée aux sorties de son frère.

« Je voulais te dire que si ton mari devait te laisser sans te donner de fils, cette maison restera toujours la tienne et que tu pourras revenir ici quand tu voudras, poursuivit-il sans se troubler.

— Merci, murmura Costanza faute de trouver autre chose à répondre.

— Tante Assunta a eu tort de ne pas me laisser autant qu'à Stefano. Elle aura oublié de changer son testament après ma naissance, avec toute la pagaille qu'il y a eu et notre annexion à l'Italie. » Elle avait repris sa broderie, mais son frère ne semblait pas vouloir s'en aller.

« Elle n'a pas voulu, visiblement.

— Faux. Il y avait un testament, mais tante Vanna l'a détruit.

— Comment le sais-tu ? » Costanza mentait, obéissant à l'ordre de son père de ne pas en parler avec Giacomo.

« Peu importe, il n'existe plus.

— Tu sais à qui elle laissait sa fortune ?

— Idiote, à toi, mais aussi à ses autres neveux. Rien à Stefano, dit Giacomo avec colère.

– Mais dans son testament de 59 elle a aussi nommé ses neveux Lo Vallo… pourquoi les inclure et exclure Stefano ?

– Ils nous ont simplement offensés. Stefano, lui, a désobéi, il a agi contre notre famille. Il nous a tous couverts de honte, même toi… Comment fais-tu pour ne pas comprendre ?» Giacomo était exaspéré.

«Qu'est-ce que tu veux de moi ?

– Je veux, ou plutôt j'exige, que tu me donnes ce qui me revient moralement : une fraction d'héritage égale à celle que Stefano recevra et qu'il ne mérite pas. Tu devras la prendre sur ta part.

– Et pourquoi le devrais-je ?

– C'est toi qui me demandes pourquoi ? J'ai un fils, l'héritier, et j'en aurai d'autres. Notre père t'a déjà donné plus qu'il ne devrait revenir à une femme : des domaines des Safamita, des terres qui me sont dues, à moi et à mes fils. Je les veux maintenant, pas quand tu mourras… »

Les yeux de Costanza lançaient des éclairs. «À qui d'autre tu peux les laisser ? aboya Giacomo. Ton mari ne veut pas avoir d'enfants de toi, tout le monde le sait !»

Costanza se leva d'un bond – sa broderie glissa à ses pieds – et elle lui montra la porte.

Giacomo recula, surpris : la violence avait toujours plié sa sœur à sa volonté. «Costanza, les terres appartiennent aux Safamita et doivent aller aux Safamita ! hurla-t-il en devenant tout rouge. Tu n'es pas une Safamita !

– Je suis la marquise Sabbiamena et j'en suis fière !» Elle se baissa pour ramasser son ouvrage par terre et sur le ton avec lequel elle se serait adressée à un domestique surpris à voler, elle lui ordonna : «Maintenant sors d'ici.»

Costanza n'avait que deux personnes au monde sur qui compter : son père et son mari. Pendant les mois tumultueux passés à Sarentini elle avait beaucoup pensé à Pietro : sa présence, sa bonne humeur, ses baisemains, ses caresses lui manquaient. Elle s'était abandonnée à son désir, qu'elle étouffait quand ils étaient ensemble. Pietro était attentionné, affectueux, désintéressé. « Fais comme tu l'entends de ce qui t'appartient, lui avait-il dit, si tu penses que c'est juste de donner à Giacomo ce qu'il demande, fais-le. Tu as beaucoup apporté aux Sabbiamena et j'en profite, mais je n'oublie pas que c'est à toi que cela appartient. » En la voyant triste et pensive, il lui offrait de nouvelles partitions et écoutait sa musique ; il déjeunait chez lui pour lui tenir compagnie ; il lui racontait des histoires pour la distraire.

Dans un monde où l'on vivait des rentes d'un patrimoine terrien en diminution constante et où il était presque inconcevable d'exercer une profession ou de faire du commerce, l'enrichissement n'avait que deux sources légitimes : les héritages et les mariages. Costanza se rendit compte que l'héritage de sa tante suscitait l'envie, même chez des étrangers. Elle recevait de nombreuses visites pour son deuil récent, notamment de femmes poussées par la curiosité et la jalousie. Pietro prit l'habitude de fréquenter son salon pour la soulager du poids des conversations. Costanza lui en était reconnaissante.

Elle s'aperçut peu à peu que Pietro n'était jamais absent quand la baronne Mariangela Almerico venait en visite, une belle femme aux cheveux blonds pour laquelle on racontait qu'un soupirant s'était fait tuer en duel avant qu'elle n'épouse un veuf âgé et riche.

Pendant les visites de Mariangela, Costanza commença à ressentir un certain malaise. Au début elle n'en comprenait pas la raison : elle était habituée au comportement salonnard de son mari. Mais cette fois Pietro tournait autour de la baronne et elle suivait du coin de l'œil leurs regards qui se rencontraient, les lèvres de l'un qui s'attardaient sur le dos de la main de l'autre, l'accélération de l'éventail devant le visage – indice certain de sourires furtifs. Costanza, jalouse, se sentit humiliée. Elle avait l'impression que tous, domestiques et amis, la regardaient avec compassion et moquerie.

La princesse Escargot se torturait quand le prince parlait avec une autre, mais au moins elle avait été aimée et elle allait le reconquérir. Costanza repensait aux mots durs de son frère et elle aurait voulu s'échapper. Elle attendait impatiemment de se réfugier à Malivinnitti au mois de juin.

Un après-midi après le déjeuner, avant d'aller se reposer, elle voulut apporter à manger à ses tortues. Elle descendit l'escalier en colimaçon qui menait à la petite terrasse intérieure du cabinet de Pietro à l'étage noble.

Les tortues étaient cachées derrière les magnifiques vases de pomélias. De leurs fleurs blanches et roses aux pétales charnus s'échappait un léger parfum douceâtre. Costanza, au centre de la terrasse carrée, déchirait les feuilles d'épinard en morceaux qu'elle disposait méthodiquement à égale distance les uns des autres sur le carrelage, en cercle autour d'elle. Elle attendait. Comme sa mère le lui avait montré. Les tortues la regardaient de leurs yeux ronds et las, aux paupières lourdes et rugueuses comme celles des vieillards, et branlaient la tête. Elles ne bougeaient pas, mais elles ne se retiraient pas non plus dans leur carapace. Costanza attendait, patiente. Elle les observait une à une, suivait les mouvements imperceptibles de leur cou et de leurs grosses pattes. Petit à petit une tortue plus entreprenante s'avança en regardant autour d'elle, prudente, happa la feuille tendre, la déchiqueta avec voracité en la maintenant d'une patte. Les autres la suivirent lentement. Costanza fut bientôt entourée de ses tortues.

Un bruit soudain vint la distraire : des gémissements, des respirations haletantes. Ils provenaient du cabinet où Pietro n'allait jamais. Elle avait donné l'ordre à don Carmelo de le garder fermé à clef ; manifestement il n'avait pas obéi. Costanza pensa qu'un employé de l'administration ou un domestique s'y était réfugié pour se remettre d'un malaise ou d'une contrariété. Elle s'approcha et ouvrit délicatement les lattes des persiennes.

Les fenêtres étaient entrebâillées, les rideaux légèrement écartés, mais la pièce était dans l'obscurité. Elle distingua un mouvement devant le bureau. Il semblait y avoir deux personnes, une silhouette féminine assise sur le bureau et un homme devant elle, dos à la fenêtre. Des geignements, des cris de moins en moins étouffés. C'était Pietro, avec une femme.

Costanza se sentit défaillir. Elle s'appuya à la persienne, serra les poings en écrasant les tiges des épinards, se mordit les lèvres jusqu'au sang pour ne pas s'évanouir et ferma les yeux.

Elle inspirait lentement. Le parfum des pomélias la suffoquait, elle avait la nausée.

Elle ne voulait pas écouter, mais c'était plus fort qu'elle. Ses tempes battaient, des élancements autour des yeux lui martelaient le crâne. Elle se sentait exploser comme si elle avait été sous une presse, à chaque gémissement un tour de plus. Elle devait voir. Le front appuyé sur son poing serré, les feuilles d'épinard écrasées entre ses cheveux et la persienne, elle regardait. Les tortues s'étaient risquées à traverser la terrasse pour la suivre : la tête haute, les yeux sur elle, elles attendaient avec confiance davantage de verdure.

Costanza demeura derrière la persienne jusqu'à ce

qu'ils quittent le cabinet sans se dire un mot. Elle jeta les épinards et remonta l'escalier quatre à quatre. Elle redoutait de rencontrer Pietro. Elle ne savait où se réfugier. Elle se retrouva dans le salon, assise devant le piano et commença à jouer au hasard : la tête lui tournait comme si elle avait eu autour d'elle un essaim d'abeilles bourdonnantes et elle suivait son instinct, tantôt elle écrasait les touches, tantôt elle les caressait à peine du bout des doigts, jusqu'au moment où elle entra dans un morceau et le reconnut.

Elle jouait, jouait, penchée sur le clavier, elle étirait le dos en arrière, jouait, souffrait, jouissait. Puis un élancement ; enfin, la paix, les dernières notes. Elle resta là, les mains sur ses cuisses, la vue brouillée.

« Cette maison souffrait sans sa maîtresse, et moi aussi, sans la musique de ma marquise », dit Pietro. Costanza se secoua. Alors seulement elle vit qu'il avait entrouvert la porte du salon : il était resté debout, appuyé langoureusement contre le battant, à moitié caché par les tentures.

Costanza apprit à reconnaître les signes : Pietro mangeait d'un air distrait, regardait la pendule avec impatience, faisait des petits sourires fugaces, comme un adolescent qui meurt d'envie de s'échapper. Elle se promettait chaque fois de résister à la tentation, mais elle cédait toujours. Elle descendait furtivement par l'escalier en colimaçon, son bouquet de verdure à la main. Elle attendait les bruits connus et regardait, avide, à travers les lattes. Puis, toute retournée, elle courait dans sa chambre. Elle se jetait sur son lit et jouissait amèrement.

58

*Costanza Safamita trouve un certain équilibre
et s'installe à Palerme, mais elle est troublée
par une dispute avec son frère Stefano
et par la trahison de son mari*

Sur le conseil de Iero Bentivoglio, devenu député, Costanza avait fait de bons investissements à la Banque Nationale. L'héritage de sa tante Assunta avait mis des liquidités à sa disposition. Elle décida de restaurer le Palazzo Sabbiamena de Palerme pour y passer les mois d'hiver, en surmontant son aversion pour la vie mondaine. Elle reverrait son père, qui ne se sentait plus bien à Sarentini et préférait sa nouvelle maison en ville, et ses parents Trasi. Elle aurait en outre l'occasion de mieux connaître les filles aînées de Stefano – surtout sa chère Caterina –, toutes deux au pensionnat.

Costanza nourrissait aussi l'espoir secret d'éloigner ainsi Pietro de ses amours ancillaires de Cacaci, devenues pour elle une torture dont elle ne parvenait pas à se passer.

La nouvelle bourgeoisie et les nobles qui, comme les Safamita, pouvaient se le permettre, se construisaient des villas et des palais dans la nouvelle ville. Il régnait un climat d'expansion et de rénovation, et l'aristocratie dominait de nouveau la vie mondaine et politique de Palerme, devenue destination des têtes couronnées d'Europe. Pietro, orgueilleux de sa lignée et soutenu par la richesse de sa femme, était prêt à participer avec enthousiasme à la vie de la capitale et à profiter de tout ce que sa ville offrait.

Il était très impatient de faire lui aussi bonne figure et de rendre leur hospitalité aux fidèles amis qui, avant son mariage, l'avaient aidé par des prêts et des invitations. Pietro multiplia ses visites matinales à Costanza : ils discutaient des progrès des travaux, organisaient leur journée et décidaient des achats à faire. Costanza, contente de sa présence, acceptait ses attentions.

Chose curieuse, à présent que Costanza participait indirectement à un autre aspect de la vie de Pietro, elle se sentait plus proche de lui : il y avait une nouvelle intimité, un secret dont il n'était pas averti. Elle était convaincue que son mari n'avait pas de maîtresses parmi les femmes de leur classe, bien différentes, selon elle, des filles du peuple provocantes et effrontées : elle espérait que, loin de Cacaci, il se lasserait de ces relations brutalement physiques et qu'avec le temps il se tournerait vers elle, sa femme, en lui donnant un fils, l'héritier des Patella di Sabbiamena.

Parée des célèbres bijoux Safamita, Costanza l'accompagnait dans les réceptions et fréquentait les salons des femmes de ses amis. Ce n'était ni agréable ni facile, mais elle persévérait. Les conversations entre femmes mariées étaient très différentes à Palerme de celles de Cacaci. Les femmes de l'aristocratie parlaient de leurs amants en langage codé : « un grand monsieur », « généreux », « homme de véritable culture », « grand ami de mon mari », « patient avec sa mégère de femme », « grand connaisseur ». Les épithètes réservées aux épouses trompées étaient lourdes : « ingrate », « égoïste », « elle l'humilie », « stupide ignorante », « dépensière », « elle le ruine », « elle ne le comprend pas », « elle a monté ses enfants contre lui ». Quand elles tournaient le dos, les mauvaises langues allaient bon train. C'était un jeu cruel et pervers auquel Costanza devait se prêter pour faire plaisir à Pietro. Dans les fêtes, dans les promenades à la Marina, partout où il y avait des occasions de rencontres entre hommes et femmes, Costanza – grande observatrice – remarquait des regards langoureux, des œillades entendues, des cours osées, des intrigues menées avec l'élégance d'un rituel séculaire. Elle se sentait différente, isolée. Pietro ne semblait pas participer à ces activités : il courtisait toutes les femmes. Au retour, en voiture, avec son innocence désarmante et sa bonne humeur habituelle, il faisait des commentaires sur les femmes avec lesquelles il avait déployé tout son charme. Costanza, qui peu avant avait souffert toutes les peines de l'enfer, se réconfortait.

Pietro était plongé dans les préparatifs de la grande fête qui allait inaugurer l'étage noble, enfin restauré. Le baron et la baronne Almerico viendraient exprès de Cacaci ; ils étaient souvent les hôtes des Sabbiamena.

Costanza s'aperçut que, lorsqu'ils attendaient les Almerico, Pietro montrait la même impatience fébrile que celle qu'elle avait vue chez lui avant ses rencontres sordides dans son cabinet. Mariangela portait des châles précieux, arborait des mouchoirs brodés, des éventails et même des bijoux qui trahissaient le goût recherché et particulier de Pietro. Certains ressemblaient carrément aux siens. Quand le baron Almerico s'absentait de Palerme, Pietro disparaissait. Costanza observait, dévorée par la jalousie.

Cet après-midi-là, Costanza était seule avec Maria Antonia Bentivoglio. Sa cousine était particulièrement troublée : ses beaux yeux gris étaient tristes, son visage, calme et souriant dans sa jeunesse, était morne. Elle raconta à Costanza les infidélités de son mari et se laissa emporter :

« Costanza, je n'ai pas une dot comme la tienne et je dépends de lui. Je le supporte par amour pour mes enfants. Iero est influent et il a du pouvoir ; il aide et conseille tout le monde, même toi, et si je parlais, les gens se retourneraient contre moi. Tu es riche, tu entretiens ton mari, tu le gâtes comme si c'était ton fils... Je voudrais être comme toi. » Costanza l'écoutait, effarée.

«Ne me dis pas que tu ne le sais pas, tout Palerme parle de Mariangela Almerico : elle a un vieux mari, elle se sent en droit de le tromper au grand jour, on dit même qu'il approuve. Et tu la traites en amie, je la trouve tout le temps chez toi… Tu es vraiment différente, Costanza. Est-ce que tu as des sentiments ? »

Costanza avait invité Stefano et sa famille. Depuis qu'il avait reçu l'héritage de sa tante Assunta, son frère buvait moins et il avait payé ses dettes. La famille jouissait d'un modeste bien-être. Stefano s'était lancé avec des individus louches dans un nouveau projet – une fabrique de glace – que Costanza et d'autres lui avaient déconseillé.

Après le déjeuner, Costanza et Stefano restèrent seuls.

« Je sais que vous allez donner une réception. Pourquoi ne nous as-tu pas invités ? demanda soudain son frère.

– Stefano, je ne peux pas. Notre père viendra, s'il se sent bien, ainsi que nos parents et toute la noblesse.

– Costanza, je veux que tu m'invites. C'est à moi de décider si je viendrai et si j'amènerai ma femme. Tu m'invites ou pas ?

– Je te l'ai dit, je ne peux pas. Tu es un invité d'honneur chez nous, mais tout seul. Les autres ne veulent pas connaître Filomena, ils ne viendraient pas s'ils savaient la trouver. Souviens-toi que c'est la fille d'un maréchal-ferrant. Elle n'est pas noble, et même pas riche. Notre monde est comme ça. Il ne me plaît pas, mais je dois y vivre avec mon mari et le respecter. Les nobles avec les nobles, les autres avec les autres, voilà comment il faut se marier, répondit Costanza qui s'échauffait.

– Continue, continue, à quoi tu veux en venir ? Le cheval avec le cheval, l'âne avec l'âne… tu veux dire je suis un cheval et ma femme une ânesse ? Et mes enfants, alors, ce sont des mulets ? Dis-le, dis-le !

– Stefano, le monde est comme ça.» Costanza était navrée.

«Alors tu traites mes enfants de mulets ? Si tu ne m'invites pas, je ne veux plus te revoir et j'interdis à mes enfants toute relation avec toi. Qu'est-ce que tu me réponds ?

– Si tu le prends de cette façon, Stefano, fais comme tu veux. Je fais mon devoir. Souviens-toi que je t'aime et que j'aime Filomena et tes enfants, comme s'ils étaient les miens», répondit Costanza, la mort dans l'âme.

Après le succès de leur fête, le marquis et la marquise Sabbiamena s'étaient complètement intégrés à la vie mondaine. Les invitations pleuvaient et étaient rendues avec largesse. Pietro en raffolait et, avec cette touche féminine qui contribuait à le rendre si charmant aux yeux des femmes, il offrait des conseils et des suggestions à son épouse, maîtresse de maison attentive et distinguée, mais timide à l'extrême et irrémédiablement empotée en matière de conversation. La baronne Lannificchiati avait décidé de servir de mentor à Costanza et la décrivait avec pertinence – ce qui démontrait le peu de considération qu'elle avait pour elle – comme une brave jeune fille de province à l'ancienne qui avait été éblouie par son neveu au premier regard et qui, grâce à ses ducats, donnait du lustre aux Patella di Sabbiamena.

Les gens étaient persuadés que les Sabbiamena avaient trouvé un équilibre satisfaisant pour l'un et l'autre et Costanza aurait voulu parfois le croire. Pietro était bon, gentil, plein de vitalité, capable de pensées délicates : c'était lui qui l'avait consolée après ses disputes avec Giacomo et Stefano, qui se tracassait pour ses malaises, qui lui faisait des cadeaux et lui permettait d'agir à sa guise. Mais il ne l'aimait pas. Malgré tout, Costanza ne supportait toujours pas l'idée de vivre sans lui.

59

*Costanza Safamita a une longue conversation
avec son père et entrevoit un jeune Napolitain.
L'œuf battu*

Le nouveau Palazzo Safamita était un bâtiment moderne de deux étages dans un angle de la place où se construisait le nouveau théâtre lyrique. Il avait tout le confort moderne.

Costanza et son père étaient assis sur la terrasse, à la fin de l'après-midi.

« Je suis vieux, l'idée de mourir à Palerme me plaît. Je suis bien ici, cette maison me convient, disait son père, Giacomo décidera quoi faire du vieux palais, mais je crois vraiment qu'il n'en voudra pas. Tu le veux ?

— Pour quoi faire ? J'ai beaucoup de maisons.

— Écoute-moi, ma fille. Je veux que tu aies une maison à toi à Palerme. Je n'ai jamais eu confiance dans ton mari.

— Tu te trompes, papa, il est honnête », dit Costanza soudain agitée, comme chaque fois que quelqu'un critiquait Pietro, même à mots couverts. Elle se reprit aussitôt et ajouta : « En affaires.

— Il t'aime ?

— À sa manière, oui. » Elle avait rougi.

Son père se tut, distrait. Il regardait le ciel. Le temps était en train de changer. De gros nuages gris et menaçants apparaissaient derrière la ceinture montagneuse de la ville ; là-bas le ciel était livide. Un épais nuage cacha le soleil et la terrasse s'obscurcit tout à coup. Le baron leva ses yeux malades sur le Monte Pellegrino.

Il le voyait flou dans le lointain, contre le ciel : mais le mont avait déjà changé de couleur. Ces nouvelles nuances – de bleu, de violet – le rendaient austère et menaçant. Cette montagne aux proportions parfaites et à la solide beauté était le gardien du golfe : un animal fantastique accroupi et à demi noyé dans la mer – croupe et pattes émergeaient avec leurs formes anguleuses –, mais prêt à se réveiller et à se dresser contre quiconque oserait s'approcher de la ville.

Domenico Safamita aimait Palerme d'une passion presque physique. « On détruit les monastères, les bâtiments, on éventre des quartiers. Peu importe si l'eau manque, si les égouts sont rudimentaires ou inexistants, si le peuple vit dans des taudis et meurt de faim et de maladie : les Palermitains veulent un nouveau théâtre lyrique grandiose. Toujours plus belle et plus abjecte, jamais Palerme ne s'est révélée aussi magnifique et satisfaite d'avoir conservé son identité de ville supérieurement courtisane. La sensualité transpire même des pierres. » Sur la gauche la nouvelle rue, très large, menait à la mer. Là-bas la nuit semblait être déjà venue et l'eau était parsemée de petits points luisants : les premiers lamparos des pêcheurs. Le nuage s'éloigna du soleil et tout redevint comme avant : la mer était une tache sombre sans lueurs, le Monte Pellegrino, à peine rosé, se détachait net et bienveillant.

« Papa, je peux te poser une question ? hasarda Costanza.

– Dis-moi, ma fille.

– Pourquoi maman ne m'aimait-elle pas ? » Avec ses cheveux ramassés en chignon sur la nuque qui lui faisaient comme une auréole d'un roux sombre, son port de tête élégant, son long cou, sa peau lumineuse couverte de taches de rousseur, Costanza était belle.

« Ta mère m'a beaucoup aimé, sans doute trop, d'ailleurs. » Le baron se sentit tout à coup épuisé.

«Je ne te comprends pas, papa : on n'aime jamais trop son mari.

– Tu te trompes. L'excès est toujours une erreur, même dans l'amour.» Puis il ajouta lentement : «Et aussi dans la patience, dans la tolérance, dans le pardon.»

Elle l'écoutait et cherchait à comprendre. «Costanza, je t'ai donné tout l'amour d'un père et d'une mère depuis que t'ai vue, juste après ta naissance.

– Je le sais, papa.

– Et je te veux heureuse. Tu ne l'es pas. Tu sais, j'ai beaucoup aimé ta mère, mais elle n'a jamais été mon grand amour, le plus important. Celui-là ne m'a pas encore quitté et il allège le poids des ans. Quand cela arrivera, ce sera le moment de mourir.

– De quoi parles-tu ? Je ne te comprends pas, aujourd'hui, papa, soupira Costanza.

– L'amour de soi-même. Le respect de soi-même. Tu dois t'aimer. Te plaire. Alors seulement, les autres t'aimeront. Chez toi, le meilleur hôte c'est toi, avant tous les autres. Ceux-là viennent après.

– Et le devoir ? Celui que vous m'avez inculqué, celui que Stefano n'a pas respecté ?» Costanza était perdue.

«Ah, le devoir… C'est un dilemme. Un choix. Chacun le résout comme il peut. Quand j'étais jeune j'ai fait ce que je voulais et quand j'ai été rappelé à mes devoirs envers ma famille, ma descendance, j'ai décidé que je "voulais" mon devoir. Et c'est ce qui s'est passé. Ce n'est pas toujours facile, mais c'est faisable, et on vit mieux.

– Je le ferai moi aussi. Je cherche toujours à t'obéir, papa.

– En l'épousant tu ne l'as pas fait.

– Papa, je te promets de t'obéir dorénavant, toujours.

– Non, Costanza, tu ne dois pas. Je désire que tu

318

fasses ce que tu veux. Le bonheur doit se chercher, se construire pierre à pierre, avec les pierres qu'on trouve, comme une maison.

– Papa, pourquoi j'ai les cheveux roux ?

– Tu es rousse depuis vingt-sept ans et tu me le demandes maintenant ? Parce que tu es une fille de l'amour, belle comme aucune autre, rouge comme le soleil. » Sa voix tremblait, puis il se calma. « Rappelle-toi pourtant que les autres ne te verront pas belle si tu ne te vois pas belle, si tu ne penses pas à toi avant de penser aux autres. Alors ton mari aussi s'en rendra compte.

– Pourquoi ne m'avais-tu jamais dit ces choses-là ?

– Maintenant je vois que tu es une femme, avant, tu étais innocente. Alors je te dis une dernière chose. Parfois tu es pâle, fanée. Prends-toi un œuf battu avec du sucre tous les matins, comme les enfants, *ma petite*.* »

Sous le porche du palais, au moment de monter en voiture, Costanza aperçut un jeune homme : il ne devait pas avoir plus de vingt ans. Il était grand, très maigre, pâle. Différent. Il avait des moustaches et une barbe rousses comme ses cheveux, des yeux marron aux cils invisibles, comme les siens.

Elle sursauta. Ils se regardèrent et se virent semblables. Costanza ne cessa de penser à ce jeune homme pendant le trajet en voiture. Elle devait savoir qui il était.

Elle apprit qu'il venait de Naples, qu'il était fils d'un employé de la Corbotta, à moitié anglais. Son père était mort récemment et il cherchait à retrouver des parents, il demandait des renseignements à propos d'un oncle, lui aussi employé à la mine qui avait appartenu un temps aux Safamita. Le grand-père de Costanza l'avait cédée à d'excellentes conditions à un adjudicataire belge. On ne savait pas ce qu'étaient devenus les employés.

Le baron était resté seul sur la terrasse. Il se fit apporter des couvertures et une lampe : il n'avait pas envie de rentrer.

C'était une journée ensoleillée de novembre 1866. Il se préparait à se rendre au monastère de Grottavacante avec plus de réticence qu'à l'ordinaire : il devait informer le père Sedita du départ du père Puma de Sarentini. Secrètement non-croyant, il avait accueilli avec une certaine satisfaction l'expropriation des biens de l'Église et l'anticléricalisme des Savoie, mais il avait de l'affection pour Gaspare Sedita et avait respecté les consignes de son oncle Lattuca : « Souviens-toi de ne le laisser manquer de rien et écoute-le : il a davantage de tête qu'il n'en faut à un prêtre. »

Ils burent un verre de vin doux.

« Je connais un évêque qui me trouvera une place dans un bon couvent de Rome. Grâce à Dieu et à vous les Safamita, je n'ai pas de problèmes financiers. J'espère mourir en paix avant que les Savoie ne s'établissent dans la ville sainte – ils y parviendront tôt ou tard. Pour le moment, je reste ici : je veux installer ailleurs cet imbécile de père Puma. » Le père Sedita avait commencé ainsi pour éviter au jeune baron la gêne de parler de l'inévitable.

Puis, en le regardant bien en face, il ajouta : « Domenico, je suis vraiment désolé pour toi, tu aimes cette petite. Plus que tes garçons, et tu as tort.

– Si tu me permets, ils me paraissent aussi un peu imbéciles, nos fils, ajouta l'autre avec un demi-sourire ironique de connivence.

– Doucement, mon fils, tu parles à un prêtre. L'amour, l'exemple, l'encouragement font que même les plantes tordues poussent bien, celles qui viennent des graines pourries. Stefano et Giacomo sont des Safamita.

– Costanza n'a reçu de sa mère aucune affection ou presque.

– C'est ta faute. Je ne te l'avais jamais dit.

– Explique-toi.

– Je suis tenu par le secret de la confession.»

Domenico se leva brusquement, en colère : «Caterina ?

– Ne sois pas stupide : Caterina ne parle pas. Vous gardez le silence. Mais le silence n'est pas une vertu, même si on le considère comme tel. Nous sommes pleins de sociétés secrètes, il y en a même une locale. Un nom nouveau, un mal ancien. Je suis vieux et je vois dans cette mafia des germes mortels, mais pas seulement. Elle pourrait aider la Sicile, mais uniquement si elle se dissout quand elle n'aura plus de raison d'exister : quand le royaume deviendra un véritable État unitaire capable de gouverner avec justice et qu'il gouvernera pour de bon. L'omertà, la violence, nuisibles dans un État juste et efficace, peuvent être acceptables quand un pays est dominé par des étrangers…» Le père Sedita avait pris un regard absent, il pensait à autre chose. Il se ressaisit. «Excuse-moi, je m'égare. Je veux te parler de l'adultère et du pardon : ils ont beaucoup de similitudes, et tu les as pratiqués, et bien. Sans doute trop.

– Tu parles en prêtre.

– Pas seulement, en homme aussi. Commettre l'adultère est un péché mortel, les commandements le disent. En tant que prêtre, je dois l'accepter. Le silence est essentiel dans ce cas : le pire péché, à mon avis, est de confesser l'adultère au conjoint qui l'ignore. J'imposais le triple de la pénitence pour les adultères confessés à la partie lésée. C'est un mal infligé sans raison, et celui-là peut réellement détruire un mariage. Nous savons tous qu'il y a beaucoup de cornes, mais en quarante ans de sacerdoce je n'ai jamais connu personne qui ne les ait fait porter qu'une seule fois. Les cornes appellent les cornes. Elles se propagent comme la menthe : on en plante une racine et elle infeste tout. C'est une loi universelle, nous autres prêtres nous la connaissons bien. » Le père Sedita retourna à ses pensées, il regardait au loin, il murmura : « Comme l'inceste, les actes impurs avec les enfants, avec les personnes du même sexe. Ils se perpétuent dans les familles, de transgresseur à victime. Celle-ci, devenue adulte, devient à son tour transgresseur. » Il se tourna vers lui et ajouta : « Domenico, pour toi, seulement pour toi… » sa voix se brisa, « parce que nous nous aimons beaucoup tous les deux, j'approuve le transfert du père Puma au séminaire : je suis déjà au courant, il y a là des petits garçons. Vulnérables. Sache-le. »

Domenico Safamita comprit et répondit sans trahir aucune émotion. « Tu ne dois pas t'inquiéter. J'ai fait une donation à la curie, j'entretiendrai six places de séminaristes ; le logement du père Puma est garanti. Je l'aiderai aussi à racheter l'ancien séminaire aux enchères, au moment opportun. »

Le bras tremblant, le père Sedita buvait son vin. « Merci », murmura-t-il, puis il reprit : « Domenico, tu t'es bien conduit dans l'adultère : tu l'as caché et tu as eu raison. Tu n'as pas de mérite, tu as suivi notre tradition. Mais le pardon non, tu ne l'as jamais caché. Tu as eu tort de trop pardonner et en silence.

– Ce n'est pas à moi de te rappeler le principe : "Tends l'autre joue." » Domenico parlait sans une ombre d'ironie.

« Laisse l'Évangile tranquille. Tu as eu tort parce que tu as fait comprendre que tu savais et que tu pardonnais. Il faut cacher le pardon, comme les cornes.

– Explique-toi mieux.

– Les hommes sont différents des femmes. Ils confessent leur infidélité à leurs femmes pas tellement pour obtenir leur pardon, mais pour se faire approuver : deux attitudes égoïstes, autoritaires, nuisibles. La femme la confesse rarement, et pas seulement pour éviter de se faire tuer. Si ta femme t'aime mais qu'elle a cédé à la tentation, que tu t'en rends compte mais que tu ne dis rien, la situation est compliquée. Elle sait qu'elle a mal agi. Elle s'attend à être blâmée, punie. Elle a aussi besoin de s'expliquer, de te montrer en quoi tu as eu tort toi aussi. Si tu vas trop loin dans la punition, elle te jettera tes fautes à la figure ; elle sauve ainsi sa dignité, retrouve le respect d'elle-même et le tien. C'est un procédé important dans toutes les relations fiduciaires. Elle contribue à rétablir un rapport d'affaires, à réinstaller l'amour conjugal, la concorde dans la famille, l'équilibre avec les enfants, l'affection pour ceux qui sont innocents mais preuves vivantes de la faute.

« Le mari qui veut sa femme pour lui continue à se sentir mal s'il accepte la faute et pardonne en silence. Pis encore : il enlève à la pécheresse la possibilité de se racheter à ses yeux et aux siens propres. Il la détruit. Il faut s'expliquer et faire la paix. Ce n'est qu'alors qu'il est juste de pardonner. » Le père Sedita était fatigué, ses yeux aux paupières fripées étaient humides. « Je te dis seulement que Costanza est forte. Elle est fille de l'amour et tu continueras à le lui donner. Veilles-y. » Il le foudroya d'un regard pénétrant. « Elle n'a que toi, son père. »

60

Costanza Safamita apprend que le fils de son mari va naître et elle est très attristée

L'état de santé du baron Safamita s'était aggravé et les Sabbiamena restèrent à Palerme tout l'hiver et une partie du printemps. Pietro avait fait de brèves visites à Cacaci, surtout après le retour des Almerico dans le village. Costanza pensait avec amertume qu'il y allait pour retrouver Mariangela, mais elle acceptait désormais l'inéluctabilité de cette relation. En avril 1886, Costanza dut retourner à Cacaci pour affaires, et Giacomo et Adelaide arrivèrent à Palerme pour la remplacer au chevet de son père.

Costanza était en train de broder paisiblement avec sa nourrice, contente d'être de nouveau dans ce qu'elle considérait comme sa véritable maison. Elle avait laissé Amalia à Cacaci pour qu'elle surveille le palais et veille sur don Paolo malade. Elle lui avait manqué.

«Il s'est passé des choses graves ici, disait Amalia un peu gênée.

– Parle, Amalia», l'encouragea Costanza, et elle posa son ouvrage sur ses genoux.

Pendant l'hiver une des neuf femmes de la cuisine s'était sentie mal. Ils pensaient que c'était le choléra, mais non. On avait découvert qu'elle était enceinte, mais elle n'avait rien voulu dire de plus. Ils avaient envoyé chercher une accoucheuse, mais sans succès. Don Carmelo voulait avertir son oncle, qui l'avait placée là, mais elle, certaine que sa famille la tuerait, était comme folle et ne voulait pas quitter le palais.

«Le baron n'a jamais fait ces choses-là, disait Amalia, mais don Paolo me raconte qu'elles arrivaient même chez les Safamita, avec les hommes de service, et que don Filippo s'occupait d'appeler les accoucheuses et de tout arranger et personne ne savait rien. Il aurait fallu Pina Pissuta, elle aurait tout réglé, mais des accoucheuses comme elle on n'en trouve plus!

– Le marquis est au courant?

– Je ne crois pas. Don Carmelo fait comme si de rien n'était, en attendant, elle a déjà le gros ventre et les gens s'en apercevront tôt ou tard…

– Ne t'inquiète pas. Je lui parlerai et nous verrons comment l'aider. Tu sais qui est le coupable ?

– Non, mais sûrement pas don Carmelo, c'est don Paolo qui le dit. »

Rura avait les cheveux noirs et les traits grossiers.

Elle était grasse, et sa grossesse n'était pas évidente. Elle se tenait debout devant Costanza, épouvantée.

« De combien de mois es-tu enceinte ? » lui demanda cette dernière avec un certain embarras.

Elle ne répondit pas.

« Si tu ne veux rien me dire, tu dois quitter mon service. Si tu parles, je vous aiderai, toi et ton enfant, reprit Costanza avec fermeté.

– Don Carmelo ne devait rien dire, il doit s'en occuper, ça ne regarde pas votre Cellence », répondit-elle et elle éclata en sanglots. Costanza lui tendit un mouchoir, mais Rura le refusa et continua à pleurer, les yeux baissés.

Rosa frappait à la porte. Costanza se leva d'un bond et renversa sa table de couture. Boîtes, broderie, dés, ciseaux, fils et aiguilles tombèrent sur le tapis. Rura, à quatre pattes, ramassait en haletant et en arrosant tout de ses larmes.

Costanza la regardait chagrinée. Je pourrais peut-être organiser un mariage de réparation, pensait-elle. La jupe de Rura s'était relevée et on voyait la peau blanche de ses mollets bien tournés entre ses bas et son pantalon. Costanza eut pitié d'elle.

C'est alors qu'elle reconnut la grosse envie sur sa jambe gauche. Il lui vint dans la bouche une acidité ignoble. Elle avala avec violence. Sa tête cognait comme si elle avait été frappée avec un gros caillou. Des myriades de pensées frénétiques l'assaillirent. Puis, comme par enchantement, ses idées s'éclaircirent. Elle donna machinalement à Rura des ordres rapides pour qu'elle ramasse ce qui était tombé et remette la table en ordre. Quand elle eut fini, Costanza se planta devant elle. «Dis-moi la vérité, qui est le père de ton enfant ?»

Rura resta muette, elle la regardait de travers avec un air de défi.

«Réponds, c'est un ordre.»

Elle se taisait toujours, le visage bouffi et trempé, impassible.

«Je te le demande une dernière fois. Qui ?» Costanza éleva la voix : «Si tu ne parles pas je te dirai qui c'est, moi !»

Les deux femmes se regardaient, effrayées l'une et l'autre.

Sur le ton du commandement, celui qui n'admet pas de désobéissance, Costanza dit lentement : «C'est le marquis. Je veux que tu me le confirmes.

— Oui, Cellence», balbutia Rura. Puis elle ajouta, véhémente, d'une voix pleine de rancune haineuse : «Don Carmelo devrait mourir, il promet beaucoup et il ne fait rien pour aider ceux qu'il met dans le pétrin.

— Le marquis le sait ? demanda Costanza tout étourdie.

— Il ne sait rien et n'a rien à savoir, murmura Rura en fondant de nouveau en larmes. C'est ma faute à moi.

— Qu'est-ce que tu veux faire ?»

Rura avait perdu toute retenue. Elle se tordait les mains, les frappait bruyamment l'une contre l'autre puis sur ses cuisses et ses flancs, elle se tirait les cheveux et dérangeait la coiffe de son uniforme, se frappait la poitrine, se giflait, invoquait tous les saints, maudissait son sort. Costanza la laissait faire et réfléchissait pendant ce temps. Rura s'était calmée, mais elle pleurait toujours.

«J'ai pris une décision. Si tu ne veux pas de cet enfant je t'emmène à Palerme et je t'envoie dans un couvent. Quand il naîtra, tu le mettras dans le tour. Tu pourras continuer à travailler pour d'autres et je te trouverai une place. Si tu veux le garder je te trouverai un endroit où le faire naître. Tu ne peux pas rester ici. Tu auras de quoi vivre, je vous entretiendrai toi et ton enfant et je le ferai éduquer comme le mérite un enfant de son père, mais tu resteras ce que tu es : une servante dévergondée. Tu dois te conduire convenablement et consacrer ta vie à ton enfant, l'élever avec un cœur de mère, tu comprends ? Réfléchis et donne-moi ta réponse.» Costanza s'était rendu compte qu'elle avait haussé le ton. Elle tremblait.

Rura était tombée à genoux. Elle lui saisit la main et la baisa.

«Maintenant va-t'en et ne dis rien à âme qui vive. Si on te questionne dis que je veux te voir cet après-midi, et que tu ne m'as rien dit. Je te ferai appeler et nous parlerons.»

À table, Pietro était de bonne humeur. Après le déjeuner Costanza lui demanda d'aller dans son salon, elle devait lui dire quelque chose de très important. «Ton père va mal ? s'enquit-il avec sollicitude tout en la suivant.

– Non, il ne s'agit pas de mon père.»

Pietro s'affala dans le fauteuil en face de celui, plus petit, où Costanza avait l'habitude de s'asseoir. Il regardait autour de lui, détendu : c'était un salon élégant, avec une touche d'intimité féminine qui lui plaisait beaucoup.

«J'ai parlé aujourd'hui avec une fille des cuisines, Rura. Le majordome l'a engagée pendant que j'étais à Palerme. Elle est enceinte de ton enfant.

– Costanza, que dis-tu ? Tu es folle ! Tu as demandé à Carmelo ?

– Ce n'est pas nécessaire.» Costanza le regarda de ses grands yeux secs.

«Costanza, je comprends que tu sois jalouse, les femmes le sont souvent, mais tu n'as pas de raison. Et puis, d'une fille de cuisine… Toi qui es toujours si sage, tu agis maintenant sans réfléchir. Je ne reconnais pas ma marquise. Tu ne dois pas t'occuper des domestiques. Tu aurais dû d'abord demander au majordome, il est là pour ça. Il sait sûrement ce qui s'est passé pendant que nous étions à Palerme, il t'aurait expliqué. C'est lui qui règle ces affaires-là. Le service n'est plus ce qu'il était. On ne nous respecte plus. Elle veut probablement de l'argent, elle t'a tendu un piège.

– C'est ton enfant.

– Tu veux que je jure ? Mais qu'est-ce qui t'arrive, je ne te reconnais pas… tu as toujours été si raisonnable.»

Pietro s'était levé et parlait durement. Elle ne répondait pas.

«Tu m'inquiètes», continua Pietro, mais il reprit tout à coup sa belle voix douce et persuasive. «Tu te sens bien ? Tu veux une tisane ?» Il posa sur son bras une main protectrice en gardant un air supérieur.

«Ne me touche pas, dit Costanza en se levant d'un bond. C'est ton enfant, je le sais, un point c'est tout.» Elle le regardait dans les yeux et il reculait, presque machinalement. «Tu dois accepter tes responsabilités. Nous devons prendre des décisions, il est trop tard. Il y a cinq mois tu es venu passer deux semaines ici.» Et avec un sourire mélancolique, comme si elle se parlait à elle-même, elle ajouta : «Et dire que je me torturais à propos de Mariangela Almerico !

– La jalousie t'est montée à la tête. L'amant de cette pauvre Almerico ! Et pourquoi pas de cent autres dames, domestiques et servantes. Costanza, réfléchis, cette fille est enceinte – si elle l'est vraiment –, mais je n'y suis pour rien.» Pietro avait retrouvé son ton salonnard, tout en l'observant avec une anxiété mal dissimulée.

Costanza restait silencieuse. Il lui fit un sourire en secouant la tête.

« Assez, Pietro. J'ai cédé, j'ai supporté, c'était mon choix. Maintenant il s'agit d'un enfant qui est le tien, je l'ai tellement désiré. Nous trouverons un arrangement pour la mère et l'enfant, nous le ferons élever comme il convient à un Patella. »

Pietro explosa : « Mais quoi, quel enfant ?

– Pietro, ne nie pas. Réfléchis avant de détruire tout ce que nous avons essayé de sauver de notre mariage.

– Nier quoi, Costanza ? Des divagations. » Pietro jouait le grand jeu : il fit deux pas vers elle, les mains dans les poches, conscient de son ascendant sur les femmes. « Tu me sembles égarée, c'est la jalousie, c'est la jalousie qui est montée à la tête de ma marquise !

– Non, Pietro, c'est ton enfant. » Costanza restait de glace.

– Comment peux-tu continuer à soutenir une telle énormité ? » Il était furieux.

« Il suffit que tu saches que j'en suis certaine.

– Tu es folle ! Folle ! Folle ! hurla Pietro.

– Je dis ce qui est vrai. Et je ne voudrais pas être marquise de Sabbiamena si tu me mentais. Maintenant va-t'en, s'il te plaît. »

Ce soir-là, Costanza pleura comme jamais dans les bras de sa nourrice et ne cessa pas, même après avoir bu toute une théière d'eau au laurier.

61

*Costanza Safamita a une conversation très pénible
avec son mari tout en tressant de la soie bleue*

Costanza ne se coucha pas : en raccommodant, elle se mit à réfléchir à ce qui s'était passé. Elle était bouleversée par l'audace avec laquelle elle avait affronté Pietro, atterrée par la situation, stupéfaite d'avoir agi avec une telle rapidité. Elle avait décidé sans réfléchir, comme si quelqu'un d'autre l'avait habitée et lui avait donné un courage surprenant. Elle en considérait à présent les répercussions profondes et tentaculaires, sur elle-même, sur son mari, sa famille, le monde dans lequel il vivait, sans parler de la mère et de l'enfant : elle ne savait rien de Rura. Les premières lueurs de l'aube éclaircissaient le ciel. C'était un autre jour ; Costanza se sentait plutôt calme et n'éprouvait presque pas de rancœur à l'égard de Pietro et de cette femme : elle s'y était habituée.

Effrayé par la réaction de sa femme, Pietro n'était pas allé à son cercle, il espérait la revoir au dîner, mais elle ne s'était pas montrée, se disant fatiguée. Il avait parlé à don Carmelo. Lui aussi était terrifié : il procurait au marquis depuis des années des servantes disponibles et il n'était pas le premier majordome à satisfaire ainsi les goûts du maître.

Profitant de l'absence de la marquise, il avait engagé Rura, une dégourdie, et donc appropriée. Or les choses avaient mal tourné et il soupçonnait ce bavard de Don Paolo d'avoir tout raconté à la marquise : il y avait un énorme problème et le maître devait le résoudre.

Pietro s'était réveillé à l'aube en ruminant des plans d'action confus. Costanza céderait à ses prières. Il offrirait de sa poche un paiement plus que convenable. Mais il fallait la convaincre de se désintéresser de l'enfant : il y réussirait en lui parlant de l'ostracisme dont ils feraient l'objet, il ferait appel à la décence en attribuant à Rura des mobiles obscurs ; il lui présenterait des visions de chaos parmi le personnel de service, de chantages, et même d'intervention de mafiosi. Il lui promettrait de changer, il évoquerait carrément la possibilité d'avoir un enfant à eux – qu'il n'avait écartée que par commodité –, il l'impressionnerait en lui décrivant les railleries de leurs pairs, les blessures d'orgueil infligées aux Safamita et aux Sabbiamena. Cet enfant devait disparaître : il ne lui appartenait pas, et encore moins à Costanza.

Pietro traversa d'un pas lourd le couloir qui reliait leurs chambres : c'était l'heure de sa visite matinale à Costanza. Elle était à sa table de couture, elle enroulait un écheveau de soie bleue sur le dévidoir. Rosa s'éclipsa dès qu'elle le vit entrer. Tout paraissait normal.

« J'ai mal dormi. Et toi, comment vas-tu ? lui demanda-t-il.

– Je n'ai pas fermé l'œil, mais je me sens bien, merci, répondit-elle sans un sourire.

– Costanza, j'ai honte et je te demande pardon, je suis indigne de toi, je le sais… » commença-t-il gêné en s'asseyant à sa place accoutumée.

Costanza leva les yeux. Les avertissements de son père résonnaient à ses oreilles : *Cet homme n'est pas fait pour toi… tu mérites mieux*, et des bribes de leur dernière conversation : *Costanza, je désire que tu fasses ce que tu veux… tu dois t'aimer.* Elle regardait Pietro. Les jambes croisées, le costume à la dernière mode, c'était sa carapace. Il était comme une petite tortue renversée sur le dos.

Il faisait semblant de regarder la pièce autour de lui, ses doigts tourmentaient spasmodiquement les franges de l'accoudoir. Elle le vit tel qu'il était : un lâche, sans doute convaincu de la sincérité de ces paroles contrites. *Tu mérites mieux…* Costanza ne parla pas : elle l'aurait trop blessé. Elle se tourna vers sa table de couture. Elle donna les derniers tours au dévidoir et coupa les fils d'un coup de ciseaux décidé. En tenant les extrémités bien serrées, elle écarta les bras pour que les fils soient tendus – doux et brillants – et les attacha au pommeau du tiroir. Elle rassembla les fils ; elle commença à les égaliser en veillant à ne pas les embrouiller. Puis elle les sépara en trois et commença la tresse.

«Dis-moi quelque chose, Costanza, tu ne peux pas m'ignorer ! Je suis ton mari ! C'est une agonie, je ne la supporte pas ! Je n'en peux plus ! s'exclama Pietro.

– Je voulais un enfant de toi, et le voilà», dit Costanza à voix basse, avec l'intonation monotone des Safamita, sans quitter son ouvrage des yeux. «Je n'agis pas sur une impulsion. Cet enfant ne doit pas connaître le sort de ceux de Stefano. Il ne le mérite pas. Si tu veux te séparer, fais-le. Je m'occuperai seule de l'enfant. Je ne ferai pas de scandale.» Elle avait fini la tresse et elle la palpait de haut en bas pour l'ajuster. Elle prit les ciseaux et coupa les extrémités : une coupe nette, droite.

Elle le regarda enfin et ajouta : «Ta tante Annina m'a dit que monsieur Cucuzzelli était le fils de ton grand-oncle, le prince Chisiccusi. Ce ne sera donc pas le premier, dans ta famille. C'est ce que je veux.

– Mais nous ? Elle ? Qu'est-ce qui va se passer ? Tu veux me quitter ? Que dois-je faire ? Dis-le-moi !» Pietro la suppliait à présent, impatient.

«Calme-toi. Il ne se passera rien, maintenant.» Costanza se tut en portant sa main à sa joue et en la laissant glisser lentement sur sa poitrine. Elle était calme. «Je voudrais te poser une question : m'as-tu épousée pour ma dot ?»

Pietro resta interdit, il ne savait que dire. «Il y en a d'autres qui auraient payé pour devenir marquise. Moins riches. Non, pas seulement pour ta dot.» Il la regardait, ébahi.

«Et pourquoi, alors ?

– Tu me faisais de la peine, si tu veux vraiment le savoir, Costanza. Tu étais si amoureuse», murmura-t-il, et il baissa les yeux.

Costanza sentit quelque chose céder en elle, comme si un vase déjà fêlé tombait en morceaux. Elle se borna encore à porter sa main à son front et à avaler. Puis elle lui dit, glaciale : «Je dois te demander de n'avoir aucune intimité avec le personnel ou d'autres dans notre maison. En dehors d'ici, continue à faire comme bon te semble.» Pietro restait les yeux baissés.

Puis, cherchant à reprendre son ton ordinaire, elle lui dit : «Je voudrais rendre visite à mon père la semaine prochaine. Cela te convient-il si nous retournons à Palerme ?»

Il se taisait. Costanza fut soudain impatiente de se débarrasser de la présence de son mari et elle tira sur le gland de la sonnette.

«Votre Cellence désire ? demanda Rosa aussitôt accourue.

– Un œuf battu.» Costanza se sentait déjà mieux.

Costanza avait posé sa cuillère et Rosa emporta le plateau. Elle était enfin seule. Elle gardait dans la bouche le goût sucré de la mousse moelleuse. Elle resta assise, les mains croisées, inertes.

Elle ne mangea rien de toute la journée et ne quitta pas sa table de travail. Les ombres du crépuscule avaient envahi la pièce ; les femmes arriveraient bientôt avec les lampes. Elle devait se secouer. Ne sachant que faire d'autre, Costanza descendit sur la petite terrasse du cabinet. Il faisait tiède et les tortues sortaient de leur léthargie. Elle en aperçut une près de la terre sablonneuse. Elles se regardaient, Costanza la comprenait : somnolente mais dégourdie, la tortue, ne voyant pas de légumes, ne bougeait pas. Comme tout le monde, les tortues ne cherchaient qu'à obtenir quelque chose d'elle.

Chaque soir, avant de se coucher, Costanza rangeait sa table de travail. Elle prit la tresse de soie bleue. Elle était ratée ; les trois mèches étaient inégales, mais elle tenait ; les fils étaient droits, prêts à être enfilés. «La vie continue, c'est comme ça», murmura-t-elle, et elle se rappela qu'elle n'avait pas joué de la journée. Elle se mit à sa harpe – elle la gardait dans sa chambre, comme à Sarentini – et effleura les cordes.

Elle joua jusque très avant dans la nuit, mais elle ne parvint pas à chanter, pas même en murmurant.

62

La mort du baron Domenico Safamita
et les querelles entre ses enfants

Le marquis et la marquise Sabbiamena se rendirent à Palerme plus tôt que prévu : le baron Safamita était au plus mal. Costanza voulut emmener sa nourrice et Paolo, qui désirait revoir son maître.

Costanza trouva son père en proie à l'anxiété ; il lui annonça immédiatement qu'il avait eu une grave altercation avec Giacomo et qu'il avait modifié son testament. Il n'en dit pas davantage. Costanza se demanda si le jeune homme aux cheveux roux, si semblable à elle, n'était pas son fils illégitime, et donc la raison du désaccord avec son frère.

Or, son père lui expliqua qu'il avait décidé qu'elle recevrait, outre sa part, le château de Sarentini et un appartement dans le nouveau palais, et qu'il avait l'intention de laisser à sa belle-fille sa collection de miniatures et à Pietro, six pur-sang saurs.

«Pourquoi nous laisser autant ? lui demanda Costanza. Giacomo sera fâché.

– C'est bien fait, il le mérite. En revanche je commence à penser que j'ai exagéré avec Stefano. S'il avait été moins orgueilleux et si j'avais su le prendre, nous aurions peut-être trouvé un accord. Nous nous serions installés ici à Palerme, ou même sur le Continent. J'aurais dû accepter la nomination au Sénat royal : ta mère avait raison. Giacomo entraînera la famille à sa perte, dans une lente décadence progressive. » Domenico Safamita s'interrompit et regarda vers le Monte Pellegrino. « Je souhaite que ses enfants soient meilleurs que leur père. Mais il reste un Safamita. Ne te fie pas à lui.

— Papa, si je ne devais pas avoir d'enfants, à qui laisserai-je mon héritage ?

— À qui tu veux, tu es jeune et tu appartiens à un monde moderne. Je suis de la vieille génération ; elle vit pour transmettre le nom et la richesse : nos vieilles traditions et le nom des Safamita priment sur tout le reste. Il est trop tard pour changer. Je n'ai pas le choix.

— As-tu d'autres enfants que nous ?

— Costanza, tes questions me surprennent toujours. Non, je n'ai pas d'autres enfants.

— Et si tu en avais, les aimerais-tu comme s'ils étaient nés de notre mère ?

— L'unique que j'ai réellement aimée c'est toi, Costanza. Souviens-toi que tu es spéciale, que toi seule es fille de l'amour. Mais je ne t'ai pas répondu. Probablement oui, je les aurais aimés. Quant à l'héritage, non, il serait allé à qui de droit, aux Safamita. »

Son père était gagné par l'émotion et ils pleurèrent ensemble.

Le baron mourut quelques jours plus tard. L'enterrement eut lieu à Sarentini ; le village y assista massivement. Costanza, effondrée, ne parvenait pas à pleurer. Pietro, à ses côtés, la soutenait.

Ils étaient au cimetière, après la mise en terre. Costanza avait le pied sur le marchepied de la voiture et allait y monter ; elle s'arrêta soudain, pétrifiée.

«Que t'arrive-t-il ?» demanda son mari. Costanza avait les yeux rivés sur le sentier qui descendait de la colline. Deux séminaristes et un vieux prêtre les regardaient, assis dans une calèche arrêtée dans un long virage.

«Qui sont-ils ? Tu les connais ? demanda Pietro. Veux-tu qu'ils s'approchent ?

– Non, pas maintenant.»

Les Sabbiamena dormirent au château. Le lendemain Costanza envoya un billet à Stefano. Elle se dispensa des visites de condoléances pour la journée et l'attendit. Stefano était ivre. Son haleine empestait le vin et il bafouillait. Il était accompagné de Guglielmo, un beau petit garçon au regard vif et ardent comme celui de son père, mais aussi très doux.

Guglielmo ne connaissait pas l'intérieur du château et il regardait autour de lui avec curiosité, sans aucune gêne.

«Pourquoi tu m'as appelé ? Tu sais que je ne veux rien avoir à faire avec toi.» Stefano refusa d'embrasser sa sœur et resta debout.

«Papa est mort en se repentant de t'avoir mal traité.

– C'est trop tard. Tu exécutes encore une fois ses ordres. Tu es la servante du baron, madame la marquise, même après sa mort ! Écoute bien, Guglielmo, voilà ce qu'elle est. Sa servante.» Stefano ricanait en bavant.

«Non, il ne m'a jamais obligée à lui obéir, c'est moi qui l'ai choisi.

– Pourquoi ?

– Il était la seule personne qui m'ait aimée, mais n'en parlons plus. Il m'a laissé le château, et je veux te le donner. Je peux ?

– Tu sais ce qu'a fait Giacomo ? Tu n'es pas au courant de l'incendie à la mairie ?

– Non, quand ?

– Tu peux toujours faire semblant, mais la vérité se saura, les avocats s'en mêlent. Tu devras toi aussi aller au tribunal pour répondre des actes des Safamita. "Safamita contre Safamita", c'est ce qui est écrit sur les papiers. La honte devant tout le monde. Vous l'avez voulu et vous le méritez. Je n'accepte pas ton aumône, même pas pour mes enfants. Je te le jure devant mon fils, le véritable héritier des barons Safamita, je brûlerais le château. De toi et de lui je veux seulement ce qui m'est dû, selon la sentence du juge. Si mes enfants acceptent un sou de toi après ma mort, ils seront maudits ! » Stefano gesticulait et tempêtait. Les mots lui manquaient, il se mit à tituber et devint incohérent. Guglielmo dut l'emmener. Ils refusèrent la voiture que Costanza leur proposait.

Amalia était entrée sans bruit ; elle trouva sa maîtresse étendue sur son lit et l'appela doucement : « Signuri', le baron Giacomo est là, il voulait entrer dans la chambre de votre Cellence, il dit qu'il doit lui parler ! »

Giacomo fit irruption dans la pièce. Il hurlait, rouge de colère : « Comment as-tu osé le laisser entrer dans la maison de grand-père ? Tu n'as aucun respect pour les morts, tu es la honte des Safamita depuis que tu es née et tu continues à traîner notre nom dans la boue ! Qu'est-ce que tu lui as dit ? Tout le village sait que tu veux lui donner le château ! Misérable ! »

Pietro, accouru à ses éclats de voix, s'était arrêté sur le seuil.

« Calme-toi, calme-toi », disait Costanza ; les paroles de son frère lui étaient restées étrangères, elles ne l'avaient pas touchée.

« Giacomo, ne parle pas ainsi à ta sœur. Maîtrise-toi, intervint Pietro.

– Ah, te voilà toi aussi ! Cette femme, aux cheveux de malheur, elle aussi elle veut détruire ma famille, comme lui, mais je ne le permettrai pas. Notre mère est morte à cause des impiétés de Stefano, sans parler de ce qu'il a dit et fait contre notre père ! » Puis, se retournant vers Costanza, il l'apostropha : « Toi, justement toi, tu veux notre perte ? Je te détruirai. Je te tuerai, je te tuerai, moi, de mes mains ! » Giacomo se jeta sur Costanza. Il la prit à la gorge et la fit retomber sur son lit. Pietro sauta sur lui et le frappa à la nuque. Giacomo lâcha prise, mais il réussit à lui envoyer son poing dans le ventre. Son beau-frère et les domestiques lui saisirent les bras et le forcèrent à reculer vers la porte.

« Rappelle-toi que tu n'es pas une Safamita, tu es une bâtarde ! La bâtarde rousse ! Bâtarde ! » criait Giacomo hors de lui. Il se démenait et cherchait à se dégager, mais il n'y parvint pas. Exaspéré, il cracha vers sa sœur, puis il se laissa emmener.

63

Don Paolo et Gaspare reprennent
leurs conversations au château de Sarentini

Don Paolo remontait l'allée du château le souffle court. Il avait hâte de raconter à Gaspare ce qu'il avait vu et entendu ce matin-là au village. Il faillit se trouver mal quand il apprit que les événements au château dépassaient de loin les nouvelles qu'il apportait.

« Je ne m'y attendais pas si tôt ! Les enfants se dévorent déjà tout crus. Il me l'a dit avant de mourir, Dieu ait son âme : "Paolo, mon fils Giacomo ne m'inspire pas confiance, je ne sais plus lequel des deux garçons est le pire ! Veille sur ma fille, elle est bonne." Qui sait ce qui s'est passé entre le père et le fils, je ne l'avais jamais entendu parler comme ça de Giacomo ! disait don Paolo en secouant la tête.

– Moi je sais quand les choses ont changé, l'interrompit Gaspare. Il y a deux semaines, Giacomo est venu à Palerme et il est allé tout droit voir le baron. Il avait beaucoup de papiers ; il avait l'air d'un notaire tellement il y en avait. J'ai tout entendu de la pièce à côté. Giacomo voulait que son père lui signe un papier. Des histoires de terres qui concernaient la marquise. Le baron refusait, et son fils s'est mis à hurler : "Elle ne le mérite pas, et elle n'aura pas d'enfants, son mari ne l'a jamais touchée et je peux avoir les preuves !"

« Le baron s'est mis en colère et il lui a dit de s'en aller. Il n'a pas obéi et il lui a répondu : "Je reste et vous devez m'écouter." Comme ça qu'il parlait à son père. Il a raconté que Stefano voulait faire un procès pour la succession de sa mère, qu'il n'attendait que sa mort. C'était pour ça qu'il devait signer le papier tout de suite. Il parlait d'"atteinte à la réserve légale" et d'autres saletés. Il a dit qu'il avait tout organisé : il avait appelé des mafiosi que le baron Safamita n'aurait jamais approchés, et ils avaient brûlé le bureau de la mairie où il y avait les papiers du mariage de son frère avec la maréchale et les certificats de naissance de leurs enfants, comme ça Stefano devenait pur et ses enfants étaient des bâtards.

« Il pensait que son père allait le féliciter, mais au contraire le baron l'a appelé de noms que je ne connais même pas. Alors Giacomo a dit, et je te le répète mot pour mot : "Vous ne m'avez jamais aimé, pourquoi ? Je n'ai jamais désobéi et j'ai fait ce que vous vouliez." Le baron n'a pas répondu. Alors il lui a demandé : "C'est peut-être parce que je m'amusais avec les femmes de service quand j'étais jeune ? Mais vous l'avez fait aussi, quel mal il y a ?" Le baron ne répondait toujours pas. Alors Giacomo lui a demandé de nouveau : "Quel mal il y a ?"

«Son père lui a dit : "Va-t’en, Giacomo, tu es malhonnête et tu t’appuies sur des crapules. Tu possèdes déjà beaucoup, essaie de ne pas tout perdre. Et pour les servantes, non, je n’ai pas eu affaire à elles quand j’étais jeune. Si tu veux le savoir, en ce temps-là j’étais à l’internat et je préférais les garçons."»

Ils rirent tous les deux. «Ça va te plaire, reprit Gaspare, Giacomo est devenu blanc et il s’est tourné pour s’en aller. Avant de quitter la chambre du baron il a dit entre ses dents : "Porc !" et il est sorti en courant. J’ai fermé la porte derrière lui et il s’est retourné vers le crachoir, puis il a changé d’avis et il a lancé un crachat gros comme un caca de pigeon sur la porte toute neuve de la chambre de son père.» Don Paolo était abasourdi. Gaspare conclut : «Paolo, c’est pour ça que le baron a changé son testament et qu’il a laissé le château à la marquise. Maintenant raconte, toi.»

Don Paolo se ressaisit et put enfin raconter son histoire : «Pendant que je montais au château, j’ai vu une foule devant l’église. Stefano était assis sur les marches comme un mendiant. Il était soûl, mais il n’avait pas perdu sa langue et il tenait une assemblée avec ces crève-la-faim qui se trouvaient là. Un barbier est passé et s’est arrêté ; c’est pour ça que Sarentini n’a pas besoin de crieurs publics. Tout le monde doit déjà être au courant. Stefano jurait contre la marquise, il disait qu’elle voulait lui donner le château, mais qu’il l’avait refusé. Il voulait "la justice", il ne se contentait pas de l’argent. Et il demandait à ces pauvres malheureux : "Dites-moi, ça n’est pas vrai que la justice passe avant l’argent ?" Il disait que son frère et son père avaient obligé le maire, lui, le fils du notaire Tuttolomondo, à brûler les papiers de son mariage et de la naissance de ses enfants, et qu’il lui faisait un procès à lui aussi. Il faisait pitié, mais son fils encore plus : il le regardait avec de ces yeux que rien que d’y penser j’ai envie de pleurer.»

Don Paolo reprit haleine, puis il demanda : « Gaspare, c'est vrai ce que Stefano disait ?

— C'est toi qui l'as dit. Moi, je le pense mais je ne le dirais pas », répondit l'autre. Et il fit un clin d'œil à son compagnon en haussant les épaules.

« Aïe, aïe, il va y avoir du mauvais, dit don Paolo.

— Qui sait ! Qui sait ! commenta tristement Gaspare.

— La loi, c'est la loi », reprit don Paolo, et il regarda dehors. Le jardin était somptueux. « Le jeune baron, Dieu ait son âme, aimait beaucoup ce jardin. C'était un homme de bien, dit-il en se tournant vers Gaspare, il nous manquera à tous les deux. »

Les deux amis se turent, mais la conversation se poursuivait sur les fils silencieux de la communauté de pensée et de sentiments qui s'instaure entre ceux qui se connaissent depuis des années. Un mot de temps en temps, un soupir.

« Ils étaient beaux les caroubiers de Malivinnitti, disait l'un.

— Il ne permettait pas qu'on coupe les branches qui touchaient terre, enchaînait l'autre.

— Et on ne l'a pas fait ! » dirent-ils d'une seule voix.

« Le jeune baron aimait le blé russello, commençait don Paolo.

— Et comment qu'il l'aimait ! » ajoutait Gaspare.

Ils se souvenaient et intercalaient entre les silences des « Elle aussi elle l'aimait », « Et comment ! », « Il faisait une de ces chaleurs ! », « Dans le blé, comme les paysans », « Pétard ! », « Elle était brave, la baronne, Dieu ait son âme ! »

Amalia les trouva les coudes sur la table, le valet de chambre et le cocher du baron Safamita louaient à demi-mot les hauts faits de leur maître défunt. Ils avaient les joues striées de larmes, mais ils souriaient.

« Qu'est-ce qui s'est passé ? demanda-t-elle inquiète.

– Rien, rien», répondirent-ils, encore une fois d'une seule voix.

64

Costanza Safamita cherche à comprendre qui elle est réellement et se console dans les réserves de la cuisine

Une semaine après les obsèques du baron Safamita, les Sabbiamena retournèrent à Cacaci. Costanza n'avait pas arrêté une minute : elle parlait avec le notaire – elle réclama l'inventaire de son patrimoine –, organisait le personnel, recevait les visites de condoléances au château – rendant ainsi public l'éloignement de Giacomo –, et elle trouva même le temps de rendre visite au père Puma. Elle s'étonnait de ne pas être brisée comme elle l'avait imaginé et sentait que son père aurait approuvé son attitude. Les Sarentinais disaient : «Elle est bizarre, cette rousse, elle n'a même pas l'air d'avoir de la peine : mais où elle a le cœur ?»

À Cacaci le découragement l'accabla. Elle avait perdu sa famille : elle était une orpheline, une sœur offensée et une épouse blessée. Elle se comparait à sa mère, mais celle-ci avait aimé et avait été aimée en retour.

«Ta mère m'a beaucoup aimé, peut-être trop, d'ailleurs», lui avait expliqué son père. Alors qu'elle était une femme de vingt-sept ans condamnée par son mari à la virginité. «Fille de l'amour», l'appelait son père, et il le lui avait répété jusqu'à la fin. Costanza le croyait. Pourquoi l'avait-il préférée à ses frères ? Pourquoi Giacomo s'obstinait-il à l'offenser ? Pourquoi l'avait-il traitée de bâtarde ? Pourtant, le père Puma lui avait confirmé qu'il n'en était rien : «Tu es aussi Safamita que tes frères», lui avait-il dit. Lui, le confesseur de sa mère, devait le savoir.

Elle pleurait dans son lit. Ni sa musique, ni sa broderie, ni ses tortues, ni son jardin ne la consolaient. Elle regrettait même la jouissance indirecte des regards qu'elle jetait à travers les persiennes du cabinet.

Tu dois t'aimer, te plaire, l'avait exhortée son père. Il fallait dénouer les cheveux et refaire la tresse de la vie. De nouveaux devoirs, de nouvelles nécessités, de nouvelles amours. Elle entendait encore les paroles de son père : *Je désire que tu fasses ce que tu veux. Le bonheur doit se chercher, se construire pierre à pierre…*

Et où ? se demandait Costanza.

Elle sentit alors l'odeur de la bougie sur la table de nuit, pénétrante. Ses narines palpitaient.

Elle était dans la blanchisserie. Elle pleurait. Maria et Amalia la caressaient. Lina, qui venait rarement dans cette pièce, la regardait : «Elle est baronne, et pourtant elle me fait peine cette petite. C'est une vraie pitié.» Costanza était déjà orgueilleuse à cet âge et elle avait relevé la tête. Maria intervint : «Moins on parle, mieux ça vaut. Donne-moi les clefs des réserves, Lina, et va-t'en.» Puis elle prit Costanza dans ses bras. «Viens avec moi, je t'emmène dans un endroit très spécial, mais pas une larme ne doit tomber sur les dalles, sinon tu te transformeras en escargot et tu sais ce qui se passera !» Maria la prit par la main et la conduisit dans les réserves. C'était un nouvel univers fascinant à explorer.

Il y avait trois réserves dans le palais : la première pour les denrées sèches et inodores, la deuxième pour les confiseries et les fruits à conserver, la troisième pour tout le reste. Maria ouvrait les sacs de légumes secs l'un après l'autre et lui disait : «Touche-les, remue-les.» D'abord hésitante, elle plongeait les mains dans les grands sacs, prenait une poignée de graines et les laissait tomber petit à petit – lentilles, fèves, pois chiches, haricots –, lentement, dans l'ouverture du sac.

Le petit bruit qu'ils faisaient en glissant de ses doigts et en tombant, comme celui de la pluie sur les tuiles, lui faisait du bien ; il sortait des sacs une odeur fraîche de poussière et d'amidon, mélangée aux odeurs de la paille et des herbes parfumées, celles qu'on jette quand on nettoie les légumes pour les cuisiner : des odeurs de fenouil, de fleurs sauvages, des champs, des bords des routes.

Avec un sourire mystérieux, Maria lui dit : « Maintenant allons dans la réserve des sucreries : c'est comme la grotte des merveilles de la princesse Escargot dans le palais de la reine. »

La pièce ressemblait vraiment à une grotte. Des crochets fixés aux murs et au plafond laissaient pendre des couronnes de figues, des grappes de raisin sec, des branches de grenadier chargées de fruits, des bouquets de feuilles de laurier, des couronnes d'oranges piquées de clous de girofle. Les étagères hautes étaient chargées de bouteilles de liqueurs, de rossolis, de vins liquoreux et de sacs de fruits secs de toutes sortes : amandes, noix, noisettes, pistaches, pruneaux, raisins, caroubes, abricots, pêches. Bien alignés sur les étagères à mi-hauteur il y avait des boîtes métalliques et des bocaux : sucre, miel, amidon, cacao, chocolat, café, cannelle, vanille, clous de girofle, anis, menthe séchée, fleurs glacées, fruits confits ou à l'eau-de-vie, écorces d'orange, pâtes de coing, confitures, conserves, courge confite et toutes les variétés de biscuits. Les étagères les plus basses, celles qu'elle pouvait atteindre, étaient couvertes de fruits à conserver : melons d'hiver, blancs ou jaunes, à l'écorce rugueuse et parfumée, pommes et poires enveloppées une à une dans du papier, coings bosselés, azéroles petites et rouges comme des cerises.

« Sens le bois », lui dit Maria.

Costanza posa le nez sur une étagère et respira

l'odeur du bois mélangée aux parfums qui remplissaient la réserve.

«Ferme les yeux et ne bouge pas. Tu vas voir ce qui va se passer.» Peu à peu, dans un kaléidoscope de senteurs, le parfum de chaque variété de fruit laissé à reposer prenait consistance et ressortait au-dessus des autres: doux pour le melon, âcre et fort pour le coing, délicat pour la pomme. Elle serait restée ainsi des heures, sa petite tête sur une étagère, les paupières fermées, un début de sourire sur les lèvres, enivrée.

Maria l'emmena ensuite dans la dernière réserve. Il y avait des fromages cylindriques: pecorino dans le sel, pecorino sec, caciocavallo; d'autres ronds, d'autres ovales; des tonneaux de vin, des dames-jeannes de vinaigre, des jarres d'huile, des barils d'olives en saumure et de nombreuses cruches d'eau fraîche. Il y avait même, dans un coin, sous une trappe et couverte de paille, une petite glacière. Costanza reniflait la saumure piquante, l'odeur forte des vinaigres, l'arôme moelleux du vin, la senteur grasse des olives dans l'huile – couvertes de feuilles d'olivier –, l'odeur aigre des aubergines imbibées de vinaigre et conservées ensuite dans l'huile, et même celle, imperceptible, de l'eau dans les grandes cruches, humide, terreuse.

Maria l'emmena enfin à la cuisine et lui prépara un granité sommaire en mélangeant du jus de citron sucré avec de la glace écrasée et lui donna aussi un biscuit croquant en guise de cuillère.

Costanza appela Rosa et se fit apporter une lampe à pétrole. Elle descendit aux cuisines et alla dans les réserves – elle les avait organisées sur le modèle de celles de Sarentini. Seule, elle ouvrit les sacs, sentit les fruits, les fromages, l'huile, le vin; des années plus tard elle revivait son initiation à l'odorat.

Elle retourna dans ses appartements hébétée par les

parfums. Rosa, inquiète, avait réveillé sa nourrice.
« Votre Cellence nous a fait souffrir toutes les peines de
l'enfer ! » la gronda Amalia.

Le lendemain matin elle alla sur la petite terrasse des
tortues. Il avait plu pendant la nuit et sur une grosse
tige bulbeuse de pomélia il y avait un escargot rayé.
Elle oublia les tortues et l'observa. Bien planté sur son
pied, il sortait à peine la tête. Il ne bougeait pas. *Tu ne
dois pas t'inquiéter, tu n'es pas seule : je pense à toi*,
disait l'escargot à la princesse.

65

*Amalia médite sur l'éloignement de Costanza
Safamita et ne parvient pas à se l'expliquer*

Amalia passait le peigne dans les cheveux de
Pinuzza. C'était une opération fastidieuse. Pinuzza se
plaignait, mais il fallait l'épouiller à fond, une fois par
mois, après le nettoyage à la cendre.

« Il sort beaucoup de cendre, remarquait Amalia, il
faut de la patience. La baronne disait toujours à Nora,
quand elle la coiffait – elle, oui, elle lui faisait mal, elle
lui entortillait les cheveux sur des fers chauds et elle lui
brûlait presque le crâne : "Nora, continue, il faut souffrir pour être belle."

– Elle se les nettoyait aussi à la cendre ?

– Non, de temps en temps au talc. Je les lui lavais à
l'eau chaude, on avait autant d'eau qu'on voulait.

– Et la marquise aussi se lavait les cheveux comme
ça ?

– Elle aimait la propreté, ma Costanza : elle était
belle, et elle ne se plaignait pas.

– Belle comme sa mère ?

– Différente, elle était toute maigre.

– Les femmes maigres ne plaisent pas aux hommes, elles doivent être grasses, déclara Pinuzza laconique.

– D'où tu sors ces choses-là ? Ma Costanza était belle.» Amalia se hâta de lui refaire sa tresse.

«Quand tu la coiffais vous parliez comme nous ?

– Elle n'aimait pas se faire coiffer, nous parlions quand nous raccommodions ensemble.

– Elle te disait tout ? Comme moi ?

– Petite, oui, ensuite moins.

– Et ça ne t'embêtait pas ?

– Je l'aimais beaucoup, et elle aussi, beaucoup.

– Giovannino ne te manquait pas ?

– Si, bien sûr, mais j'étais nourrice chez les Safamita, et j'y suis restée.

– Tu sais quoi ? Elle comptait plus pour toi que ton fils, cette marquise. C'est pas juste. Celui qui t'a fait connaître la marquise t'a jeté un sort !»

C'était en plein mois de mai, presque quarante ans plus tôt. Sa belle-mère ne lui laissait pas de répit. Amalia devait aller faire les derniers arrangements avant d'entrer en fonctions. Giovannino avait presque sept mois : c'était un bijou. Il lui faisait des petits sourires tendres, lui attrapait le doigt quand elle l'allaitait, comme si cet innocent savait déjà que ses grands-parents allaient lui arracher sa mère. Elle essayait par tous les moyens de retarder le moment de la séparation, elle en arrivait presque à espérer qu'encore une fois on n'aurait pas besoin de nourrice chez les Safamita. Perdre Giovannino était une souffrance insupportable. Sa belle-mère lui avait promis de le lui amener tous les jours en attendant la naissance, pour que son lait ne tarisse pas, puis toutes les semaines, mais ces promesses ne suffisaient pas.

Il fallait céder. Elle, Amalia Belice, était une angoissée, comme sa famille, née pour obéir. Dans cet état d'esprit, elle se traînait, anxieuse et rétive, au bras de sa belle-mère, dans les ruelles de Sarentini, vers le Palazzo Safamita. Elle espérait retourner vite auprès de son fils, elle cherchait en vain à se consoler à la pensée qu'elle allait goûter le bouillon de viande dont on lui avait tant parlé ; on le préparait pour tous dans les cuisines, maîtres, domestiques et visiteurs.

Elle ne s'attendait pas à s'attacher aussi vite à Costanza, ni avec une telle intensité. Elle l'avait sentie pareille à elle – refusée par sa mère comme elle l'était par sa belle-mère – et l'avait aimée comme si elle avait été la sœur de Giovannino. Sa belle-mère le lui amenait de plus en plus rarement. Ses après-midi libres, quand elle allait chez elle, ses beaux-parents la faisaient travailler loin de lui. L'amour entre la mère et son fils demeurait, Giovannino la respectait. Du moins jusqu'à son départ. Elle ne l'avait pas vu depuis vingt ans, mais ils avaient continué à s'aimer, et Giovannino l'avait invitée à le rejoindre en Amérique. Trop tard. Il s'était marié, la vie était dure là-bas, ce n'était pas vrai qu'il avait fait fortune. Elle aurait été une bouche de plus à nourrir, une vieille femme à soigner. Elle ne connaissait pas sa belle-fille et ses petits-enfants.

Amalia avait proposé de prendre soin de Pinuzza : c'était mieux ainsi, pour tout le monde.

Costanza l'aimait beaucoup. Elle l'avait prouvé toute sa vie. Mais depuis l'âge de sept ans elle ne se confiait plus à sa nourrice, elle ressemblait à un escargot enfermé dans sa coquille. C'était arrivé après sa première communion, sans raison. Amalia avait pensé que Costanza la jugeait responsable de ne l'avoir pas protégée, mais elle se trompait : Costanza n'avait pas de rancune, elle ne lui reprochait aucune faute.

Amalia se tracassait. Après la mort du baron, Costanza n'avait plus personne à qui parler. Elle la regardait avec ces grands yeux pensifs, elle voulait visiblement lui dire quelque chose, au lieu de quoi elle se serrait dans ses bras comme une petite fille, sans ouvrir la bouche, comme si ces embrassements suffisaient pour lui faire savoir qu'elle était malheureuse. Elle était mariée, mais ce mari était là sans l'être. Costanza était seule et triste. Pourquoi sa maîtresse ne voulait pas lui faire confiance restait un mystère. Mais il y avait beaucoup de mystères chez les Safamita. Don Paolo lui suggéra de ne pas ruminer : « C'est une noble, ils sont comme ça. Elle serait peut-être devenue comme une servante à force d'être près de toi, et ça n'est pas juste », lui dit-il. De temps en temps Costanza laissait échapper des phrases bizarres mais « pensées ». Amalia ne les comprenait pas. C'était inutile de lui demander des explications. Costanza rougissait comme si elle avait honte de sa faiblesse, et ne disait mot. Mais elle comptait toujours sur Amalia dans les occasions difficiles et pénibles, et la voulut auprès d'elle au séminaire quand elle rendit visite au père Puma. Dans la voiture, au retour, Costanza était effondrée. « Comme il a baissé, le père Puma ! lui avait dit Amalia pour la distraire. Il est complètement gâteux. Son discours ne voulait rien dire. »

Costanza s'affala sur le siège de la voiture. « Il m'a suffi », dit-elle, et elle en resta là.

66

Costanza Safamita trouve la tranquillité chez elle,
mais on dit du mal d'elle

Costanza imagina un moyen très personnel de vivre son deuil : elle devait accomplir le désir de son père et trouver la paix, faute de bonheur.

Elle se concentra sur elle-même avec ténacité et entêtement en prenant soin de sa personne : elle s'accordait de longs bains chauds, elle se faisait masser de la tête aux pieds par Rosa. Ne supportant pas la coiffeuse, elle relevait ses cheveux en chignon.

Elle voulut jouir de tout ce qu'elle s'était interdit par conformisme et par timidité. Ayant toujours envié les vêtements simples et pratiques des femmes du peuple – les corsages sans baleines, les jupes larges au-dessus de la cheville –, elle s'en était fait faire de pareils dans des tissus doux. Elle fit réagencer le jardin suspendu, y planta des buissons de fleurs parfumées et passait des matinées entières avec le jardinier ; elle l'aidait sans même ôter ses bagues, elle piochait, taillait, plantait comme les hommes, dans de grosses chaussures de paysanne. Elle rentrait fatiguée, en sueur, satisfaite.

Les domestiques disaient : « Pour se consoler de son deuil, madame la marquise joue maintenant à la servante : encore un caprice de riche. » Amalia laissait dire, mais ce n'était pas vrai. Costanza cherchait quelque chose, même si elle ne savait pas quoi. Elle retournait au jardin à la brune, quand elle était sûre d'y être seule, et soignait alors les plantes des vases, enlevait les feuilles mortes et les fleurs fanées, bêchait le terreau, arrosait. En travaillant, Costanza se rappelait les contes qu'elle écoutait dans la blanchisserie. Ainsi la réalité s'embrumait, perdait ses contours, s'éloignait et ne faisait pas mal.

Costanza se consacrait aussi avec une passion nouvelle aux questions complexes inhérentes à la succession de son père, tâche désagréable mais gratifiante. Pour la première fois, elle éprouvait du plaisir à être riche. Elle avait besoin d'autres personnes pour la diriger dans les affaires. Costanza s'était rapprochée de ses cousins Lo Vallo, connus à l'occasion du partage de l'héritage de sa tante Assunta. Paolo Lo Vallo lui avait proposé de l'aider dans ses difficultés avec les régisseurs mafiosi des Madoni, dont elle avait reçu des avertissements et avec lesquels, s'agissant d'un territoire qu'elle ne connaissait pas, elle ne savait pas comment se comporter. Costanza lui demandait des conseils et elle les suivait, les jugeant sensés et raisonnables.

Ses parents en étaient fâchés : ils n'avaient pas oublié les offenses passées et tenaient à distance les Lo Vallo, socialement inférieurs. On racontait que Paolo s'était allié avec les employés d'octroi et les mafiosi les plus faisandés qui contrôlaient les votes, et même qu'il était mêlé – comme certains autres « barons » des Madoni – au brigandage qui sévissait dans les montagnes et dont il tirait des profits non négligeables.

Pendant la période de grand deuil, Pietro était resté beaucoup chez lui, mais Costanza ne recherchait pas sa compagnie et ne semblait pas l'apprécier. Il était perplexe et inquiet ; il pensait en avoir trop dit à sa femme et craignait pour son avenir. Il s'ennuyait et aurait souhaité agrandir les écuries, créer un élevage de chevaux saurs avec ceux qu'il avait hérités de son beau-père – un projet extrêmement onéreux –, mais n'osait pas en parler à Costanza. L'argent lui manquait pour ce genre de dépenses : aux yeux des autres, il était maître de la dot de sa femme, mais il n'en était rien. Depuis longtemps une pratique agréable et digne s'était établie entre eux : les fournisseurs envoyaient leurs factures directement à l'administration et étaient payés aussitôt. Pour ses dépenses journalières, Pietro prenait ce dont il avait besoin. En outre, Costanza l'informait régulièrement de ses rentrées : une invitation tacite à dépenser. Avec son crédit de caisse il allait directement à l'administration et retirait ce qui lui convenait. Costanza lui recommandait parfois la prudence en lui rappelant le montant exact de ses dépenses. C'était une existence confortable et il lui aurait été difficile de recommencer à vivre au jour le jour comme autrefois. Costanza ne lui parlait plus des affaires ; Pietro la soupçonnait de se préparer à le faire chanter pour qu'il accepte son enfant.

Quand ils furent de nouveau à Palerme, Costanza ne mentionna pas le fait que Rura avait donné le jour à un fils et qu'elle était restée avec lui à l'institution des Dames del Venticello. Convaincu que cette affaire était résolue, Pietro avait repris sa vie de célibataire. Il fréquentait son cercle, les théâtres et les bordels en se tenant à l'interdiction d'avoir des aventures sous son toit, et puisait librement dans les revenus de sa femme. Il était peu à la maison, sauf quand ils recevaient. Les rencontres matinales dans la chambre de Costanza – derniers restes d'une certaine intimité conjugale – s'étaient espacées jusqu'à disparaître presque complètement. Mari et femme étaient devenus deux étrangers.

« Amalia, prépare-toi, aujourd'hui nous allons faire la connaissance du fils de Rura ! » annonça Costanza à sa nourrice un matin de janvier 1887.

« Votre Cellence doit me le dire : c'est bien sage ? demanda celle-ci consternée.

– Bien sûr, Rura m'a fait savoir qu'elle était prête à me le faire connaître. »

Au retour, Costanza ne fit que parler de l'enfant : « Il a les cheveux du marquis et ses sourcils. Tu crois qu'il lui plaira ? Et ces petits sourires ! Rura est une bonne mère, ça se voit.

– Votre Cellence doit me pardonner, mais ce petitou est le fils d'une de celles-là et il ne vous appartient pas. Le marquis ne veut pas le connaître, et je n'y retournerai pas. C'est dangereux.

– Dangereux ? Et pourquoi ? » Pour la première fois Costanza s'adressait à Amalia sur un ton irrité.

« Dangereux parce que cette femme doit rester avec ses pareils, et votre Cellence chez elle. Ce n'est pas le fils de votre Cellence, ni un parent de sang. »

Costanza se tourna vers la fenêtre et ne lui adressa plus la parole pendant le reste du trajet.

Le soir, pendant que sa nourrice la coiffait, elle lui demanda : « Tu as remarqué que j'ai changé après la mort de mon père ?

– Oui, Cellence, un petit peu.

– Et les autres, en bas, qu'est-ce qu'ils disent ?

– Que les maîtres font ce qui leur plaît, qu'est-ce qu'ils diraient d'autre ? » Amalia était embarrassée.

« Non, je veux savoir ce qu'ils disent.

– Que votre Cellence s'amuse à la cuisine et travaille beaucoup, qu'elle est une bonne maîtresse.

– Et toi, que dis-tu ?

– Je suis contente si je vois votre Cellence contente.

– Tu penses que je le suis vraiment ?

– Il me semble. »

Costanza lui prit la brosse et se mit à se brosser les cheveux toute seule. « Amalia, j'essaie d'être contente. Dans la tresse il me manque l'amour et je dois me contenter de ce que j'ai. Je donnerai de l'affection à ceux qui en voudront de moi. J'ai tant désiré un enfant, celui-là m'aimera peut-être.

– Mais les petits ne manquent pas dans la famille, avec tous ceux des cousins de votre Cellence ! Ils saute-raient de joie, et leurs mères aussi, si votre Cellence leur faisait un sourire !

– Oui, c'est vrai, mais seulement parce qu'ils espè-rent mon héritage.

– Tant mieux, ils seront affectueux avec votre Cel-lence jusqu'à sa mort !

– Mais toi, Amalia, tu ne m'aimes pas parce que je suis riche ?

– Votre Cellence m'a été mise au sein et elle a bu mon lait.

– Je suis la seule à pouvoir lui donner la sécurité financière. Et il l'aura, le fils du marquis.

– Attention, Rura est une mauvaise femme.»

Costanza se rebiffa : «Rura était pauvre et dévergondée. Elle est venue pour distraire le marquis et elle est tombée enceinte. Elle s'est bien conduite à l'institution, et elle travaillera chez elle comme couturière. Elle fera vivre son fils avec son travail. Quel mal a-t-elle fait que le marquis n'a pas fait ? Il faut respecter les gens et les prendre comme ils sont. Je vais te dire autre chose. Je ne connais pas les mauvaises femmes, mais les hommes de toutes les familles les fréquentent et ils ne sont critiqués par personne. Elles travaillent, Ama', et c'est difficile, risqué. Terrible, même.»

Puis elle lui fit un petit sourire triste, comme lorsqu'elle était enfant : «C'est toi qui me l'as appris : il faut se contenter de ce qu'on a. Tu as pris ce que tu as trouvé chez les Safamita. Traite Rura pour ce qu'elle est et pas pour ce qu'elle était. Chacun a droit au respect et peut devenir meilleur.» Costanza vit que sa nourrice avait rougi et ne voulut pas en dire plus.

Parents et amis ne s'étonnaient pas que les Sabbiamena mènent des vies séparées, ce n'était pas rare dans leur classe. Que Pietro s'amuse avec d'autres femmes était plus que normal, de même que l'indulgence de Costanza. En somme, c'était un couple comme il y en avait tant.

Le temps passant, le comportement de Costanza, en revanche, devint l'objet de ragots de la part des autres femmes. Elle refusait de sortir avec elles faire des emplettes, semblait se désintéresser des vêtements et des bijoux et passait beaucoup de temps à la maison, par choix ; elle se consacrait au jardinage avec un tel enthousiasme qu'elle surpassait même les dames anglaises qui vivaient à Palerme. Les après-midi de couture, elle tirait de son panier des serviettes et des taies à raccommoder et s'exécutait avec autant de sérieux et d'application que pour des broderies de linge d'autel ; elle offrait des friandises exquises et déclarait avec fierté qu'elle les avait préparées de ses propres mains. Elle était considérée comme une excentrique, et c'était un malheur. Ses cousines connaissaient aussi son intérêt pour le fils illégitime de son mari, mais elles n'osaient pas en parler : ç'aurait suffi à ruiner la réputation de Costanza. Mais tôt ou tard la chose deviendrait publique.

Avec une épouse comme celle-là, qui aurait eu l'audace de reprocher au marquis Sabbiamena de rechercher, avec discrétion, de belles maîtresses raffinées ? Ce n'était pas un hasard si ce mariage n'avait pas porté de fruits : quel exemple aurait donné à ses filles quelqu'un comme Costanza ?

67

Le marquis et la marquise Sabbiamena
ont une conversation brève mais décisive
pendant leur voyage en train de Palerme à Cacaci

Ce jour-là, après Pâques 1887, les Patella revenaient en train à Cacaci. Pietro était content : il s'amusait énormément à Palerme, qui bouillonnait alors d'activité à l'approche de l'Exposition nationale de 1891. Les distractions offertes n'avaient jamais été aussi nombreuses et aussi variées : les filles de l'Albergheria, les cafés de la via Maqueda, les nouveaux cercles, les théâtres, les magasins de luxe, les antiquaires, les réceptions pour accueillir les têtes couronnées d'Europe qui s'y rendaient régulièrement. La vie mondaine était effrénée et fastueuse. Après des siècles, Palerme était redevenue une grande ville de la Méditerranée.

Costanza était assise en face de son mari. Ce n'était pas fréquent qu'ils soient vraiment seuls, sans domestiques autour. Pietro considérait leur mariage comme stable et serein : Costanza paraissait aussi contente que lui de leurs vies parallèles.

La voie ferrée longeait la plage. C'était une magnifique journée de soleil, la mer d'huile, les vagues à peine visibles. Tout était tranquille. Le bleu intense, vibrant, de la mer rejoignait le bleu tendre du ciel lumineux et calme.

« Je voulais te dire que Rura est retournée à Cacaci et qu'elle est couturière. Pour l'aider à gagner sa vie honnêtement je lui donnerai du travail, lui dit Costanza à l'improviste.

— C'est de la folie ! s'exclama Pietro surpris. Je croyais que tu avais oublié cette histoire !

— J'ai vu ton fils, il s'appelle Antonio. Je ne te demande pas de le connaître, si ne veux pas. Il te ressemble », dit-elle pour toute réponse, et elle se tourna pour regarder la mer.

Pietro se sentait mal à l'aise quand sa femme lui parlait sur ce ton posé, apparemment soumis et cependant décidé ; pourtant sa sensation de bien-être demeurait, et il décida de réagir. « Et si je t'interdisais de la laisser mettre les pieds chez nous ? demanda-t-il.

— Tu peux donner des ordres à la marquise Sabbiamena, et j'essaierai toujours d'y obéir. Mais pas à Costanza Safamita, répondit-elle tranquillement. À toi de choisir. Pour le moment, je réunis en moi l'une et l'autre, mais je peux les dissocier : il suffit que tu me le dises et j'aviserai. »

Ils regardaient la mer. Pietro, embarrassé, garda la même position, les bras pliés, les mains jointes du bout des doigts, pouce contre pouce ; il les balançait rythmiquement sur ses jambes, de haut en bas : elles scandaient ses pensées. Costanza suivait du coin de l'œil le mouvement de Pietro. Ses mains, comme tant d'années plus tôt elle en avait senti la présence à travers le tissu de son écharpe. La transparence presque enfantine de Pietro l'attendrit : en recourant instinctivement à la gestuelle des Siciliens, il lui donnait la réponse à laquelle elle s'attendait et elle s'en réjouit sans l'ombre d'un regret. Le profil masculin et harmonieux de Pietro se découpait sur le bleu : nez aquilin, front haut, très longs cils, comme de la soie. Il était très beau. Comme le deviendrait son fils.

Rura habitait une petite maison non loin du Palazzo Sabbiamena, où elle allait deux fois par semaine avec son enfant. Elle s'asseyait dans la blanchisserie, dans un coin réservé aux travaux de couture, avec tout le nécessaire pour son bébé. Costanza y descendait et s'amusait avec lui pendant que sa mère travaillait. Les domestiques, au courant de la situation, faisaient comme si de rien n'était. Le marquis ne rencontra jamais ni la mère ni l'enfant.

68

À Malivinnitti Costanza Safamita a des difficultés
avec les régisseurs et apprend la mort
de son frère Stefano

En juin 1887, les Sabbiamena se rendirent à Malivinnitti pour le battage avec leurs cousins Trasi ; les Lo Vallo étaient leurs hôtes pour la première fois, mais dans les chambres les moins belles, au rez-de-chaussée, pour marquer la différence entre les familles.

Costanza avait des difficultés. Pepi Tignuso était à présent un vieillard arthritique, bien qu'encore alerte ; son fils aîné, Lillo, l'avait remplacé, mais celui qui comptait réellement était le cadet de Maria, Mimmo. Les fils de Maria avaient fait le pacte de ne pas se marier et c'étaient des hommes d'honneur. L'aîné et le cadet habitaient le village et avaient d'autres activités liées aux domaines et à la politique. Entre les cousins il y avait des tensions, évidentes pour Costanza, que leur parenté rendait encore plus difficiles à résoudre.

Le domaine était intact et les ravins profonds qui découpaient les collines vers l'intérieur offraient toujours des cachettes inaccessibles pour qui ne les connaissait pas. Le gouvernement parlait d'ouvrir une nouvelle route qui traverserait une terre proche de la limite : une mesure bénigne en apparence, mais qui constituait une menace significative et symbolique contre le pouvoir des Tignuso. À Malivinnitti ils abritaient des hommes qui se cachaient d'autres clans mafiosi et de l'État et ils dissimulaient dans les vallées les troupeaux des voleurs de bétail : pour cela aussi ils avaient acquis un prestige considérable dans la région. Les Safamita en étaient informés à mots couverts, et ils avaient intérêt à le tolérer.

Costanza avait le choix entre se les mettre à dos – ce qui signifierait la guerre à Malivinnitti et ailleurs, des incendies, de maigres récoltes et des conflits avec les journaliers, sans parler des menaces et des enlèvements – et vendre. Vendre à perte. Costanza pouvait se le permettre, mais cela n'en valait pas la peine. Son père lui avait conseillé de garder fermement son pouvoir en s'imposant avec autorité, d'entretenir un dialogue et de ne jamais céder complètement.

Les Tignuso avaient un autre gros souci : les propriétés des Madoni avaient leur propre mafia, qui avait donné du fil à retordre à Costanza. Son cousin Lo Vallo lui avait indiqué sur qui s'appuyer et les Tignuso étaient sur le qui-vive. Ils ne pouvaient pas perdre la face devant les autres clans, mais ils n'étaient pas non plus en mesure de s'en occuper directement. Dans les Madoni il y avait une mafia impitoyable, soutenue – organisée, disait-on même – par des familles nobles : donc doublement protégée par ceux qui détenaient le pouvoir politique.

Costanza se trouvait à l'administration avec Lillo pour leur première rencontre rituelle, le lendemain de son arrivée à Malivinnitti.

« Que votre Cellence me pardonne, mais elle me paraît bien mieux cette année, elle a sans doute un peu grossi, lui disait Lillo avec la familiarité respectueuse que lui seul pouvait se permettre avec la maîtresse.

– Merci, Lillo, vous aussi vous allez bien. La famille grandit, félicitations, je sais que Nunziatina a eu une petite fille ; j'aimerais la voir, votre petite dernière.

– Il paraît qu'il y a des naissances dans l'air à Cacaci, dit Lillo en sondant le terrain.

– Il y a toujours des naissances dans l'air là où il y a des hommes, répondit Costanza.

– Cette année votre Cellence reçoit des inconnus à Malivinnitti, c'est qui ? demanda alors Lillo en feignant d'ignorer qui étaient les Lo Vallo.

– Ce ne sont pas des inconnus, il est le fils de ma tante Teresa Safamita : vous ne pouvez pas vous la rappeler, mais Pepi, oui, c'était la sœur de mon père.

– On ne les avait jamais vus ici du temps du baron Guglielmo et du baron votre père, Dieu ait leur âme, votre Cellence me pardonne ! s'écria-t-il en la regardant fixement. C'étaient des maîtres sages, comme on n'en fait plus ! Votre Cellence doit devenir comme eux, elle est très courageuse. Nous autres les Tignuso nous sommes là pour servir les Sabbiamena comme s'ils étaient des Safamita.

– Je comprends, Lillo, et je vous remercie. Mon cousin n'est qu'un de nos hôtes, ensuite viendront d'autres parents Safamita.

– Dommage que le baron Giacomo ne vienne pas, mais c'est comme ça. Je pense qu'il doit se rendre compte que sa sœur n'a qu'un an de plus que lui, mais que pour la sagesse, elle ressemble à sa mère !

– Espérons-le, Lillo : c'est toujours mon frère et je le respecte », répondit Costanza, et elle le congédia.

Mimmo était plus direct, comme sa mère. Il demanda à parler à Costanza ; elle y consentit – elle avait une sympathie particulière pour les fils de Maria Teccapiglia, qui avait été la femme de chambre de sa grand-mère – et elle le reçut dans la petite salle, debout.

« Votre Cellence me pardonne, j'ai de mauvaises nouvelles. Ma mère, Dieu ait son âme, me parlait beaucoup de votre Cellence et nous la considérons comme une sœur, mais elle est toujours la maîtresse, avant tout. On m'a dit qu'il y a quatre jours le jeune baron Stefano est tombé de cheval et qu'il est mort sur le coup. Une belle mort, mais votre Cellence doit avoir beaucoup de peine, il était bon. On l'a enterré avant-hier. Il avait fait dire que votre Cellence ne devait pas être avertie si jamais il mourait, et elle sait pourquoi. Les Tignuso ont fait leur devoir et mon frère Gaspare y est allé, votre Cellence sait quel risque il a pris, mais nous sommes gens des Safamita et nous le restons. » Mimmo ne bougeait pas ; debout, la casquette à la main, les yeux baissés, il lui laissa le temps d'encaisser le coup.

Accablée de douleur, Costanza répondit : « Merci, Mimmo, je vous en suis reconnaissante. Comment va sa famille ?

– Tous ses enfants étaient là, et ils vont bien. Son fils est devenu un brave garçon, mais il parle beaucoup.

– C'est la jeunesse », soupira Costanza en espérant que Mimmo s'en irait.

Mais il ne la lâchait pas, il avait autre chose à dire. « Nous savons tout ce qui se passe à Malivinnitti, et le battage avance bien. Personne ne vole ici. On me demande si ça va continuer.»

Costanza baissa les paupières. «Il faut que tout reste pareil.

– Les gens parlent beaucoup. Je leur dis que c'est vrai que votre Cellence est une femme, mais qu'avant tout elle est une Safamita. Je leur ai dit aussi que Mali-vinnitti reste comme avant et que rien ne change, et si on parle de routes, elles ne passeront pas par ici.

– Vous parlez juste, Mimmo, Malivinnitti doit rester comme il est.

– La femme du sénateur Bentivoglio est avec votre Cellence : le sénateur est une bonne personne et il respecte ses parents.

– Je suis contente que vous le pensiez vous aussi.

– Par ici les gens des villages votent pour lui. Par chez nous, on a du respect. Mais je n'ai pas confiance dans ceux des montagnes de l'autre côté.

– Je sais, Mimmo.

– Nous sommes toujours à la disposition des Safa-mita pour les servir, et nous avons beaucoup d'amis ici et de tous les côtés, moi et mon frère.

– Et moi, la maîtresse, je garde les yeux ouverts, et je n'oublie pas que vous êtes les fils de Tano Tignuso et de Maria Teccapiglia.»

Costanza n'informa pas les autres de la mort de son frère, pas même son mari : il n'y avait pas de raison. Elle se rappela que Stefano avait dilapidé l'héritage de sa tante Assunta dans de nouveaux investissements malheureux. C'était un pauvre alcoolique. Il avait finalement trouvé la paix qui lui avait été refusée sur terre.

Un excès d'amour et d'orgueil a causé sa perte, songeait Costanza. Comme lors de la mort de son père, ses pensées allèrent vers sa mère : elle avait adoré Stefano, et Costanza la comprenait à présent, elle était en harmonie avec elle. Elle aussi était dévorée d'amour pour Antonio et, pour la première fois, elle était allée à Malivinnitti à contrecœur. L'enfant provoquait en elle des sensations et des sentiments nouveaux et en réveillait d'anciens : le plaisir des baisers et des caresses et un amour sans limites, sans incertitudes ni doutes. Partagé.

C'était aussi un amour possessif, violent, cannibale. Costanza comprenait à présent ces expressions populaires qu'elle entendait autrefois avec dédain et répugnance : « Je te mangerais », « Je te mordrais tellement tu es beau », « Je te tue et je te mange ». Mais elle n'était pas sa mère, et elle ne devait pas l'oublier.

69

Costanza Safamita est convoitée par son cousin
Paolo Lo Vallo, hésite, mais ne cède pas

Costanza était seule sur la terrasse. L'odeur sucrée et moelleuse des blés mûrs imprégnait l'air frais du début de matinée. Le fils de Stefano Trasi, Sandro, et sa jeune épouse Maria Teresa sortaient presque furtivement par le portail central. Ils se promenaient entre les caroubiers, rêveurs, sans but apparent. Costanza se réjouissait de l'affection qu'il y avait entre eux, évidente d'après la façon dont la jeune femme, qui avait à peine dix-huit ans, s'abandonnait au bras de son mari ; à vingt-sept ans, Costanza se sentait presque vieille. Elle les suivait du coin de l'œil ; ce n'était pas par hasard qu'ils descendaient vers les grands caroubiers majestueux au dôme vert foncé, luisant. Allant de l'un à l'autre, les jeunes époux se trouvaient devant un rideau vert de branches chargées de caroubes. Elles léchaient le sol. Les jeunes gens tournaient autour de l'arbre, en ralentissant le pas comme s'ils voulaient augmenter leur désir en retardant leur plaisir.

Maria Teresa cueillait de temps en temps une longue caroube, elle la frottait entre ses mains pour en ôter la poussière, la mordillait, mâchait l'écorce sucrée, crachait les graines et le résidu fibreux, puis en cueillait une autre. Costanza observait la démarche ondulante de la jeune femme, le pas viril de son neveu ; Sandro, décidé, écarta les branches et ouvrit un passage ; elle se baissa en soulevant sa jupe et s'y engagea. Il la suivit. Costanza sourit, sans ressentir d'envie : ils ressortiraient les joues en feu, embarrassés et contents.

C'est beau d'être amoureux ! pensait-elle. Elle regarda en haut, pudique, et admira d'un œil distrait l'étendue de blé des collines de Malivinnitti, jaunes et changeantes sous la brise matinale.

« Vous êtes belle, cousine, et seule. Je voudrais vous emmener sous un de ces caroubiers », dit une voix, et dans le même temps une main se posa sur l'épaule de Costanza. Elle sursauta.

« Paolo ? » s'exclama-t-elle en chassant cette main qui lui caressait la nuque.

Paolo Lo Vallo s'assit, penché vers elle, le bras appuyé sur le dossier de sa chaise.

« Depuis que je vous ai vue la première fois, sous vos voiles noirs, chez les Safamita, je n'ai pas cessé de penser à vous. Vous êtes belle, Costanza, et je vous désire tout comme à ce moment-là.

– Cousin, votre épouse est sous ce toit et je suis une femme mariée.

– Eleonora ne se sent pas bien et elle dort ; quant à Pietro, vous ne le savez sans doute pas, mais il s'est levé à l'aube pour aller à la chasse. Votre mari ne sait pas ce qu'il perd et il ne vous mérite pas. Je vous aime, et depuis longtemps. » Il posa de nouveau la main sur sa nuque en la caressant.

«Je suis une femme mariée, répéta Costanza. Je ne me serais pas attendue à cela de votre part, cousin, nous avons du sang Safamita dans les veines.

– Costanza, vous vous trompez : vous auriez dû vous y attendre. Les Safamita se plaisent, ils se plaisent tellement qu'ils se marient entre eux, comme l'a fait votre père. Costanza, je sais que je ne vous suis pas indifférent, et je vous aime. Alors ?»

Rosa arriva avec un message pour sa maîtresse et Costanza rentra précipitamment.

Costanza passa la matinée avec les femmes. À table son cousin la regardait d'une façon qui lui semblait équivoque. Elle était sur des charbons ardents, sursautait quand il lui adressait la parole. L'après-midi elle se retira pour se reposer, mais ne parvenait pas à s'assoupir. En proie à des pensées confuses et contradictoires qui allaient et venaient comme des vagues, elle se sentait comme un petit caillou sur la plage. Personne ne lui avait jamais dit qu'il l'aimait, encore moins qu'elle était belle. Elle soupçonnait Paolo d'avoir un but inavoué, il profitait honteusement de son hospitalité : les Lo Vallo ne changeaient pas, son grand-père avait bien fait de les écarter de la famille. Elle ne savait que faire pour les éloigner, tout de suite : elle avait été sotte de se laisser embobiner.

Et pourtant, Paolo était gentil, agréable. Ce cousin qui ressemblait tant à son grand-père et à son père lui plaisait. Paolo avait peut-être raison, le sang Safamita s'attirait. Bouleversée par l'ardeur de son cousin et soudain épuisée, elle tomba dans un demi-sommeil.

Costanza n'avait jamais eu de rêves érotiques. Cet après-midi-là elle en fit un, épouvantable. Deux figures obscènes lui apparurent, gigantesques, fantastiques ; de leur dos et de leurs bras noueux sortaient des branches de caroubier : les deux monstres se la disputaient et la possédaient à tour de rôle : l'un était son père et l'autre, Pietro. Des souvenirs lointains volontairement oubliés s'enchevêtraient. Son père était affalé dans son fauteuil, elle jouait du piano et chantait pour lui. *Porgi amor, qualche ristoro.* Costanza le regardait : il écoutait, les yeux fermés. Elle le caressait du regard. Mais ensuite quelque chose se déclenchait en elle et elle le voyait comme un homme, plus comme son père. Elle cessait de jouer. Dans le grand silence ses tempes battaient. Il ouvrait les yeux – un éclair – et les refermait aussitôt, le visage tordu dans un masque de souffrance. Alors elle se remettait à jouer, mal, elle n'arrivait pas à suivre la partition. Elle le regardait par en dessous – c'était plus fort qu'elle – et lui la regardait entre ses paupières mi-closes, concupiscent. Costanza revivait son malaise. Chez son cousin elle reconnaissait les mêmes traits : les joues pâles, les paupières baissées, le nez aquilin des Safamita, les grandes mains aux veines saillantes, bleuâtres. Il lui avait dit qu'il l'aimait, qu'elle était belle. Il la désirait. C'était sa seule chance.

L'adultère est un péché, un péché, se répétait-elle, un péché. Des images de Pietro dans son cabinet l'assaillaient : son halètement spasmodique, ses coups de reins, ses mains agrippées aux vêtements défaits de cette femme.

Pourquoi pas elle ? Elle se laissa aller sur les coussins, elle respirait pesamment, fourbue.

Elle entendit alors un bruit derrière la persienne. Sur le balcon il y avait une pierre enveloppée dans une feuille de papier, bien attachée avec de la ficelle : « Les branches de la glycine sont entrelacées pour faire une échelle. À cette nuit. » La glycine, l'échelle. Elle l'avait déjà entendu. Où ? Quand ? Petit à petit le souvenir prenait forme, comme une mosaïque.

C'était dans le cabinet de son grand-père, au château, après la mort de sa tante Assunta. Elle ouvrait les tiroirs du bureau et mettait de l'ordre dans les papiers : lettres personnelles, remerciements, demandes de travail, renseignements. Certaines étaient adressées à son père ; il utilisait ce cabinet depuis la mort de son propre père, quand il allait au château. L'une provenait de Rome et Costanza, habituée à lire le courrier à son père, l'ouvrit avec curiosité. Le père Sedita répondait à une lettre et donnait les informations banales d'usage sur sa santé, le climat, les visites d'amis siciliens. La lettre changeait tout à coup de ton et de sujet : le père Sedita décrivait la confession d'un jeune étranger qui rendait visite à sa bien-aimée, une femme mariée, en grimpant à une glycine pour la rejoindre. Le vieux prêtre, contrit, disait avoir fait une erreur en donnant l'absolution au jeune homme, qui ne montrait aucun remords, et même à la femme adultère. Costanza avait conclu alors que le père Sedita s'était embrouillé et que, transporté par ses souvenirs, il s'était laissé aller à des réminiscences personnelles. Elle se trompait.

Costanza se pencha au-dessus du garde-fou et regarda en bas : la glycine était superbe, ses troncs enlacés comme une tresse formaient une échelle. Elle, Costanza, était fille de l'amour, et elle voulait et pouvait à présent aimer et être aimée comme sa mère. Elle était hagarde et incapable de penser à autre chose.

Rosa entra pour l'aider à s'habiller, les invités l'attendaient pour les rafraîchissements de l'après-midi.

Alors que Costanza passait d'une pièce dans une autre, Paolo, qui était derrière une porte, bondit devant elle et la prit dans ses bras. Sa barbe lui piquait les joues, mais elle le laissa faire. Il l'embrassa sur les lèvres : Costanza ferma les yeux, passive, inquiète. Elle n'aimait pas cette bouche humide sur la sienne, mais peut-être était-ce ainsi la première fois. Le visage de Pietro lui apparut tout à coup et elle eut une envie irrésistible de lui. La gêne devint dégoût. Costanza essaya de se dégager, mais son cousin insistait. Ce n'était pas lui qu'elle voulait. L'air lui manquait, elle avait envie de vomir. Paolo ne la laissait pas partir. Elle le mordit à la lèvre et s'enfuit. Elle rencontra Maria Antonia avec sa petite-fille Maria Teresa et resta avec elles.

Quand les hommes sortirent pour leur promenade de l'après-midi, elle alla dans sa chambre et se lava la bouche à plusieurs reprises.

Peu après Costanza donna l'ordre de mettre du barbelé autour du tronc de la glycine. Les Tignuso se tracassèrent : il était évident que la maîtresse ne se fiait pas à leur protection, ils devaient limiter leurs prétentions et baisser la tête pour le moment. La marquise était une vraie Safamita, on voyait que le sang de son père coulait dans ses veines.

70

Amalia se souvient du lancement d'un navire,
d'une visite au séminaire et des six doigts
de pied du père Puma

L'averse d'été avait cessé. Amalia était occupée à transvaser dans la cruche l'eau de pluie recueillie dans les récipients qu'elle avait alignés dehors dès les premières gouttes : bassines, pots, bols, et même une boîte en fer-blanc.

« Il a beaucoup plu, nous avons de l'eau et maintenant je te lave », dit-elle à Pinuzza avec satisfaction. Elle prit des copeaux de savon de brou et se mit à l'ouvrage.

« La baronne prenait un bain chaque semaine dans un baquet grand comme un cercueil, il avait même des roues, comme les wagons de chemin de fer. On le poussait à trois tellement il était lourd. Les autres nous ouvraient les deux battants des portes. Il en fallait de l'eau pour le remplir ! Des cruches entières d'eau chaude et d'autres d'eau froide, les domestiques devaient faire des allées et venues et les femmes mélangeaient l'eau, ensuite elle restait seule avec Nora et se faisait savonner tout entière. Nora me disait qu'elle se mettait toute nue, comme les petits enfants.

– Et la marquise, elle aussi prenait son bain sans chemise ?

– Elle aussi, mais les temps avaient changé : elle s'est fait mettre l'eau courante et elle prenait son bain toute seule, sans moi. Ma Costanza était pudique, disait Amalia en savonnant les pieds de sa nièce. Tu as la peau comme les bébés, bien lisse », ajoutait-elle avec un sourire. Pinuzza aimait bien le léger chatouillement des mains de sa tante ; Amalia en était contente.

« Tu sais qu'une fois j'ai dû laver les pieds d'un homme ? C'était quand le baron s'était mis en tête de s'acheter un navire. Et avec les bateaux il faut faire un baptême comme si c'étaient des chrétiens, avec des prêtres et une fête. C'était après la première communion de Costanza, en novembre 1866.

« Nous sommes tous partis en voiture pour Sciacca, où le navire était arrivé. Il était grand, comme une maison. Et quelle fête ! Il y avait même les autorités et un évêque ; parmi eux, il y avait le jeune baron avec Costanza. Il l'a tenue par la main pendant tout ce temps, et j'étais derrière elle. Nous étions prêts pour ce baptême, nous, l'évêque, l'archiprêtre de Sarentini, le père Puma et les autres prêtres, assis au premier rang.

« L'évêque était en train de prêcher quand le mauvais temps a commencé. Il ne pleuvait pas encore, mais la mer grondait et une grosse vague est allée leur tremper les pieds, les chaussures, les bas, le bord des soutanes… elle a tout inondé. Les uns couraient par-ci, les autres par-là, il fallait leur essuyer les pieds. C'étaient des prêtres, mais ils caquetaient comme des poules ! Le jeune baron riait sous ses moustaches, et Costanza avait les yeux écarquillés. On les a fait s'asseoir. Les domestiques et les cochers ont dû apporter des châles et des couvertures pour les sécher, ces grands pieds de prêtres. Gaspare est allé vers le père Puma, mais il n'a pas voulu se laisser toucher : il avait honte comme une femme. Alors le baron m'a dit : "Allez-y, vous, Amalia !" Si un autre me l'avait demandé j'aurais dit non, mais au baron on ne pouvait rien refuser. Le père Puma avait des gros pieds qui sentaient mauvais, il ne prenait jamais de bain, lui, et ces pieds ! Il avait, je te le dis, six doigts à chaque pied. Je les lui essuyais et je les comptais, six à chaque pied.

« Costanza me suivait des yeux et quand je suis retournée près d'elle, elle a dit : "Le père Puma a six doigts à chaque pied." Son grand-père l'a entendue, et tout fâché il lui a dit de ne pas le répéter. Je pense que le baron avait le père Puma en sympathie et que c'est pour ça qu'il l'a installé au séminaire au lieu de le chasser.

– Pourquoi il devait le chasser ?

– C'est des affaires de grands, maintenant tu es toute propre et je te fais manger. »

Amalia était retournée dehors pour ranger. Le soleil resplendissait de nouveau et la Montagnazza était presque sèche, il restait des petites flaques dans les cavités de la pierre. Ah, ce misérable de père Puma ! Elle n'aurait jamais imaginé qu'il lorgnerait sur Costanza, l'innocence même, et petite fille en plus. Costanza le lui disait, elle n'aimait pas le père Puma, mais elle, sa nourrice, elle ne l'avait pas écoutée. Elle lui disait : « Costanza, ça n'est pas ton fort les études, mais tu dois apprendre le catéchisme ! »

Et puis, un jour, le jeune baron lui fit comprendre ce qui s'était passé et dit que Costanza ne devait plus voir le père Puma. La petite ne voulut pas en parler, et dire qu'elle lui racontait tout ! Ensuite elle se mit à dire des choses à moitié, et Amalia en fut anéantie. Quand elle le raconta à Paolo, son visage s'assombrit, il serra les poings et cracha par terre. Elle ne savait pas qu'il en avait après le père Puma – ça devait être «quelque chose» d'ancien et de grave. «Il est mauvais. Il faut se méfier de lui», lui dit-il, et il n'ouvrit plus la bouche de tout l'après-midi : elle ne l'avait jamais vu aussi fâché.

Les dernières gouttes de pluie luisaient sur la marne blanche, propre, comme les brillants de la marquise. Quels bijoux elle avait, la marquise ! Certains, les bijoux de sa mère, étaient gros comme des œufs de pigeon. Son père avait bien recommandé à Costanza de les porter et de ne jamais enlever la bague à trois brillants, celle de leurs fiançailles. Le jeune baron était comme ça, gâteux avec sa fille. Tout le monde admirait ces trois brillants, même le père Puma, tout bête qu'il était.

Elle avait été très étonnée quand, après l'avoir revu, Costanza avait voulu lui rendre visite. Amalia n'était jamais entrée dans un séminaire : c'était un bâtiment immense, de tous côtés allaient et venaient des enfants, des jeunes hommes, des adultes, tous en chasuble, ils voltigeaient, noirs comme des corneilles.

Le père Puma souffrait de la goutte et avait les pieds posés sur un tabouret, couverts d'un linge. Il avait mal vieilli : flasque et obèse, il éclatait presque dans sa soutane tirée sur le ventre, il n'avait même pas pu se lever pour saluer la marquise. Il n'avait plus sa tête tellement il radotait, mais Costanza voulait voir s'il pouvait encore lui parler.

«Mon père, dites-moi si je suis une Safamita.

– Tu es aussi Safamita que tes frères.»

Costanza lui parlait des employés du baron, d'anciens domestiques, elle lui donnait leurs noms. Parfois il s'en souvenait, parfois non, mais il avait à présent les yeux rivés sur la bague de la marquise. Ces brillants lui faisaient peur, il avait l'air d'avoir perdu la raison. Il se mit à s'agiter, il se démenait dans son fauteuil et bredouillait : «Les doigts, les doigts, ils brillent, lumière, ombre, confesser, il faut se confesser, tentation péché, qui le sait?»

Puis il s'interrompait et demandait à l'une et à l'autre : «Tu le sais? Et toi? C'est un péché?» Il remuait la tête, la secouait, il tremblait. Il se répondait à lui-même : «Non, ça n'est pas un péché, les doigts parlent, ils souffrent, ils pleurent, tu n'es pas coupable, et moi non plus, Jésus, Jésus, amour, amour, seigneur Dieu, les doigts brillent, confession consolation, lui, lui a la faute, le diable. Ah, miséricorde, beaux, doux, doigts de femmes, confession, miséricorde, pénitence, ils brillent, ils brillent…»

Le séminariste qui l'assistait dut le calmer avec une gorgée d'eau tant il s'était énervé, il continuait à répéter les mêmes mots. Il se débattait pour attraper la main de Costanza. Dégoûtée, elle se leva pour partir. Le père Puma l'appelait, il hurlait et se démenait. Le linge était tombé de ses pieds. Sur le seuil, elles se retournèrent pour le regarder une dernière fois. Gonflés comme le reste de son corps, noirs et puants tels qu'elle se les rappelait, les six orteils apparurent.

Obscènes.

«Combien de doigts il avait aux mains ce père Puma? demanda Pinuzza avant de s'endormir.

– Cinq, comme tout un chacun. Rien que les pieds étaient différents. Nous avons tous quelque chose de différent, ça se voit ou pas. Mais finalement nous sommes tous pareils, des créatures de Dieu, un point c'est tout. Rosa me racontait que le père Puma venait de Coppolo, un village où les gens ont six doigts de pied, mais aux mains ils en ont cinq, comme nous.

– Et ensuite ?

– Ensuite on a beaucoup mangé et nous étions tous contents, sauf les malheureux qui avaient encore leur soutane mouillée. »

71

Costanza Safamita relit la lettre du père Sedita
et cette fois la comprend

Il y a des années, un jeune Irlandais a voulu se confesser. Il était tombé amoureux de la femme de son maître, mais il ne pensait pas avoir péché. Et il se sentait mal. Ils s'étaient rencontrés pendant six semaines par intermittence pour travailler ensemble à des traductions de lettres d'affaires, et elle était enceinte.

« Si, c'est un péché, lui ai-je dit, réfléchis bien. »

« Permettez-moi de vous expliquer, mon père », a-t-il dit. Un peu par curiosité, je l'ai laissé parler. « Je m'attendais à voir une vieille femme hautaine. Je me suis trouvé devant quelqu'un de mon âge, mince et simple. Elle portait de riches vêtements, mais pas une ombre de poudre, pas de parfum. Elle ne s'occupait pas d'elle. Je devais traduire des contrats, écrire des lettres prosaïques et ennuyeuses, et elle m'aidait sans un sourire, sans un geste vif, sans un regard de curiosité. De temps en temps elle levait les yeux des papiers et regardait le mur. Elle avait les pupilles éteintes. Elle chassait les mouches de son visage et de ses cheveux d'un air las, parfois elle les laissait se promener tranquillement sur sa peau, sur ses vêtements, sur les papiers. C'était comme si elle avait perdu l'envie de vivre. Elle me faisait une peine indicible.

« Nous travaillions à la petite table, l'un à côté de l'autre. La chaleur était suffocante, l'air, immobile.

Nous étions en sueur. Une guêpe s'est posée sur son bras et elle la regardait, désolée, impuissante. Je lui ai pris le poignet et lui ai secoué le bras. Elle pleurait, sans bruit, le poignet abandonné dans ma main comme un poids mort. Nous avons repris notre travail, les yeux mouillés. Le lendemain elle s'est excusée de sa faiblesse et m'a dit : "J'ai beaucoup de chagrin." C'était le plein été, il faisait toujours chaud. Pendant que nous faisions une pause pour boire une gorgée d'eau, je me suis mis à lui parler de la campagne de mon pays, tellement différente de celle où nous nous trouvions, jaune et ensoleillée. Elle m'écoutait. Peu à peu c'est devenu une habitude. Elle a commencé à me poser des questions simples, directes, qui me donnaient une idée de ce qu'elle était. Jamais elle ne m'a parlé d'elle ou de sa vie. Sauf une fois. J'étais en train de lui raconter quelque chose, et elle a fondu en larmes. Elle m'a demandé : "Vous permettez que je pleure ? Je ne peux pas le faire ailleurs, pas même dans ma chambre, là non plus je ne suis pas seule, la femme de chambre dans la pièce à côté m'entendrait." Puis, tout a changé. Je ne sais ni comment ni pourquoi, mais nous nous sommes aimés. Complètement. Je grimpais la nuit sur les troncs de la glycine qui arrivait au balcon de sa chambre, c'était mon échelle. Elle a recommencé à sourire. Nous savions que tout s'arrêterait quand nous aurions terminé la correspondance, et nous allions doucement.

« Je ne me sens pas en faute. C'était un grand amour, innocent, comme si ç'avait été notre première expérience. Le dernier jour, avant que je retourne à la mine, elle m'a dit qu'elle avait envisagé le suicide et que je l'avais ramenée à la vie. Elle pensait être enceinte, son mari accepterait l'enfant comme le sien. Elle m'a dit qu'elle m'aimait et qu'elle aimait son mari. Elle a dit qu'elle lui appartenait. Elle a dit qu'elle avait donné

toute sa vie à son mari et qu'elle était heureuse de
l'avoir mise entre ses mains. Je lui ai demandé de me
faire connaître le sexe de l'enfant qu'elle portait, pour
que je puisse l'imaginer pendant les années à venir,
l'aimer à distance. Avec un drôle de sourire elle m'a
assuré que ce serait un garçon. »

Cher Domenico, en tant que prêtre je dois admettre
que j'ai mal agi : j'ai levé la main et j'ai donné l'abso-
lution à quelqu'un qui ne se repentait pas. J'allais faire
de même avec elle.

La lettre s'arrêtait là, pas une salutation, pas une
signature. Au bas de la page le père Sedita avait ajouté :
Domenico, c'est pour toi, rien que pour toi, fais-en ce
que tu voudras.

Costanza devait parler à don Paolo. Elle le trouva au
fond du jardin, assis devant la petite porte de son habitation : il somnolait au soleil, une couverture sur les jambes.

« Paolo, on t'a dit que mon frère était mort ?

– Oui, Cellence. Le jeune baron Stefano était quelqu'un de bon. Ah, cette maréchale ! soupira le vieux
cocher en secouant la tête.

– Mais le baron n'aimait pas mon frère.

– Votre Cellence me pardonne, je ne comprends pas.

– Paolo, tu sais qui était mon véritable père ? »

Paolo se frappa le front et se tut. Costanza remarqua
un éclair dans ses yeux, aussitôt éteint.

« Paolo, je veux savoir son nom.

– Votre Cellence m'excuse, mais qu'est-ce qu'elle a
en tête ? Le baron, Dieu ait son âme, l'aimait plus que
ses fils ; elle ne pouvait pas trouver de meilleur père, et
maintenant elle me parle d'un autre père ?

– Oui, et aussi de mes frères.

– Oh ! bonne mère ! Qu'est-ce qui se passe à Malivinnitti, quelqu'un de malfaisant a beaucoup parlé !

– Ma mère a connu mon véritable père à Malivin-nitti, affirma Costanza, mais il n'est pas le père de Stefano et de Giacomo. Je le sais.

– J'étais au service du jeune baron, et je ne veux pas entendre parler de ces choses-là, je suis très vieux.

– Giacomo m'a traitée de bâtarde. Je dois savoir s'il est bâtard lui aussi.

– Et pour en faire quoi ? Vous allez le lui dire ? » Paolo s'était échauffé et il faillit s'étouffer.

« Paolo, tu me connais et tu ne devrais même pas y penser. Mais j'ai besoin de savoir qui nous sommes et d'où nous venons tous ! »

Jamais il n'avait entendu Costanza parler de cette façon ; il y avait dans cette question un commandement impératif et il devait lui répondre. Il baissa la tête et dit : « Je jure que j'ai connu un seul père à votre Cellence, et c'est le jeune baron. J'étais toujours avec lui en ce temps-là, et la baronne, Dieu ait son âme, était à Malivinnitti : ce qu'elle faisait, je ne sais pas.

– Et le père de mes frères ? Qui c'était ? » Costanza suppliait.

Paolo se signa : « Le jeune baron, Dieu ait son âme, me pardonne si je parle maintenant et pour la première fois ; je n'ai dit à personne ce que je vais dire, et je ne devrais pas. Vous êtes différents tous les trois, mais vous êtes tous des Safamita, descendants du baron Stefano. Seul Guglielmuzzo, le premier-né, était le portrait craché de son père, comme le jeune baron. Mais les autres mouraient avant de naître, la baronne avait le mauvais sort ; elle devait donner des fils aux Safamita. Son père et son mari en avaient besoin : des fils, des héritiers. Et c'est comme ça que c'est arrivé. Je n'en dis pas plus, parole de Paolo Mercurio. »

Don Paolo pleurait. Il saisit la main de Costanza et la baisa : « Votre Cellence était la joie du jeune baron, elle ne doit pas se fâcher, il l'aimait beaucoup ! » lui disait-il en lui tenant la main. Costanza hypnotisée, regardait luire les brillants de la bague de sa mère dans la main tremblante du fidèle cocher. Elle eut tout à coup une illumination : elle se souvint d'un détail qui lui avait échappé durant sa visite au père Puma et elle tressaillit. Don Paolo s'en rendit compte et crut que Costanza avait peur des mauvaises langues. «Votre Cellence ne doit pas s'inquiéter. Les murs ont des yeux et des oreilles, et même une bouche, mais ils savent quand il faut se taire. Et vous avez tous du sang Safamita. La baronne était folle amoureuse du jeune baron, et elle s'est beaucoup sacrifiée pour les Safamita.»

Costanza ne l'écoutait plus, elle pensait à autre chose. Le père Puma lui avait dit : «Tu es aussi Safamita que tes frères.» Une triste vérité, connue de lui seul.

Elle devait parler avec Amalia avant que don Paolo ne la précède.

«Amalia, je me demande comment sont les enfants de Giacomo. Nous ne connaissons que les deux premiers.

– On m'a dit qu'ils ont les cheveux clairs comme la baronne Adelaide.

– Je me demande s'ils ont six doigts de pied ou cinq.» Costanza laissa tomber sa question comme un piège.

«Quelle drôle de question ! s'exclama Amalia.

– Mais tu le sais ?

– Oui, je le sais, je l'ai demandé à la mère de la nourrice : un seul en avait six et le chirurgien lui a enlevé celui qu'il avait en trop, comme pour Giacomo – le pauvre petit a beaucoup pleuré, mais il venait à peine de naître, le doigt était tout petitou, répondit Amalia avec complaisance.

– Et on l'a aussi enlevé à Stefano ?

– Rosa me disait qu'à lui aussi on l'a enlevé, mais

qu'il n'a pas pleuré autant que Giacomo, il était coura-
geux, Stefano, et il ne pleurait jamais quand il tombait
et qu'il se faisait mal, pas même quand il s'est écorché
les jambes en tombant d'un caroubier... » Amalia
babillait et racontait des histoires de Stefano enfant –
elles avaient été tant de fois répétées qu'elles faisaient
partie de la mémoire collective des nourrices – et parlait sans s'arrêter, convaincue que ces récits avaient un
effet consolateur, mais Costanza était ailleurs. Elle
connaissait enfin la vérité et voyait sa mère telle qu'elle
était : une femme fragile et intense, accrochée à son
mari tel un volubilis à un chêne, inséparable et dépen-
dante de lui. Elle savait qu'elle avait péché et n'était
pas arrivée à l'aimer. Et pourtant elle, Costanza, était
fille de l'amour, à la différence de ses frères. C'était la
vie, les choses n'arrivaient pas toujours comme elles
auraient dû.

Costanza pensait avec tendresse à ce jeune Irlandais
qui avait essayé d'avoir de ses nouvelles, peut-être
était-ce lui qui avait envoyé son fils retrouver sa trace.
Son père. Mais elle ne le sentait pas comme tel et ne
souhaitait pas le connaître. Un imperceptible bien-être
s'installait en elle, grandissait lentement et devenait un
sentiment de paix. *Tu dois t'aimer*, lui disait son père.
Et Costanza – consciente d'être elle-même et différente
– sentait monter, hésitant, le désir de se connaître et de
s'aimer. Elle se sentait libre.

Elle avait beaucoup de peine pour Stefano, qui était
mort sans savoir, tandis que Giacomo lui répugnait
autant que le père Puma.

Au cours des années suivantes, son frère ne fit rien
pour se rapprocher d'elle et Costanza ne chercha pas à
changer les choses. Les enfants de Giacomo grandirent
sans connaître cette seule tante Safamita. Les très rares
fois où on parlait d'elle chez eux, on l'appelait par son

titre, de sorte que ses neveux, leurs enfants et leurs petits-enfants oublièrent son nom : elle était simplement « la tante marquise », quelqu'un de très méchant.

72

Le prince Alvaro Chisiccusi donne à son cousin un conseil imprudent aux conséquences imprévisibles

Pietro Sabbiamena appuya les paumes de ses mains sur la table de jeu, satisfait ; il repoussa sa chaise pendant que les autres disputaient encore la partie.

« Qui veut déjeuner avec moi aujourd'hui ? » demandat-il en ajoutant avec un sourire : « C'est moi qui régale !

– J'accepte volontiers, cousin », dit Alvaro Chisiccusi ; les autres refusèrent d'un signe de tête.

Pietro était en grande forme et sa victoire l'avait galvanisé. On ne parlait que du prochain spectacle au théâtre. Pietro regorgeait d'anecdotes et de potins scandaleux. On racontait que la soprano, non seulement très belle mais aussi « chaude », était à la recherche d'un « admirateur particulier ».

« Pietro, je dois te dire une chose qui me gêne. » Alvaro tournait sa cuillère dans sa tasse plus longtemps que nécessaire.

« Parle donc.

– Après l'affaire de Canziati, et cette victoire, tu pourrais rendre quelque chose. »

Pietro se renfrogna : « Que veux-tu dire à propos de la propriété de ma femme ?

– Costanza ne te raconte donc rien ? Elle l'a vendue à un prix fabuleux grâce à la médiation de son cousin Bentivoglio, et elle cherche d'autres investissements : il y a pas mal de liquide chez les Sabbiamena, sans même qu'on s'en aperçoive.

– Ça m'a certainement échappé. Quant à mes dettes, je les paie.» Pietro s'était rebiffé, mais aussitôt après il précisa avec un de ses sourires conquérants: «Quand elles ne me sortent pas de la tête elles aussi.»

Alvaro fit une grimace. «Alors, pour éviter de t'offenser davantage – je ne te savais pas susceptible –, je te rappelle que tu me dois de l'argent depuis Noël. En espérant que ça ne t'échappera plus, comme tant d'autres fois.» Il se leva et lui donna une tape dans le dos. «Je te donne un conseil, cousin: renseigne-toi bien sur les affaires de ta femme, et n'oublie pas tes dettes. À demain!»

Pietro fut mal à l'aise, mais par pour longtemps. D'autres amis l'entouraient en le félicitant de sa victoire. Alors qu'il allait quitter le cercle, le secrétaire l'aborda, embarrassé: il y avait des comptes à solder, monsieur le marquis voudrait bien y veiller. Irrité par cette demande impertinente, Pietro décida de faire une promenade à pied avant de rentrer se changer pour l'après-midi.

C'était une chaude journée d'avril. Les rues étaient presque vides à l'heure de la sieste. Un petit vent léger lui caressait la barbe et la moustache et le rafraîchissait. Pietro avait un tempérament solaire, il oubliait vite ce qui ne lui était pas agréable; il aimait la vie. Il marchait d'un bon pas, sans but précis, prêt à saisir les occasions et profiter des imprévus. Il se retrouva presque par hasard devant chez lui et pensa entrer, il aurait une chance de demander à Costanza des nouvelles sur sa vente et de faire bonne impression sur son cousin.

Depuis que Costanza l'avait informé qu'elle permettrait à Rura, devenue couturière, de travailler dans leur palais de Cacaci en amenant son fils, ils vivaient séparés. Il passait l'automne et l'hiver à Palerme, pendant que Costanza restait au village. Au printemps ils étaient tous les deux chez eux à Cacaci, mais ils ne se voyaient pas : ils avaient des horaires différents et il déjeunait dehors. En été Pietro était souvent invité chez des amis, tandis que Costanza avait conservé son habitude des villégiatures à la campagne où elle allait avec des parents, parfois même seule. Ils participaient aux fêtes de famille et aux enterrements, mais ils y allaient en voitures séparées. Ils recevaient rarement, et dans ces occasions ils se traitaient avec courtoisie, en étrangers. Leur ménage n'était pas le seul de ce genre, et cela ne déplaisait pas à Pietro, mis à part le désagrément qu'il éprouvait à demander des sommes considérables à l'administrateur. C'était la raison de ses dettes. Il redoutait la censure de sa femme, qui d'ailleurs n'avait jamais abordé la question avec lui : ils communiquaient par l'intermédiaire du majordome et des domestiques.

D'autres parents, notamment sa tante Annina Lannificchiati, le tenaient au courant des bizarreries de sa femme : elle rendait visite à ses amies en tenues austères et passait beaucoup de temps chez elle et à la campagne, seule. On disait qu'elle gérait ses affaires, qu'elle avait même des relations sans intermédiaire avec des mafiosi de Palerme, et qu'elle faisait le tour de ses domaines à cheval avec les régisseurs, comme le faisait son père. Avec une discrétion inaccoutumée, la baronne Lannificchiati n'osait dire à son neveu que la véritable cause de scandale était la passion de Costanza pour ce petit bâtard qu'elle emmenait chez les glaciers et dans les magasins de jouets comme si c'était un neveu ou, pis, son fils.

Pietro, pris par ses petites affaires, ne voyait pas à quel point Costanza avait changé. De toute façon, elle ne l'intéressait pas.

73

*Le marquis Sabbiamena tombe amoureux de sa femme
en mangeant un biscuit*

On l'informa que la marquise était dans les pièces de service. Pietro ne lui en voulait pas de ne pas lui avoir obéi et de s'être entêtée à avoir chez elle l'enfant de Rura.

Pietro ne mettait plus les pieds dans ces endroits depuis que Costanza le lui avait imposé. Il se rappelait avec un chatouillis de plaisir les beaux après-midi d'autrefois : ce temps de repos pour les domestiques convenait à la recherche de rencontres faciles et sans conséquences avec les servantes consentantes. Il entra dans la cuisine sans faire de bruit et en refermant la porte derrière lui, comme il le faisait alors. Les volets étaient entrebâillés, on entendait le bourdonnement des mouches contre les vitres. Les portes du balcon étaient entrouvertes, un rai de lumière frappait la table au centre de la pièce, tel un sabre lumineux il coupait le plateau de marbre et retombait en zigzag sur le sol de pierre, rafraîchi par le chiffon passé après le déjeuner.

Il s'appuya contre la crédence, il attendait que ses yeux s'habituent à la pénombre, rendue plus obscure par cette lumière éblouissante qui séparait la cuisine en deux. Il se laissa aller à des rêveries de femmes épanouies fleurant bon la lessive qu'il avait tant aimé déshabiller des yeux pendant qu'elles s'affairaient pour achever les tâches d'après le déjeuner. Au moment voulu il accostait celle qu'il avait choisie et lui susurrait les mots qu'il fallait. Ensuite tout était simple, il jouait sur du velours. Jusqu'à ce que Costanza intervienne.

Il avait cru être seul, mais le crépitement du bois lui fit comprendre que quelqu'un avait allumé le four.

Dans le coin opposé au sien, près du mur extérieur, il y avait un grand four à bois comme à la campagne, la partie supérieure en coupole – avec la porte de fer encastrée à l'entrée –, la partie basse pour y ranger le bois.

Il entrevit dans l'obscurité une servante accroupie juste devant la réserve de bois en train de choisir et préparer les branches à brûler.

Elle doit avoir des yeux de chat pour y voir dans ce noir ; je me demande s'ils sont beaux, pensa Pietro agréablement émoustillé. La servante prenait son temps pour choisir les plus petites branches – une à une – et elle les mettait de côté. Puis elle les réunissait en petits fagots et les cassait presque sans faire de bruit. Pietro suivait ses mouvements avec curiosité. Elle se releva soudain et ouvrit la porte du four. Les flammes rouges éclairèrent la pièce. Elle attisait le feu, puis elle l'étouffait, déplaçait et écrasait le bois brûlé pour faire un lit de braises – qu'elle rassemblait ensuite et mettait d'un côté du four –, elle balayait très vite les cendres pour laisser libre et propre le fond de l'angle de cuisson.

Pietro entendait très confusément le murmure d'une chanson sicilienne. Cette servante l'intriguait.

Il faisait chaud. Elle enfournait à présent les plateaux, préparés en rang sur la table près du four. Une chaleur âcre arrivait aux narines de Pietro. La servante, toujours de dos, avait changé de rythme et de travail : elle procédait à la cuisson. Elle était leste et adroite pour utiliser la pelle et le balai du four. Comme un jongleur, elle enfournait les plateaux avec la pelle, les tournait, soulevait la braise pour augmenter la température et la laissait retomber sur la pelle, elle passait le balai à l'intérieur du four pour enlever les cendres, en haut et en bas, à droite et à gauche, elle n'était qu'un mouvement gracieux de coudes, de bras, de dos, accompagné du murmure de la même chanson, tantôt étouffée, tantôt plus forte. Le bois d'olivier brûlé dégageait une odeur lourde et grasse qui se mélangeait à celle des biscuits : un riche parfum d'amande, de saindoux et de sucre.

La servante ferma la porte du four et se nettoya soigneusement les mains avec un chiffon. Elle le laissa tomber sur une chaise d'un mouvement alangui – comme une Vénus qui enlève son péplum, se disait Pietro – et alla à la porte donnant sur le jardin. Elle l'ouvrit et resta sur le seuil. La lumière qui envahissait le centre de la cuisine découpait sa silhouette à contre-jour. D'un geste à la fois énergique et gracieux elle tira le store de cordes qui protégeait de l'invasion des insectes.

Elle resta au centre du faisceau de lumière, les bras croisés. Elle portait une jupe large froncée à la taille, sa tête était couverte d'un mouchoir bleu ciel noué sur la nuque.

Elle va peut-être déboutonner sa chemise, pensa Pietro tout excité.

Elle mit les mains sur ses hanches ; elle se détachait à présent sur le fond de cordes ondulantes qui laissaient entrevoir la cime tremblante des palmiers et le bleu intense du ciel. Cette femme lui plaisait. Instinctivement, Pietro retrouva ses vieilles habitudes, il se plaqua contre le mur, dans son ancien coin d'observation, presque caché, prêt à bondir au moment opportun. Elle leva les bras et mit les mains sur sa nuque ; elle dénouait lentement son mouchoir qui se soulevait sous ses cheveux libérés de la pression, comme la pâte qui lève. Le dernier nœud était détaché. La pointe du triangle lui touchait maintenant la taille. En tenant les deux autres pointes, elle ôtait le mouchoir lentement en ouvrant les bras et en tendant le tissu. Elle s'étira en se cambrant légèrement avec un mouvement qui accentuait la finesse de sa taille, une invitation aux caresses de la lumière de l'après-midi. Pietro mourait d'envie de la voir de face et avait du mal à se retenir de l'appeler.

Elle lâcha prise et le mouchoir glissa sur sa jupe. Elle

le rattrapa et le jeta sur son épaule. Elle porta les mains à ses cheveux et les défit. Elle reprit son chant, non plus comme une cantilène étouffée mais comme une véritable chanson, tandis qu'une cascade de cheveux roux, épais et frisés lui tombait sur les épaules.

Pietro, médusé, la regardait avec un mélange de révérence et de convoitise presque sacré : Costanza, libre, désirable, inaccessible. Sa femme se remit au travail avec entrain. Elle sortait les plateaux du four, changeait les biscuits de place, les enfournait de nouveau, contrôlait la chaleur, ajoutait d'autres plateaux, la masse somptueuse de cheveux roux striés de mèches ondulées de différents tons, certaines cuivrées, d'autres plus foncées, presque amarante, se soulevait sur ses épaules, roulait sur le côté, lui retombait sur le visage – longues flammes serpentines – et encadrait son visage en sueur où brillaient ses grands yeux.

Les premières fournées étaient cuites. Costanza mettait les plateaux brûlants à refroidir sur la table centrale. Elle se tourna dans la direction de Pietro, toujours plaqué contre le mur, et avec des gestes rapides et sûrs elle saupoudra les biscuits de sucre vanillé. Sa chemise déboutonnée montrait sa peau blanche et lumineuse et laissait entrevoir ses petits seins ronds. Pietro n'avait jamais connu cette Costanza-là. Il l'avait toujours vue telle qu'elle lui était apparue le jour de leur mariage, voûtée, osseuse, gauche, repoussante. Il la désirait à présent à la folie. D'instinct, très doucement, il s'approcha, hésitant et désemparé.

Costanza sursauta. « Pietro, qu'est-ce qu'il y a ? » Son regard inquiet trahissait sa gêne.

« Je te cherchais.

– Que voulais-tu ? » C'était une conversation banale.

« Je voulais te parler, et tu m'as fait oublier ce que je voulais te dire. » Pietro s'approcha de la table. « J'ai oublié, Costanza, j'ai complètement oublié. »

Costanza reboutonnait sa chemise, refermait son corsage, ses doigts fins et blancs repoussaient ses cheveux en arrière. Ces gestes ne faisaient qu'attirer le regard de Pietro sur son corps qu'ils mettaient en valeur. Costanza s'en aperçut et s'arrêta, interdite, les mains dans les cheveux. Ils se regardèrent.

« Qu'est-ce que tu fais ? demanda Pietro.

– Tu le vois. Je prépare les biscuits pour Antonio.

– Et pourquoi toi ?

– Pourquoi pas ? Ça me fait plaisir.

– Quel genre de biscuits ? » Pietro se rapprocha encore. Costanza commençait à comprendre. Elle le regardait sans répondre.

Pietro insista : « Explique-moi. »

Il ne se lassait pas de l'écouter énumérer des ingrédients simples, les mots étaient de la poésie. Il lui posait des questions sur la pâte, sur la garniture, comme un cuisinier. Effarouchée mais pas timide, elle répondait avec précision. Ils avaient les yeux fixés l'un sur l'autre comme s'ils parlaient un langage secret. Pietro respirait l'odeur de sueur propre, de cendre, de sucre, de cannelle, d'anis qui émanait de la peau de Costanza. Elle s'essuya le front et le visage du coin de son tablier comme si elle avait honte de sa sueur.

« Tu vas bien.

– Merci, je vais bien.

– Non, je voulais dire… Tu es belle.

– Merci. » Costanza était embarrassée. Avec le regard vulnérable qu'elle avait autrefois elle ajouta précipitamment : « Tout va bien avec l'administration ? Nous avons vendu à un bon prix le blé de l'année dernière. J'ai oublié de te le dire, excuse-moi. Tu veux quelque chose ?

– Je veux… un biscuit.

– Lequel ?

– Le long, un biscuit en tortillon.

– Ils sont encore chauds, je te l'apporterai tout à l'heure.» Et Costanza lui tourna le dos.

Pietro la suivait. Elle se sentait maladroite et travaillait en silence.

«Pourquoi ne continues-tu pas à chanter?

– Très bien.» Un soupçon de demi-sourire, contenu.

Costanza ne reprit pas la complainte sicilienne, mais elle entonna *Mon Dieu*, l'air de Dalila dans l'opéra de Saint-Saëns, à voix basse, comme si elle ne chantait que pour elle, sans le regarder, tout en continuant à travailler.

Elle se tut soudain : elle choisissait un biscuit. Elle souffla dessus pour le refroidir et en prit une petite bouchée : il était prêt. Elle s'approcha de Pietro en tenant le biscuit – long, noueux, croquant – entre le pouce et l'index. Il ouvrit la bouche. Costanza fut déconcertée. Elle tendit le bras et lui posa le biscuit entre les lèvres, d'un geste religieux, sans le lâcher. Pietro mordit dedans, les yeux rivés sur les siens. Encore une bouchée minuscule. Puis une autre.

Costanza s'approchait de lui à tout petits pas imperceptibles. Ils se retrouvèrent l'un devant l'autre.

«Tu en veux encore?

– Maintenant prends-en un petit bout.» Costanza en grignota tout juste l'extrémité et le lui tendit.

Pietro secoua la tête et lui mit les mains sur les hanches. Costanza, presque par réflexe, leva la main gauche pour écarter la sienne, mais à son contact elle la laissa dessus.

Pietro leva l'autre main et lui prit le poignet pour le guider vers sa bouche. Il mangeait le biscuit par petites bouchées gourmandes, il mâchait lentement, savourait, en la regardant dans les yeux. Puis il lui couvrit les mains de petits baisers et se mit à lui lécher le petit doigt. Costanza – ses yeux pers frangés de cendre – le laissait faire.

Pietro noua ses doigts aux siens et remit leurs mains sur ses hanches, il se serrait contre elle. Costanza se raidit, sans aller jusqu'à se défendre. Elle détourna la tête et l'esquiva, mais il lui soulevait déjà les cheveux et lui couvrait le cou et l'oreille d'une longue succession de baisers frémissants. Costanza s'y abandonna.

« Mes biscuits sont prêts ? » Antonio apparut à la porte du jardin.

74

Le marquis Sabbiamena voit sa femme différemment,
mais elle n'admet pas qu'il ait changé

Pietro remonta vite par l'escalier de service et regagna sa chambre. Il se rafraîchit le visage au-dessus du lavabo et se regarda dans la glace. Il se savait bel homme, pourtant, ce jour-là, l'image qui se reflétait lui parut déplaisante, stupide. « Il y a un autre homme dans sa vie ? Et si Costanza se refusait à moi ? » Pietro savait que sa femme s'appuyait sur Iero Bentivoglio – grand séducteur – et probablement sur d'autres hommes d'affaires, et pour la première fois il éprouvait les souffrances d'une jalousie aveugle, dirigée contre tous et personne.

« Un autre, avant moi ! Je ne le tolère pas ! » Pietro tapa du poing sur le lavabo. Il sortit en courant et alla droit à la chambre de sa femme ; elle n'y était pas. Il la chercha dans les salons, sur les terrasses. La petite salle à manger où elle prenait ses repas était vide. Les domestiques étaient retournés à leurs tâches et il lui semblait indigne de descendre aux cuisines. Attendant que Costanza remonte dans sa chambre, il resta dans le salon de passage. Sans pouvoir cesser de penser à elle, il revivait ces instants et la désirait comme il n'avait peut-être jamais désiré une autre femme.

L'attente lui parut interminable, pas l'ombre de Costanza. Rosa et d'autres femmes de service passèrent en le regardant à la dérobée. Pietro en fut agacé. Quand Baldassarre, son valet de chambre, arriva – probablement averti par ces femmes – pour lui demander s'il avait besoin de quelque chose, il le chassa et, resté seul, il fit les cent pas en répétant : « La marquise, imbécile, voilà ce que je veux ! »

Costanza portait la même robe verte mais elle avait sur les épaules un châle de soie brodé d'amarante. Ses cheveux rassemblés en un chignon soyeux prenaient des couleurs changeantes.

Elle était belle.

Ils échangèrent quelques mots timides sous les regards curieux des serviteurs. Avant de se lever, Pietro demanda à Costanza de jouer pour lui.

« Bon, mais pas longtemps, j'ai du courrier à lire », lui répondit-elle soumise.

Ils étaient enfin seuls dans le salon de Costanza.

« Que veux-tu que je te joue, Pietro ? »

Elle était déjà au piano.

« Rien. Tout me va, pourvu que tu chantes. »

Et Costanza chanta, mais sans conviction. Il la dévorait des yeux. Costanza s'en aperçut. Elle laissa glisser ses mains sur ses genoux et dit : « Bon, je vais dans ma chambre.

– Je viens chez toi ? » demanda-t-il en s'approchant du piano.

Elle le regarda de ses yeux innocents, tristes. « Non, pourquoi ?

– Tu me le demandes, après cet après-midi ? »

Costanza soupira. « Je me suis habituée à vivre d'abord comme ta sœur, puis comme une étrangère. Ça n'a pas été facile, mais j'y suis parvenue.

– Tu es encore ma femme ! Que faire pour te

mériter ? » Pietro la tirait par le bras. Elle résistait, collée sur son tabouret.

Déconfit, Pietro se leva et répéta : « Que dois-je faire ? » Il s'éloigna de quelques pas et s'effondra sur le canapé, en larmes.

Costanza ne l'avait jamais vu pleurer. Elle s'assit à l'autre bout du canapé. « Pietro, je t'ai aimé passionnément, mais à présent je n'en suis plus sûre. J'ai changé, tu ne me reconnaîtrais pas.

– Tu en aimes un autre ? demanda Pietro d'une voix étranglée.

– Si c'était le cas, je ne me sentirais pas obligée de te le dire, pas plus que je ne te le demande, lui répondit-elle calmement en cherchant à prendre ses distances.

– Je vois, tu ne m'as pas pardonné. »

Costanza allait parler, mais elle se tut. *L'excès est toujours une erreur, même dans le pardon*, lui avait dit son père, *pense à toi avant de penser aux autres*. Bouleversée et déchirée entre ses sentiments pour Pietro, qui ressurgissaient avec force, et le conseil de son père, elle aussi fondit en larmes. Ils pleurèrent longuement sur ce divan, pudiques, tourmentés par le désir, n'osant pas tendre une main et se toucher.

Finalement Pietro se ressaisit, se leva et lui offrit la main pour l'aider à se redresser. Costanza l'accepta. Ils se dirigèrent vers la porte, à contrecœur.

Avant de l'ouvrir, Pietro lui dit : « Tu m'as demandé une fois pourquoi je ne t'avais jamais embrassée, tu t'en souviens ? »

Elle hocha la tête.

« Je dois te le dire. Parce que tu ne m'attirais pas. Il faut être attiré pour embrasser. Un homme t'a déjà embrassée ?

– Oui, une fois. » Costanza frissonna à ce souvenir.

Il le sentit. « Permets-moi de te donner un baiser, un seul. »

Costanza offrit à son mari son visage inondé de larmes incontrôlables. Ils échangèrent un unique baiser, très long, profond et salé, puis chacun se retira dans ses appartements.

Costanza avait de la peine à s'endormir. Quelque part en elle, et hors d'elle, une voix qui n'était pas la sienne tout en l'étant reprenait le motif qu'elle aimait, *Porgi amor, qualche ristoro*, et en l'écoutant, elle s'assoupit.

Le lendemain matin Pietro frappa à la porte de la chambre de sa femme.

«J'espérais que tu viendrais, dit Costanza. Je vais à Bagheria chez les Trasi. J'y resterai une semaine. Fin mai j'irai à Malivinnitti. Tu peux naturellement venir me voir, mais je préférerais que non.

– Que veux-tu que je fasse ?

– Que tu vives comme d'habitude, c'est important. Que chacun de nous vive comme d'habitude, ensuite nous verrons. Je voulais te dire que j'ai vendu Canziati à une coopérative et qu'il y a des liquidités. Passe à l'administration si tu veux.»

Pietro ne la rejoignit pas à Bagheria. Il vendit une tabatière en or et régla ses dettes : c'était la première fois qu'il se sentait mal à l'aise d'utiliser l'argent de Costanza. Il cessa d'aller voir les femmes.

Costanza retourna sereine à Palerme. La compagnie de ses cousins lui avait fait du bien. Elle avait beaucoup réfléchi. Dans le passé elle avait tout fait pour contenter Pietro. Elle s'était arraché beaucoup de cornes de la tête et à présent, comme la princesse Escargot, elle avait mal. Mais elle l'aimait. Malgré tout. Elle aurait dû se montrer prudente, lui parler d'elle-même, apprendre à mieux le connaître.

Pietro l'attendait en piaffant. Il ne réussit pas à la toucher, pas même pour le baisemain habituel, et Costanza ne lui tendit pas sa main encore gantée. Ils restèrent debout à se regarder. «Il faut que nous cherchions à savoir si nous sommes faits l'un pour l'autre, lui dit Costanza, si nous pouvons faire une tresse ensemble. J'ai peur, et toi aussi. Nous sommes différents. Nous devons étudier comment nous mettre d'accord. C'est moi, maintenant, qui te demande de ne pas être vraiment un mari et j'en suis désolée. Ce n'est pas du dépit. Il s'agit aussi d'Antonio. Je l'aime, mais il appartient à sa mère. Celui qui me prend doit accepter cet amour, sans le partager. En attendant, je ne veux pas que le personnel ait des soupçons, ni les autres. Je continuerai à avoir ma vie et toi la tienne, y compris tes aventures avec d'autres femmes.»

Le marquis et la marquise Sabbiamena ne retournèrent pas à Cacaci. Dans les rares occasions où ils se retrouvaient avec des parents et des amis, Costanza rougissait constamment et Pietro essayait de conserver son attitude mondaine, mais sans sa désinvolture habituelle. Ils sortaient séparément de chez eux et se retrouvaient en ville et à la piste d'entraînement des chevaux de la Favorita, comme deux amoureux contrariés par leurs familles ; ils parlaient, parlaient.

Costanza l'emmenait dans les endroits qu'elle avait visités avec son père, dans les jardins parfumés, lui montrait les murs phéniciens. Les émotions éprouvées dans son enfance – la découverte de la beauté à travers la connaissance, l'émerveillement devant son passé historique et la générosité de l'enseignement – se fondaient avec celles qu'elle ressentait à présent, devenue femme. Elle s'ouvrait à la connaissance d'elle-même et de celui qu'elle aimait. Telle un arbre qui plonge ses racines et absorbe les sucs de la terre, elle était un brassage de sève et se préparait à une explosion de nouveaux bourgeons : elle et Pietro étaient le lien entre le passé et l'avenir, la continuité de la vie.

Pietro savait qu'il avait déplu à son beau-père, qui l'avait traité avec une politesse dédaigneuse, mais il n'osait pas y faire allusion. À travers les histoires de Costanza, il apprenait à l'apprécier et le comparait à son propre père, qu'il avait peu et mal connu. Il lui parlait à son tour de son enfance et de son adolescence d'orphelin, divisée entre l'internat et les vacances chez des parents riches ; il avait grandi sans guide ni affections profondes, à la recherche d'un rôle et d'une identité, poursuivi depuis lors par ses soucis financiers. Costanza commençait à comprendre l'attitude superficielle et imprévoyante de son mari : c'était la réaction d'un faible face à une réalité qu'il ne savait pas affronter.

Pietro se sentait soudain maladroit et lui écrivait, le soir, dans la solitude de sa chambre, de longues lettres brûlantes. Costanza s'exprimait, comme toujours, dans la musique. Outre celle de Mozart, elle jouait avec une passion retrouvée des partitions découvertes parmi les papiers de sa mère. C'étaient des chansons anglaises dont elle imaginait qu'elles avaient été transcrites par son véritable père, peut-être aussi à son intention.

Chez eux, Pietro et Costanza se livraient à des embrassements furtifs, craignant d'être surpris par les domestiques. Ils étaient fous l'un de l'autre, mais ils semblaient ne pas pouvoir ou ne pas vouloir aller plus loin, comme s'ils avaient peur de rompre l'enchantement.

75

Les coquelicots dans les blés de Malivinnitti

Costanza insista pour partir à Malivinnitti avant Pietro, et seule, comme elle le faisait désormais. Ce n'est que là-bas qu'elle eut le courage de lui avouer qui était son véritable père. «Je ne suis pas surpris, dit-il, c'est beaucoup plus fréquent que tu ne penses.»

Avec un personnel réduit et la grande maison à leur disposition, ils eurent davantage d'occasions de ne pas être dérangés ; au lieu d'en profiter, ils évitaient de rester longtemps seuls à l'intérieur. Ces murs évoquaient des souvenirs pénibles, et il s'en dégageait une sensualité qui ne leur appartenait pas. Ils parlaient peu, paraissaient désorientés. Costanza avait donné l'ordre aux Tignuso de ne pas les accompagner lorsqu'ils sortaient de l'enceinte de la ferme. Les régisseurs obéissaient de mauvais gré, considérant que c'était un nouveau moyen de mettre à l'épreuve leurs aptitudes et leur pouvoir sur le domaine. Costanza et Pietro faisaient de longues promenades à cheval sur des sentiers étroits à travers les blés mûrs, descendaient dans les vallées, longeaient les ravins. Lorsqu'ils s'arrêtaient, ils se jetaient dans les bras l'un de l'autre avec une retenue inexplicable, en silence. Le soir, sur la terrasse, debout devant le garde-fou, ils regardaient les collines de Malivinnitti jusqu'à ce qu'elles pâlissent et soient englouties, humides, par l'obscurité de la nuit. Alors seulement ils se prenaient par la main et s'égaraient dans le ciel, dévorés de désir.

Cet après-midi-là ils se promenaient au pied d'une hauteur couverte de coquelicots. Vue de loin, elle paraissait tachée de sang tant les masses fleuries dispersées dans le blé étaient denses. De près, c'était une merveille, le rouge des pétales et le vert des tiges contrastaient avec le jaune vif des épis et le vaste ciel. Ils mirent pied à terre pour les admirer. Le blé était touffu et très haut, il dépassait leurs têtes.

Pietro se fraya un passage et l'appela : «Viens, Costanza !» Ils avançaient lentement dans un océan d'épis ; Pietro guidait Costanza en lui serrant le bras, il écartait les épis avec son fouet. Ceux-ci s'inclinaient avec complaisance et se refermaient souplement derrière eux.

Costanza le suivait, légère. Elle se sentait transportée dans la forêt au bord de l'Amazone. Quand elle était petite, son père lui racontait que les indigènes s'y déplaçaient sur des barques pointues et s'ouvraient un chemin à travers les hautes herbes pour atteindre les rives de l'immense fleuve aux eaux blanches et sombres qui couraient sans se mélanger jusqu'aux rapides ; là, elles ne faisaient plus qu'un, dans un fracas d'écume et d'embruns. Costanza était prête à connaître et à explorer le monde, et elle-même. Les tiges des épis la griffaient, le bourdonnement des insectes était assourdissant, il faisait une chaleur torride. Tout à coup apparut devant eux une tache de coquelicots. Pietro ôta sa veste et l'étendit par terre. Le ciel était éblouissant.

« Viens ! » dit-il encore.

Sur un lit de coquelicots écrasés, à l'ombre du blé, Costanza connut plusieurs fois son mari, et le bonheur, pendant un temps qu'elle n'aurait pas su mesurer.

Ils se préparaient à partir, sans la moindre envie. Pietro aidait Costanza à se rhabiller, calmement. Il attachait la chaîne de son médaillon à son cou et lui mordillait le lobe de l'oreille en lui chuchotant : « Tu es cent fois mieux qu'une de celles-là ! » Elle fut surprise, mais nullement mécontente.

Sur le chemin du retour, Costanza arrêta sa jument.

« Pietro, je dois te dire une chose importante. Je ne te demande pas de m'être fidèle, mais tu ne dois pas recevoir d'autres femmes chez nous, sous aucun prétexte. Je ne te le pardonnerais pas, vivant ou mort.

– Costanzina, je te le promets : ça n'arrivera pas. Je n'aurai pas d'autre femme, jamais. »

Rosa et Baldassarre remarquèrent que les vêtements de leurs maîtres étaient froissés, pleins de poussière et couverts de brins de paille et de fourmis, et ils s'en réjouirent.

*L'entente des époux Sabbiamena est accueillie
avec joie par un grand nombre, mais pas par tous*

Au retour des maîtres de leur long séjour à Malivin-nitti, l'atmosphère au palais de Cacaci changea : c'était celle d'un bonheur tranquille qui reflétait leur humeur. Rosa et Baldassarre savaient bien de quoi il retournait : les draps du marquis restaient intacts, tandis que Rosa devait changer ceux de sa maîtresse un jour sur deux tant elle les trouvait maltraités matin et soir. Amalia était celle qui en était la plus contente : elle n'avait jamais vu Costanza aussi heureuse. Celle-ci ne lui avait rien dit, mais elle la prenait dans ses bras pour lui communiquer sa joie, et non plus pour se faire consoler.

Pietro et Costanza conservèrent leur habitude de se rendre à Palerme en novembre. Leurs parents les attendaient avec curiosité, ils étaient déjà informés. Le marquis et la marquise reçurent beaucoup de visites. Sans cacher leurs sentiments réciproques, ils restaient réservés, et la nouveauté de leur rapprochement devint bientôt de l'histoire ancienne. À cette époque-là, l'aristocratie palermitaine avait bien d'autres distractions : elle était euphorique et satisfaite. L'Exposition nationale allait sceller sa suprématie reconquise ; les nobles étaient connus dans toute l'Europe et dominaient la vie de la ville. Beaucoup étaient directeurs d'établissements bancaires, présidents de sociétés, chefs d'institutions publiques, députés et sénateurs. Le marquis Ugo était redevenu maire. Les richissimes familles anglaises et les chefs d'entreprise bourgeois s'alliaient à la noblesse en lui offrant la possibilité de racheter grâce aux dots les biens aliénés dans le passé.

À plus forte raison les amis de Pietro s'attendaient-ils

à ce qu'il participe aux réjouissances et à la vie civilisée de ces années glorieuses ; or, il partait seul avec sa femme à la campagne pour de longs séjours. Les amis étaient déçus. Ils évoquaient le pouvoir ensorcelant de cette marquise rousse avec tact et une admiration mal dissimulée. Costanza était alors dans toute sa splendeur. Grande et souple, elle s'était étoffée et rayonnait de féminité ; son visage, qui n'était plus émacié, s'était éclairé d'un sourire aimable et énigmatique qui se reflétait dans ses grands yeux pers : eux aussi avaient acquis une beauté très personnelle. Même ses cheveux étaient élevés au rang d'objet d'admiration : avec le temps, leur roux était devenu plus foncé, riche de reflets, et Pietro avait conseillé Costanza dans le choix de vêtements et de couleurs pour qu'ils s'harmonisent avec la blancheur de sa peau et les tons de ses cheveux tout en les mettant en valeur.

Au cercle, on faisait allusion en secouant la tête au bonheur domestique retrouvé de Pietro et on plaisantait sur le fait qu'il était irrémédiablement incapable de remplir ses obligations. Dans le passé il n'avait pas accompli ses devoirs conjugaux mais il avait satisfait pleinement à ceux de la bonne société, ainsi qu'à ceux que son titre impliquait. La situation s'était retournée : Pietro avait abandonné ces devoirs, séduit par une femme, comme il arrivait d'ailleurs à beaucoup d'autres. Mais dans son cas, à la différence des autres, cette femme était la sienne depuis neuf ans, et riche de surcroît ! Le jeune prince Chisiccusi en arrivait à soutenir le paradoxe que le bonheur domestique apparent de son cousin donnait un très mauvais exemple : si tous les couples en faisaient autant, l'aristocratie mourrait d'ennui, les cercles et les bordels fermeraient et la ville sombrerait dans la décadence.

Personne ne commentait le fait que Pietro et Costanza étaient tout simplement un couple amoureux.

77

Rura complote et la marquise Sabbiamena a le tort
de ne pas s'en soucier

Trois ans avaient passé. Rura était toujours à Cacaci contre son gré et elle s'ennuyait. Elle cousait pour les autres, s'occupait de son fils, allait chez les Sabbiamena quand on le lui ordonnait : elle était à la merci de celle qu'elle ne considérait plus comme une bienfaitrice mais comme quelqu'un qui la faisait payer pour une faute qu'elle ne reconnaissait pas et qui, surtout, avait l'intention de lui arracher son fils. Emprisonnée dans une maternité non désirée, Rura nourrissait à présent son ressentiment de l'affection entre Antonio et la marquise. Elle avait cru aux promesses qu'il serait riche et qu'elle profiterait par contrecoup de ce bien-être ; elle n'avait pas envisagé la possibilité que le marquis et la marquise aient un enfant qui dépouillerait le sien. On parlait précisément tout bas de ce sujet à la cuisine : un héritier garantirait la permanence de l'emploi du personnel de maison et de celui de leurs enfants et petits-enfants.

Rura vit que les choses se passaient comme elle l'avait craint, en pire. Costanza avait persuadé Pietro de connaître son fils, mais il ne voulait pas que l'enfant fréquente l'étage noble. Antonio quant à lui savait que le marquis était son père, mais il ne le disait pas, selon la retenue que tout Sicilien boit avec le lait de sa mère. Rura faisait ce qu'elle pouvait : elle allait d'une sorcière à l'autre pour se procurer, même au prix fort, des formules pour jeter un maléfice sur ces deux-là et sur leur amour. Elle étudiait les habitudes, les goûts et les gestes de Costanza et les rapportait aux sorcières. Celles-ci lui suggéraient des sortilèges, lui donnaient des amulettes, elles pétrissaient avec de la mie de pain, de la glaise, de la paille et d'autres composants des figurines de Costanza sur lesquelles elles collaient des cheveux lui appartenant, voire du sang de ses menstrues, et dans lesquelles elles plantaient des épingles maléfiques. D'autres objets magiques devaient rester sur la marquise, et Rura en chargeait son fils, que Costanza emmenait quelquefois dans sa chambre. Quand celle-ci trouvait ces objets étranges dans ses poches, elle faisait comme si de rien n'était, elle ne voulait pas que l'enfant se fasse gronder par sa mère.

« Elle est mauvaise et votre Cellence devrait l'éloigner, lui disait Amalia.

– Amalia, toi qui as aimé et as été aimée, tu devrais la comprendre et avoir pitié d'elle, lui répondait Costanza. Elle a un fils que son père refuse et elle a été exploitée par les hommes. Elle ne peut pas me faire de mal. »

« Tu ne dois pas t'inquiéter pour l'avenir d'Antonio, c'est un Patella et il le restera. Je prendrai toujours soin de lui et de toutes les façons. Continue à être une bonne mère et tu seras contente de ton fils », dit plus tard Costanza à Rura, qui fit des points avec une telle fougue dans le tablier qu'elle cousait qu'elle se piqua le doigt : elle la haïssait.

Elle avait beau laisser sa chemise chez les sorcières, ces deux-là étaient amoureux, disait-on, et toutes ces malédictions n'y faisaient rien. Elle désirait sa liberté, avoir une petite maison et assez pour ne pas craindre la faim. Elle ne répugnait pas à penser à d'autres hommes, à se marier et à faire un travail qui lui aurait plu, avec une autre compagnie que cette aiguille et ce fil de malheur ; elle se sentait comme un thon pris au piège dans les filets à la saison de la *mattanza*, chaque mot de la marquise était comme un harpon fiché dans sa chair. Elle décida de la provoquer et d'avoir une querelle avec elle, sûre qu'elle lui donnerait un pécule pour l'amour d'Antonio et la libérerait.

Comme il arrivait souvent, la marquise était en train de raconter une histoire à Antonio, près de la fenêtre, non loin de là où Rura cousait. Celle-ci dit à son fils : «Aide-moi à plier le linge», et elle lui donna une très longue pièce de coton. L'enfant obéit en rechignant et retourna vers Costanza. «J'ai laissé tomber des épingles, aide-moi à les chercher», et il alla en soufflant l'aider à les ramasser entre les plis du tissu. La marquise ne disait rien quand Rura l'appelait, mais elle s'impatientait : elle devait terminer son histoire. C'était une histoire de Pitichininu, le personnage préféré d'Antonio, et il lui demandait : «Et après ? Et après ?»

Rura renversa la corbeille à fils, qui roulèrent sur le sol et s'éparpillèrent. «Antonio, aide-moi à les ramasser !» Une corvée. Cette fois, Antonio ne l'écouta pas. Rura se leva brutalement, l'attrapa par l'oreille et lui donna un coup sur l'épaule. «Viens travailler, tu dois gagner ton pain toi aussi, malheureux !» hurla-t-elle, et elle le força à ramasser toutes les bobines, elle resta derrière lui et ne le lâcha pas jusqu'à ce qu'il les ait toutes retrouvées. «Laisse-moi finir l'histoire !» dit-il, et elle lui donna une gifle qui lui laissa une marque sur la joue. «Respecte ta mère, tu n'en as qu'une, et pas de père !» Et elle reprit sa couture sans accorder un regard à Costanza. Antonio fondit en larmes. Rura entendait Costanza lui parler et essayer de le consoler à voix basse. C'était le moment qu'elle attendait. Elle se leva et lui dit : «C'est mon fils, et votre Cellence devrait s'occuper de ses affaires : il doit respecter d'abord sa mère, il en a une, pas deux.»

Costanza s'était levée à son tour. «Va à la cuisine et dis que la marquise veut te donner trois biscuits et que tu dois les choisir, dit-elle à Antonio qui détala en geignant. Que voulais-tu dire, Rura ?

– Nous sommes trop de mères, ici ! Pauvre, oui, mais c'est mon fils et je le veux ! La richesse achète pas tout !

– Antonio a une seule mère et c'est toi.

– Ha, c'est ce que vous disez, mais vous me le prenez, vous vous amusez comme si ça serait un chien. Et puis vous partez, loin des yeux loin du cœur, et je dois m'occuper du petit ; et puis vous revenez et vous le voulez tout prêt pour vous. Peut-être ce que je faisais avant c'était mieux, pour moi et pour mon fils !

– Rura, ne dis pas ça !

– Alors donnez-moi un petit quelque chose pour le faire manger et étudier, mais chez moi, pas beaucoup, mais ça doit être à moi. J'ai jamais demandé l'aumône et je veux pas la demander maintenant. »

Rura était devenue toute rouge : elle fondit en larmes et ses sanglots étaient sincères.

« Mais Antonio est content, tu l'as bien élevé… Il vient ici avec plaisir, ce serait un crime de le prendre et de ne pas l'éduquer : c'est un Patella.

– Un Patella, vous parlez, c'est le fils d'une mère comme moi ! Ça vaut mieux une mère pute qu'une mère morte. La mère c'est moi, moi seule, j'en peux plus de venir ici me piquer les doigts. Je l'emmène, et même si on doit mourir de faim, c'est mieux pour nous. Vous êtes marquise et vous le resterez, mais vous avez pas d'enfants, le Seigneur vous en donne pas.

– J'ai promis que le loyer de ta maison serait payé jusqu'à ta mort, qu'Antonio irait au collège à mes frais et qu'il serait entretenu comme un Patella. N'attends rien de plus. J'ai oublié tout le reste. »

78

*Encore une fois les tortues causent innocemment
de grands tourments à Costanza Safamita*

Le marquis et la marquise étaient à Cacaci. Les œufs
des tortues étaient prêts à éclore. Costanza attendait ce
moment et descendait souvent. Elle se trouvait dans la
blanchisserie avec Antonio et Rura.

«Mais quand ils vont s'ouvrir, les œufs?» demanda
Antonio.

Costanza pensa que l'enfant aimerait aller vérifier
lui-même. Il regardait tantôt sa mère, tantôt Costanza
et il insistait. Pietro ne permettait toujours pas qu'il cir-
cule dans le palais. «Ne t'inquiète pas, lui dit-elle. Je
t'assure que j'y vais tous les après-midi, je le lui dirai.»

Sur la petite terrasse du cabinet de Pietro la terre avait
été remuée, mais il n'y avait pas trace de petites tortues.
Elle les trouva l'une à côté de l'autre derrière un vase,
minuscules, avec une carapace blanche. Une grande tendresse l'envahit : c'était pour elle un bon augure de
maternité. Elle entendit un bruissement et s'approcha du
cabinet. Elle avait encouragé Pietro à s'occuper de ses
biens et elle pensa qu'il utilisait déjà cette pièce de son
plein gré.

Costanza lorgnait tranquillement par la fenêtre. À travers les jours du store brodé elle aperçut une silhouette
inconnue debout au centre du cabinet. Elle avait la peau
lisse et claire, le visage rond, de grosses lèvres et
des yeux inquiétants. Pietro était au fond, derrière le
bureau, appuyé contre la bibliothèque. Lentement, la
femme déboutonnait son corsage et dénouait sa chemise : elle en sortait ses seins gonflés et les montrait à
Pietro en se passant la langue sur les lèvres. Costanza

regardait alternativement les seins offerts et les yeux de Pietro.

Elle s'enfuit.

« Costanza, que se passe-t-il ? » demanda Pietro en entrant dans la chambre de sa femme : Costanza était assise, les mains sur les genoux, extrêmement pâle.

« Je t'ai vu.

– Costanza, je peux t'expliquer. » Pietro lui prit la main.

« Laisse-moi, s'il te plaît », murmurait-elle. Pietro, haletant, la serrait plus fort. Elle s'évanouit dans ses bras.

Costanza tomba malade. Elle avait beaucoup de fièvre, elle délirait. Elle repoussait son mari : il suffisait qu'elle le voie pour avoir une rechute. Pietro ne quittait pas la maison. Il la regardait dormir.

Costanza se remit très lentement : elle n'acceptait son mari dans sa chambre qu'en présence d'autres personnes. Son état s'améliora peu à peu et elle retourna à ses occupations, mais c'était un fantôme sans vie. Sa peau s'était ridée comme celle d'un pruneau. Pietro sortait peu et brièvement ; mari et femme allaient et venaient dans la maison, apparemment absorbés dans leurs obligations et leurs pensées, comme deux survivants d'un tremblement de terre : ils erraient entre les fermes sans savoir où et comment reconstruire quelque chose. Un jour Pietro lui demanda une entrevue seul à seule. Elle le reçut dans son salon.

« Costanza, je dois t'expliquer…

– Pietro, il est trop tard. J'ai pensé à toutes les excuses possibles et aucune ne tient. Tu m'as menti beaucoup d'autres fois. Tu avais promis, c'est tout.

– Costanza, je t'aime, balbutia Pietro.

– Moi aussi. Mais je m'aime davantage. Je le dois. Tu me briserais le cœur si ce que j'ai vu se répétait. J'ai besoin plus que les autres de certitudes, d'ordre, de paix intérieure. C'est fini.»

Costanza se leva et s'apprêta à sortir de la pièce. Pietro la suivait. Il la reçut dans ses bras, elle avait perdu connaissance encore une fois.

79

Costanza Safamita constate que les gens
ne s'occupent pas de ce qui les regarde

Le marquis et la marquise Sabbiamena passèrent l'automne 1892 à Cacaci.

Costanza se comportait comme si elle avait effacé les trois dernières années de sa mémoire, et elle avait repris ses anciennes habitudes. Pietro sortait peu le soir, et après le dîner il retournait souvent dans ses appartements. De là, il l'entendait jouer. La musique glissait sous les portes, annonçant peut-être que Costanza redeviendrait sienne. Il respectait son désir de solitude et ne voulait pas la forcer, ç'aurait pu tout détruire. Il lui écrivit toutefois de nombreuses lettres. Costanza les lui renvoyait sans les ouvrir.

En décembre les Sabbiamena retournèrent à Palerme pour y passer l'hiver. Costanza proposa d'accompagner la baronne Lannifficchiati et la comtesse Acere aux matinées d'opéra, laissant la loge du soir à son mari. Ils recevaient des parents et quelques amis intimes; leur participation à la vie mondaine avait été minime et Costanza croyait que leur éloignement passerait inaperçu.

Costanza était en visite chez sa tante Maria Anna Trasi. Sa cousine Maria Antonia et la baronne Lannifficchiati les rejoignirent. Sa tante était très contente de la carrière universitaire de Sandrino Trasi, son petit-fils « homme d'étude » devenu professeur, et elle chantait les louanges de son gendre Iero Bentivoglio qui l'avait aidé par ses contacts politiques. Puis elles parlèrent de tout et de rien. Sa tante lui lançait des coups d'œil anxieux et inquisiteurs et Costanza se sentait mal à l'aise. Elle allait prendre congé quand elle la retint.

« Costanza, tu es comme une fille pour moi : que s'est-il passé avec ton mari ? On m'a souvent posé la question et je suis chagrinée, juste au moment où vous aviez l'air si heureux ensemble… »

Costanza était au supplice. Elle parvint à bafouiller : « Les hommes ne changent pas, je m'en rends compte maintenant.

— Je ne t'en parle que parce que Annina Lannificchiati en fait une maladie, elle est éplorée et dit que Pietro se repent. Les hommes restent toujours les mêmes jusqu'à la fin. Ton oncle, qui a été un bon mari, m'a demandé sur son lit de mort de lui permettre de voir sa dernière maîtresse entretenue, et il avait quatre-vingts ans passés !

— Et vous, qu'avez-vous répondu ? » Costanza était consternée.

« Que peut dire une bonne épouse ? Elle est venue, un après-midi. Mais il est mort dans mes bras, je savais que j'étais celle qu'il avait le plus aimée.

— Ma tante, je ne suis même pas sûre de ça.

— C'est l'orgueil des Safamita qui parle. J'espérais qu'il t'avait épargnée. Il faut conserver sa dignité, toujours, mais l'orgueil est nuisible.

— J'y réfléchirai, je le promets. »

Costanza ne trouvait plus de plaisir à la compagnie de ses parentes et évitait de rester seule avec ses cousines les plus intimes. Elle était rentrée dans sa coquille.

Costanza avait d'autres soucis. Les temps étaient durs pour le peuple. Dans toute la Sicile se formaient des

«Faisceaux», associations assez semblables aux corporations à caractère religieux qui avaient été abolies par les lois d'expropriation des biens de l'Église. Toutes différentes, certaines étaient contrôlées par des mafiosi, beaucoup par des bourgeois et des professions libérales, quelques-unes par l'aristocratie ; toutes demandaient davantage de justice sociale. Pour la première fois, les journaliers et les classes les plus pauvres y adhéraient. Costanza, comme les autres grands propriétaires terriens, était sur le qui-vive. Ses domaines étaient contrôlés par des régisseurs mafiosi ; elle avait veillé à ne pas favoriser un clan particulier pour éviter d'aggraver sa vulnérabilité. À Malivinnitti les deux branches des Tignuso étaient à couteaux tirés et elle devait manœuvrer.

Costanza n'avait aucune relation avec Giacomo et sa famille. Elle les apercevait de loin aux mariages et aux enterrements. Ils ne se disaient pas bonjour. Malgré tout, elle se tourmentait pour l'avenir de ses enfants et de ceux de Stefano. Giacomo était autoritaire ; il s'appuyait sur un clan mafioso qui dominait et contrôlait ses terres tout en lui laissant un plus grand pouvoir apparent.

Il n'était pas le seul propriétaire à recourir à cette méthode, mais dans son cas ce n'était pas prudent. À Sarentini c'était un autre clan, ennemi, qui était influent, et autour duquel gravitaient les Carcarazzo. Des personnes de confiance informaient Costanza sur la famille de Stefano, mais elle en savait bien peu sur ces neveux et encore moins sur sa chère Caterina qui, après avoir épousé un petit employé, vivait dans un autre village. Guglielmo, le seul garçon, l'héritier légitime du titre, était un jeune homme en colère. Il avait perdu le procès engagé par son père contre son frère et sa sœur, et se plaignait de Giacomo qui, disait-on, l'empêchait de trouver du travail à Sarentini. À vingt ans, il ne pouvait que s'associer aux rebelles et soutenir leurs revendications contre celui qu'il considérait comme un usurpateur.

Les Safamita se déchiraient par orgueil et par cupidité : oncle et neveu publiquement ennemis. Costanza ne se sentait pas différente d'eux et savait que son propre équilibre dépendait de l'assurance de se savoir riche. Mais à quoi lui serviraient ses biens ? Et à qui les laisser ? Elle se demandait pourquoi elle devait se donner tant de mal pour entretenir son patrimoine, chercher de nouveaux investissements. À une certaine époque, la joie évidente et innocente de son mari à dépenser et profiter l'avait comblée ; mais c'était fini. Elle avait espéré en vain qu'Antonio prendrait la place du fils qu'elle n'avait pas eu. Costanza regrettait de ne pas avoir suivi le conseil de sa nourrice et choisi un des fils de ses cousines pour en faire son héritier, comme l'avaient fait les grands-oncles Lattuca avec son père.

Elle ne savait plus comment retourner à sa solitude et à l'amour de soi. Elle devint mélancolique. Mais ses occupations restaient les mêmes et tout fonctionnait régulièrement dans les palais et sur les terres. Elle ne pensait pas à Pietro. Il était le marquis Sabbiamena, son mari, un étranger de plus parmi tous les autres.

80

La fête chez les Sabbiamena
pour l'anniversaire de Stefano Trasi finit mal.
Un mémorable voyage en train

Baldassarre était entré subrepticement et chuchotait à l'oreille du marquis sous le regard désapprobateur de don Agostino, le majordome. Costanza, à l'autre bout de la table, surveillait les domestiques et les hôtes comme elle savait le faire. Avec peu de mots elle déclenchait les conversations ou y mettait fin et elle suivait le service du coin de l'œil : un simple regard était un ordre. Elle remarqua l'intrus et se rembrunit ; puis elle reprit son expression de maîtresse de maison.

« Accepterez-vous encore du pâté de pigeon ? » murmura-t-elle au comte Acere – le plateau d'argent aussitôt à gauche du convive, la main gantée prête à servir –, puis son regard fit le tour de la table : ils étaient nombreux, parents et amis intimes de Stefano Trasi, son cousin préféré. L'atmosphère était gaie : on fêtait son anniversaire. Costanza entendait de loin le rire de sa tante Maria Anna, à la droite de Pietro, et elle la regarda en tendant l'oreille. Elle rencontra le regard sombre de Pietro dirigée sur elle. Agacée, elle continua son observation.

« Vous êtes allés à la Fenice ? lui demanda la femme de Stefano.

– Non, ces jours-là il n'y avait pas d'opéra à Venise », répondit-elle poliment, mais sa cousine riait déjà avec son voisin.

Pietro la fixa de nouveau et Costanza en fut irritée. Cette fois-ci elle le regarda droit dans les yeux, qu'il cesse ! Pietro ne changea pas d'expression, le regard fixe, noir.

« Pietro, tu dois retourner à Venise et emmener ta femme à l'opéra ! » La baronne Lannificchiati les avait observés et se donnait du mal à sa manière.

« Oui, ma tante… » murmura Pietro avec un sourire contraint et il baissa les yeux sur son assiette : il reprit son couteau et sa fourchette.

Les hommes discutaient de la situation politique et sociale, très grave : le marquis Notarbartolo, ancien président de la Banque de Sicile, avait été assassiné dans un tunnel alors qu'il se trouvait dans le train pour Palerme – un crime commis par des inconnus, mais le nom du commanditaire était sur les lèvres de tous – et pendant ce temps le gouvernement était engagé dans des affrontements violents avec les Faisceaux, c'était une épreuve de force, il y avait eu des morts. Ils parlaient avec la légèreté qui convient à une occasion de fête : les femmes prêtaient l'oreille et intervenaient même – c'était un moyen de savoir ce qui se passait –, mais elles préféraient les potins.

Les conversations s'entrecroisaient avec animation. Tout le monde parlait en même temps, sans attendre la réponse de la personne à qui s'adressait la question, on ne s'entendait plus. Le baron Francesco Orata et le comte Gioacchino Acere critiquaient le parti de Iero Bentivoglio : ils étaient parents et c'était donc permis.

« Mais qui nous gouverne, Iero, quel genre de Sicilien ? Depuis trente ans au parlement, un véritable opportuniste ! Il se dit révolutionnaire, et maintenant il nous envoie l'armée : et ce n'est pas la première fois ! Ils nous traitent comme une colonie, elle est belle l'unité de la nation ! C'est la politique : sale, très sale, ma chère marquise », commentait Acere.

« Nous en parlions à votre baptême, marquise, de ce Crispi. C'était la belle époque ! Et quelle belle réception avait organisée votre grand-père ! Les frères Safamita étaient de grands seigneurs et des hommes droits, il n'en naît plus de pareils de nos jours ! » s'exclama le baron Orata. Costanza ébaucha un sourire.

« Ah, mon frère, Dieu ait son âme ! Costanza, ton père avait une passion pour Stefano ! » Maria Anna Trasi était toute joyeuse et elle se tourna avec un sourire satisfait vers le héros du jour. « À Malivinnitti il t'emmenait en croupe sur son cheval quand tu étais petit ! Comme elles étaient belles ces vacances… »

Les convives baissèrent la voix : ils l'écoutaient en souriant, la comtesse Trasi était une mère et une grand-mère très aimée.

Pietro gardait les yeux fixés sur Costanza, inexorable, sombre. Elle lui adressa un regard direct et irrité ; s'il continuait, il allait gâcher la fête. Elle ne le regarda plus, mais lui n'abandonnait pas. L'agacement se changea en angoisse, puis en panique. Chaque coup d'œil de Pietro – elle les sentait tous sur elle – était porteur de terribles présages. Costanza murmurait de faibles « très juste », « bien sûr » à qui lui adressait la parole ; elle tournait la tête vers l'un et vers l'autre mais ne comprenait rien. Il lui parvenait des bribes de phrases, des mots de l'un mélangés à ceux d'un autre, et ils retentissaient dans sa tête, accompagnement sonore des coups infligés par chaque regard de Pietro.

« Nous allons connaître de mauvais jours, les flagellants ont même réapparu dans les villages. » « Comme c'est arrivé avant la Révolution française. » « La couturière lui a abîmé sa dentelle de Bruxelles avec ces gros points ! » « Il se vante de conquérir l'Afrique et il n'arrive pas à dompter ces gueux. » « À Catane il y a un maire socialiste. » « La commission héraldique est la seule bonne chose qu'ait faite Crispi. » « Ce sont des gens sans histoire, et ils veulent se dire nobles ? » « Elle a refusé de vivre chez ses beaux-parents, c'est à ne pas croire ! » « Mais la formule de politesse est différente, il est de sang noble. » « Ils créent du travail, du travail, mais pour qui ? Pour leurs amis et leurs complices. » « Les votes des mafiosi comptent, et comment ! » « Il est arrivé de superbes écharpes de cachemire à l'Emporio Moderno, ils font une remise. » « Le gouvernement taxe moins les plantations d'agrumes. » « Mais nos domaines sont taxés jusqu'au sang ! » « L'élargissement du suffrage électoral est la ruine de la municipalité ! » « Le bonheur de Palerme, parlons-en ! » « Un maire roturier après treize années de véritables nobles ! » « Les ouvriers agricoles ont besoin de leurs bras pour travailler, pas de papier et de plume ! » « Et voilà pourquoi nous avons les Faisceaux.» «Une dot de quatre millions pour s'appeler princesse!» «Dix lires le vote, c'est le tarif.» «Il faut les quatre quartiers pour être admis au cercle.» «Je ne prends plus le train depuis ce qui est arrivé au pauvre Notarbartolo.» «Qui a dit que tout le monde doit lire?»

Les serviteurs emportaient les plateaux ronds avec les restes éventrés du triomphe de la gourmandise. Costanza se leva de table, les autres la suivirent.

«Costanza, attends, je dois te parler. C'est une mauvaise nouvelle, lui dit Pietro quand le dernier invité fut parti, le fils de Stefano, Guglielmo, est mort ce soir. À Sarentini. Pendant que nous étions à table quelqu'un est venu du Palazzo Safamita.

– Comment?

– Il paraît que ç'a été un accident semblable à celui de Stefano. Il est mort sur le coup.

– Tu sais quand est l'enterrement?

– Non. Que puis-je faire?

– Rien, merci.» Elle sortit lentement du salon.

Pietro entendit des piétinements rapides et les voix des domestiques, puis le piaffement des chevaux: Costanza partait pour Sarentini. Il se fit préparer une valise à toute vitesse, mais au bout d'un moment il se mit à y fourrer lui-même le nécessaire en bousculant les vêtements rangés avec soin par Baldassarre. Il devait être auprès d'elle.

Le train allait partir. Pietro courait comme un fou, Baldassarre, don Agostino et le cocher le suivaient en haletant. L'employé des chemins de fer allait fermer la porte du wagon de première classe.

«Laissez-moi entrer!

– Vous avez votre billet?

– Je suis le marquis Sabbiamena!» cria Pietro et il l'écarta.

«Attends-nous, nous sommes avec monsieur le marquis!» criaient les deux autres. Baldassarre, avec ses pieds plats, courait, hors d'haleine.

Il n'avait pas compris tout de suite que la silhouette solitaire en noir, blottie contre la fenêtre, était Costanza : elle semblait avoir rapetissé.

«Je t'ai cherchée partout, lui dit Pietro, et il s'assit en face d'elle.

– Ah, merci», fit-elle, et elle regarda de nouveau dehors.

À l'arrêt suivant un couple avec un enfant prit place dans leur compartiment.

«Maman, j'ai faim!» dit l'enfant, et sa mère tira du pain et de l'omelette de son sac de cuir.

«Qui c'est?» demanda-t-il en montrant le contrôleur.

«Quand c'est qu'on arrive?»

«Maman, le soleil est parti, donne-moi la main!» disait-il dans le tunnel.

«Maman cette femme a les cheveux rouges comme le diable, elle me fait peur!» dit-il ensuite en sortant du compartiment, et il fit un signe contre le mauvais œil. Alors Costanza se retourna et lui adressa un regard las, comme pour s'excuser.

Il faisait noir. Ils étaient seuls. Costanza, assoupie et secouée par les cahots, s'affaissait sur le côté. Pietro s'assit près d'elle : elle appuya la tête dans le creux de son épaule comme elle le faisait autrefois, et continua à dormir. Pietro respirait l'odeur pénétrante de ses cheveux mouillés de sueur et se retrouva en train de lui caresser la joue sans s'en rendre compte. Selon le rythme du train, elle remuait les lèvres, respirait plus ou moins vite, mais ne se réveillait pas. Pietro était certain qu'elle le savait près d'elle, qu'elle sentait son corps, et qu'elle espérait. Leur «véritable» mariage avait été simple, normal, tel qu'il doit l'être. Heureux. Il voulait qu'elle soit de nouveau sa femme. Elle ouvrit les yeux et les referma ; sa tête abandonnée sur l'épaule de Pietro devint plus lourde. Costanza se redressa tout à coup et reprit sa position droite. Le voyage se poursuivit dans un silence pesant et gêné.

Dans la voiture et au château, Costanza l'évita soigneusement ; elle ne lui adressait la parole que lorsqu'elle ne pouvait pas faire autrement et ne lui parla pas de son neveu. Le lendemain ils allèrent ensemble à l'enterrement ; elle ne lui parla même pas après ce qui s'était passé à l'église.

Et elle continua à ne pas lui adresser la parole au château, dans la voiture et dans le train qui les remmenait à Palerme. Affalés dans les fauteuils de leur wagon personnel, l'un en face de l'autre, ils évitaient de se regarder, oppressés l'un et l'autre par leur angoisse.

Le train traversait les montagnes de l'intérieur. Il entrait et sortait des tunnels. L'obscurité alternait avec la lumière. Aveuglante.

« Tu savais hier comment il était mort ? » demanda Costanza. Elle s'était tournée vers lui et le regardait en face.

« Oui.

— Mais tu ne me l'as pas dit quand je te l'ai demandé.

— Je ne voulais pas t'attrister davantage.

— Tu m'as dit que c'était un accident comme celui de Stefano. »

Pietro baissa la tête.

« Tu savais que ce n'était pas vrai ? »

Il ne répondait pas.

« Un mensonge de plus », soupira Costanza en revenant à la contemplation du paysage. Le train approchait de Palerme. Le soleil allait se coucher. Elle leva les yeux vers le Monte Pellegrino. Il n'était plus là. Il avait disparu dans la brume.

81

Un jour de sirocco, Amalia pense aux personnages
en sucre de la fête des Morts et à la fin tragique
de Guglielmo Safamita

Le sirocco faisait rage. L'air était lourd, chargé de grains de sable et irrespirable. Le vent frappait la Montagnazza, brûlait et desséchait les rares touffes d'herbe qui poussaient avec peine dans les fissures du calcaire. Le ciel sombre et la mer marécageuse étaient déserts : pas une barque, pas un oiseau. Les rochers étaient secs, les algues, flétries ; les insectes, les lézards et même les fourmis se cachaient dans les creux et les anfractuosités de la pierre voilée de sable. La Montagnazza était magnifique, enveloppée d'une toile d'araignée dorée. Ses habitants, terrés dans les grottes, attendaient le mistral.

Amalia s'était barricadée ; elle avait bouché la lucarne avec des chiffons. Elle et Pinuzza étaient immobiles dans la pénombre : le moindre mouvement les épuisait. Des rais de lumière opaque pénétraient par les interstices et les fissures. Le sol était recouvert de sable en cristaux, glissant, que le vent soufflait inexorablement par les fentes et les rainures ; il s'entassait en vagues, comme si la mer était devenue sable et avait envahi la Montagnazza.

« Nous ne mourrons pas de soif, nous avons beaucoup d'eau. Tes frères sont bons pour toi, ils t'aiment. Tu as de la chance, Pinuzza.

– De la chance ? Pourquoi ? Tous les frères doivent aimer leurs sœurs, tante.

– Si seulement tous les frères étaient comme ça… le monde serait bien meilleur, soupira Amalia.

– Les frères de ta marquise ne l'aimaient pas ?

– Stefano, si, mais ensuite il a changé. Son autre frère est né à à l'inverse et il n'a jamais aimé Costanza.

– Pourquoi ?

– Parce qu'il était envieux.

– Et on ne peut pas aimer et être envieux en même temps ?

– Non, Pinuzza, l'envie est très laide : elle fait du mal à celui qui l'a à l'intérieur.

– C'est une sorcellerie ?

– Presque.

– Qu'est-ce qu'elle faisait ta Costanza avec ce méchant frère ?

– Rien, n'y pense pas. Bois ça, tu l'aimes beaucoup », dit Amalia en lui donnant une tasse d'eau tiède dans laquelle elle avait fait fondre un morceau minuscule de personnage en sucre. Puis elle but les dernières gouttes qui restaient, délicieuses. Elles se taisaient et écoutaient les sifflements du vent.

Amalia avait encore le goût du sucre dans la bouche et comptait ses bonheurs – un moyen à elle de mettre de côté les souvenirs pénibles : une enfance protégée par l'affection, une bonne santé, un bon fils solide, les années paisibles à l'abri de la misère au service des Safamita, l'amour de don Paolo. Elle remerciait Dieu de ce qui lui restait : la beauté de la Montagnazza, cette mer jamais la même, le ciel ouvert et lumineux, même la fatigue des soins à Pinuzza était allégée par le bon caractère de sa nièce et la sollicitude de la famille de son frère. Les Belice étaient très unis ; s'ils se disputaient ils faisaient vite la paix, ils devaient s'entraider contre l'éternel ennemi commun : la misère.

Que de peines ces deux frères avaient causées à Costanza jusqu'au bout ! La richesse n'encourage pas l'union familiale, et dire qu'elle avait cru le contraire, avec toute cette lignée à respecter. L'affection qui liait les familles pauvres, selon elle, était comme les personnages en sucre qu'on préparait pour la fête des Morts, ceux qui étaient faits de sucre grossier, peints sur le devant et lisses derrière : elle dure longtemps et son goût reste dans la bouche. Chaque année sa mère achetait un seul personnage, pour tous les enfants : le goût était toujours le même, mais le personnage changeait et faisait l'objet de discussions interminables : le Cavalier, le Saint, le Roi. On le posait sur une tablette en hauteur, loin des mains gourmandes ; il suffisait de le regarder pour avoir l'eau à la bouche. Un coup de langue aujourd'hui, un autre demain, ses couleurs passaient et la pâte de sucre s'amincissait. Ses doigts et ses mains disparaissaient les premiers, ses bras devenaient des moignons, les cheveux et les plumes s'évanouissaient. Le personnage se consumait par petits bouts. Alors, tous ensemble, ils mettaient les restes dans une boîte en fer-blanc. Ensuite leur mère les distribuait parcimonieusement comme récompense ou comme consolation et, finalement, elle vidait dans une cruche toutes les miettes du fond de la boîte : elles glissaient dans l'eau et sucraient toute une cruche.

Les nobles n'avaient aucun respect pour les personnages en sucre. Les enfants les cassaient en les jetant par terre, ils abandonnaient les morceaux à peine mordillés. Ils préféraient les friandises plus raffinées. Toutes les familles ont besoin d'un personnage en sucre qui maintient leur unité, même les nobles. C'est vrai qu'ils ont le nom, les propriétés et le sang, mais tout ça aussi a besoin d'être léché.

Ah, la mort de Guglielmo ! C'était comme si elle, Amalia, avait été là devant le porche du Palazzo Safamita. De bon matin le portier y avait trouvé deux sacs : ils contenaient le corps et la tête du fils de Stefano, le véritable baron Safamita, même si personne ne l'appelait comme ça parce que les nobles sans argent ne sont plus nobles. Les Sarentinais comprirent tout de suite, mais personne n'expliqua au chef des policiers, un homme du Nord qui ne comprenait pas ces choses-là, que c'était une punition et un avertissement pour le baron Giacomo. De la part de ceux à qui le baron avait laissé entendre que ce serait mieux s'ils le débarrassaient du fardeau de ce neveu qui disait beaucoup de choses contre lui – les villageois ajoutaient que ce jeune homme disait de saintes vérités, mais que précisément pour cela, elles ne devaient pas lui sortir de la bouche –, et qu'il récompenserait celui qui lui rendrait ce service. Mais quand ceux qui étaient prêts à le satisfaire allèrent le voir, le baron ne voulut pas payer, il se considérait toujours comme le maître du village. Il eut peut-être des scrupules, mais trop tard : les hommes d'honneur ne reculent pas quand ils ont pris un engagement, jamais. Ils le lui laissèrent sous ses fenêtres, pour lui faire honte devant tout le village. Les Safamita aussi devaient respecter les règles, comme les autres.

Costanza voulut aller à son enterrement. Le personnel du château dut tout préparer en grande hâte : nettoyer les pièces, préparer la voiture pour aller la chercher à la gare. Il y avait de nombreux inconnus à l'enterrement : Stefano était devenu un Carcarazzo. Respectueux de la parenté, ils se mirent à part pour faire asseoir le marquis et la marquise dans les premiers rangs, mais Costanza resta en arrière. Après la messe elle s'approcha de la famille. Quand elle s'inclina pour embrasser Filomena, celle-ci l'attrapa par les cheveux puis la saisit à la gorge. Elle avait une telle force qu'elle l'aurait tuée si les autres ne s'étaient pas interposés. «C'est par ta faute que ton frère a été ruiné ! Tu es "marquée" et c'est par toi que la mort et les malheurs arrivent. Va-t'en avant que je te tue ! Toi et ton frère vous avez fait tuer cette merveille de fils qui me restait. Va-t'en avant que je te tue !» On raconta à Amalia que la première à retenir sa mère avait été Caterina, mais qu'elle n'avait même pas adressé un regard à sa tante.

Costanza ne fit jamais allusion à cet incident et ne retourna plus à Sarentini. Giacomo, au lieu d'emmener sa famille à Palerme comme aurait fait n'importe qui, resta au village avec tous ses enfants, mais les habitants de Sarentini avaient perdu tout respect pour les Safamita. Il vivait isolé chez lui, méprisant et arrogant. On dit qu'à partir de ce jour-là il ne remit plus les pieds dans certaines propriétés : elles étaient passées sous la coupe de ceux qu'il avait offensés. Les régisseurs savaient que c'était un faible et ils étaient prêts à l'écraser.

82

La mort soudaine du marquis Sabbiamena
pendant une visite innocente à Teresina Pastanova

C'était un après-midi tiède à la fin du printemps 1895. La comtesse Trasi était l'hôte de sa nièce à Cacaci et elle se reposait dans sa chambre. Costanza préparait une brioche. Elle émiettait avec les paumes la farine et le beurre, puis ajoutait du sucre et de la levure et à la fin les œufs entiers, l'un après l'autre. La pâte devait être bien amalgamée et Costanza travaillait vite en la battant avec les doigts raides et serrés, en spatule. La pâte se défaisait et formait de grosses bulles. Sous ses mains expertes elle prenait la consistance élastique et collante d'une pâte à brioche bien réussie. Costanza la soulevait de la surface de marbre et la laissait retomber, la pâte ressemblait de nouveau à de la colle, et elle se détachait et se collait aux mains et au marbre comme dans un tour de prestidigitation. Costanza chantonnait le duo de Figaro et Susanna des *Nozze di Figaro* :

Cinque… dieci… venti. Elle entendit des cris venant des pièces de service. Le majordome fit irruption dans la cuisine avec un jeune garçon suant et haletant qui se laissa tomber sur une chaise, le regard égaré, en répétant : « Monsieur le marquis… vite… »

Costanza porta les mains à son visage, toutes graisseuses, et des morceaux de pâte restèrent collés sur ses tempes. Elle s'essuya précipitamment puis, couverte du châle que Rosa eut à peine le temps de lui jeter sur les épaules, elle courut derrière le garçon, suivie du majordome et des domestiques. Ils couraient dans les ruelles ensommeillées derrière le palais. Indifférente à son aspect – les jupes relevées, laissant voir ses bas, le corsage déboutonné, le chignon défait –, Costanza, à demi vêtue, courait vers Pietro.

La maison, un cadeau de Pietro pour « services » passés, n'était pas éloignée. Dans le petit jardin, sous la pergola, gisait le corps de Pietro sur un matelas. Teresina Pastanova, prosternée face contre terre, hurlait sa douleur et l'éloge du mort, entourée d'une petite foule. Costanza tomba à genoux auprès de Pietro. Elle se couvrit encore une fois le visage. Elle le voyait entre ses doigts comme entre les lattes d'une persienne, serein et d'une grande beauté dans la pâleur de la mort. Écrasée, Costanza se sentit défaillir. Au loin s'élevaient faiblement la musique et le chant de Lucia – c'était le dernier acte – et ils la soutenaient.

La haie serrée de l'assistance s'écarta pour laisser passer Rura et Antonio. Rura se jeta elle aussi à genoux en criant. Antonio, embarrassé, regardait ce père presque inconnu et s'approchait lentement de Costanza. Alors seulement elle comprit qu'elle n'était pas seule. Elle jeta un regard d'horreur aux deux hurleuses et se releva. Ignorant les curieux, elle serra dans ses bras le fils de Pietro. Elle lui chuchota quelque chose : l'enfant l'écoutait avec sérieux et regardait son père. Ils s'agenouillèrent l'un à côté de l'autre et récitèrent ensemble les mots étouffés d'une prière funèbre. Les hommes survinrent pour faire le nécessaire ; la foule se dispersa en murmurant. Costanza reçut les condoléances et, impatiente, donna ses ordres d'un seul trait. Elle confia Antonio au majordome et s'approcha de Teresina qui criait encore à quatre pattes.

« Je suis la femme du marquis, dites-moi ce qui est arrivé à mon mari. »

Teresina était une femme d'âge mûr encore agréable, « une de celles-là ». « Il était devenu comme un fils pour moi : il venait tous les jours prendre le frais, deux ou trois heures. Il était assis là, et il est mort comme ça, tout d'un coup », dit-elle, et elle éclata en sanglots. Costanza lui mit la main sur l'épaule et Teresina s'y accrocha. Costanza pleurait à présent sans rien dire, dans les bras de la femme. Elle chancela.

« Madame la marquise se sent mal ! Aidez-moi, qu'il ne m'en meure pas un autre dans les bras ! »

Rura était restée seule près du mort. Ne sachant que faire d'autre elle se remit à hululer. « Va-t'en, lui dit le majordome. Nous devons emporter monsieur le marquis chez lui », et il la repoussa sur le côté.

Le Palazzo Patella avait subi la métamorphose de la mort. Stucs dorés et miroirs étaient couverts des voiles noirs du deuil et le grand salon était prêt à accueillir le marquis pour la dernière nuit qu'un Patella di Sabbia-mena allait passer dans la demeure de ses aïeux. Pietro avait été installé au centre, la tête plus haute que les pieds à la manière palermitaine, les jeunes religieuses sur le côté murmurant des jaculatoires. Costanza, sans une larme, recevait les condoléances et présentait Antonio – qu'elle avait voulu auprès d'elle – à chaque visiteur. Au fond du salon débarrassé de ses meubles, Teresina Pastanova et les autres femmes de service pleuraient à la place qui leur avait été assignée. Rura ne fut pas admise à l'étage noble, mais il lui avait été permis de rester dans la pièce de couture, où elle s'exhibait dans sa veillée tapageuse.

« Tu as parlé avec Stefano ? demanda timidement Maria Anna à sa nièce Costanza.

— Oui.

— Alors ?

— Alors quoi ?

— Tu les chasses ?

— Non, tante, pourquoi le devrais-je ?

— Costanza. » Sa tante lui prit les mains. « Ce n'est pas bien que ces deux-là soient ici, encore moins demain à l'enterrement.

— La présence de Rura est inévitable : elle doit être près de son fils, il a perdu son père. Je l'éloignerai dès que je pourrai, je suis d'accord. Mais l'autre, Teresina, avait de l'affection pour lui. Pietro m'avait parlé d'elle et il est mort chez elle : il me semble de mon devoir de lui permettre de lui dire adieu.

— C'est inconvenant, Costanza. Les apparences sont importantes, tu fais tellement de choses originales… Les gens jasent…

— Mais encore ?

— Il faut respecter les règles de conduite, nous avons tous besoin d'amis.

— Tante, que fait une brave épouse quand son mari désire revoir sa maîtresse ? Je l'ai appris de vous. Mon mari est mort, tandis que l'oncle Alessandro était encore en vie : c'est la seule différence.

— Non, Costanza, tu te trompes. Seuls toi et Giuseppe le savez. Certaines choses doivent se faire en cachette, c'est comme ça, dit sa tante en secouant la tête. Avalons la pilule et n'y pensons plus, mais fais attention à ne pas causer de scandale demain à l'enterrement. Je suis sûre que Pietro ne l'aurait pas apprécié.

– Mon père m'a dit de faire ce qui me plaît et qui me paraît juste et je suivrai ses conseils », répondit Costanza, et elle fondit en larmes.

83

Teresina Pastanova rend visite
à la marquise Sabbiamena et lui parle de Rura

Costanza était descendue sur la petite terrasse aux tortues. La comtesse Trasi et Maria Antonia l'observaient par la fenêtre en secouant la tête.

« Elle m'inquiète, disait Maria Antonia. Elle ne se tient pas tranquille une minute, et pourtant elle ne fait rien, elle tourne en rond dans la maison et dans le jardin. Comme un fantôme. Elle ne pleure pas, elle ne parle pas. »

Costanza n'accorda pas un regard à ses tortues. Elle était absente, agitée : elle caressait le long feuillage de pomélia, sentait une fleur, enlevait une feuille morte.

« Je ne comprends pas pourquoi elle laisse cette femme fréquenter le palais. Amalia me dit qu'elle vient tous les après-midi se promener dans le jardin sous prétexte que le sien, après la mort de Pietro, lui fait peur !

– Elle est étrange, cette nièce, mais aussi très malheureuse !

– Étrange, oui. Malheureuse, je dirais qu'elle l'est comme beaucoup d'autres. Elle cherche le malheur. Pietro s'était repenti et voulait qu'ils se réconcilient. Elle n'a pas accepté. Maintenant elle refuse les visites de deuil. Les gens diront qu'elle ne pleure pas la mort de Pietro, et Dieu sait quoi encore ! Il est certain qu'elle paraît vraiment éplorée et qu'elle ne réagit pas. Je lui ai répété sur tous les tons que les visites aident, et comment ! elles apportent le réconfort et elles distraient.

Mais elle continue à rôder dans la maison comme une âme du purgatoire.»

Costanza errait de pièce en pièce, à l'étage noble, en répétant plusieurs fois par jour le même parcours. C'était comme si elle visitait un musée : elle s'arrêtait un instant devant les portraits des ancêtres et les images des saints, noircis par le temps et donc non recouverts de voiles ; son regard allait des bibelots aux vitrines, des meubles aux rideaux. Elle ne touchait à rien, elle ne les voyait pas, c'était comme s'ils n'existaient pas. Elle ne savait même pas pourquoi elle allait et venait dans la maison.

Elle avait perdu son âme. À l'inhumation de Pietro elle avait senti qu'elle lui était arrachée, et à sa place s'était installé le Vide, un ver affamé qui s'attaque aux viscères et se nourrit d'un autre vide sans jamais se rassasier. Elle devait le nourrir et le trouvait partout dans la maison. Les pièces avaient le goût du vide et elle l'absorbait pour alimenter le Vide en elle. Elle l'apaisait, mais pour peu de temps. Elle devait ensuite recommencer depuis le début : c'était une obsession. Costanza ne pensait pas à Pietro. Elle n'avait pas de souvenirs. Elle ne souffrait pas. Elle n'avait pas faim, ni sommeil, ni chaud, ni froid. Elle ne sentait pas les odeurs, n'entendait pas les sons, les bruits. Le palais de Cacaci, sa résidence préférée, était le reflet de sa maîtresse : vide et sans âme.

Une persienne était restée entrouverte et un faisceau de lumière s'allongeait sur le sol comme un long éventail doré, fermé ; Costanza le coupa de la main ; elle regardait l'ombre de ses doigts sur les carreaux de majolique, surprise d'avoir encore un corps.

«Madame la marquise, Teresina Pastanova veut parler à votre Cellence. Elle prend le soleil dans le jardin, si votre Cellence veut y aller», lui annonça Rosa.

«Bénie soit votre Cellence, je dois dire une chose importante que personne ne doit entendre.

– Parlez, Teresina.

– Il s'agit de Rura et de monsieur le marquis.»

Costanza se raidit : «Je dois vraiment le savoir ?

– Oui, Cellence. Monsieur le marquis me parlait comme à une mère et il me demandait conseil. Il m'a dit que votre Cellence avait été très fâchée parce qu'il avait fait venir une femme à la maison. Il m'a raconté une histoire très compliquée. C'était une femme qu'il avait eue avant et qu'il n'avait pas vue depuis des années. Cette femme lui a fait dire qu'elle s'était mariée et que son mari avait des soucis avec certains hommes d'honneur. Elle avait peur qu'ils le tuent et elle demandait l'aide des mafiosi de Malivinnitti.

«C'était une mauvaise femme. Elle s'est mise à se déshabiller devant lui sans même lui demander s'il voulait. Lui était très embêté et il lui a dit de partir, mais elle insistait et finalement il a appelé le major-dome pour la mettre dehors. Il n'y a rien eu avec elle, il me l'a juré plusieurs fois.

«Je le croyais à moitié. Cette histoire me paraissait louche. Maintenant je comprends, et c'est pour ça que je dois la raconter à votre Cellence. Une sorcière de confiance m'a dit que cette femme n'a pas de mari. C'était un coup monté. Une dévergondée voulait que votre Cellence les voie ensemble. Et c'est ce qui est arrivé.

«C'était une idée de Rura. C'est Rura qui a payé la femme pour provoquer monsieur le marquis. Elle allait voir la sorcière pour vous faire vous séparer ; mais toutes ses sorcelleries, et pourtant elle est très forte, elles n'y pouvaient rien. Elle racontait tout à cette sorcière ; maintenant que monsieur le marquis est mort, la sorcière a eu du remords et elle est venue me raconter ce que Rura avait fait.

«Rura veut du mal à votre Cellence. Elle savait que votre Cellence descend tous les après-midi sur la petite terrasse et elle a envoyé cette femme à l'heure juste. C'est la faute à Rura, elle seule.»

Teresina tint à ajouter : «C'est vrai que monsieur le marquis aimait les femmes, mais depuis qu'il y a eu la chose entre vous il n'a jamais voulu une autre. Et après, quand il y a eu la grande dispute, il venait chez moi pour parler de votre Cellence. Mais je ne pouvais rien faire. Il ne pensait qu'à votre Cellence. Il est mort amoureux de votre Cellence.»

84

Mort de Costanza Safamita, marquise Sabbiamena

Teresina s'en alla par la porte de service. Costanza était restée près de la roseraie. Amalia et Maria Antonia l'observaient par la fenêtre. Elles savaient qu'elle préférait se promener seule dans le jardin et elles la surveillaient. Costanza alla droit vers la remise à outils et en ressortit avec les cisailles.

«Laissons-la seule, Amalia, dit sa cousine, tu vas voir, elle recommencera même à broder.

– Béni soit le Seigneur!» murmura sa nourrice.

Costanza parcourait la roseraie et coupait les fleurs desséchées. Elle les serrait dans son poing. Elle n'avait pas voulu écouter les explications de Pietro, elle avait tranché net leur amour : non seulement pour se protéger, mais par orgueil, l'orgueil funeste des Safamita.

Elle ouvrit la main et laissa tomber les pétales sur le talus : de ce côté-là le jardin se trouvait à pic au-dessus de la vallée ; en bas, champs et potagers alternaient jusqu'au fleuve, au loin. À partir de là commençait une pente douce qui se terminait par des rochers en dents de scie irrégulières. Le soleil déclinait derrière elle et les rochers allongeaient leurs ombres sur les amandaies en prenant des couleurs changeantes : bleus, violets, verts.

Costanza leva la tête : le ciel au-dessus de Cacaci était encore d'un bleu intense et s'éclaircissait en aval, lumineux, presque blanc. Le soleil était devenu une orange de feu. Cacaci se préparait au coucher du soleil.

Costanza voyait de nouveau.

Elle avait pénétré plus avant dans la roseraie. Les narines lui chatouillaient. Une à une, les odeurs du jardin montaient : celle de la terre humide, celle du fumier, celle de l'herbe. Puis, parfumée, celle des roses.

Costanza sentait de nouveau.

Et elle entendit une voix lointaine : «Costanza, je t'ai cherchée toute ma vie. Tu as des racines profondes, fortes. Je m'enroule autour de toi et nous regardons le ciel ensemble, nous sourions au soleil, nous jouissons de la vie.» Elle avait elle-même coupé les branches. Le ciel sur les rochers était rose, le soleil, bas. Elle tendit l'oreille. Une voix chantait. *Porgi amor*… La musique et le chant devenaient plus nets et plus forts. Pietro l'avait aimée jusqu'au bout, il l'aimait, il l'aimait… Costanza avait son goût dans la bouche, elle palpait son corps, touchait ses cheveux, sentait l'odeur de sa peau, l'explorait tout entier, en profondeur. La tête lui tourna ; elle chancelait. Elle regarda autour d'elle en cherchant un point d'appui. Le volubilis accroché au mur était un rideau de clochettes bleues ; les roses, attachées au treillis, fraîchement arrosées, libéraient un parfum délicat. Costanza s'agrippa au tronc d'un rosier ; les épines s'enfoncèrent dans ses mains. Elle sentit un coup au cœur : une rupture profonde, rapide, nette. Elle revoyait Malivinnitti, les coquelicots de Malivinnitti, écrasés, rouges comme elle, comme son sang. Costanza était heureuse, insupportablement heureuse, et elle glissait lentement ; ses cheveux pris dans les branches épineuses se dénouaient tandis qu'elle tombait inexorablement.

Rosa cherchait sa maîtresse. Elle la trouva face contre terre sur le sol humide, la lumière du soleil couchant tombait sur les éclairs de ses cheveux. Un petit escargot réveillé par l'arrosage s'était aventuré sur sa main où il rampait tranquillement.

Rosa s'appuya au muret de pierre qui servait de garde-fou. Au loin, derrière les montagnes, le soleil se couchait. Le ciel était une splendeur rouge.

« Qu'il est beau ce soleil amer ! » s'exclama-t-elle, et elle se mit à crier.

Costanza Safamita était dans sa trente-sixième année. Elle laissa tout ce qui avait appartenu à son mari, le marquis Sabbiamena, à Antonio Fecarotta, son fils bâtard, et le reste aux enfants mâles – nés et à naître – de son frère, le baron Giacomo Safamita di Muralisci.

Nul ne lui en fut reconnaissant.

REMERCIEMENTS

Écrire, je parle du métier d'écrire, est une dangereuse paire de ciseaux qui vous coupe des autres, même si c'est temporairement. Je remercie collectivement tous ceux de ma famille et de mes amis qui ont été tolérants et, à leur manière, partie prenante.

En revanche, je tiens à adresser des remerciements personnels à d'autres. Trois à titre posthume : tout d'abord à la tante marquise, car elle a véritablement existé, mais non telle que je l'ai inventée ; il me paraît juste de remercier aussi Luigi Pirandello, parce que, tout comme moi, il a été séduit par cette femme et a écrit sur elle, à sa façon, éveillant en moi le désir de le faire, à la mienne. Enfin, maître Giuseppe Alaimo di Canicattì, bibliophile éminent – et auteur – dont la vaste collection de livres et de journaux a été mise généreusement à ma disposition par sa veuve, Maria Grazia. J'y ai découvert non seulement la prodigieuse Revalenza Arabica, mais aussi des faits divers et des événements historiques que j'ai introduits ici et là dans le roman.

Parmi les vivants, je remercie Darshana Boghilal Gupta, ma très chère amie de Bombay. J'ai toujours suivi ses conseils. Quand je pensais abandonner l'écriture, c'est elle qui m'a poussée à persévérer, c'est elle qui m'a persuadée de m'imposer des échéances strictes et de préciser des termes de contrat, elle encore qui m'a suggéré comment réaménager mes engagements professionnels et familiaux pour laisser de la place à la tante marquise. Darshana n'a jamais lu ce que j'écris.

Je remercie pour la deuxième fois Alberto Rollo et Giovanna Salvia : ils connaissent cette histoire depuis le début et nous ont écoutés, moi et mes personnages. Ce faisant, ils les ont compris et accompagnés jusqu'ici, avec passion.

Last but not least, je souhaite remercier Carlo Feltrinelli pour sa patience et ses encouragements.

RÉALISATION : PAO ÉDITIONS DU SEUIL
IMPRESSION : BRODARD ET TAUPIN À LA FLÈCHE
DÉPÔT LÉGAL : JUIN 2006. N° 86704. (35774)
IMPRIMÉ EN FRANCE

Les Grands Romans

Collection Points

DERNIERS TIRES PARUS